集英社オレンジ文庫

後宮彩華伝

復讐の寵姫と皇子たちの謀略戦

はるおかりの

本書は書き下ろしです。

〔目次〕

［人物相関図］

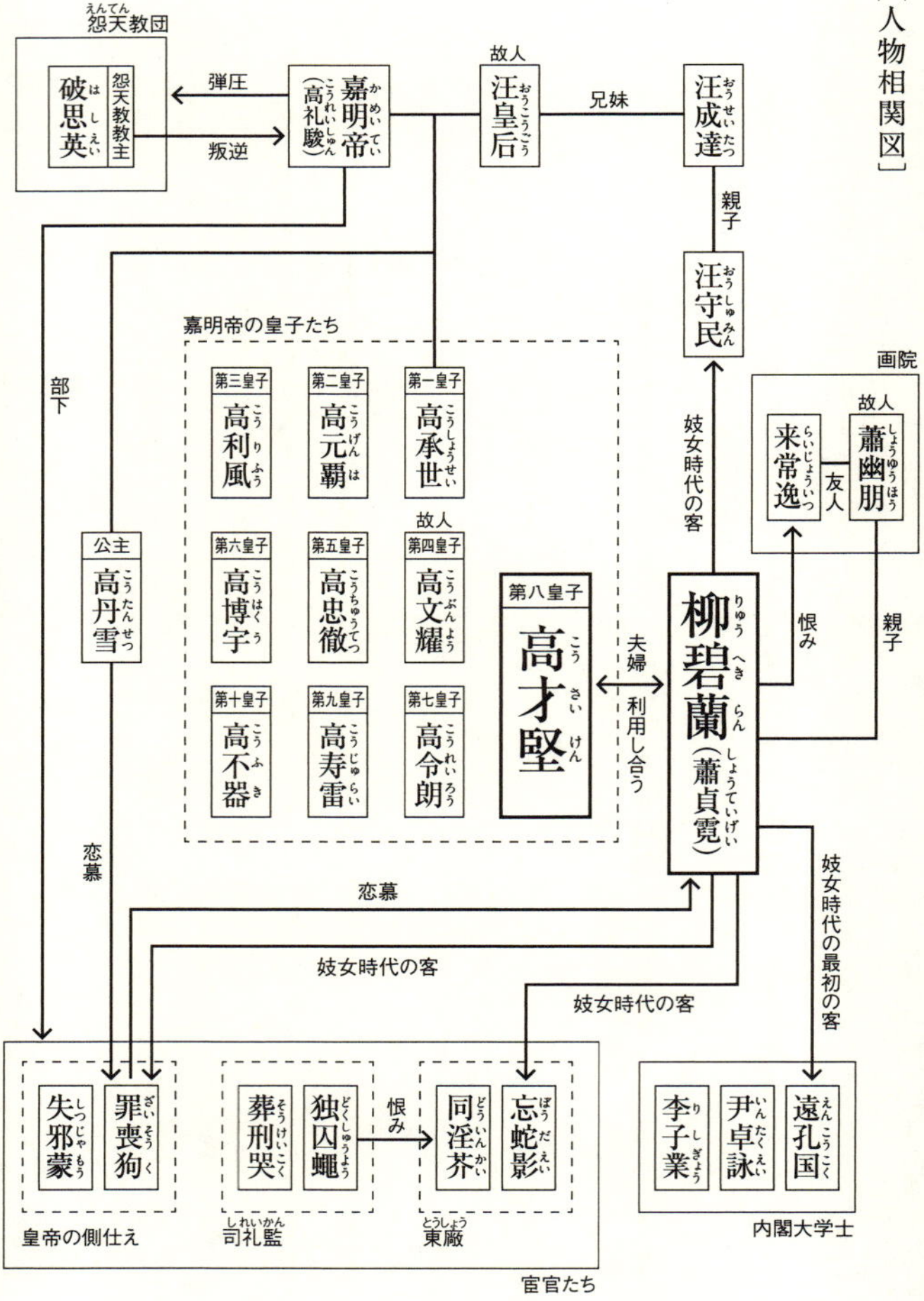
怨天《えんてん》教団
破思英《はしえい》
怨天教教主
弾圧
叛逆
嘉明帝《かめいてい》（高礼駿《こうれいしゅん》）
故人
汪皇后《おうこうごう》
兄妹
汪成達《おうせいたつ》
親子
汪守民《おうしゅみん》
部下
公主
高丹雪《こうたんせつ》
嘉明帝の皇子たち
第一皇子
高承世《こうしょうせい》
第二皇子
高元覇《こうげんは》
第三皇子
高利風《こうりふう》
故人
第四皇子
高文耀《こうぶんよう》
第五皇子
高忠徹《こうちゅうてつ》
第六皇子
高博宇《こうはくう》
第七皇子
高令朗《こうれいろう》
第九皇子
高寿雷《こうじゅらい》
第十皇子
高不器《こうふき》
第八皇子
高才堅《こうさいけん》
夫婦
利用し合う
柳碧蘭《りゅうへきらん》（蕭貞霓《しょうていげい》）
妓女時代の客
画院
故人
蕭幽朋《しょうゆうほう》
来常逸《らいじょういつ》
友人
恨み
親子
恋慕
恋慕
妓女時代の客
妓女時代の客
妓女時代の最初の客
罪喪狗《ざいそうく》
失邪蒙《しつじゃもう》
葬刑哭《そうけいこく》
独囚蠅《どくしゅうよう》
恨み
同淫芥《どういんかい》
忘蛇影《ぼうだえい》
皇帝の側仕え
司礼監《しれいかん》
東廠《とうしょう》
宦官たち
遠孔国《えんこうこく》
尹卓詠《いんたくえい》
李子業《りしぎょう》
内閣大学士

後宮彩華伝《こうきゅうさいかでん》
復讐の寵姫と
皇子たちの謀略戦

第一幅　帝王思子図《ていおうししず》

京師《みやこ》・煌京《こうけい》一の色町、曲酔《きょくすい》。夜闇をあでやかに彩る紅灯《こうとう》の巷《ちまた》にも朝はやってくる。

「だめ、動かないで。もうすこしで描き終わるから」

柳碧蘭《りゅうへきらん》は褥《しとね》の上で身じろぎした青年に甘くささやいた。青年は雲雨《うんう》の情を交わした姿のまま枕に頭をあずけ、広い肩を淡い朝日にさらしている。

凜々《りり》しい眉《まゆ》、高い鼻梁《びりょう》、かたちのよい唇。程よく尖った顎《あご》からはじまる輪郭《りんかく》は惚《ほ》れ惚《ぼ》れするほど美しくととのい、気だるげにふせられた長いまつげは磁器《じき》のような頰《ほお》にたくみな影を落としている。造形の粋《すい》を集めたような顔貌《がんぼう》を、碧蘭は画筆で写しとっていく。

「私の寝姿なんか描いてどうするんだ？」

「あなたが会いに来てくれない夜に眺めるのよ」

飽きるほど口にした言葉だ。碧蘭は嫖客《ひょうかく》との最初の床入《とこい》りのあとで彼の寝顔を絵に描く。

「あなたがいない夜は、この絵があなたの代わりなの」という台詞《せりふ》をそえて。

さびしそうに流し目を送れば、嫖客は足しげく登楼《とうろう》することになる。

「できたわ。見て。可愛《かわい》い寝顔でしょう」

描きあがった絵をさしだすと、青年は億劫《おっくう》そうに身体《からだ》をこちらにかたむけて肘枕をした。夜のしずくが凝《こご》ったような瞳で紙面を見おろし、ふっと口もとをほころばせる。

「そうかな。君のほうが可愛いよ」

「わたくしの寝顔を見たことがあって？」

「見たかったのに見そびれた。すっかり寝過ごしてしまったな」

「寝過ごさなくてもおなじだったわよ。お客には寝顔を見せないことにしているから」

なぜだい、と青年は碧蘭の肩に流れる黒髪を愛《いと》おしそうに撫《な》でた。

「だってとくべつなものだもの。世間のまっとうな女は夫にしか寝顔を見せないでしょう？　でも、わたくしみたいな女は……」

ここぞとばかりに涙ぐんでみせる。

「わたくしだって、できることならひとりの殿方《とのがた》に操《みさお》を捧げたかったわ。子どものころからずっと夢見ていたのよ。いつの日か花嫁衣装をまとって素敵な人に――あなたみたいな人に嫁《とつ》ぐことを。だけど、それはもう叶わないから……せめて寝顔だけは守りたいの。わたくしを身請けしてくれた人にしか見せないと決めているわ」

泣き濡れた頰を隠すように顔をそむけるのも、青楼《せいろう》で学んだ手練手管《てれんてくだ》のひとつ。

「君を娶《めと》った男だけが君の寝顔を見られるということか？」

「ええ……そうよ。もし、そんなかたがいればね」

夜着の袖《そで》で目じりをおさえながら背中を向け、男心を刺激する。目的は落籍《らくせき》したいと言わせること。否《いな》、言わせるだけではなく、実行させることだ。

「私が〝そんなかた〟になるよ」

青年はうしろから碧蘭を抱きしめた。

「君を身請けする」

「気持ちはうれしいけど……あなたには無理よ。わたくしは値が張るもの」

青年の名は周琰圭《しゅうえんけい》。あまたの名高い戯曲《ぎきょく》を世に送り出した文道の大家《たいか》・周余塵《よじん》の弟子にして、新進気鋭の文士である。ただし、これは自称であって、彼の名で発表された芝居が戯楼《げきじょう》で観客を沸かせたことはない。要するに三文文士《さんもんぶんし》なのである。

碧蘭が籍を置く香英楼《こうえいろう》は格式の高い上級妓楼《ぎろう》だから、懐《ふところ》のさびしい嫖客は門をくぐることさえできない。成端王《せいたんおう》付き首席宦官《かんがん》・胡愚猿《こぐえん》の紹介がなければ、香英楼の看板をしょって立つ名妓《めいぎ》たる碧蘭が口をきくこともない相手だ。

「心配いらない。金ならある」

「無理しないで。あなたのことは好きだけど……いいえ、好きだからこそ、わたくしのために散財してほしくないの。奥方さまがお困りになるでしょうし……」

妻はいないよ、と琰圭は碧蘭を抱く腕に力をこめた。

「君が私の奥方になる人だ」

「そうなればいいけど……あなたの負担にならないかしら」

「大丈夫だよ。かならず君を落籍して妃《きさき》にする」

「……妃？」

どういうこと、と碧蘭は大げさに驚いてみせる。

「すまない。君に嘘をついていた。実は、私は……周琰圭ではないんだ」

最初から知っていたわ、とは言わない。

今上《きんじょう》・嘉明帝《かめいてい》の皇八子、成端王・高才堅《こうさいけん》。それが周琰圭の正体だ。

彼に限らず、貴人は身分を偽って花街《はなまち》で遊ぶ。陽化《ようか》年間の勅令《ちょくれい》で皇族や官僚の登楼が禁じられたからだ。第四代皇帝・陽化帝は私妓《しぎ》（民間の娼妓《しょうぎ》）と戯《たわむ》れた宮廷人を厳罰に処したが、第五代皇帝・聖楽帝《せいらくてい》の御代になると早くも禁令は弛緩《しかん》しはじめる。風流の道を好んだ聖楽帝はお忍びで色町の門をくぐり、馴染《なじ》みの妓女《ぎじょ》を落籍して後宮に入れた。

〝上《かみ》の好む所、下《しも》これよりも甚《はなは》だし〟禁令は形骸化《けいがいか》し、貴人たちは身分を隠して温柔郷《おんじゅうきょう》に通うようになった。とはいえ、お忍びとは名ばかり。彼らのつたない扮装を見破ることなど、遊里《ゆうり》で生きる者にとっては造作もないことだ。

相手が高才堅だと知っていたから、碧蘭は彼に秋波《しゅうは》を送ったのだ。

妓楼を出て王府《おうふ》に入る。家妓《かぎ》ではなく側妃《そくひ》として。それが碧蘭の当面の目標だ。欲を言えば王妃がよいが、いくらなんでも高望みというものだ。第九代皇帝・隆定帝《りゅうていてい》が私妓の入《にゅう》宮《きゅう》をかたく禁じてから、皇家では妓女を妾室《しょうしつ》に迎えることさえ極力ひかえるようになった。ましてや嫡室《ちゃくしつ》にするなど、ありえないことだ。

側妃でいい。側妃なら前例があるし、皇宮にあがる機会もある。参内《さんだい》できる身分が手に入ればいいのだ。碧蘭の仇敵《きゅうてき》がいるのは、天子の居城たる九陽城《きゅうようじょう》だから。

「……親王殿下？　あなたが？　……わたくしをからかっているの？」

からかってなどいないよ、と才堅は甘えるように碧蘭の肩に顔をうずめる。

「身位を証明するものを持ってきていないから信じてもらえないかもしれないが、君が承知してくれるなら楼《みせ》にかけあって君を身請けするよ」

「もしあなたが本物の親王殿下なら、楼よりも先に主上《しゅじょう》のお許しをいただかなければならないんじゃない？」

「ああ、そうだ。まずは父皇《ちちうえ》に頼んで君との結婚を許してもらうよ」

「許してくださらないと思うわ。だって、わたくしは妓女だもの。皇族の嫡妻《ちゃくさい》になれる身分じゃないわ。……ひょっとしたら側妃なら許可していただけるかもしれないけれど」

側妃なんてだめだ、と力強い声音《こわね》が碧蘭の右肩で響いた。

「愛する女人《にょにん》は嫡妻として迎えたい。父皇にはそのように奏上するよ」

「そんなことをしたらあなたの立場が悪くならない？　わたくしのせいであなたが逆鱗《げきりん》に

ふれて、たいへんな目に遭《あ》うかもしれないと思うと……胸が痛むわ」

碧蘭が軽く身をよじっておもてをのぞきこむと、才堅は甘ったるく微笑した。

「たとえどんなことをしても君を王妃に迎えるよ。心をこめて頼めば、父皇だって理解してくださるはずだ。どうか私を信じていてくれ。長くは待たせないから」

やけに確信を持った口ぶりに、碧蘭は内心、鼻白んでいた。

――王妃なんてどうせ無理なんだから側妃でいいのに。

才堅は有力な親王ではない。生母である唐貴人《とうきじん》は出産後まもなく病死しており、養母である柏賢妃《はくけんひ》は七年前に亡くなっているので、後ろ盾がないのだ。宗室に生まれた男子らしい野心もなければ気概《きがい》もなく、愚にもつかない小説や戯曲を書き殴《なぐ》って遊蕩《ゆうとう》にふけるしか能がないごくつぶしだから、玉座からは千里ほども離れている。ゆえに婚姻に関しても放置されていて、十九になっても未婚。皇家一軽んじられている皇子といっても過言ではないが、妓女を嫡室にするのは厳しいだろう。強硬に反対されるにちがいない。

されど、才堅は本気で碧蘭を正室にすると意気込んでいる。強意見《こわいけん》すれば彼の気が変わってしまうかもしれないので、やりたいようにやらせるしかなさそうだ。

「あなたの妻になれるなら、わたくし死んでもいいわ」

碧蘭は才堅の胸に頰を寄せた。

――まずは王府に入らなければ。

王妃にしたいと申し出ても却下《きやつか》されるだろうから、最終的には側妃として落籍されることになるだろう。とにかく親王に嫁ぐことができればいい。
それが憎き仇《かたき》――嘉明帝に復讐《ふくしゆう》するための第一歩だ。

嘉明《かめい》年間後期は血みどろの時代だといわれている。

その原因は怨天教団《えんてんきようだん》が起こした惨劇《さんげき》「燃灯《ねんとう》の変《へん》」にある。この事件で孝綏《こうすい》皇后・汪《おう》氏が凶弾に斃《たお》れた。彼女は嘉明帝にとって最愛の女性だった。いや、〝宿命の〟と呼ぶべきかもしれない。後世に残るはずだった嘉明帝の美名を粉《こな》みじんに破壊し、残虐《ざんぎやく》な暴君という悪名を歴史に刻んだのは、ほかならぬ汪氏なのだから。

愛妻を奪われた嘉明帝は怨天教団を憎み、東廠《とうしよう》を使って邪教徒を根絶やしにしようとした。密告が相次ぎ、冤罪《えんざい》があとを絶たなかった。犠牲者の数は一説によれば八十万人を超えるという。もっともこれは誇張された数字である。嘉明二十年に起こった涓西《けんせい》大地震の死者が八十万人以上と言われているので、この数字と混同されたのであろう。

近年では三、四十万人というのが通説になっている。

勅命《ちよくめい》を奉じて怨天教の弾圧を行っていたのは、悪逆無道の大宦官・同淫芥《どういんかい》だ。彼は東廠を率《ひき》いて強権をふるい、各地に潜伏させた密偵を駆使して怨天教徒と目された人びとを片っ端から連行し、拷問《ごうもん》にかけ、処刑した。

同淫芥の冷酷《れいこく》さは筆舌《ひつぜつ》に尽くしがたく、乳飲《ちの》み子《ご》から寝たきりの老人まで疑わしい者は容赦《ようしゃ》なく罪人にされた。人びとは彼を恐れ、その影や足音に縮み上がり、彼の名を口にすることさえ憚《はばか》らなければならなかった。はなはだしい恐怖は、はなはだしい怨憎《おんぞう》を生むものだ。同淫芥を呪う声は日に日につのったが、天子の走狗《そうく》として権勢をほしいままにする東廠の前では、民衆は言うにおよばず、官僚や皇族ですら無力であった。

血も涙もない苛政《かせい》にだれもが恐れおののいていた嘉明二十四年、皇太子・高承世《こうしょうせい》が廃された。世継ぎとしての才腕や素行には問題がなかったが、燃灯の変で負った怪我《けが》のせいで杖《つえ》なしでは歩けなくなっていた。足の具合は年々悪くなり、太医《たいい》の診断によればあと数年で完全に動かなくなるということだった。嘉明帝は汪皇后が産んだ唯一の男子である承世を鍾愛《しょうあい》していたが、自分の肉体では儲君《もうけのきみ》の任を果たせないので廃してほしいという承世の再三にわたる申し出を受け入れ、廃太子《はいたいし》した。

翌二十五年、嘉明帝は晴れやかな元会《げんかい》の席でかく宣言した。

「この一年で世継ぎをさだめる」

廟堂《びょうどう》はざわつき、皇子たちはそれぞれの野心を胸に動き出し、大官たちは水面下で腹の探り合いをはじめた。

これが潜龍争鹿《せんりゅうそうろく》——嘉明帝の皇子たちによる儲位《ちょい》争いである。

結論から言えば、潜龍争鹿の勝者は皇八子・高翼誠《よくかい》であった。

高翼誠、字《あざな》は才堅《さいけん》。のちの炎熙帝《えんきてい》は当時二十歳《はたち》の青年で、成端王《せいたんおう》に封じられていたが、皇太子候補のなかではいちばん儲位から遠い皇子だった。

その理由としては才堅が燃灯の変に関与したと疑われ、死を賜《たまわ》った柏賢妃《はくけんひ》の養子であったということだけでなく、彼が妓女を嫡室《ちゃくしつ》にしたこともあげられる。

潜龍争鹿の火ぶたが切られる一月前、才堅は父帝に婚姻の許可を求めている。彼が娶《めと》りたがった女性というのが曲酔《きょくすい》の妓女であったので、皇家は騒然となった。言うまでもなく、嘉明帝は才堅の申し出を黙殺した。あろうことか、才堅は想い人を嫡妻にしたいと主張したのである。妓女の入宮《にゅうきゅう》が禁じられた隆定《りゅうてい》年間以降、遊里出身の女人が宗室に嫁《とつ》ぐことは戒《いまし》められるようになり、家妓《かぎ》ならばともかく、妃の身位を与えることは避けるのが常道だった。時代がくだるにつれて禁令はゆるみ、妓女を側妃にする皇族もあらわれたものの、嫡室、すなわち王妃に迎える者はいなかった。

才堅は暁和殿《ぎょうわでん》の門前にひざまずいて父帝の許しを請うた。真冬のさなかである。雪風が吹きつける地面に座り、一心に真情を訴えるさまが嘉明帝からなけなしの憐憫《れんびん》を引き出したのか、才堅はついに想い人を嫡室に迎えることを許可された。

かくして彼が娶ったのが柳碧蘭《りゅうへきらん》という妓女である。碧蘭は裕福な薬商沈《しん》家の養女になり、沈碧蘭と名をあらためて成端王府に嫁いだ。柳姓は曲酔随一《ずいいち》の老舗《しにせ》妓楼《ぎろう》・香英楼《こうえいろう》の名妓《めいぎ》が受け継ぐものなので、親王妃としてはふさわしくないと判断されたのだろう。

親王と妓女の身分違いの恋。この恋愛事件は芝居や小説に恰好《かっこう》の題材を与えたが、実際のところ恋愛事件などではなかった。ふたりにはそれぞれ目的があり、そのために互いを利用していたのだ。彼らの結婚は民衆が愛する才子《さいし》佳人劇《かじんげき》の大団円などではなく、暴君の膝元でくりひろげられる血塗られた謀略劇《ぼうりゃくげき》の序幕にすぎなかった。

歴史の目撃者たちはこれが計略による婚姻だとは露ほども思わず、成端王の婚礼を寿《ことほ》ぎ、あるいは蔑《さげす》み、あるいは単に傍観《ぼうかん》した。

沈碧蘭――のちの孝貞《こうてい》皇后は、このとき二十歳。炎熙帝の即位からほどなくして自害することになる悲運の寵妃《ちょうひ》は、烈火のごとき復讐心を胸に成端王府の門をくぐった。

彼女は知らなかった。花婿となった高才堅もまた、怨憎を胸に秘めているとは。

盛大な婚礼から一夜が明けた。朝日がさしこむ時間になっても、真新しい夫婦は初夜の余韻《よいん》にひたっていた。

「だめだ、動かないでくれ。もうすぐ描き終わるから」

才堅は画筆を動かす手をとめ、寝返りを打つ碧蘭にささやきかけた。

「わたくしの寝顔を描いていたの？」

桃花のようなまぶたをおろしたまま、碧蘭はくすくすと笑う。

「寝顔なんて描かなくてもいいでしょう？　わたくしはこれからずっとあなたのそばにいるんだから。わざわざ絵に描かなくてもいつでも見られるわよ」

「これからは毎日見るさ。でも、今日はとくべつだからね。君の寝顔をはじめて見た記念に、絵として残しておきたいんだ」

暁光《ぎょうこう》に染まる真珠《しんじゅ》色の肌、繊細《せんさい》な曲線を描く柳眉《りゅうび》、桜桃《おうとう》の粒よりも赤くつややかな唇。紅の褥《しとね》に散った緑の黒髪と鴛鴦《えんおう》の衾《ふすま》からのぞく白い肩は昨夜結んだ春の夢の残り香を思うさま立ちのぼらせ、艶冶《えんや》な懈怠《けたい》を帯びた新妻の寝姿を美しく彩っている。

「さあ、できたぞ。見てくれ」

描きあがった絵を得々とさしだす。碧蘭は気だるそうにこちらに身体《からだ》をかたむけ、花の香《か》を放つ乱れ髪を軽くかきあげつつ、まぶたをあけた。

「なあに、これ。わたくし、こんな顔で寝ていたの？」

画仙紙を手にとり、ためつすがめつして柳眉をはねあげる。

「顔がむくんでいるし、口が大きすぎるし、髪は獣のたてがみのよう。あなたの目にわたくしはこんなふうに映っているの？　……ひどい、ひどすぎるわ」

宝玉のような瞳が涙で潤んだので、才堅はあわてて彼女をなだめた。

「誤解だよ。頼むから機嫌をなおしてくれ。問題があるのは君のかんばせではなく、私の画才のほうだ。詩心には恵まれているんだが、どうも絵心がないらしい。君のように美しいものを美しく描くことができたらいいんだけどね、私にはこれが精いっぱいなんだ」

白い目尻ににじんだしずくを指先で拭《ぬぐ》い、甘くささやく。

「君の寝顔は天女《てんにょ》かと見まがうほどだったよ。想像以上にすばらしかった」

「想像以上？　わたくしの寝顔を思い描いたことがあるの？」

「何度もね。君はどんな顔で眠るんだろうと毎晩のように考えたよ。いろんな表情を想像しているうちに眠れなくなってそのまま朝を迎えたことも一度や二度ではなかった。今日やっと本物を見ることができて胸がいっぱいだ」

可愛《かわい》い人、と碧蘭は笑みをこぼした。

「夢みたいだわ。あなたの妻になれるなんて」

「私のほうこそ、夢を見ている気分だよ。とうとう君を王妃に迎えることができたんだ。これから国じゅうを旅して君を見せびらかしたい。この美姫《びき》が私の王妃なんだと自慢するんだ。ああ、だめだだめだ！　そんなことをしたら国じゅうの男どもが君に一目惚《ひとめぼ》れしてしまう。ほかの男に君を奪われるくらいなら、死んだほうがましだ」

荒っぽく肩を抱くと、碧蘭が首にしがみついてきた。

「だれにも奪われやしないわ。わたくしはあなたのものよ」

その代わり、と艶《つや》っぽい唇が甘美な吐息をもらす。

「あなたもずっとわたくしのものでいて。側妃《そくひ》なんて絶対に許さないから。わたくし、あなたを独《ひと》り占《じ》めしたいの。ほかの女と分け合うなんてごめんだわ」

「安心してくれ。私は君だけのものだ。この先もずっと」

愛し合って結ばれた男女がそうするように幾度も口づけをかわしながら、才堅の頭は芯まで冷え切っていた。

――これがはじまりだ。

妓女《ぎじょ》を王妃に迎えることは計画の一部にすぎない。

――かならずや東宮《とうぐう》の主になる。

兄弟を出し抜いて儲君《もうけのきみ》となり、ゆくゆくは父帝から玉座を奪う。そして父帝が犯した数々の罪を清算する。それが、才堅にとっての復讐《ふくしゅう》だ。


後宮は秋恩宮《しゅうおんきゅう》。歴代皇太后が起居した絢爛華麗《けんらんかれい》な殿舎《でんしゃ》の門前に、皇族夫人を乗せた小型の輿《こし》、轎子《きょうし》が止まった。その数、十挺《ちょう》。

各轎子から着飾った皇族夫人の一群がおりてくる。筆頭は松月王妃《しょうげつおうひ》、先帝・宣祐帝《せんゆうてい》の皇長子・高仁徽《こうじんき》の嫡室《ちゃくしつ》である。整斗《せいと》王妃、恵兆《けいちょう》王妃、登原《とうげん》王妃、充献《じゅうけん》王妃と、先帝の皇子の正夫人がつづく。彼女たちが秋恩門を通ったあとで出てきたのは、今上《きんじょう》・嘉明《かめい》帝の皇子の正夫人だ。先頭は廉徳《れんとく》王妃、嘉明帝の皇長子・高承世《しょうせい》の嫡妻《ちゃくさい》である。つづいて安遼《あんりょう》王妃、黎昌王妃《れいしょう》、巴享王妃《はきょう》が秋恩門をくぐる。

成端王妃《せいたん》・沈碧蘭《しんへきらん》は行列の最後尾をしずしずと歩いていた。

「ねえ、妹妹《まいまい》。いやなにおいがしない？」

安遼王妃が絹団扇《きぬうちわ》の陰で顔をしかめ、となりを歩く黎昌王妃に話しかけた。

「そういえば、不快な臭気がただよってきますわね？　どこからにおうのかしら」

「変ね、皇太后さまのお住まいで異臭がするなんて。いつもは秋恩門をくぐったとたん、かぐわしい風に出迎えられるのに」

「いつもとちがうことが起こっているのでは？　たとえば、この場にふさわしくない者が足を踏み入れたというような」

きっとそうだわ、と安遼王妃は声高に言う。

「今日は南のほうから来たかたがいるもの。あちらのにおいをそのまま連れてきたのよ。いやだわ、襦裙《じゅくん》に異臭がしみついたらどうしましょう」

「ほんとうに困りますわね。せっかくとっておきの香を焚《た》きしめてきたのに」

聞こえよがしに不平を鳴らすふたりの王妃は背後にちらと視線を投げた。侮蔑《ぶべつ》もあらわなまなざしを向けられても、碧蘭はいっこうに意に介さない。

――くだらない人たちね。いやみを言うしか能がないなんて。

幼稚ないやがらせにあきれつつ、気おくれしたふうにおもてをふせて小径《こみち》を歩いていく。

堂々と胸を張らないのは親王妃たちの侮言《ぶげん》に傷ついているからではなく、そうしたほうが似つかわしいからだ。

花街《はなまち》から王府に嫁《とつ》いだ女。それが碧蘭の役どころである。妓女の格付けを行う花案《かあん》で毎年上位に名をつらね、著名な文人や廟堂《びょうどう》の重鎮を馴染《なじ》み客に持ち、曲酔《きょくすい》じゅうに妓名をとどろかせている売れっ妓《こ》も、曲酔から一歩外に出れば賤《いや》しい売笑婦《ばいしょうふ》にすぎない。

ましてや雲の上の人びとが暮らす皇宮においては婢女《はしため》と同等か、それ以下の存在と眼下に見られるのが常である。かるがゆえに卑賤《ひせん》の出自《しゅつじ》を恥じ、皇宮では顔もあげられないほど恐縮していると見せかけるのが上策なのだ。

上流官族《かんぞく》の令嬢であるほかの親王妃たちのように平然と頭をあげて歩いていれば、汚らわしい娼妓《しょうぎ》のくせに身の程をわきまえていないと反感を買う。ただでさえ後ろ指をさされているのに、わざわざ批判される種を増やす愚は犯さない。

なお、安逵王妃が「南のほう」と言ったのは曲酔が内城《ないじょう》南部に位置しているからだ。曲酔という単語を口にすることすら憚《はばか》られると言いたいのだろう。

一行は内院《なかにわ》の亭《あずまや》に案内された。周囲には芍薬《しゃくやく》が咲き乱れ、色とりどりの蝴蝶《こちょう》がひらりひらりと舞っている。

広々とした亭に十名の親王妃が勢ぞろいしたころ、秋恩宮の主である尹太后《いんたいこう》が側仕《そばづか》えを引きつれて姿をあらわした。尹太后は御年七十五。権門尹家《けんもんいんけ》出身の柔和《にゅうわ》な老婦人で、慈悲《じひ》深い人柄で知られ、妃嬪侍妾《ひひんじしょう》に慕《した》われている。かたわらにひかえているのは李皇貴太妃《りこうきたいひ》。尹太后より三つ年上で、尹家と双璧《そうへき》をなす名門李家の養女にして、先帝・宣祐帝の寵妃《ちょうひ》である。先帝が太上皇《たいじょうこう》として白朝《びゃくちょう》の錦河宮《きんがきゅう》で暮らしていたときは朝な夕なそばに侍《はべ》っていたが、嘉明十二年に先帝が崩御《ほうぎょ》してからは秋恩宮で起居している。

「皇太后さま、皇貴太妃さまに拝謁《はいえつ》いたします」

親王妃たちがいっせいに万福礼《ばんぷくれい》をする。尹太后は「楽になさい」と言い、金漆《きんしつ》塗りの宝座に腰をおろした。李皇貴太妃は一段低い位置にしつらえられた宝座に腰かける。

「今日はとてもよい日和《ひより》ね」

「ええ、ほんとうに。春らしい陽気になりましたわ」

尹太后と李皇貴太妃が微笑《ほほえ》み合うと、なごやかな会話がはじまる。碧蘭は聞き手に徹し、自分からは発言しない。妓女上がりの親王妃が先走って口をひらけば、出しゃばりだと非難される。恐縮した表情でぎこちなく耳をかたむけているほうが好ましい。

頃合いを見て、持参した扇子《せんす》をひらく。ごく自然ななりゆきでそうしたと思わせつつ。

「まあ、素敵な扇子ね」

真っ先に目をとめたのは李皇貴太妃だった。李皇貴太妃は染色に長《た》けているので、扇面《せんめん》にあらわれたあざやかな色彩にいち早く感づいたのだろう。

「なんてみずみずしい色かしら。まるで扇面に淡紅の芍薬が咲いたかのよう。内府《ないふ》の扇子にもここまでの逸品はなかったわ。ねえ、皇太后さま」

「ええ、見たことがないわ。香りまでただよってきそうね」

李皇貴太妃と尹太后が口々に褒めそやしたとき、一羽の黒い蝴蝶が迷いこんできた。黒蝶はひらひらと親王妃たちの頭上を飛びまわり、ふうわりとおりてきて碧蘭がひらいている扇子の扇面にとまる。

「蝴蝶ですら本物の芍薬とまちがえたみたいね」

尹太后はやんわりと微笑み、貴人らしい緩慢《かんまん》なしぐさで蓋碗《がいわん》を引きよせた。

「成端王妃、その扇子はどこで手に入れたの？　わたくしもぜひ一つ欲しいわ」

「こ、これは……わたくしが作ったものですわ」

碧蘭はへどもどしているふうを装《よそお》って答えた。

「あなたが手ずから？　では、その芍薬もあなたが描いたの？」

はい、と言うときも声を上ずらせるのを忘れない。

「さすが画状元《がじょうげん》の娘御ね。父譲《ゆず》りの画才がありありと見てとれるわ」

画状元という単語を聞いたのは久方ぶりだ。かれこれ八年は聞かなかった。なぜならそれは、承華殿待詔《しょうかでんたいしょう》および錦衣衛指揮使《きんいえいしきし》であった父、蕭幽朋《しょうゆうほう》をさす言葉だから。

発言者である李皇貴太妃は画状元と口にしたことをいささかきまり悪く思ったのか、温和な微笑に貫入《かんにゅう》のようなごく微細な亀裂が走った。

「お気に召していただけたなら、皇太后さまにさしあげます」

碧蘭の申し出を鼻で笑った者たちがいた。安達王妃と黎昌王妃だ。

「あなたのお古を国母《こくも》たる皇太后さまがお使いになると思って？」

「なんて恥知らずなのかしら。使い古しの扇子を皇太后さまにさしあげるなんて」

「ひょっとしたら、南のかたはこういうことを好んでいらっしゃるのかもしれないわね」

「あの坊肆《まち》のかたは物持ちがよいと噂《うわさ》で聞いていますわ。長年、使いこんだものにこそ、値打ちがあると考えていらっしゃるのでしょう」

お古や使い古しという単語は額面どおり扇子のことを修飾しているわけではない。碧蘭が春をひさいでいたことをあげつらっているのだ。

「故郷の習わしを大切にしたいという気持ちはわかるけれど、曲がりなりにも宗室に嫁いだのなら皇家の習わしに従わなくてはね」

「いつまでもあの坊肆の女人《にょにん》らしくふるまっていたら品位を疑われるわよ」

くすくすと毒針をまじえた冷笑が響く。碧蘭は口をつぐんでうつむいていた。反論できないからではない。うつむくだけで十分だと知っていたからだ。

「あなたが使っているものをとりあげるわけにはいかないわ」

雑音を聞き流し、尹太后はやんわりとした口調でつづけた。

「けれど、その扇子がすっかり気に入ってしまったから、それとおなじものを作ってもらおうかしら。ねえ、李皇貴太妃」

「名案ですわ。成端王妃に扇面画を描いてもらえば、すばらしい扇子になるでしょう」

老婦人たちが微笑み合えば、安遼王妃と黎昌王妃は押し黙るしかない。皇后なき後宮において、皇太后や皇貴太妃は無視できない存在だ。彼女たちのなごやかな会話に水をさしても得るものはない。

「扇面画を描くなら見本になる芍薬が必要ね。秋恩宮の内院の芍薬も美しいけれど、紅采《こうさい》園《えん》のものにはかなわないわね」

「ええ、紅采園の芍薬は天下一ですから」

尹太后と李皇貴太妃はうなずき合い、碧蘭に目を向けた。

「紅采園に出かけてごらんなさい。国内外から集められた芍薬が咲きにおっているわよ。そのなかからあなたの絵心を刺激するものを選んで、扇面画を描いてちょうだい」

「気に病んではだめよ」

となりを歩く婦人が碧蘭に気づかわしげな視線を向けた。年のころは四十過ぎ。人妻にしてはめずらしく、前髪を作ってひたいを隠しており、ほっそりとした蛾眉《がび》を当世風にやや長めに引き、目じりにはうっすらと臙脂《えんじ》をのせている。

彼女は今上《きんじょう》の異母兄、整斗王《せいとおう》・高秋霆《こうしゅうてい》の嫡室《ちゃくしつ》、整斗王妃・孫月娥《そんげつが》だ。先ほどの席にも列席していた孫妃は会がお開きになるなり碧蘭に歩み寄り、紅采園に案内すると言った。碧蘭は紅采園の場所を熟知しているので案内人は不要だったが、道に迷いそうで不安だったと嘘をつき、心底安堵《あんど》したふうに礼を述べた。

「親王妃のなかにはあなたを誤解している者もいるけれど、時間が経てばあなたの人となりを知って態度をあらためると思うわ。しばらくは肩身の狭い思いをするでしょうが、あまり深刻に受け止めないでね。あなたが成端王に嫁ぐことをお許しになったのは主上《しゅじょう》よ。正式な手順を踏んで宗室に迎えられているのだから引け目を感じることなんてないわ」

「恐れ多いことですわ。わたくしのような賤しい女が整斗王妃さまのような高貴なかたにやさしいお言葉をかけていただけるなんて……」

　高貴だなんて、と孫妃は屈託なく笑う。

「私は元道姑《どうこ》よ。父は茶商、弟は六品官だわ。片やあなたは三品官のご令嬢でしょう」

　錦衣衛指揮使《きんいえいしきし》は正三品である。宮廷画師に与えられる武職は実権をともなわないものだから、父・蕭幽朋《しょうゆうほう》が軍務についたことはないが、俸禄《ほうろく》は錦衣衛から与えられていたので、碧蘭は形式上〝三品武官の令嬢〟ということになる。なお、錦衣衛指揮使は宮廷画師が与えられる位としては最高位であり、父は二十八のときにその栄誉を賜《たまわ》った。

「天下一の画聖《がせい》の血をひいているのだから、私よりよほど貴《とうと》い生まれだわ。ご父君はほんとうにすばらしい画才をお持ちだったわよ。筆先からいまにも飛び立ちそうな鶴や愛らしい猿の母子が生み出されていくのを見ていると、たくみな仙術《せんじゅつ》のようで……」

不自然に言葉を打ち切り、孫妃はあかるく話頭を転じた。

「そういえば、成端王とあなたのなれそめを耳にしたわ。成端王があなたに小説の挿絵を描いてほしいと依頼してきたんですって？　恋愛小説の挿絵だと聞いたけれど、どんな内容だったの？　主人公たちの出会いの場面かしら？」

孫妃が蕭幽朋の話題から逃げたことに驚きはない。父の名はいわば宮廷の古傷である。うかつにふれれば大やけどを負う。危うきを避けるのは貴人の常道だ。

にこやかに受け答えしつつ、碧蘭は芯まで冷えた頭で考えていた。

――お父さまを密告したのは、だれ？

八年前まで父は宮廷絵画をつかさどる画院《がいん》の最高位、承華殿待詔《しょうかでんたいしょう》をつとめる著名な画師だった。雅趣《がしゅ》に富んだ山水画《さんすいが》、巧麗優美《こうれい》なる花鳥画《かちょうが》、細部まで計算された界画《かいが》、霊妙な道釈画《しゃくが》、躍動感あふれる走獣画《そうじゅうが》、聖賢《せいけん》の教えをあざやかに写した勧戒画《かんかいが》、民情を生き生きと描き出す風俗画、歴史の名場面を眼前によみがえらせる故事画《こじが》など、あらゆる絵画を得意としたが、父の画名をもっとも世間に知らしめたのは人物画だ。

ひとたび父が画筆を動かせば、画中の人物にはたちまち血が通い、気が満ちあふれ、こまやかな情が生じた。それはもはや画上にあらわれた人間の皮相ではなく、血肉の衣をまとった、魂魄《こんぱく》そのものの偽らざるかたちなのだった。

父の画才をだれよりも愛したのは今上である。

今上は詩興がわくと父を召し、画題を与えて絵を描かせた。父の作品は決まって御意《ぎょい》に入《い》ったので、今上は御容《ぎょよう》のほとんどを父に任せた。御容は皇帝や后妃《こうひ》など、皇家の人びとの肖像画をいう。雲の上の貴人を描くという性質上、作品に署名することは許されないが、画師として末代までの栄誉となる仕事である。父は幾度も御容制作にたずさわり、たぐいまれな用筆で今上を喜ばせ、若くして画壇《がだん》の雄《ゆう》となった。画状元《がじょうげん》なる美称《びしょう》は父が今上より賜った玉印《ぎょくいん》に刻されていたものである。

画道の大家《たいか》として名を竹帛《ちくはく》に垂るはずだった父が大逆人として刑場に引っ立てられたのは八年前のこと。何者かが讒訴《ざんそ》して父に濡《ぬ》れ衣《ぎぬ》を着せたのだ。

父を陥《おとし》れた奸物《かんぶつ》は、おそらく皇宮のなかにいる。今上に重用される父を妬《ねた》んだ者のしわざかもしれないし、謀略《ぼうりゃく》の駒《こま》として使い捨てられたのかもしれない。いずれにしても、その者は碧蘭の仇《かたき》だ。かならず見つけだして相応の罰を受けさせてやる。

とはいえ目下、密告者には顔がない。彼の影すらつかめないのだ。姿かたちのない仇は部屋の外で響く不快な物音のように遠い存在だ。生々しい激情とともに思い出されるのは、やはり今上なのだった。信任していた画師が冤枉《えんおう》をこうむったことに気づきもせず、私憤《しふん》を晴らすため処刑を命じた暗愚《あんぐ》なる暴君は、憎んでも憎み足りない相手だ。

怨敵《おんてき》を討《う》つ。そのために碧蘭は生きている。

——だれも信用しないわ。

孫妃は整斗王とのあいだに四人の子女をもうけており、夫とはたいへん仲睦《なかむつ》まじいそうだ。ただし、王世子《せいし》は前妻の息子らしい。継室が前妻の息子を跡継ぎの座から引きずりおろして自分の息子を世子に立てるよう働きかけることはめずらしくないが、孫妃は先代の整斗王妃が遺した継子もわが子同然に可愛《かわい》がり、家庭は円満だという。

孫妃がよき妻、よき母であろうことは彼女の物柔らかな雰囲気《ふんいき》から察せられる。しかし、そう見えるというだけだ。人が他人の前で自分を偽ることは、花街暮《はなまちく》らしでいやというほど学んだ。妓女《ぎじょ》でさえ必要に応じて己の顔を使いわけるのだ、宗室に嫁《とつ》いだ夫人におなじことができないはずがない。だからどれほど親切そうに話しかけられても孫妃に好感を抱くことはないし、彼女を信頼することもない。孫妃だけでなく、禁城《きんじょう》で出会う人全員を猜《さい》疑《ぎ》の目で見ることにする。ここには父を密告した者がいるはずだから。

本心はおくびにも出さず、孫妃と談笑しながら紅采園の門をくぐり、精緻な鋪地《ほち》がしきつめられた小径《こみち》を歩いていく。迎春花《げいしゅんか》、黄香梅《こうこうばい》、玉玲瓏《ぎょくれいろう》、垂枝碧桃《すいしへきとう》、木瓜海棠《ぼっかかいどう》。春の絵具を思うさまかさねた佳景《かけい》は天上のものかと疑われるほど美しい。どこかで百舌《もず》が鳴いている。その軽やかな歌声にまじって箜篌《くご》の調べが聞こえてきた。音の錦を織りあげていく豊麗《ほうれい》な響きは右側に枝分かれした小径の向こうにある亭《あずまや》から流れてくる。

梅花型の屋根をいただく亭には箜篌を奏でている若い娘の姿があった。

「宝福公主《ほうふくこうしゅ》よ」

あれはだれなのかといぶかる碧蘭に、孫妃がそう説明した。

「あなたたちは仲が良かったでしょう。おぼえていない？」

宝福公主・高丹雪《たんせつ》。汪《おう》皇后が産んだ末娘だ。幼き日、碧蘭が父に連れられて参内《さんだい》するたび、当時は琳琳《りんりん》という幼名で呼ばれていた彼女が会いに来てくれた。琳琳は碧蘭を姉のように慕《した》ってくれ、碧蘭も琳琳を妹のように可愛がっていた。

最後に会ったとき、琳琳は九つだったが、いまや十七。たおやかな手で絃《げん》を爪弾《つまび》く繊細《せんさい》な横顔はすっかり大人びていて、記憶のなかのおてんばな少女とうまくかさならない。

――仕方ないわ、あれから八年も経ったんだから……。

ふしぎな感慨《かんがい》が胸にひろがる。それはまごうことなき悪感情だった。姉妹のように微笑《ほほえ》み合っていたふたりを遠くへだててしまった歳月を憎まずにはいられない。

丹雪がこちらに気づいて演奏を止めた。孫妃が亭に入り、うしろからついてきた碧蘭を紹介する。碧蘭の名を聞くや否《いな》や、丹雪はさっと顔色を変えて立ち去った。そばにひかえていた若い宦官《かんがん》が箜篌を抱えて主の背中を追いかけていく。

「気を悪くしないでね」

孫妃は申し訳なさそうに碧蘭をふりかえった。

「あの子が話さないのはいつものことなの」

「いつものこと？」

「八年前から声を出せないのよ。太医《たいい》が言うには七情《しちじょう》の病らしいわ。人の話を聞けば理解できるし、思考することもできるのに、心が乱れて胸がふさいでいるせいで声を発することができないの。きっと衝撃が強すぎたのね。燃灯《ねんとう》の変《へん》が起こったとき、あの子は現場にいたから……。そのせいであなたにわだかまりがあるのよ。ご父君のことで……」

丹雪は碧蘭を怨《うら》んでいるのだ。丹雪にとって碧蘭は仇敵《きゅうてき》の娘だから。しかしそれはこちらもおなじ。碧蘭にとって丹雪は怨敵の娘だ。

――燃灯の変がわたくしたちを敵同士にしたんだわ。

もし、燃灯の変が起こらなかったなら、いまも丹雪は碧蘭を慕ってくれていただろう。ふたりは姉妹のように微笑み合っていただろう。

嘉明十七年、一月十五日。あの日を境に、すべてが変わった。

嘉明二十五春、青々とした空の下で壮麗なる献俘式が執り行われた。昨年秋に侵攻してきた北狄《ほくてき》・蚩頭《しとう》を征伐《せいばつ》した官軍は、首を数珠《じゅず》つなぎにされたおよそ三百人の俘虜を天子に献納した。俘虜のなかで官軍に多くの被害を与えた凶悪な者は処刑されるが、それ以外の蛮兵《ばんぺい》は辺境の軍事拠点に送られ、軍士《ぐんし》として前線に配置されることになっており、婦女子

凱旋《がいせん》した官軍による俘虜献納《ふりょけんのう》の大典を献俘式《けんぷしき》という。

は官奴婢《かんぬひ》として各官府に分配される。

　同日夕刻より、皇上《みかど》は官軍をねぎらうため百官に酒宴を賜《たまわ》う。宴席がもうけられた外《がい》朝《ちょう》・久寧殿《きゅうねいでん》はおびただしい燭光《しょっこう》で満たされ、真昼のような明るさだった。

　典雅《てんが》な燕楽《えんがく》が奏され、きらきらしい舞衣をまとった宮妓《きゅうぎ》が西域《さいいき》風の群舞を披露し、装《よそお》いを凝らした鐘鼓司《しょうこし》の役者が翠劇《すいげき》を演じる。西王母の宴《うたげ》でふるまわれるような緑酒《りょくしゅ》が黄金の執壺《しっこ》で注がれ、見目麗《みめうるわ》しい女官や宦官が翡翠《ひすい》の皿に盛られた料理を間断なく運び、群臣は談笑しながら象牙《ぞうげ》の箸《はし》で山海の珍味をつまむ。にぎにぎしい御宴《ぎょえん》の情景にはなにもかもがそろっているように見えたが、肝心《かんじん》かなめのものが欠けていた。

「父皇《ちちうえ》も物好きなかただ」

　巌《いわお》のごとき巨軀《きょく》を団龍文《だんりゅうもん》の大袖袍《おおそでほう》で包んだ青年が睨《にら》むように空《から》の玉座を見やった。安遼王《あんりょうおう》・高元覇《こうげんは》。新興の武門、喬《きょう》家出身の貴妃を母に持つ皇二子だ。齢《よわい》は二十六。刀剣を握り慣れた武骨な手を宴卓に投げ出し、猛々《たけだけ》しい面輪《おもわ》にありったけの不平不満をにじませて、鬱憤《うっぷん》をのみくだすようにして酒杯をあおっている。

「今日くらいは政務を離れて酒宴を楽しまれればよいのに、早々に中座なさるとは」

「無理もないよ。宴席《ここ》にいると、いやというほど二兄の武勇伝を聞かされるからね」

　茶化すように笑った黎昌王《れいしょうおう》・高利風《りふう》は元覇より一つ下の皇三子。生母は内閣大学士《ないかくだいがくし》三《さん》輔《ほ》・遠閣老《えんかくろう》の姉、遠麗妃《れいひ》である。親王の龍袍《りゅうほう》をまといながら髪を結いあげずに背に垂らし、宮妓たちを左右に侍《はべ》らせて金碧山水《きんぺきさんすい》の扇子《せんす》を気だるげに揺らめかせる姿は、死相があらわれる直前の天人のような、頽廃《たいはい》的な美しさをたたえている。

「奇襲して敵将を討ち取っただの、敵軍の包囲を十数騎で突破しただの、火攻めで敵陣を攪乱《かくらん》しただの、二兄の口から出てくるのは血なまぐさい話ばかりで気が滅入《めい》るよ」

「軟弱者め。男たる者、戦地での働きぶりを語らずになにを語るというのだ」

元覇は蛍頭征伐の主帥《しゅすい》をつとめ、猛者《もさ》ぞろいの安遼軍を率《ひき》いて輝かしい武勲をたてた。十五で初陣《ういじん》を飾ってから幾度となく戦功をあげてきたが、今回はたびたび侵攻してきていた蛍頭の王太子を討ち取ったため、いつも以上に肩を怒《いか》らせている。

「戦地での活躍もいいけど、私は戦利品について聞きたいね」

「たいしたものではないぞ。北狄の武器など――」

元覇が鹵獲《ろかく》した蛍頭軍の兵器について語ると、利風は扇子をひらひらさせて遮《さえぎ》った。

「二兄じゃあるまいし、武器なんかに興味はないよ。私が知りたいのは美女のことさ」

「美女だと？」

「俘虜のなかに妙齢のご婦人がいたじゃないか。あれは敵将の妻妾かい」

自他ともに認める猟色家《りょうしょくか》の利風は、献俘式の最中も美女探しに余念がなかったらしい。

「おまえが見初《みそ》めたのがどの女なのか知らぬが、女は蛍頭軍の女兵士だ」

「女兵士？　へえ、勇ましいな。男装の麗人《れいじん》には大いにそそられるよ。一人くらい融通《ゆうずう》してくれないかな？」

「馬鹿を言うな。俘虜はすべて天子に献じるのが習いだ。すでに俺の手を離れている。欲しければ父皇にねだれ」

「じゃあ、頼んでみようかな。父皇のご機嫌がいいときにでも」

そんなときはない、とだれもが思ったが、口に出す者はいない。

「ああそうだ。十弟も一緒に行くかい？」

「……えっ、わ、私ですか？」

唐突《とうとつ》に利風に声をかけられ、びくりとして酒をこぼした者がいた。皇十子、穣土王《じょうどおう》・高不器《ふき》。今年で十八になるが、小柄で童顔なので実年齢より二、三つ幼く見える。

「十弟は縁談を賜りたいんだろう？　ついでに頼みに行こうか」

「えっ、わ、私は……その……」

兄たちの視線が集まり、不器はしどろもどろになって手巾で袖口を拭いた。

「……私などがお供すれば父皇の御不興を買います」

「そんなことはないよ。言葉にはなさらないけど、父皇は十弟を案じていらっしゃるはずだ。思い切って頼んでみれば、あっさり許してくださるかもしれないよ」

「そうだといいんですが……」

皇族は十五を過ぎれば良縁を賜るものだが、父帝は子女の婚姻に関心がないので宗室には適齢期になっても未婚の者が多い。不器もその一人で、縁談を欲しがっていた。

なお当人ではなく、生母たる危芳儀《きほうぎ》のたっての希望だ。危芳儀は不器に縁談を賜りたいと願い出て震怒《しんど》をこうむったことがある。折もあろうに、汪皇后の遺品が紛失して父帝が憤激していたときに直奏《じきそう》してしまったのだ。

それ以来、危芳儀は息子を介して縁談を得られるよう働きかけている。不器は母の願いを叶えたがっているが、そのために大胆《だいたん》な行動を起こしたことはない。生まれついての小胆者《しょうたんもの》で、父帝の御前では畏縮《いしゅく》してしまい、婚姻の許可を求めるどころか、型どおりのあいさつすら舌をもつれさせずに言えた試しがないのだ。

「妻《めと》を娶りたいと申し出ることもできぬとは情けないやつめ。こんな腰抜けを弟と呼ばねばならぬとは、これ以上の恥はない」

元覇が蔑《さげす》みもあらわに言い捨てるので、不器は鞭打《むちう》たれたように肩をすぼめた。

「口をつつしめ、二弟。血をわけた弟を貶《おとし》めることは、わが身を貶めることだぞ」

鋭い声音《こわね》で元覇をたしなめたのは皇長子、廉徳王《れんとくおう》・高承世《しょうせい》だった。齢は元覇とおなじ二十六。生母は父帝最愛の汪皇后である。嫡男《ちゃくなん》として育てられてきたせいか、謹厳実直《きんげんじっちょく》が衣を着たような人物で、事あるごとに弟たちに訓戒《くんかい》を垂れる。

「そうは言っても大兄、こいつは意気地《いくじ》がなさすぎる。妻を娶りたいと申し出ることさえできないんだぞ。そんなざまで親王として面目が立つか？」

「縁談はしかるべきときが来ればおのずと賜るものだ。自分から求めるなど厚かましい。ましてや五弟や七弟、九弟も未婚だ。妻帯せぬ兄たちをさしおいて弟が先に妻を娶るのは悌順《ていじゅん》とはいえぬ。十弟は意気地がないのではなく、堯舜《ぎょうしゅん》の道に従っているだけだ」

「堯舜の道もけっこうだけど〝男女室《へや》に居るは人の大倫《たいりん》なり〟ともいうよ。五弟や七弟は結婚に興味がなさそうだし、九弟は病弱だから仕方ないけど、壮健な十弟がいつまでも独り身でいるのはつらいだろう」

かわいそうだよ、と利風はさも同情しているように言い添えた。

「いっそ八弟みたいに父皇に直談判《じかだんぱん》してみたらどうだい？　意中の女人《にょにん》がいると言って情に訴えれば、父皇だって憐《あわ》れんで許可してくださるよ」

「憐れみを乞《こ》うなど恥だ。親王の身位を賜っている者がなすべき行為ではない」

承世が非難がましく才堅を見やると、「大兄の言うとおりだ」と元覇がうなずく。

「また醜業婦《しゅうぎょうふ》を宗室に迎えることになったら末代までの恥だぞ。八弟の真似《まね》などするなよ、十弟。婚姻を賜りたければ軍功をあげろ。夷狄《いてき》を平らげて天下を安寧《あんねい》に導けば、父皇もおまえを一人前の男として認めてくださるだろう。その女のような細腕で長槍を操ることができればの話だが。長槍を操るどころか馬にも満足に乗れぬようでは、戦場に出たとしても将兵の足手まといに――」

「武勇を誇ることだけでなく、配下を戒《いまし》めることにも励《はげ》まれてはいかがで？」

利《き》かん気が強そうな顔つきの青年が冷笑まじりの声を放った。

「安遼軍の将兵たちが方々で悶着《もんちゃく》を起こしていると毎日のように仄聞《そくぶん》していますよ。商人に難癖《なんくせ》をつけて店を荒らしたり、若い人妻を強奪したり、ささいな過失で幇間《ほうかん》を殴《なぐ》り殺したり、寄ってたかって妓女《ぎじょ》を辱《はずかし》めたり……聞き苦しい悪評ばかりだ。安遼軍の醜行《しゅうこう》を耳にせずに往来を歩くこともできません。こんなありさまだから世間では〝良い鉄は釘にならない、良い人間は兵士にならない〟といわれているんですよ」

巴享王《はきょうおう》・高博宇《はくう》、齢二十三。尹太后《いんたいこう》の遠縁にあたる倫寧妃《りんねいひ》を母親に持つ皇六子は生来陰気で口数がすくないが、饒舌《じょうぜつ》になる話題が二つある。一つは書画骨董《しょがこっとう》、もう一つは元覇だ。前者はこよなく愛好しているため、後者は蛇蝎《だかつ》のごとく嫌っているためである。

「軍は荒くれ者の集まりですから品行方正であれとは言いませんが、官軍に身を置くからには最低限の道義心を身につけるべきです。戦場で惨殺《ざんさつ》や落花狼藉《らっかろうぜき》が日常茶飯事《さはんじ》だからといって、安寧を謳歌《おうか》する煌京《こうけい》でおなじことをされては困ります」

「えらそうに、俺に説教する気か。おまえの言う煌京の安寧とやらは、われら安遼軍の働きなくして成り立たぬことを知らぬのか」

「聞き捨てなりませんね。二兄のおっしゃりようだと、天下太平は安遼軍のおかげみたいだ。安遼軍がなければ凱《がい》は亡びるとでもおっしゃりたいんですか？　ひょっとして二兄はお忘れなのでは？　この天下はあなたの持ち物ではなく、父皇のものですよ」

「父皇のものだからこそ、俺はわが身を戦場に置き、夷狄の返り血を浴びて天下太平のため粉骨砕身《ふんこつさいしん》しているのだ。なんの働きもせずに王禄《おうろく》を貪《むさぼ》り、王府に引きこもって壺《つぼ》だの絵だのと戯《たわむ》れているおまえが一人前の口をきくな」

「敵の返り血を浴びることが大人《たいじん》の条件なら、奴僕《げなん》ですら従軍したその日から出来物と呼ばれるわけですね。嘆《なげ》かわしいことだ。北澄《ほくちょう》の英雄、馬志強《ばしきょう》は古籍《こせき》に通暁《つうぎょう》しており、書家としても一流で、彼が書いた雄渾《ゆうこん》な文章はいまでも称賛を浴びていますが、当節の武人は殺戮《さつりく》の技を誇るだけで学問がなく、目を覆《おお》うばかりの粗野な言動は塞外《さいがい》の民と区別がつかないほどです。これはどうしたことかと疑問に思っていましたが、二兄のおかげで腹に落ちましたよ。夷狄の血を浴びると夷狄のように野蛮になるんですね」

博宇が元覇に食ってかかるのには理由がある。十年ほど前、元覇は博宇が母妃に贈るために用意していた拓《たく》王朝の花瓶《かびん》を不注意で壊したのだ。そのうえ謝罪するより早く「花瓶ごときで騒ぐな」と言い捨てたため、博宇は怨《うら》みを忘れずにいる。

――この光景をあと何度見られるだろうか。

激昂《げっこう》した元覇が博宇につかみかかるのを、才堅は作り笑顔で眺めていた。

元覇と博宇が一触即発になるのも、利風がふたりの諍《いさか》いに茶々を入れるのも、承世が経書の講義よろしく堅苦しい口調で仲裁するのも、不器がおろおろしているのも、おさだまりの光景だ。兄弟の団欒《だんらん》には程遠いが、こんなものでもそのうち見られなくなると思えば感傷的にならざるを得ない。

──なつかしく思い出すことになるだろう。

儲位《ちょい》をめぐって争う者たちが同席するのは、東宮《とうぐう》の主がさだまるまでのことだ。

「あいかわらず仲が悪いですねえ、安遼王《あんりようおう》と巴享王《はきようおう》は」

帰りの軒車《くるま》のなかで、成端王《せいたんおう》付き首席宦官《かんがん》の胡愚猿《こぐえん》がへらへらと笑った。

北狄《ほくてき》の商人と妓女のあいだに生まれたこの宦官は父親から砂色の髪と緑色の眼を、母親からは白磁《はくじ》のような肌を受け継いでいる。彫りの深い秀麗《しゅうれい》な眉目《びもく》は容姿端麗《ようしたんれい》な者が多い三監《さんかん》──上級宦官である太監《たいかん》、内監《ないかん》、少監《しょうかん》をいう──のなかでも群を抜いているが、人を食ったようなしまりのない表情のせいか、おどけたしぐさで観客を笑わせる道化と似た雰囲気《ふんいき》をまとっている。

「顔を合わせるたびに悶着を起こすんですから、廉徳王《れんとくおう》の気苦労が絶えないわけですよ」

二兄と六兄だけじゃない、と才堅はひとりごとのようにつぶやいた。

「宗室自体が殺伐《さつばつ》としているんだ。……四兄がいらっしゃったころはこうじゃなかった」

皇四子にして先代の呂守王《ろしゅおう》・高文耀《ぶんよう》。才堅がもっとも敬愛していた異母兄が存命だったなら、兄弟仲はここまでこじれなかったのではないかと思う。

──父皇《ちちうえ》は俺たちを争わせるおつもりだ。

「この一年で世継ぎをさだめる」と父帝は言ったが、どうやって決めるのか、どのような人物を望むのか、具体的なことは一切、口にしていない。また、内閣大学士《ないかくだいがくし》をはじめとした高官たちに「立太子すべき皇子を推挙《すいきょ》せよ」と命じることもなかった。

なんの指針も示さずに「世継ぎをさだめる」とだけ言えば、皇子たちは浮足立ち、廟堂《びょうどう》にいならぶ大官たちはざわめく。憶測が飛び交い、陰謀《いんぼう》がそこかしこで芽吹《めぶ》いて、野心を持つ者も持たない者も巻きこまれずにはいられない嵐が吹き荒れる。それこそが父帝の狙いだ。嵐のあとも吹き飛ばされずに残っていた者を世継ぎに選ぶ腹積もりなのだ。

——まったく、父皇らしい。

息子たちを競わせ、骨肉相食《あいは》む争いを高みから見物する。汪皇后が健在なら、かくも悪趣味な方法で後継者を選びはしなかっただろう。勝ち残った者がだれであれ、禍根《かこん》を残すことにはちがいなく、血をわけた息子たちを喪《うしな》うかもしれないのだから。

しかしいまや、父帝はそんなことに拘泥《こうでい》しない。興味がないのだ。廉徳王・承世《しょうせい》以外の息子に関心がない。なぜなら、承世以外の息子は汪皇后の子ではないから。

息子たちのうち、だれかひとり残ればいいと思っているのだろう。あるいはだれも残らなくてもいいとさえ思っているかもしれない。傍系《ぼうけい》から立太子された先帝・孝宗《こうそう》皇帝（宣《せん》祐帝《ゆうてい》）のように、親王家から皇太子を迎えればよいのだと。いや、もとより後継者を選ぶことに心を砕いてはいないのかもしれない。国の行くすえにも。

父帝が全身全霊で打ちこんでいるのは汪皇后の仇《かたき》を討《う》つこと――それだけだ。

憂悶《ゆうもん》の重さに耐えかねてうつむいていると、突如として軒車が止まった。ついで悲鳴じみた少年の声が耳に飛びこんでくる。

「おれは怨天教徒《えんてんきようと》じゃない！　あんな連中とはかかわったこともない！」

「嘘をつくな。おまえが半金烏《はんきんう》を所持していたことは調べがついている」

今度は野太い男の声だ。窓かけの外でなにが起こっているのか見なくてもなくわかる。飛魚服《ひぎよふく》をまとった錦衣衛《きんいえい》の武官たちが少年を取り押さえているのだ。

「成端王殿下――」

明黄色《にちりんいろ》の窓かけに織り出された文様――四爪《しそう》の龍と竹――を見て軒車の持ち主に気づいたのか、錦衣衛の武官が声をかけてきた。

「ご迷惑をおかけして申し訳ございません。連行中の罪人が逃げ出し、殿下の軒車の前に飛び出しました。お怪我《けが》をなさいませんでしたか？」

才堅が答える前に少年の叫び声が夜陰を引き裂く。

「父さんも怨天教徒だと密告されて連行された！　伯父《おじ》さんも兄さんも！　みんな半金烏なんか持ってなかったのに！　貴様ら錦衣衛はいつもそうだ！　証拠なんかいらない！　密告があったというだけで連行すればいいんだからな！　拷問《ごうもん》して〝自白〟させれば手柄になるんだろ！　騾馬《らば》の走狗《いぬ》どもめ！　閹鬼《えんきこ》に媚びへつらいやがって――」

少年はしたたか殴《なぐ》られて言葉を封じられる。才堅は乱暴なことをするなと錦衣衛の武官をたしなめようとしたが、愚猿が無言で首を横にふるので苦い思いをのみくだした。

「軒車が突然止まったので壁に頭をぶつけてしまったが、たいしたことはない。眠気が冷めてちょうどよかったくらいだ。こちらのことは気にせず、つとめに励んでくれ」

錦衣衛の武官はうやうやしく揖礼《ゆうれい》し、道をあけさせた。

——つとめに励んでくれ、だと？

ふたたび動き出した軒車のなかで、才堅はこぶしを握りしめた。

親軍《しんぐん》二十六衛の首《おびと》、錦衣衛は悪名高き東廠《とうしょう》の下部組織である。東廠は宦官によって組織された特務機関なので、彼らの手先として使役される錦衣衛は驟馬の走狗と呼ばれて蔑《さげす》まれ、官民の心胆《しんたん》を寒からしめると同時に怨憎《おんぞう》の的《まと》となっている。

目下、東廠は督主《とくしゅ》たる司礼監秉筆太監《しれいかんへいひつたいかん》・同淫芥《どういんかい》の指示で淫祀《いんし》・怨天教の信徒狩りに血道をあげている。市中には悪疾《あくしつ》のように密告が蔓延《まんえん》しており、ささいな害意や利益のために子が親を、弟が兄を、妻が夫を讒訴《ざんそ》し、毎日どこかで邪教徒の烙印《らくいん》をおされた者が連行されていく。彼らの喉《のど》からほとばしる無実を訴える声は黙殺され、苛酷《かこく》な拷問によって引き出された自白のみを根拠にむごたらしい処刑が行われる。見るも無残な遺体は害獣の死骸《しがい》のように無造作《むぞうさ》に燃やされ、その呪わしい煙は天を覆わんばかり。

こんなことが八年もつづいているのだ、この国では。

なにより腹立たしいのは、地獄絵を引き写したような眼前の惨劇《さんげき》を止める力が才堅にはないということだ。少年を助ければ、かならずこちらまで火の粉《こ》が飛んでくる。だれかが才堅を怨天教徒だと密告し、成端王府には錦衣衛が押し寄せてくるだろう。

そして才堅は東廠の監獄《かんごく》――鬼獄《きごく》に連行されるのだ。八年前のように。

「どうかこらえてください、殿下。〝小善を為さず、故に大名《たいめい》あり〟ですよ」

小さな善を為すよりも大業《たいぎょう》をなせ。愚猿が言った古人の金言は胸に刻んでいる。才堅には為すべきことがある。まだ道なかばにも到達していないのに、錦衣衛に目をつけられるわけにはいかない。だからあの憐《あわ》れな少年を見捨てるしかないのだ。彼がこれから八千種の拷問具で痛めつけられ、絶望の淵で息絶えることを知っていても。


湯殿に満ちた茉莉花《まつりか》の香りを肺腑《はいふ》におさめ、碧蘭はちらりと背後に笑みを投げた。

「あなたに洗ってもらうと髪がとてもきれいになるわ」

恐れ入ります、と抑揚《よくよう》のない声音《こわね》が響く。碧蘭の髪を丁寧《ていねい》な手つきで洗っている面長《おもなが》の婦人は成端王妃付き首席女官・念佳杏《ねんかきょう》。齢《よわい》は三十八で、よく見ればととのった顔立ちをしているが、美人ぞろいの女官のなかではこれといった印象が残らない平凡な容姿だ。

――付き合いづらい女官だわ。

仕事ぶりはそつがなく、骨惜しみせずに働いてくれている。さりながら極端に口数がすくなく、無表情でとっつきにくい。身の回りの世話をしてくれる女官を手なずけておいて損はないので、王府に入った翌日に贈り物として高価な宝飾品をわたそうとしたが、佳杏は頑として受け取らなかった。そのせいでほかの女官たちも遠慮《えんりょ》した。佳杏がいちばん高位の女官なので、佳杏が受け取らないならだれも受け取れないのだ。

——わたくしが妓女《ぎじょ》出身だから蔑んでいるんでしょうね。

成端王妃付きになる前、佳杏は芳仙宮《ほうせんきゅう》に仕えていたという。芳仙宮の主は皇五子、洪列《こうれつ》王《おう》・高忠徹《ちゅうてつ》の生母である荷皇貴妃《かこうきひ》。後宮女官として高貴な婦人に仕えてきた佳杏が遊里《ゆうり》から嫁《とつ》いできた碧蘭を蔑むのは、もっとも至極《しごく》なことだ。

佳杏以外の女官や婢女《はしため》からも由《よし》ありげな視線を感じる。侮蔑《ぶべつ》の視線もあるし、好奇の目もある。なんにせよ、王府内に碧蘭の味方はいないということだ。

「王妃さま！　湯加減はいかがでしたか？」

湯殿から出て臥室《しんしつ》に向かうと、扉の前で待ちかまえていた猛牛のような体躯《たいく》の偉丈夫《いじょうぶ》が揖礼《ゆうれい》した。否《いな》、蟒服《ぼうふく》をまとっているから男ではなく宦官だ。蟒服の色は紫紺《しこん》。これは三監《さんかん》の最上位・太監《たいかん》がまとうものである。

「とてもいいお湯だったわ。あなたが沸かしてくれたんだったわね？」

はい、と成端王妃付き首席宦官・石力熊《せきりょくゆう》が野太い声を放った。

「王妃さまのために張り切って薪割《まきわ》りをしました！　喜んでいただけるとは望外の幸せ、

一生の誉《ほま》れです！」

力熊は満面の笑みで「どうぞ！」と力いっぱい扉を開ける。荒っぽい開扉《かいひ》のせいで生じた風に洗い髪を乱され軽く寒気がしたが、碧蘭は微笑《ほほえ》みをくずさず部屋に入った。

「湯上がりで喉が渇《かわ》いていらっしゃるでしょう。柑橘《かんきつ》の湯《とう》はいかがで？　それとも杏仁《きょうにん》の湯がよろしいですか？　木瓜《ぼっか》の湯と烏梅《うばい》の湯もご用意しております。柏葉《かしわば》の湯と蜜香《みっこう》の湯もありますよ。それから茴香《ういきょう》の湯に、覆盆子《ふくぼんし》の湯、酸棗仁《さんそうにん》の湯も――」

列挙される飲み物の種類が十を超えたころ、碧蘭は力熊の声を遮《さえぎ》った。

「そんなにたくさん飲めないわ。用意するのは一種類でいいわよ」

やわらかい調子で言ったのに、力熊は叱責《しっせき》されたかのように顔面蒼白になった。申し訳ございません、と倒れこむようにして平伏する。

――こちらはこちらであつかいにくいわ。

初対面のとき、武将のように立派な体格をした力熊に驚いた。なにげなく「武人のように見えるわね」と話しかけると、暑苦しいほどの笑顔を浮かべていた力熊は青ざめてがばとひざまずき、「私は験勢《けんせい》を受けており、私白《しはく》と判定されております。お疑いならどうか、司礼監《しれいかん》に問い合わせてください」と必死の形相《ぎょうそう》で言った。

験勢とは宦官が三年ごとに受ける身体検査のことだ。司礼監が主管し、彼がいまも〝欠けた者〟なのか入念に調べ、変化がある場合――ふたたび生ずる事例が報告されている

――は再手術を受けなければならない。験勢に合格した者は私白と呼ばれる。力熊は碧蘭が彼の男らしい体軀を見て「ほんとうに宦官かどうか疑わしい」といぶかったと勘違いしたようだ。疑ったわけじゃないわよ、となだめるのに苦労した。

　はじめは妓女出身の王妃をからかうために故意に過剰《かじょう》な反応をしているのかと思ったが、どうやら悪意はなさそうだ。正途《せいと》であるにもかかわらず、力熊は齢三十八にしてようやく太監に昇進したという。宦官の学問所たる内書堂《ないしょどう》で内廷《ないてい》規則や経籍《けいせき》などを学んだ宦官は正途と呼ばれ、優遇される。正途は三十路《みそじ》前後で太監に昇進することが多いので、力熊のように三十五を過ぎても内監《ないかん》にとどまっているのはめずらしい。宦官らしからぬ体格のせいか女主に好まれず、妃嬪侍妾《ひひんじしょう》の殿舎を転々とし、都知監《とちかん》勤めに追いやられた。

　皇帝が外廷《がいてい》に出る際に通路を清掃することを職掌《しょくしょう》とする都知監は苛酷《かこく》な仕事のわりに目立たず、付け届けなどの実入りもないので、二十四衙門《がもん》のなかでもとりわけ嫌われる部署だ。碧蘭に疎《うと》まれて成端王府から追い出されると都知監に逆戻りする羽目になるので、気に入られようとして必死なのだろう。給仕をするときに料理をたくさんよそってくれるのも、絵皿を洗おうとして力を入れ過ぎて割ってしまうのも、しつこいくらいに「なにか御用はございませんか」と尋ねてくるのも、けっしていやがらせではない。

「ひざまずかなくていいわよ。叱ったわけじゃないんだから」

　碧蘭はかがみこんで力熊の腕をつかみ、立ちあがるよう促した。

「あなたの心遣いはうれしいけれど、せっかく飲み物を用意してくれても無駄になるのはもったいないわ。わたくしは出自《しゅつじ》に問題があるから、だれよりも身をつつしまなければならないの。成端王妃は贅沢《ぜいたく》をしていると噂《うわさ》になったら、主上《しゅじょう》に嘆願《たんがん》してわたくしを娶《めと》ってくださった殿下の御立場が悪くなるでしょう？　自分が誹謗《ひぼう》されるのはかまわないけれど、殿下の評判を傷つけるわけにはいかない。だからできるだけ贅沢を避けたいのよ」

力熊は団栗眼《どんぐりまなこ》を見開いて「なんと！」と腹に響く声で吠えた。

「かくも深謀遠慮《しんぼうえんりょ》をめぐらせていらっしゃったとは！　王妃さまは賢夫人であらせられます！　さすが殿下がお選びになったご婦人です！」

大げさな身振り手振りでお追従《ついしょう》を言い、太い腕が背後の屏風《ついたて》にぶつかってしまう。倒れそうになった屏風をあわててつかみ、力熊は冷や汗をかきながら愛想笑いをした。

——どんくさい宦官《かんがん》に不愛想な女官……司礼監の意図がよくわかるわ。

宦官の人事は後宮の領袖《りょうしゅう》たる敬事房《けいじぼう》が、女官の人事は後宮六局《りっきょく》を率《ひき》いる尚宮局《しょうきゅうきょく》がつかさどるが、品秩《ひんちつ》四品以上の宦官、六品以上の女官の辞令は司礼監の承認なしにくだらないので、碧蘭に力熊と佳杏を仕えさせることは——力熊は三品宦官、佳杏は五品女官である——司礼監の指示でもあるということになる。

妓女上がりの親王妃の側仕《そばづか》えはこの程度で十分だといいたいのだろう。碧蘭が権門《けんもん》の令嬢なら目端《めはし》がきく宦官と物柔らかな女官を送ってきたはずだ。自分が軽んじられていることを自覚しながらも、不快感をあらわにはしない。こうなることは王府の門をくぐる前から予想していた。品格を重んじる皇家が青楼《せいろう》からやってきた女を好意的に迎えてくれるはずはないのだ。とりあえずは与えられたもので満足するしかない。

――べつにかまわないわ。どうせ長居はしないから。

成端王府は碧蘭にとって終《つい》の棲家《すみか》でもなんでもない。王妃として富貴《ふうき》の日々を送りたいとは思わないし、そんなことのために才堅を誘惑したわけでもない。目的を果たすその日まで、息をひそめていられる場所があればそれでいいのだ。

髪を乾かして寝化粧《ねげしょう》をしていると、いったん外に出ていた力熊が大慌てで戻ってきた。才堅が帰ってきたという。碧蘭は身なりをととのえて臥室を出た。回廊《かいろう》の外はすっかり夜陰に染まっていた。墨絵《すみえ》の視界にぽっと火がともったように見えるのはいましも満開を迎えようとする鴛鴦梅《えんおうばい》。筆先でそっと臙脂《えんじ》をのせたような色彩は背景の夜陰に映えて、輪郭《りんかく》線を用いず直接、墨や色をのせてかたちを表現する没骨法《もっこつほう》で描いた梅花のようだ。

回廊の向こうからこちらへやってくる才堅に気づき、碧蘭は駆け出した。

「あんまり帰りが遅いから、待ちきれずに寝支度《ねじたく》をすませてしまったわ」

駆け寄った勢いのまま抱きつくと、才堅は「すまない」とささやいた。

「二兄と六兄が喧嘩《けんか》をしたせいでなかなか中座できなかったんだよ」

「下手《へた》な言い訳ね。ほんとうは中座したくなかったんでしょ。宴席に侍《はべ》る美しい女官や宮妓に目移りして、わたくしのことなんか忘れていたんじゃない？」

「まさか。君以外の女人《によにん》は目に入らないよ」

「どうかしら。殿方《とのがた》の言うことなんて信用できないわ。外朝《がいちよう》の宴《うたげ》じゃなければ、わたくしも一緒に行けたのに。そうしたらあなたが目移りしないよう見張っていられたわ」

「君があの場にいたら兄たちに横恋慕《よこれんぼ》されていたよ。外朝の宴で助かった。どうか機嫌をなおしてくれ。今晩の埋め合せに贈り物をするから」

「なにをくれるの？　簪《かんざし》かしら？　それとも宝玉？　わかったわ、襦裙《じゆくん》ね？」

もっといいものだよ、と才堅はいかにも愛《いと》おしそうに碧蘭の肩を抱いた。

「六兄が蕭幽朋《しようゆうほう》――岳父《がくふ》どのの絵を君に見せてくださるそうだ」

「巴享王《はきようおう》が？　でも、お父さまの絵は処分されたと聞いたわ。主上のご命令で……」

燃灯《ねんとう》の変《へん》後、父・蕭幽朋が手掛けた書画は勅命《ちよくめい》により焼き捨てられた。碧蘭の手もとには、ほんの手すさびに描いた小品もふくめて一枚も残っていない。

「ほとんどの作品は焼却されたが、二幅だけ残っている。一幅は父皇《ちちうえ》の御容《ぎよよう》だ。父皇はこれも焼き捨てようとしたが、大兄が天子の御容を焼くのは不祥だからやめるべきだと再三諫《いさ》めてなんとか取りやめになった。いまは御用監《ごようかん》の庫房《くら》におさめられており、人目にふれることはない。もう一幅は岳父どのの存命中に六兄が手に入れていたものだ。勅が発せられたのちも焼却せず、ひそかに巴享王府で保管していたんだ」

「そんなことをして大丈夫だったの？　逆鱗《げきりん》にふれたんじゃ……」

「ああ、六兄が隠し持っていると知って父皇は激怒なさったよ。処分せよとお命じになったが、六兄は決死の覚悟で抗弁した。後世に残すべき画状元《がじょうげん》の作品をむざむざ燃やすわけにはいかない、どうしてもこの絵を処分するというなら自分はここで自害するから、棺《ひつぎ》に入れて一緒に葬《ほうむ》ってほしいとまで言ったんだ」

皇六子、巴享王・博宇《はくう》が父の作品を所蔵しているという噂は聞いたことがある。事実なら見たいと思っていたが、博宇は悪所通いと無縁なので伝手《つて》がなかった。

「父皇は六兄に禁足を命じられたが、それもせいぜい三月程度だ。大兄の諫言《かんげん》で禁足はとかれ、件《くだん》の絵はいまも六兄の手もとにある」

蕭幽朋の絵を碧蘭に見せてくれないかと、博宇に頼んできたという。

「六兄は快諾《かいだく》してくださった。近いうちに一緒に見に行こう」

うれしいわ、と涙ぐんで才堅にしなだれかかりつつ、碧蘭は怨憎《おんぞう》を嚙《か》みしめた。

――絶対に赦《ゆる》さない。

忌《い》まわしい綸言《りんげん》により焼き捨てられたのは父の絵だけではない。蕭幽朋という天賦《てんぷ》の画才を持つ画師の人生そのものが無慈悲《むじひ》に葬り去られたのだ。

九陽城《きゅうようじょう》――その奥深くにひっそりとひろがる天子の箱庭、後宮。外廷《がいてい》と内廷《ないてい》を隔《へだ》てる銀凰門《ぎんおうもん》の向こう、迷路のように入り組んだ紅牆《こうしょう》の路《みち》には、春の陽光がさんさんと降りそそいでいた。岩群青《いわぐんじょう》で染めたような空に天女《てんにょ》の羽衣《はごろも》を思わせる薄雲がただよい、百花の香りが気だるい微風とともにどこからともなく流れてくる。

おだやかな昼下がりの光のなかを、皇帝付き次席宦官・罪喪狗《ざいそうく》はさして急ぐわけでもない足取りで歩いていた。先ごろ、今上《きんじょう》の名代として尹太后《いんたいこう》のご機嫌うかがいにあがったが、あいにく秋恩宮《しゅうおんきゅう》に国母《こくも》の姿はなかった。どうやら親王妃らをともなって紅采園《こうさいえん》に出かけているらしいので、そちらへ向かうことにする。

――またこの季節か。

喪狗は六つで腐刑《ふけい》を受けた。蚕室《さんしつ》を出た瞬間、春の景物が目に飛びこんできた。花がほころび、蝴蝶《こちょう》が舞い、鶯《うぐいす》が歌い出すうらうらとした情景が恨めしくてたまらなかったのをおぼえている。それは蚕室に入る前、奴婢《ぬひ》夫婦に育てられていたころに毎年見ていたものと毫《ごう》もたがわなかった。世界はなにも変わっていなかった。喪狗の肉体以外は。

あれから二十年近く過ぎても、生きとし生けるものが浮き立つ春風駘蕩《しゅんぷうたいとう》たる日和《ひより》は忌まわしい記憶を生々しくよみがえらせる。

「沈妃《しんひ》はうまくやったな」

喪狗に付き従う二人の童宦《どうかん》たちがこそこそと背後でささやき合っている。

「成端王をたぶらかして王妃になったかと思えば、今度は皇太后さまに取り入った。皇太后さまは沈妃をいたくお気に召して、三日にあげず参内《さんだい》させていらっしゃるとか。最近は沈妃に花鳥画を習っていらっしゃるそうじゃないか」

「紅灯《こうとう》の巷《ちまた》で学んだ手練手管《てれんてくだ》があるんだ、貴人をたぶらかすのはお手の物だろう。俺の見立てじゃ、沈妃は相当な悪女だぜ。きっと一親王妃ではおさまらない。もっと上を狙っているはずだぜ」

「もっと上？　まさか主上に取り入る腹積もりだっていうじゃないだろうな？　主上はかれこれ八年も妃嬪侍妾《ひひんじしょう》を龍床《りゅうしょう》にお召しになっていないんだぞ。いくら海千山千の妖婦でも色仕掛けは難しいだろう。皇后さまの代わりはだれにもつとまらないんだから」

燃灯の変以降、後宮はその機能を停止している。今上は銀凰門から遠ざかり、もっぱら中朝《ちゅうちょう》で起居して妃嬪侍妾を寄せつけない。以前は定期的に行われていた尹太后のご機嫌うかがいも絶えてひさしいため、側仕《そばづか》えが名代として後宮に出向くのだ。

「皇后さまの代わりになる必要はないさ。成端王が立太子されれば、嫡室《ちゃくしつ》である沈妃が太子妃《たいしひ》になり、いずれは立后されるだろう」

「曲酔《きょくすい》出身の皇后ってわけだ。まるで芝居だな。でも、大官どもが認めるかなあ？」

「認めさせるさ。成端王のあの寵愛《ちょうあい》ぶりならな。皇后さまだってもともとは汪《おう》家お抱えの女優だったんだぜ。なのに東宮選妃《とうぐうせんひ》で主上の目にとまり、太子妃になって、のちには皇后になったんだ。ちゃんと前例があるんだ、沈妃が野心を抱いても――」

「口を閉じて歩くことができぬのか」

喪狗は立ちどまって童宦たちを睨《にら》んだ。

「何度も教えたはずだぞ。皇宮では口軽な者から順に命を失うと」

童宦たちは神妙にうなずいたが、歩き出してしばらくするとまた口をひらいた。

「師父《しふ》は一時期、曲酔に通っていらっしゃいましたね。香英楼《こうえいろう》に登楼《とうろう》してたんですか？もしかして沈妃の馴染《なじ》み客でした？」

いや、と喪狗は嘘をついた。

「なあんだ、がっかりだなあ。師父の敵娼《あいかた》が沈妃だったら、未来の親王妃を買ってたことになって面白いのに」

「親王妃を買う、か。すごいなあ。どんな気分なんだろう？　いいなあ、俺も早く三監《さんかん》になって登楼《あが》りたいなあ。香英楼の名妓《めいぎ》を侍《はべ》らせて飲む酒はうまいだろうなあ」

「これ以上、無駄口を叩くなら杖刑《じょうけい》に処すぞ」

杖刑の一言が効いたのか、童宦たちはようやく不遜《ふそん》な舌を引っこめた。うららかな風をふりはらい、喪狗は急《せ》くように歩を進める。

——柳碧蘭《りゅうへきらん》……そなたは大それたことをしようとしているのではあるまいな。

沈碧蘭と名をあらためて成端王府に嫁《とつ》いだかの女が怨毒《えんどく》に侵されていることに、喪狗はかねてより気づいていた。なぜなら喪狗もまた、ある種の怨《うら》みに腸《はらわた》を焼かれているからだ。

憎しみを燃やす者はわれ知らず禍々《まがまが》しいにおいを放つ。怨憎をその身に宿したままで王府の門をくぐった彼女が次になにをするのか、想像するだに恐ろしい。

紅采園に入るなり百花の芳香に迎えられた。濃艶《のうえん》な春の吐息にいささか閉口しつつ、目を射るばかりに色づいた枝垂《しだ》れ緋桃《ひとう》の花影を踏んで小径《こみち》を通り、粉牆《しらかべ》に開いた月洞門《くりぬきもん》をくぐる。とたん、鈴を鳴らすような笑い声が耳を打った。

多種多様な芍薬《しゃくやく》が咲き競う園林《ていえん》で、芍薬に負けない色あざやかな衣装をまとった婦人たちが絵を描いていた。中央の瓷墩《こしかけ》に座っているのは今上の嫡母《ちゃくぼ》たる尹太后、かたわらには庶母《しょぼ》たる李皇貴太妃がいる。その左右に親王妃たちが座し、おのおの方卓《ほうたく》の上に画仙紙をひろげて画筆を持ち、絵皿から絵の具を取っては思い思いに紙面を染めていく。

春うららを背景に絵を描く高貴な婦人たち。なんとも詩情をそそられる光景だが、喪狗の視線は一点に集中していた。すなわち、尹太后のそばに立つ美姫《びき》に。

蝶恋花《ちょうれんか》文が織り出された石蕊紅《せきずいこう》の上襦《じょうじゅ》、胸もとに鴛鴦草《えんおうそう》が咲いたさわやかな欧碧《おうへき》の長裙《ちょうくん》。きらめく梔黄《しこう》の披帛《ひはく》は華奢《きゃしゃ》な右肩のかたちを木漏《こ》れ日《び》のようになぞり、たおやかな曲線を描きながら足もとに流れ落ちる。二つの輪を作る双蟠髻《そうばんけい》に結いあげた翠髪《すいはつ》は透かし彫りがほどこされた玉の梳篦《くし》と花喰い鳥の金歩揺《きんほよう》で飾られ、蟬鬢《せんびん》に映える白練《しろねり》の耳朶《じだ》では貴石をつらねた耳墜《みみかざり》が揺れている。

成端王妃・沈碧蘭。身分違いの恋を実らせ、晴れて親王妃となったかつての敵娼は、五彩の霞《かすみ》を従えてあらわれた花神《かしん》のような麗姿《れいし》を春陽にさらしていた。

――私が欠けた者でなかったら、そなたは……。

いまでも未練が胸を去らない。つい考えてしまう。この身が騾馬《らば》でなかったら、彼女は喪狗に落籍《らくせき》されて、妻になってくれただろうかと。もし、そんな未来があったのなら、仇討《かたきう》ちへ突き進もうとする碧蘭を喪狗はなんとしても止めただろう。さもなければ碧蘭は、非業の死を遂《と》げた彼女の父親のように……悲惨《ひさん》な末路をたどってしまうから。


天子が政務をとる場を中朝《ちゅうちょう》という。官僚たちが働く外朝《がいちょう》とは垂裳門《すいしょうもん》によってへだてられた中朝の中心部に、皇上《みかど》が日中執務する暁和殿《ぎょうわでん》は位置している。

「あの者に想いをかけるのはやめよ」

兄の声が耳朶《じだ》を打ち、宝福公主《ほうふくこうしゅ》・丹雪《たんせつ》は頬《ほお》を叩かれたようにびくりとした。おもてをあげなくても、長兄――廉徳王《れんとくおう》・承世《しょうせい》が渋い顔をしていることはわかる。

ふたりはならんで紅牆《こうしょう》の路《みち》を歩いていた。ちょうど暁和殿から出てきたところで、これから内朝《ないちょう》、すなわち後宮へ帰るところだ。丹雪が暁和殿を訪ねたのは、父帝に箜篌《くご》の音色を献上するためだった。といっても、字面《じづら》ほど堅苦しい用件ではない。

狂虐《きょうぎゃく》の天子。それが父帝の通称らしいが、丹雪にとっては昔もいまも娘を溺愛《できあい》するやさしい父親だ。母后の崩御《ほうぎょ》後、後宮に足を運ばなくなった父帝は、丹雪が中朝に出てくるのを心待ちにしている。丹雪も父帝と会うのが好きなので暁和殿を訪ねるのは日課といってもいいほどだった。今日はたまさか承世も参殿していたため、ふたりに演奏を披露した。

かくて兄妹そろって暁和殿を出たのだが、血に飢《う》えた暴君と官民に恐れられる父帝よりも、経籍《けいせき》が衣をまとったような同腹兄のそばにいるほうがよほど気詰まりだった。

「おまえは天子の娘なんだぞ。しかも嫡出《ちゃくしゅつ》の公主だ。身位に見合った相手を選ばなければならない。それがあの者でないことくらい、おまえにもわかっているだろう」

兄はあえて「あの者」と名をぼかしていたが、それがだれなのかは問うまでもない。

――いつかは嫁がなければならない。

丹雪はもう十七だ。世間では人妻になっている年齢である。

いままで縁談がなかったわけではない。駙馬《ふば》候補は次から次へとあらわれたが、みな意に染まないと言って断った。父帝自身もあまり熱心に丹雪を嫁がせようとしていない。丹雪の容姿が亡き母后に瓜二《うりふた》つだからだろう。いまも母后が忘れられない父帝は、母后の姿かたちを思い起こさせる末娘を手放したがらないのだ。

そんな父帝の感傷に甘えて丹雪は降嫁《こうか》を拒《こば》んでいる。

このままでは行《ゆ》き遅れになってしまうと乳母は案じているが、どうしても嫁ぎたくないのだ。駙馬候補として挙げられる青年たちのなかに、想い人はいないから。

「わがままを言っていられる齢《よわい》ではない。早く降嫁して、父皇《ちちうえ》を安心させるべきだ。おまえが夫も持たずに年をかさねていくことを、父皇はお望みではない」

承世は経書《けいしょ》を読むような格式張った口ぶりで丹雪を諭《さと》す。

「九泉《きゅうせん》にいらっしゃる母后《ははうえ》もおまえが人の妻となり、あたたかい家庭を築くことを望んでいらっしゃるはずだ。いつまでも子供じみた想いに囚われ、縁談をはねつけてばかりいては、母后を悲しませることになるのだぞ」

丹雪はうつむいたまま黙っている。声が出ないからではなく、かえす言葉がないから。

──わかっているわ。あのかたには嫁げないと……。

身分がちがうのだ。丹雪は公主で、彼は──。

そのとき、小宮門《しょうきゅうもん》をくぐってきた宦官《かんがん》がいた。均整の取れた長身を包む蟒服《ぼうふく》の色は紅緋《べにひ》。皇帝付き次席宦官・罪喪狗《ざいそうく》だ。

「廉徳王殿下、宝福公主さま」

こちらに気づき、喪狗は路の脇によけて揖礼《ゆうれい》した。その流れるような所作《しょさ》に丹雪は目を奪われていた。より正確に言えば彼のすべてに。古墨《こぼく》でさっと刷《は》いたような眉《まゆ》、夜露のしたたりを集めたような瞳、神々《こうごう》しいほどに秀でた鼻梁《びりょう》、冷徹に引き結ばれた唇。どこかひんやりとした白皙《はくせき》の美貌《びぼう》に、時を忘れて見惚《みと》れてしまう。

実は足しげく暁和殿に通っているのも、父帝以上に喪狗に会いたいからだ。喪狗は四六時中、父帝のそばに侍《はべ》っている。暁和殿に行けば必然的に彼の姿を見ることになるのだが、今日は運悪く喪狗が不在だったため、いささかならず気落ちした。

けれどもこうして喪狗の顔を見ると、落胆《らくたん》はたちまち吹き飛ぶ。彼が自分の側仕《そばづか》えだったらと夢想する。いつもそばにいてくれて、丹雪に微笑《ほほえ》みかけてくれたなら――。

「皇太后さまのご様子は？」

「たいへんご機嫌でした。成端王妃から丹青《たんせい》の技を学ぶと意気込んでいらっしゃいます」

承世が問うと、喪狗は静やかな声音《こわね》で答えた。

「それはよかった。皇太后さまにも気晴らしが必要だ。平生、父皇のことでご心労をおかけしているから、すこしでもご気分がよくなれば……」

成端王妃・沈碧蘭《しんへきらん》。その名を聞くと、丹雪の胸がちくちくと痛む。

――喪狗、あなたはいまもあの人のことを想っているの？

親しくしている消息通の道姑《どうこ》によれば、喪狗は碧蘭の馴染み客だったという。ふたりは妓女《ぎじょ》と客というより恋人のように親密な関係で、身請け話も出ていたとか。

――あの人はあなたを見限って才堅《さいけん》兄さまに嫁いだのよ。

妓女は狡猾《こうかつ》だと道姑は言う。碧蘭は喪狗と才堅を天秤《てんびん》にかけ、後者を選んだのだ。喪狗は三監《さんかん》とはいえ宦官で、才堅は玉座から遠いとはいえ皇子だから。

――わたくしなら、迷わずあなたを選ぶのに。

もし丹雪が碧蘭の立場だったなら、ほかの男には目もくれない。喪狗に身請けされて、彼の妻になるのに。それこそが丹雪の切なる願いだから。

こちらの煩悶《はんもん》も知らず、喪狗は折り目正しくあいさつをして立ち去る。熱に浮かされたように見つめているのに、彼は丹雪の視線に気づかない。彼にとって丹雪は主君の娘にすぎないからだ。碧蘭のように慇懃《いんぎん》を通ずる相手ではないからだ。

「そんな目でやつを見るな。噂《うわさ》になるぞ」

喪狗のうしろ姿をいつまでも見つめていたせいで承世に叱られてしまい、丹雪はうなだれた。それからしばらく小言《こごと》を聞かされ、外廷《がいてい》と内廷《ないてい》をつなぐ銀凰門《ぎんおうもん》の前で承世と別れた。承世の居所は内朝の西側、白朝《びゃくちょう》に在るのだ。

長兄を見送り、丹雪は宝福公主付き次席宦官・氷鼠肝《ひょうそかん》の手を取って輿《こし》に乗り込んだ。

「どうか思いつめられませぬよう」

鼠肝はそつなくととのった温顔に気づかわしげな笑みを浮かべた。

「公主さまはお若いのですから、駙馬を吟味《ぎんみ》する時間はたくさんあります。親孝行のためにも、もうしばらく主上《しゅじょう》のおそばにいらっしゃるべきですよ」

慰めてくれる鼠肝に微笑をかえす。彼は喪狗より一つ上の二十六。童宦《どうかん》のころから丹雪に仕えており、つねに丹雪の心情を慮《おもんぱか》ってくれ、やさしい言葉をかけてくれる。

——もし、わたくしが公主でなかったら……。

公主でなかったら、なんだというのだろう。よしんば丹雪が妓女だったとしても、やはり喪狗は見向きもしてくれないのではないだろうか。彼は丹雪のような声も出せない陰気な女ではなく、あかるく軽やかな声で笑う碧蘭のような美姫《びき》が好きなのかもしれない。

自分が彼の目に好ましい異性として映らないとしても、駙馬を選ぶ気にはなれない。皇宮にいれば、喪狗の姿を見ることができる。声をかけてもらうこともできる。けれど、降嫁《こうか》すればめったに会えなくなってしまう。

時間の許す限り皇宮にいたい。一日でも、一刻でも長く。

春曇りの午後、才堅は碧蘭を連れて巴享王府《はきょうおうふ》を訪ねた。

「先に断っておくが、沈妃《しんひ》」

巴享王府の主、皇六子・博宇《はくう》はあいさつもそこそこに客庁《きゃくま》の椅子《いす》に腰をおろした。

「たしかにこの絵はおまえの父、蕭幽朋《しょうゆうほう》が手掛けたものだが、現在の所有者は私だ」

かたわらにひかえる宦官が捧げ持つ紫檀《したん》の箱を見やり、大儀《たいぎ》そうに扇子《せんす》をひらく。

「父皇《ちちうえ》がお命じにならぬ限り、手放すことはない。おまえが父親ゆかりの品を引きとりたいと申し出ても断じて応じないからそのつもりでいろ」

「そこまでおっしゃらなくてもいいじゃないですか、六兄。〝大孝《たいこう》は終身父母を慕《した》う〟といいますよ。碧蘭は亡き父をしのぶ品物をなにひとつ持っていないんです。もし譲《ゆず》ってくださるなら、父親に孝養を尽くせなかった碧蘭の心も慰められ――」

「〝父母の遺体を行う、敢《あ》えて敬《けい》せざらんや〟両親より賜《たまわ》った身体《からだ》を世過ぎの道具として使ってきた売笑婦《ばいしょうふ》に孝のなんたるかがわかるのか」

博宇が冷笑するので、才堅は色をなして席を立とうとしたが、碧蘭に止められた。

「巴享王殿下のおっしゃることは道理ですわ。父は天子さまに仇《あだ》なした大罪人。その娘であるわたくしは楽籍《がくせき》に身を落とし、賤《いや》しい生業《なりわい》で糊口《ここう》をしのいでおりました。人様に顔向けできる立場ではないと承知していますが、こんな汚らわしい身でも父を慕う気持ちは残っているのです。もちろん、そんなものを孝と呼ぶのはおこがましいことですが……」

碧蘭は平生よりも薄く染めた唇をさびしげにゆがめた。

「受誅《じゅちゅう》の門につらなる者として分はわきまえております。父の絵を一目見せていただくだけでも身に余る僥倖《ぎょうこう》なのですから、それ以上のものを求めようとは思いません」

うつむき加減の碧蘭に博宇の射るような視線が突き刺さる。重苦しい沈黙は長続きしない。しばらくして博宇はため息をつき、いかにもしぶしぶ宦官に命じた。

「成端王妃に絵を見せてやれ」

「ずいぶんあっさりした反応でしたね」

愚猿《ぐえん》が小卓に蓋碗《がいわん》を置くのを、才堅は見るともなしに見ていた。亥《い》の刻を過ぎている。寝支度《ねじたく》をすませ、やすむ前に書見をしていたが、文章が頭に入らない。

「亡き父の絵を見て感涙にむせぶと思ってましたが」

愚猿が言っているのは碧蘭のことだ。

——泣き出すだろうと思っていたのに。

博宇が不承不承《ふしょうぶしょう》に見せてくれたのは、目にも彩なる工筆重彩画《こうひつじゅうさいが》だった。工筆は墨線で輪《りん》郭《かく》をとる写実的な画法、重彩は鉱物顔料《がんりょう》で重厚な色彩を表現する画法をいう。

描かれていたのは母と子。母親と思われるたおやかな若い婦人が内院《なかにわ》の瓷墩《こしかけ》に座って刺《し》繍《しゅう》をしており、彼女のそばでは五、六歳の童女が遊んでいる。

婦人は愛《いと》おしそうに目を細めてその様子をながめ、童女は大きな瞳を輝かせて蝴蝶《こちょう》を追いかけ、小さな手をのばしていた。輪郭線の内側に色を入れる鉤勒填彩《こうろくてんさい》で描き出された母娘は豊麗《ほうれい》な色調で浮かび上がり、背景を彩るあでやかな梅花とあいまって春陽が照らし出す幸福な情景が紙面からあふれてくるようだった。

母と子は絵の主題としてはめずらしくないが、子はたくさん描かれることが多い。大勢の子どもは豊かさの象徴である。また、女児ではなく、男児のほうが好まれる。男児が多ければ家門は安泰だからだ。

しかし、画中にいるのは母と娘だけだった。作者である蕭幽朋《しょうゆうほう》は妾室《しょうしつ》を持たず、碧蘭が幼いころに嫡妻《ちゃくさい》の閃氏《せんし》を亡くして以来、やもめ暮らしをしていた。男児もおらず、子は碧蘭のみ。蕭幽朋の絵は皇宮にも多数飾られていたが、どれも格調が高く、近寄りがたいほどの荘重《そうちょう》さを感じさせた。だが、昼間見た絵にはくつろいだ風情《ふぜい》があった。

蕭幽朋が妻子を描いたものだろう。

亡き父の用筆に再会できたのに、しかも描かれているのは幼き日の自分と、生前の母親の姿だったのに、碧蘭は表情をくずさなかった。ただ「なつかしい絵を見せてくださってありがとうございます」とにこやかに礼を言っただけだった。

帰りの軒車《くるま》のなかでも碧蘭はふだんと変わらない調子だった。よく笑い、冗談を言って、妓女時代と寸分も変わらない晴れやかな笑顔を見せていた。

それが腑《ふ》に落ちないのだ。

――なぜ涙を流して哀れみを乞《こ》わなかったんだ？

十二から十九まで青楼《せいろう》に身を置いていた女なら空涙《そらなみだ》ぐらい流せるだろう。絵を見るなり泣きだして父への思慕《しぼ》を語り、自分がどれほど辛酸《しんさん》をなめたか、声をつまらせながらつらい胸中を吐露して、才堅だけでなく博宇までも籠絡《ろうらく》しようとするだろう。

目下、彼女は宗室に歓迎されていないから、味方を増やしておくに越したことはない。

今日は情に訴えて博宇をたぶらかす好機だった。博宇は案外、情け深いところがあるから、碧蘭が紅涙《こうるい》を絞れば憐憫《れんびん》を垂れて絵を譲ってくれたかもしれない。

碧蘭の本心を探るためにあの絵を見せた。彼女が哀れっぽくふるまって同情を誘うなら、騙《だま》されたふりをする心積もりだった。こちらが手もなく騙されていると思わせれば、碧蘭は油断して本性をあらわすだろうから。

予想に反して彼女は涙さえ見せなかった。いったいなぜなのだろうか。碧蘭にとって父親はもう過去の人なのだろうか。父親を奪われたことを怨《うら》んではないのか？

──そんなはずはない。

柳碧蘭の瞳の奥に怨望《えんぼう》がひそんでいるからこそ、才堅は彼女を利用しようと思い立った。彼女の復讐心《ふくしゅうしん》を謀《はかりごと》に使おうと考えたのだ。碧蘭は怨みを抱いているはずで、その動機はたしかに存在するのに、なぜ父親の絵を見ても心動かされなかったのだろうか。

妙な引っ掛かりをおぼえて、才堅は部屋を出た。

「王妃さまはおやすみになっています」

碧蘭の臥室《しんしつ》に行くと、念佳杏《ねんかきょう》が愛想笑いひとつせずに出迎えた。かまわない、と言って套間《つぎのま》を通りぬけようとしたところ、やはり佳杏が立ちふさがる。

「殿下、今夜は障りがありますので……」

夕餉《ゆうげ》のあとで石力熊《せきりよくゆう》が知らせに来た。碧蘭は月事《つきのもの》のために夜伽《よとぎ》できないと。

「わかっている。寝顔を見るだけだ」

佳杏がためらいがちに道をあけてくれたので、套間を通って寝間に入る。

月洞窓《まるまど》からうっすらと月光がさす寝間はひっそりと静まりかえっていた。牀榻《しんだい》には薄手の床帷《とばり》がおろされ、碧蘭がこちらに背中を向けて横になっているのが見える。才堅は足音を忍ばせて牀榻に近づき、床帷の隙間《すきま》に手をさし入れてなかをのぞきこんだ。

「……お父さま」

あるか無きかの声が薄闇に響く。起きているのかと思えば、どうやら寝言だ。白い目じりにあえかな月明かりを弾いてきらりと光るものがある。それは昼間、流れるべき涙がいまごろになってあふれ出てきた、そのうちの一滴なのかもしれなかった。

父親の絵を見ても心動かされなかったのではない。動揺を隠していたのだ。花柳《かりゅう》の巷《ちまた》で学んだ手練手管《てれんてくだ》を駆使して。

——蕭幽朋は無実だったのではないか。

燃灯《ねんとう》の変《へん》の首謀者《しゅぼうしゃ》は怨天教団《えんてんきょうだん》の教主・彭羅生《ほうらせい》である。これは憶測ではなく、純然たる事実だ。事件直後、錦衣衛《きんいえい》に捕らえられた下手人《げしゅにん》が彭羅生の指示で動いたと白状しており、教団内部に潜入していた褐騎《かっき》——東廠《とうしょう》の密偵——の報告でも裏づけられている。宣祐《せんゆう》年間より淫祀邪教《いんしじゃきょう》として弾圧されていた怨天教団はこの瞬間から明確に朝敵となり、父帝にとっては呪うべき怨敵となった。彭羅生を捕縛《ほばく》せよとの勅命《ちょくめい》を受けて東廠は怨天教徒狩りに狂奔《きょうほん》し、多くの人びとが邪教徒と目されて連行され、刑場に送られた。

蕭幽朋はそのひとりだった。何者かに密告されて鬼獄《きごく》に引きずりこまれたのだ。

当初、蕭幽朋は怨天教団との関係を否認していたが、執拗《しつよう》にくりかえされる拷問《ごうもん》に耐えかねたのか、のちには怨天教に入信していたことを認め、教団側に宮中の消息をもらしていたこと、怨天教徒と共謀して燃灯の変を起こしたことを〝自白〟した。

かくて蕭幽朋は凌遅《りょうち》に処された。享年三十四。

蕭一族は族滅《ぞくめつ》され、碧蘭は楽籍《がくせき》に入れられた。楽籍とは楽戸《がくこ》の名籍のことで、罪人や俘《ふ》虜《りょ》の妻妾子女が入れられる。楽戸は官府や軍営などに置かれ、歌舞音曲《かぶおんぎょく》で宴に興《うたげ》をそえる賤民《せんみん》だ。いわゆる官妓《かんぎ》や営妓《えいぎ》だが、崇成《すうせい》年間以降、楽戸の数が飽和《ほうわ》したため民間に払い下げられることが増えた。当時、十二歳だった碧蘭も楽籍に入れられてすぐに香英楼《こうえいろう》に買い取られ、雛妓《すうぎ》となり、妓女《ぎじょ》となった。

果たして蕭幽朋はほんとうに怨天教徒だったのだろうか？　教団側の密偵として皇宮にもぐりこみ、宮廷の動静をひそかに彭羅生に伝えていたのだろうか？

真相は闇のなかだ。東廠は動かぬ証拠によって蕭幽朋を裁いたわけではない。彼の罪を成立させたのは自白である。罪証として怨天教徒が信心の印とするという半金烏《はんきんう》――日《にっ》蝕《しょく》により下半分が欠けた太陽をかたどった品物――、蕭幽朋が怨天教団に送った密書、そのやりとりに関わった奴僕《げなん》らがあげられたが、東廠の手にかかればこの程度の物証や証人は容易に捏造《ねつぞう》できることを考えると、蕭幽朋の罪は当人の供述によって立証されたとしか言いようがない。裏をかえせば、自白なしには証明できないということだ。

同様の事例は枚挙にいとまがない。拷問官の仕事は真相をあきらかにすることではなく、嫌疑をかけられた者の口を割ることである。自白さえ引き出せればいい。真偽は彼らの手腕と無関係だ。罪人の頭数がそのまま手柄となる。邪教徒を殺せば殺すほど栄達《えいたつ》できるのに、いったいだれが無実の獄囚《ごくしゅう》を救おうとするだろうか？

本来ならば君主が拷問官の功名心をおさえ、正当な捜査が行われるよう東廠を監視しなければならないが、怨怒《えんど》にわれを忘れた父帝は彭羅生のゆくえにのみ関心を寄せ、彭羅生につながるものならどんな細い糸でもたどろうとした。大権《たいけん》に寄生して官民を威圧する東廠がなによりも重んじるのは皇上《みかど》の顔色だ。けっして天子に逆らわない代わりに、宸衷《しんちゅう》におもねりすぎる。父帝の激烈な心火《しんか》が東廠を暴走させたともいえる。

才堅が知る限り、蕭幽朋は清廉潔白《せいれんけっぱく》な男だった。多くの才子を輩出してきた晟稜《せいりょう》の官族の生まれで、幼いころから突出した画才を発揮して数々の作品を描いた。画院《がいん》に入るまでの経歴に不審な点はなく、仕事ぶりはいたって真面目《まじめ》で、出世欲はとぼしく、彼の関心事は画道と妻子に限定されており、暮らしぶりに不満を持っている様子はなかった。

怨天教は怨みを忘れるなと人びとに説《と》く宗教だ。そのいびつな教義ゆえ、信徒たちは例外なく強い憎悪を抱いている。憎しみの対象がない者が入信するとは考えられない。また、閃氏――碧蘭の生母――は怨天教徒が起こした事件にまきこまれて惨死《ざんし》している。蕭幽朋が憎むものがあるとすれば、それは怨天教団をおいてほかにない。

怨天教団に愛妻を殺された男が同教団に入信し、彭羅生の走狗《そうく》として皇宮で暗躍する？それが極刑に値する大罪だと知りながら？　なんと荒唐無稽《こうとうむけい》な嫌疑であろうか。

罪人を作り上げることに熱心な東廠が出した結論をうのみにするのは愚かなことだ。父帝は拷問によって引き出された自白や降ってわいたような罪証に惑わされず、理性的に処断すべきだった。拷問を用いずに蕭幽朋を取り調べ、彼の罪を裏づけるものとしてあげられた物証や証人を洗いなおすべきだった。怒りに任せて早々に処刑を命じたために、蕭幽朋は群衆の前で一寸刻みにされ、無残な亡骸《なきがら》は野犬の餌《えさ》になった。

――怨んで当然だ。

最愛の父親が自白だけで謀反人《むほんにん》に仕立てあげられてしまったのだ。血が通った人間ならだれでも憎まずにはいられないだろう。

彼女の怨みの矛先《ほこさき》が父帝なのか、東廠なのか、王朝そのものなのかはわからないが、怨まずにはいられない心境にはすくなからず共感をおぼえる。

才堅自身もおなじ感情にさいなまれているから。

これは夢だとわかっていた。

「お父さま、お母さま、見て！　蝶よ！」

碧蘭が垂髻《おさげがみ》を揺らして飛びはねると、背後で父の笑い声が響いた。

「黛黛《たいたい》のにおいにつられたな」

父は碧蘭の幼名を呼んだ。

「わたくしのにおい？　どうして？」

「蜜がけの甜点心《おかし》をたらふく食べていたろう。おまえが甘ったるいにおいをまとっているから、蝶がふらふらと出てきたんだよ」

ふうん、と碧蘭は指先についた糖蜜を舐《な》めとった。お行儀《ぎょうぎ》が悪いわよ、と母が刺繡《ししゅう》する手を止めて柳眉《りゅうび》を逆立てる。碧蘭は「ごめんなさい」と謝ったが、母が目をそらすとまた指を舐めた。母は途中で気づいたものの、しょうがないわねと笑って赦《ゆる》してくれる。

「ねえ、お父さま。わたくしが蝶を捕まえたところを描いてね」

碧蘭はぴょんぴょんと飛びはねて蝶を捕まえようとする。思いっきり手をのばすが、指先は極彩色《ごくさいしき》の翅《はね》にかすりもしない。むきになって追いかけ、力いっぱい飛びあがり、勢い余って転んでしまう。転倒した拍子に舌を嚙《か》み、あまりの痛みで碧蘭は泣き出した。

つねならばあわてて駆け寄ってくるのに、父と母はそばに来てくれない。不安になって母のほうを見やると、瓷墩《こしかけ》に母の姿はなかった。石造りの円卓には刺繡道具が使いかけのまま置かれている。胸騒ぎがして起きあがり、父のほうを見やる。庭石に腰かけて絵を描いていたはずの父はいなくなっていた。描きかけの絵が地面に落ちている。

「お父さま！　お母さま！」

叫んでも返事はない。碧蘭はふたりを呼びながらあたりを見まわした。涙でゆがんだ視界に慕《した》わしい父母の姿はなく、なにかの暗示のように無数の蝶がひらひらと飛んでいた。

橘紅《きっこう》、粉鳳仙《ふんほうせん》、嬌黄《きょうこう》、洛神珠《らくしんじゅ》、湖緑《こりょく》、紫薄汗《しはくかん》、宝藍《ほうらん》、明月璫《めいげつとう》。多種多様な色彩の蝶が中空を舞う。朝日とも夕日とも知れぬ光が鱗粉《りんぷん》をきらめかせるさまはこの世のものとは思われないほど美しいけれど、その空疎《くうそ》な美は碧蘭の心細さをあおるだけ。

「お父さま！　お母さま！」

喉《のど》が張り裂けんばかりに叫んでも、返事は聞こえてこないのだ。

「……碧蘭？」

ふいに字《あざな》を呼ばれ、碧蘭はわれにかえった。しきりに目をしばたたかせて、そこが軒車《くるま》のなかで、となりに才堅がいることを思い出す。

「顔色がよくないね。具合が悪いのかい？」

才堅が心配そうに問いかけてくるので、碧蘭はつとめて笑顔を作った。

「緊張しているせいかも。青籙斎《せいろくさい》に参列するのははじめてだから」

三月初頭。清明節《せいめいせつ》に合わせて、皇宮では青籙斎という斎醮《さいしょう》が行われる。これは皇后を追福《ついふく》する儀式で、以前は汪皇后の棺《ひつぎ》が眠る皇陵《こうりょう》まで今上《きんじょう》が行列を率《ひき》いて出かけ、八日間にわたって行っていたそうだが、その道中で皇長子・承世《しょうせい》――当時は皇太子だった――が怨天教徒に襲われる事件が起こって以来、今上は青籙斎のために九陽城《きゅうようじょう》を出ることをひかえ、在京の皇族を招いて皇宮内で盛大な斎醮を行っている。

汪皇后はいまも汪皇后と呼ばれている。つまり、諡号《しごう》がないのだ。崩御《ほうぎょ》した皇后に諡号をつけないのは、荒淫《こういん》の限りを尽くした淫虐《いんぎゃく》の天子・波業帝《はぎょうてい》の蛮行として知られているが、波業帝は亡き皇后・班《はん》氏を疎《うと》んじていたのであえて諡号をつけなかった。班氏に諡号を賜《たまわ》ったのは、波業年間末の混迷を制して即位した隆定帝《りゅうていてい》である。

今上が汪皇后に諡号を与えないのは、むろん彼女を冷遇しているからではない。汪皇后を愛するあまり、彼女の死をいまだ受け入れられず諡号をつけないのだ。諡号は死者が賜るもの。諡号をつければ汪皇后は名実ともに鬼籍《きせき》の人になってしまう。愛妻亡きあと妃嬪《ひひん》侍妾《じしょう》を遠ざけて独り寝をする今上には、それが耐えがたいのだろう。

一方で青籙斎を毎年欠かさないのだから、今上の行動は矛盾《むじゅん》しているともいえる。いや、彼にとって青籙斎は追福ではなく、汪皇后の霊魂を黄泉《よみ》の国から呼び戻す儀式なのかもしれない。

「皇貴妃さまの御前で粗相《そそう》をしないようにしなきゃと思うと、気が気ではなくて」

「そこまでかたくならなくてもいい。皇貴妃さまだって君が宮中の行事に不慣れであることはご存じだ。ささいな失態をお咎《とが》めにはならないよ」

もしなにかあっても私がかならず守るから大丈夫だ、と才堅は言う。碧蘭は安堵《あんど》するふうを装《よそお》いながら、怨《うら》めしさに身を焼かれていた。

――大切な人を喪《うしな》ったのはあなただけじゃないのよ。

今上の苦しみは理解できる。最愛の妻を喪った悲しみも。だからといって他者の大切な人を奪うことが赦されるわけではない。天子とは万民の父だという。にもかかわらず今上は慈《いつく》しむべきわが子たちから親を、子を、兄弟を、伴侶《はんりょ》を奪い、自分とおなじ苦しみを味わわせている。そうすれば己を焼く断腸《だんちょう》の思いが軽減されるとでもいうように。なんと愚かしいことか。今上はいつになったら気づくのだろう。他人からなにを奪っても、自分が喪ったものは取り戻せないということに。

軒車が止まり、碧蘭は才堅に手を取られて外に出た。夕日に目を射られつつ、龍影河《りゅうえいが》にかかる石橋をわたり、宮城《きゅうじょう》の東門たる東華門《とうかもん》をくぐる。ならんで紅牆《こうしょう》の路《みち》を歩いていると、小宮門《しょうきゅうもん》の向こうから官僚たちがやってくるのが見えた。

落陽に照り映える猩紅《しょうこう》の補服《ほふく》をまとった三人の官僚はだれなのか、と愚問を発する必要はない。彼らの胸に縫《ぬ》い取られた補子《ほし》の文様は錦鶏《きんけい》。これは二品文官の記章である。吏部尚書《りぶしょうしょ》と内閣大学士首輔《ないかくだいがくししゅほ》を兼ねる李子業《りしぎょう》、戸部《こぶ》尚書と内閣大学士次輔《じほ》を兼ねる尹卓詠《いんたくえい》、礼部《れいぶ》尚書と内閣大学士三輔《さんほ》を兼ねる遠孔国《えんこうこく》。いずれも由緒《ゆいしょ》ある家門に生まれ、若くして金《きん》榜《ぼう》に名を掛け、赫々《かっかく》たる出世街道を歩んできた大官たちだ。

「成端王殿下、成端王妃さま」

社稷《しゃしょく》を支える重臣たちは才堅と碧蘭に気づいて立ちどまり、うやうやしく揖礼《ゆうれい》した。こちらからは軽く目礼をかえす。

——李閣老と尹閣老がだれを推すのか見ものね。

世継ぎ問題で廟堂《びょうどう》は揺れている。皇子たちは兄弟を出し抜いて有力な後ろ盾を得なければならないし、大官たちは儲君《もうけのきみ》になりそうな皇子をいち早く見出《みいだ》し、支持しなければならない。出遅れてしまっては、次代の朝廷で冷や飯を食わされることになる。

一族から先帝・宣祐帝《せんゆうてい》の皇后と皇貴妃を出し、外戚《がいせき》として権勢をほしいままにしてきた尹家と李家の動向は世間の耳目《じもく》を集めているが、両閣老《かくろう》はいまだ旗幟《きし》を鮮明にしていない。かたや、孔国は早々に黎昌王《れいしょうおう》・利風《りふう》の支持を表明した。利風の母親は孔国の妹。利風が東宮《とうぐう》の主になれば、孔国は新太子の伯父《おじ》として威光を放つことができるわけだ。

「遠閣老、手巾を——」

すれちがいざま孔国が手巾を落としたので、碧蘭はとっさに拾った。直後、しまったと臍《ほぞ》を噬《か》む。王妃は官僚が落とした手巾を手ずから拾わない。妓女《ぎじょ》ならいざ知らず。

「恐れ入ります、王妃さま」

碧蘭が手巾をかえすと、孔国は丁重に礼を述べた。

——さすがは権臣《けんしん》さまね。顔色ひとつ変えないわ。

孔国はかしこまったあいさつをして立ち去っていく。あたかも初対面のように。とりすましたしぐさも表情も、閨《ねや》では見たことのないものだった。

遠孔国。その名は生涯忘れられないだろう。

彼こそが碧蘭の貞節《ていせつ》を銀五百両で買った男――水揚《みずあ》げの旦那《だんな》だ。

青籙斎《せいろくさい》は日没から明けがたにかけて夜通しつづく。

この日、皇宮にいる者は尹太后《いんたいこう》、李皇貴太妃《りこうきたいひ》などの先帝の后妃《こうひ》をのぞき、末端の奴婢《ぬひ》にいたるまでだれも眠ってはならない。

儀式の場所は男女で分けられている。父帝および男性皇族は外朝《がいちょう》に、荷《か》皇貴妃ら父帝の妃嬪侍妾《ひひんじしょう》と女性皇族、皇族夫人たちは後宮に集まる。

紅牆《こうしょう》の路《みち》の途中で碧蘭と別れ、才堅は八十一の鋲《びょう》が打たれた銅龍門《どうりゅうもん》を通って外朝三殿の正殿、昊政殿《こうせいでん》へ向かった。昊政殿は九陽城《きゅうようじょう》最大の殿堂で、即位式や大婚《たいこん》、大朝会などの大典がもよおされる、もっとも格式の高い場所だ。

青籙斎は本来、外朝三殿のなかでいちばん小さい随風殿《ずいふうでん》で行うものだが、父帝はあえて昊政殿を青籙斎の会場に選んだ。

言うまでもなく、汪皇后を悼《いた》む気持ちからだ。汪皇后の冥福《めいふく》を祈るには国母《こくも》にふさわしい格式の殿堂でなければならないというのが父帝の言い分だった。

皇上《みかど》を諫《いさ》める職責を担《にな》う言官《げんかん》たちがこぞって「礼法にかなっていない」と諫言《かんげん》したが、父帝は彼らをことごとく廷杖《ていじょう》に処した。廷杖とは朝臣《ちょうしん》を午門《ごもん》前で杖刑《じょうけい》に処すことをいう。衆人環視《しゅうじんかんし》のなか、司礼監太監《しれいかんたいかん》の号令で錦衣衛《きんいえい》の校尉《こうい》に打ち据えられる酷刑《こっけい》は気位の高い官僚たちにとって恥辱《ちじょく》であるばかりか、命さえも失いかねない危険なものだ。青籙斎の件で廷杖に処された三十名の言官の半数がその場で息絶えた。

──皇后さまは九泉《きゅうせん》で御心を痛められているだろう。

汪皇后は出自《しゅつじ》こそ卑賤《ひせん》であったが、女訓書《じょくんしょ》が求める通りの四徳《しとく》をそなえた賢婦人だった。妃嬪侍妾に奴婢を酷虐《こくぎゃく》するなかれと厳命したほど人命を重んじていた彼女なら、父帝の冷酷な仕打ちを止めてくれたはずだ。もし、生きていたら。

さりとて、そんな仮定は意味をなさない。汪皇后が横死《おうし》しなければ、父帝は以前と変わりなく聖賢の教えに従って善政をほどこし、天下万民に仁君《じんくん》と称《たた》えられていたはず。汪皇后が諫める必要はなかったのだ。彼女は生きているだけでよかった。それだけで十分だった。父帝に道を踏み誤らせないためには。

〝死生命《しせいめい》あり〟という。ならば、汪皇后があの日、あの場で、あのような死を迎えることは、はじめから決まっていたことなのだろうか。

才堅はそう思いたくない。汪皇后の悲惨《ひさん》な結末が前世からさだめられていたことなら、兄──四皇子・文耀《ぶんよう》の死もまた、天命であったと認めなければならなくなるから。

父帝も古聖《こせい》の金言を思い出さない日はないだろう。そのたびに毒のような苦患《くげん》を嚙《か》みしめているであろうことも容易に想像がつく。かるがゆえに盛大な青籙斎をもよおし、汪皇后の冥福を祈るのだ。彼女の死は天の誤りであったと念じながら。

才堅が緇色《ししょく》の袍《ほう》をひきずるようにして昊政殿の偏殿《へんでん》に入ると先客がいた。

皇長子、廉徳王《れんとくおう》・承世《しょうせい》。父帝が鍾愛《しょうあい》する唯一の皇子で、昨年まで東宮《とうぐう》の主であった長兄は上座に端然と腰を据えたまま、神経質そうに尖った鼻梁《びりょう》をこちらに向けた。

「おまえが一番乗りとは意外だな、八弟。沈妃《しんぴ》に睦言《むつごと》をささやくのに夢中で遅刻するのではないかと思っていたが」

とんでもない、と才堅は恐縮したふうに肩をすぼめた。

「斎戒《さいかい》の作法を守り、三日前から沈妃の部屋には近づいていませんよ」

「自制心が働いたというのか？　彼女と添い遂《と》げられないなら死ぬと騒いで娶《めと》った美姫《びき》を相手に？　どうやら私は夢でも見ているらしいな」

「からかわないでください、大兄」

「感心しているのだ。おまえが沈妃を溺愛《できあい》しているという噂《うわさ》を耳にしたので、いささか案じていた。遊里《ゆうり》の女に入れこむあまり礼節を忘れたのではないかと」

もしそのようなことになったら、と承世は視線に棘《とげ》をまぜた。

「父皇《ちちうえ》を説得した私が恥をかく。くれぐれも兄の顔をつぶすな」

才堅が碧蘭を娶りたいと父帝に申し出たとき、親王が妓女を嫡室《ちゃくしつ》にするなど言語道断だと真っ向から反対したのは承世だ。

が、最終的に才堅の味方をして父帝を説得してくれたのも長兄だった。才堅が吹雪《ふぶき》のなかでひざまずいて婚姻を認めてほしいと訴えたため、惻隠《そくいん》の情をもよおしたのだろう。

もっともこれは偶然のなりゆきではなく、はじめから予想していたことだ。

――父皇は大兄の言葉には耳をかたむける。

狂虐《きょうぎゃく》の天子と恐れられる父帝も承世の諫言は聞き届けることがある。それは承世が幼いころから才気《さいき》煥発《かんぱつ》で、孝心が深く、徳望が高いことだけでは説明できない。亡き汪皇后が産んだ唯一の息子であるという点も関係している。

燃灯《ねんとう》の変《へん》が起こらなければ、承世が儲君《もうけのきみ》として東宮を仕切ることになんの異論も噴出しなかったはずだ。しかしながら、燃灯の変は起こってしまった。この事件で承世は負傷した。怨天教徒が放った銃弾が急所をはずし、右足に当たったのだ。

太医《たいい》たちは怪我《けが》の具合を見るなり匙《さじ》を投げた。禁城《きんじょう》の奥深くで伺候《しこう》する彼らは銃創《じゅうそう》など見たことがなく、処置の仕方を知らなかった。

中原《ちゅうげん》の仁術《じんじゅつ》を学ぶため煌京《こうけい》に滞在していた泰西《たいせい》の医者が呼ばれた。彼は西方の医術を用い、体内にとどまっていた弾丸を取り除いたが、完治させることはできないと語った。杖《つえ》を使えば一時的に歩けるようにはなるものの、承世の右足は徐々に持ち主の意に反するようになり、十年後には自分の意思では動かせなくなってしまうという。

父帝は激昂《げっこう》して泰西の医者を国外に追放し、ほかの医者を招いて承世の治療をさせた。各地から集められた名医たちが手を尽くしたが、承世の右足は泰西の医者が診断したとおり、しだいに動きがにぶくなった。歩くことのできる時間が日に日に減り、その代わりとでもいうように痛みが増していくのである。

承世は己の命運を悟り、廃太子を申し出た。それが昨年初頭のことだ。当初、父帝は廃太子などありえないと言い張ったが、長い煩悶《はんもん》のすえ承世に諌められて廃太子することにした。一天四海《いってんしかい》の主は十全なる肉体を持っていなければならない。天子とは完全な存在でなければならず、人品骨柄《じんぴんこつがら》がどれほど優れていようとも、五体満足でなければ玉座にのぼる資格がない。

父帝にとってはさぞや不本意な決断だっただろう。

承世に息子がいれば皇太孫《こうたいそん》にすることもできたが、承世の息子は三人とも早世しており、足の疼痛《とうつう》を軽減するために服用している薬の作用で子をもうけにくい身体《からだ》になってしまったせいで、承世が今後あらたに息子を持つことは期待できなくなった。

汪皇后所生《しょせい》の皇子を世継ぎにできない。その事実は父帝を打ちのめしたにちがいない。最愛の皇后が生きた証《あかし》を後世に遺《のこ》せないのだから。

「沈妃と結ばれたのは大兄のおかげです。大恩に報いるべく今後は身をつつしみ、二度と軽薄な行いはいたしません」

才堅が殊勝《しゅしょう》らしく首を垂《こうべ》れると、承世は「座れ」と促した。

「色町から王妃を迎えること以上に軽薄な行いがあるとは思えぬが、念のため忠告しておく。儲位《ちょい》争いにはかかわるな。だれかに支持するよう求められても、のらりくらりとかわすのが賢明というものだ。だれかを支持すればだれかの敵にまわることになる。わざわざ進んで怨《うら》みを買うことはない。野心がないなら、可能な限り争いからは遠ざかっておくべきだ。沈妃との平穏な暮らしのためにも」

「ご忠告を肝《きも》に銘《めい》じます、と才堅は悌順《ていじゅん》に答えた。

――大兄ご自身も儲位争いとは距離を置いていらっしゃる。

父帝が今年じゅうに世継ぎをさだめると宣言したあと、承世はだれの支持にもまわらないとふれまわった。元皇太子の支持があれば候補者のなかで頭ひとつ飛び抜けることになるので、皇二子・元覇《げんは》や皇三子・利風《りふう》らが承世を自分の陣営に引き入れようとすることはあきらかだったが、その手は使えないわけだ。

嫡出《ちゃくしゅつ》の皇子であり、儲君として申し分ない才徳をそなえ、父帝の寵愛《ちょうあい》を一身に受けていたにもかかわらず不幸な事件により肉体を損なわれ、絶望の淵に立たされながらも、天下国家のため私心を殺し、東宮を去ることをみずから願い出た承世の苦衷《くちゅう》は察するに余りある。長兄のなみなみならぬ徳義心には信服せずにいられない。

他方で、平仄《ひょうそく》が合わないところもある。

たしかに承世は情け深い人物だ。群臣が勘気《かんき》をこうむることを恐れて石のように黙りこむ廟堂《びょうどう》で、たびたび父帝を諫めるほどに。だが、奇妙なことに宗室一の仁者《じんしゃ》であるはずの彼が文耀については黙して語らない。否《いな》、それだけではない。燃灯の変に関与したとして処罰された者たち――碧蘭の実父・蕭幽朋《しょうゆうほう》もふくめ――の罪状について、再捜査を願い出たことはない。この八年、不可解なほど強固に口をつぐんでいるのだ。

承世自身が燃灯の変の犠牲者だからだろうか。邪教徒の害意で前途を閉ざされたのだから、怨みを抱いていないはずはない。怨天教団とのつながりを疑われた者たちを冷静な目で見るのは難しいのかもしれない。あるいは、この件が父帝にとって永遠に癒《い》えることのない古傷だからだろうか。うかつに言及すれば忌諱《きき》にふれることになるとわかっているから、あたかも冤罪《えんざい》の可能性などないかのようにふるまうのかもしれない。

いずれにせよ、そこには巧妙な作為が存在する。

承世は父帝と正面切って対立しないように、たくみに失点を避けているのではあるまいか。まことの仁者ならば、なぜ奇怪な死を遂げた文耀の再捜査を父帝に申し出ないのだろうか。文耀は獄中《ごくちゅう》で死んだと伝えられているが、何者かに口を封じられたのではないか。父帝が文耀を疑ったことがほんとうに正当だったのかどうか、なぜ調べようとしないのか。真実のゆくえに関心はないのか。不条理を正したいとは考えないのか。

いやそんなことよりも、血をわけた弟の悲惨な末路に心が痛まないのか？

もし承世が文耀の件を洗い直すよう父帝に進言したなら、震怒《しんど》をこうむるにちがいない。蕭幽朋の件も同様だ。燃灯の変に関与したと疑われて処刑された人びとについて考えることを、父帝は明確に拒否している。無理もない。無辜《むこ》の者たちを戮《りく》したことがあきらかになれば、君主としての名誉は失墜《しっつい》し、後世に汚名を残してしまうのだから。

否、父帝が案じているのはそんな些末《さまつ》なことではないだろう。

冤罪の犠牲者を多く生み出したことを認めてしまえば、きっかけが汪皇后であるだけに、彼女の名望に傷がつくことは避けられない。後世の歴史家は汪氏を悪《あ》しざまに語るのではないだろうか。彼女が殺されたせいで、多数の官民が虐殺《ぎゃくさつ》されたのだと。

承世は父帝がもっともふれられたくない傷にはけっしてふれない。

長年、東宮の主をつとめていたのだから、政《まつりごと》の場で如才《じょさい》なく立ち回るのは当然のことなのかもしれないが、才堅には長兄の処世術が小ずるく感じられてならない。

「最良の相手とは言い難いとはいえ、おまえもとうとう妻を迎えたわけだ。父帝も安堵《あんど》なさったであろう。あとは五弟と七弟だな」

「五兄は多忙でいらっしゃいますから、結婚どころではないでしょう」

「妻帯して子をもうけることは、なによりの孝行だ。多忙を言い訳にはできぬ」

「孝行も大事ですが、病に侵されている民を救うことも重要な仕事ですよ」

「それは市医《しい》の仕事であろう。親王が市医に扮して病人を診察するなど、分を超えている。あまつさえ王府には寄り付かず市中の陋屋《ろうおく》で起《お》き臥《ふ》しするとは」

「だれにでも真似《まね》できることではありません。錦の衣を捨てて粗衣《そい》をまとい、偏屈者の市医に師事して貧しい病人のために粉骨砕身《ふんこつさいしん》するなんて。すごいな、五兄は」

尊敬しますよ、と才堅が言うと、承世は眉間《みけん》に深い皺《しわ》を刻んだ。

「まさかおまえも五弟にならって市井《しせい》で民を救うなどと言い出すのではあるまいな」

「そうしたいのは山々ですが、あいにく岐黄《ぎこう》の道とは無縁ですからね。俺にできることは戯曲《ぎきょく》や小説を書き殴《なぐ》ることくらいですよ。あ、そうだ。五兄の徳行を題材にして一作書こうかな。若き親王が医道を志《こころざ》し、一介《いっかい》の市医に身をやつして各地を旅しながら病人を治療して陰徳を積む話なんてどうです？　道徳的で大兄の好みにも合うでしょう」

「なにが道徳的だ。そもそも皇族は四民《しみん》の業《ぎょう》につくことが禁じられているのだぞ。医道にたずさわることも、むろん禁止されている。五弟は宗室の規則を破っているのだ。厳罰に処されるべきところを、父皇の恩情で――」

くどくどしい苦言は途中で打ち切られた。入室してきた者がいたからだ。

「遅れてすみません！」

追い立てられた犬のように駆けこんできたのは皇十子、穣土王《じょうどおう》・不器《ふき》だった。

「もっと早く王府を出るはずだったんですが、母妃《ははうえ》の支度《したく》が長引いて……あれ？　大兄と八兄だけですか？　ほかのかたは？」

「まだ来ていない」

承世がそっけなく答えると、不器はほっとしたふうに肩の力を抜いた。

「ほらね、急がなくてもいいと言ったじゃないか。まだ時間はあるんだから」

不器のあとから入ってきた人物が絹団扇《きぬうちわ》をゆるりと動かしながら片笑んだ。緇色《ししょく》の襦裙《じゅくん》をまとっているが、広い肩幅や逞《たくま》しい骨格は女人《にょにん》のものではない。それでいてすっきりとした長身とこざっぱりした襦裙が調和しているのは着こなしの妙というべきか。

呂守王《ろしゅおう》・高令朗《れいろう》。中流官族出身の張昭華《ちょうしょうか》が産んだ皇七子は今年で二十二になるが、常日ごろから女装しており、男物の衣服を着ている姿はめったに見られない。今日も襦裙をまとって髪を包髻《ほうけい》に結っている。これは結いあげた髪を布で包むもので、女人の髪型だ。うっすらと化粧《けしょう》までしていて、紅で染められた唇は美しく弧を描いている。

「七弟、おまえはまた性懲《しょうこ》りもなくふざけた恰好をしてきたのか」

承世が忌《い》ま忌《い》ましそうに令朗を睨《にら》みつけた。

「とうに冠礼《かんれい》をすませた男が女物の衣服を身に着けるなど、恥ずかしいとは思わぬのか。ましてや今日は青籙斎《せいろくさい》なのだぞ。厳粛な儀式の場に礼法を無視した恰好で出てくるな」

「べつに恥ずかしくはありませんよ、大兄。私には男物より女物の衣服のほうが馴染《なじ》むんです。礼法にもかなっていますし、問題ないでしょう」

承世は苦虫《にがむし》を嚙《か》み潰したような顔つきをしたが、緇色の襦裙と包髻という出《い》で立《た》ちは青籙斎に列席する女性皇族の服飾としては礼法どおりである。

「まったく、おまえの奇天烈《きてれつ》な趣味には恐れ入る。一度、父皇に叱っていただくべきだな。

親王が公主のような身なりで皇宮をうろつくとは世も末だ」

「父皇はなにもおっしゃいませんよ。私の女装は見慣れていらっしゃいますから」

承世に睨まれても令朗は柳《やなぎ》に風と受け流す。事実、父帝は七男の女装癖《へき》を黙認しており、苦言を呈したことがない。いや、黙認という表現は不適切だ。承世以外の息子に関心がないため、放任しているのだ。

青籙斎に令朗が女装姿であらわれても父帝は眉《まゆ》ひとつ動かさない。親王の頭数がそろっていることこそが重要であって、それ以外の事柄には興味がないのだろう。

「七弟の悪癖《あくへき》は置いておくとして、十弟はなぜ遅れた？　危芳儀《きほうぎ》がどうかしたのか？」

「ええ、母妃が繡鞋《くつ》を履《は》きたくないと言い出して……」

今日のために用意していた繡鞋に刺繡《ししゅう》がほつれている箇所《かしょ》が見つかり、危芳儀は気分を害してしまったという。

「女官に命じてほつれを直させたんですが、母妃は納得してくださらず……すっかりへそを曲げてしまって青籙斎には行かないと騒ぎ出したんです」

顔面蒼白になった不器が目に浮かぶ。青籙斎の欠席者は厳罰に処される。これは八年前にできた比較的あたらしい慣例で、具体的には降封《こうふう》や奪爵《だつしゃく》をさす。急病により欠席せざるを得なくなった父帝の異母兄、整斗王《せいとおう》・高秋霆《しゅうてい》が半年分の王禄《おうろく》を減らされるだけですんだのは、尹太后《いんたいこう》のとりなしがあったおかげだ。刺繡の不具合を理由に青籙斎を欠席しようものなら、父帝はたちまち怒り心頭に発し、不器に死を命じかねない。

「母妃をなだめようとして右往左往《うおうさおう》していたところに七兄がお見えになったので、九死に一生を得た思いでしたよ」

「大げさだね。刺繍にちょっと手をくわえただけなのに」

令朗は幼少時代から琴棋書画《きんきしょが》よりも針仕事を好んでいる。その腕前は玄人跣《くろうとはだし》で尚工局《しょうこうきょく》に仕える熟練の女工たちも一目置くほどだから、危芳儀はすぐに上機嫌になった。

「ほんとうに助かりましたよ。七兄がおいでにならなかったらどうなっていたか、考えただけで寒気がします」

不器が言葉どおり身震いすると、令朗は団扇で口もとを隠して笑う。

「実は今朝、十弟の夢を見たんだよ。危芳儀が騒いで青籙斎に出ないと言い張るので困っている君をね。虫の知らせかな。それで皇宮に行く前に穣土王府に寄ったんだ」

「そうだったんですか！　夢のおかげで命拾いしました」

不器は重ね重ね礼を言う。その様子を承世は憤《いきどお》ろしげに見ていた。

「危芳儀の無作法は目に余る。刺繍ごときでへそを曲げ、大切な儀式を欠席しようとするとはなんたることか。十弟、おまえも子として母をしっかり諫《いさ》めよ。危芳儀は気性が荒く、後宮にいたころも何度となく諍《いさか》いを起こしていた。〝磯《いさ》むべからずとするも亦《また》不孝なり〟母親のわがままにふりまわされていることを孝行とはいわぬ。ほんとうの意味で孝養を尽くしたければ、親の過ちは己の過ちと考え——」

　おさだまりの説教は部屋に入ってきた野太い罵声《ばせい》に断ち切られた。

「戦場ではおまえがもてあそんでいる壺《つぼ》だの皿だのはなんの役にも立たぬぞ」

「そうでしょうとも。書画骨董は人殺しの道具ではありませんからね」

　格子窓《こうしまど》が震えるほどの怒声を発したのは安遼王《あんりようおう》・元覇、負けじと声高に言いかえしたのは巴享王《はきようおう》・博宇《はくう》だ。おごそかな緇色の礼服を着こんでいてもなお、ふたりの口争いは健在で、互いに火花が飛び散るような目つきで睨みつけている。

「将兵が人殺しの道具に徹しているおかげで、おまえのようなごくつぶしの文人がのんきに壺だの皿だのを愛《め》でていられるんだ。俺たち武人に敬意を払え」

「敬意？　へえ、そんな単語が二兄の口から出てくるとは仰天《ぎようてん》しますね。てっきり仁孝の文字すらご存じないのかと思っていましたよ」

「おまえこそ悌順《ていじゆん》の文字を知らぬのではないか？　弟が兄に向かって無礼な口をきくな」

「申し訳ありません。二兄のそばにいると蛮風《ばんぷう》に影響されてしまうようで」

　博宇が小馬鹿にしたふうに笑い、元覇が青筋を立ててつかみかかる。毎度のごとく承世が仲裁に入ろうとしたところで、間延びした声が割って入った。

「またやってるのかよ。凝《こ》りねえなあ」

　屛風《ついたて》のうしろからひょいと顔を出した青年が大あくびをしながら言った。荷《か》皇貴妃が産んだ皇五子、洪列王《こうれつおう》・高忠徹《ちゆうてつ》だ。

筋肉の鎧《よろい》をまとったような元覇とならべば多少見劣りするものの、頑健そうな長軀《ちょうく》は武人を名乗ってもさしつかえない。顔立ちはととのっているがいささか野性味があり、筆勢に任せて描いたような眉には剛毅《ごうき》な気性がにじんでいる。齢《よわい》は二十四。とうに妻帯している年齢なのにいまだ独り身なのは、才堅のように縁談がなかったからではない。上級官族である荷家と縁続きになるため洪列王府に娘を嫁《とつ》がせようとした者は多かったが、忠徹本人にまったくその気がなかったのだ。

「俺は多忙な身の上だ。結婚したところで王妃にかまってやる暇はねえよ」

とは当人談だが、これは誇張ではない。十二のとき、忠徹は医道を志して市井《しせい》の名医に弟子入りした。むろん身分を隠してのことだ。以来、名医が営《いとな》む医館でほかの弟子たちと寝食を共にし、昼夜を問わず師傅《しふ》にこき使われながら岐黄の術を学んでいる。

北直隷《ほくちょくれい》近郊で疫病《えきびょう》が発生した際には治療のために出かけていくこともあり、王府で過ごすのは一年のうち十日に満たないというから、当人が語るように妻帯しても王妃は孤閨《こけい》を守ることになるだろう。

「くだらねえ諍いはやめろって。殴《なぐ》り合ったところで一銭にもならねえんだぜ」

元覇と博宇に歩み寄り、忠飛は荒っぽくふたりを引き離した。

「罵《ののし》り合う暇があるなら天下に目を向けろよ。北直隷を見てまわったことがあるかい。大路だけを歩いてるときれいなもんしか目に入らねえが、ちょっと路地に入ってみろ。そこらじゅうに病人がいるぞ。年端のいかない子どもや身重の婦人や身寄りのない老人……そろいもそろって薬餌《やくじ》を買う金さえ持ってねえもんだからばたばた死んでいく。彼らのことを考えてみろ。皇族同士がいがみ合ってる場合か？　意味のねえことに心血を注いでねえで天下万民を救うために行動しろよ。それが王禄《おうろく》を賜《たまわ》る者のつとめってもんだぜ」

忠徹は熱っぽく語ったが、元覇と博宇は鼻白んだふうに顔をしかめた。

「おまえに皇族のつとめを語る資格があると思ってるのか、五弟。いい年をして妻妾も娶《めと》らず、王府にも帰らず、皇宮にもほとんど参内《さんだい》せず、薄汚い貧民どもにまじって物乞《ものご》いの真似事《まねごと》をしているやつが一人前の口をきくな」

「おいおい二兄、聞き捨てならねえな。俺がいつ物乞いの真似事をしたっていうんだよ。俺はな、ひとりでも多くの病人を助けるために毎日忙しく働いてるんだぞ」

「卑賤《ひせん》の者たちと寝起きしているから同類と思われるんです。大兄もなにかおっしゃってください。五兄の不行状のせいで皇貴妃さまは肩身の狭い思いをなさっているんだと」

たしかにそのとおりだ、と承世は重々しく肘掛けを叩く。

「五弟は親王らしからぬ生活をして宗室の風紀を乱している。病人を救うことは善行にはちがいないが、あばら家で物乞いと寝食をともにせずとも、寺観に寄進をするなどの方法で徳をほどこすこともできるだろう」

「寺観に寄進するだって？　大兄は民情ってもんを知らねえからお気楽なことを言っていられるんだよ。浄財《じょうざい》なんかおさめたところで銅臭《どうしゅう》道士どもが肥《こ》え太るだけだぜ。病人を救うには他人任せじゃだめなんだ。骨惜しみせず自分から動かねえと。だから俺は年がら年じゅう座る暇もねえほど動きまわってるのさ。今日だって朝っぱらから采霞廟《さいかびょう》まで往診に行ってきたんだぜ。医館には患者がひしめいてるんで医者の手が足りねえから、いつ飯を食ったのか思い出せねえほどだ。なんとか都合をつけて抜け出してきたが、こうしているあいだにも急患が運びこまれてると思うと気が気じゃねえよ。病状しだいじゃ一刻を争うんだ。こんなところで油を売っている場合じゃ――」

「口をつつしめ」

承世に睨《にら》まれ、忠徹は黙るしかなかった。人命を救うべく東奔西走《とうほんせいそう》する忠徹の精神がどれほど高邁《こうまい》であろうとも発言には気をつけなければならない。汪皇后のための青籙斎《せいろくさい》を「こんなところで油を売る」などと道破《どうは》することは、震怒《しんど》をこうむる危険な行為だ。

「五兄を責めないでください」

消え入りそうな弱々しい声音《こわね》が重苦しい空気を破った。声の主は屏風の陰から痩《や》せぎすの身体《からだ》を引きずるようにして出てくる。

霜斉王《そうせいおう》・高寿雷《じゅらい》。中流官族、孟《もう》家出身の敬妃《けいひ》が産んだ皇九子は齢十九だ。蒲柳《ほりゅう》の質《しつ》で、一日に何度も苦い薬湯を飲み、それ以外の時間の大半を寝床で過ごす。それゆえほとんど参内しないが、青籙斎には病をおして顔を出す。

「皇族としては型破りでしょうが、五兄は民のために働いていらっしゃいます。弱き者を助けて徳を積むのはすばらしいことですよ。私はいつも五兄をうらやましいと思っているんです。病身でなかったら、私も人を助ける仕事がしたいのですが……」

生気のない微笑は激しい咳《しわぶき》によってかき消された。すぐさま忠徹が駆け寄り、寿雷を椅《い》子《す》に座らせて腕を指圧してやる。

「やはり今日は出てくるべきじゃなかったな。まだ熱が引いていない」

忠徹は霜斉王府に立ち寄ってから参内したらしい。皇宮には寄りつかないが、寿雷のもとへは病状を見るために足しげく通っている。寿雷も忠徹を慕《した》っており、とりわけ市井での暮らしぶりについてくわしく聞きたがるそうだ。病《びょう》軀《く》ゆえになかなか王府の外に出られないので、下情に通じる忠徹の話が面白いのだろう。

「大丈夫ですよ。薬を持ってきましたから」

指圧で咳がやわらいだのか、寿雷の青白い顔に繊弱《せんじゃく》な笑みが戻ってきた。

「大事を取るべきだ。去年も具合が悪いのに無理をして参列したせいで青籙斎の最中に倒れただろうが。別室でやすませてもらえるよう、俺が父皇《ちちうえ》に頼んで――」

「いけません。そのようなことを進言なされば、五兄が処罰されます」

「病人をやすませてほしいと頼んで罰せられるなんざ、どうかしてるぜ。近ごろはおかしなことばかり起こるな。市中には獄衣《ごくい》を着せられた老若男女《ろうにゃくなんにょ》が列をなし、罪人の肉を食って太った野犬がうろつきまわり、劊子手《かいしゅ》（処刑人）どもは似合いもしねえ綺羅《きら》をまとって大路を闊歩《かっぽ》しやがる。末法《まっぽう》の世とはこのことだ」

忠徹が憎々しげに言い捨てると、室内には陰鬱《いんうつ》な沈黙が満ちた。

承世は険のある目つきで卓灯《たくとう》を睨み、元覇は椅子にふんぞりかえる。博宇は肘掛けにもたれてため息をつき、令朗は言葉を嚥下《えんげ》するように茶を飲む。寿雷はふたたび空咳をもらし、不器は気まずそうに縮こまっている。

「おや、みんなそろっているね」

場違いなほど陽気な声音が閉塞《へいそく》感を打ち破った。皇三子、黎昌王《れいしょうおう》・利風《りふう》は屛風《ついたて》の陰から軽薄そうな白面をのぞかせ、指でもてあそんでいたらしい扇子《せんす》をぱちりと閉じた。

「遅いぞ。なにをしていたのだ」

承世が苛立《いらだ》たしげに問うと、利風は緇色《ししょく》の袖《そで》を揺らして媚《こ》びるように笑う。

「銅龍門の前で見目麗《みめうるわ》しい婢女《はしため》に出くわしたのでね、ちょっと話しこんでいたんだよ」

「嘆《なげ》かわしい。婢女を口説《くど》いて遅刻するとは」

「遅刻はしてないだろう？　このとおり間に合ったじゃないか。褒めてもらったっていいくらいだよ。もっと彼女と話していたかったのに泣く泣く切り上げてきたんだからね」

悪びれもしない利風を承世が叱責《しっせき》しようとしたとき、数名の宦官《かんがん》が入室してきた。

まとう蟒服《ぼうふく》の色は烏黒《うこく》。これは彼らが司礼監《しれいかん》に籍を置いていることをあらわす。東廠所《とうしよう》属の宦官も同色の蟒服を着るため、総称して鴉軍《あぐん》という。

先陣を切って揖礼《ゆうれい》したのは、司礼監秉筆太監《へいひつたいかん》・独囚蠅《どくしゆうよう》だった。

「支度《したく》がととのいました。広場へお運びください」

囚蠅に促され、最初に承世が席を立った。杖《つえ》をついて身体を支え、危なげのない足取りで扉へ向かう。元覇は袖を払って席を立ち、利風は扇子をひらめかせながら身をひるがえす。博宇がそれにつづき、忠徹は寿雷を、令朗は不器をともなって部屋を出ていく。兄弟たちの背中を見やり、才堅は最後に敷居をまたいだ。


「妹妹《まいまい》」

うしろから声をかけられ、皇太后・尹白姝《いんびやくしゆ》はふりかえった。鋪地《ほち》がしかれた小径《こみち》を歩いてくるのは、皇貴太妃《こうきたいひ》・李紫蓮《りしれん》である。

秋恩宮《しゆうおんきゆう》の内院《なかにわ》。花ばかりが眠らないその場所に白姝は長いことたたずんでいた。

「今夜は冷えるわ。こんなところにいると風邪《かぜ》をひくわよ」

紫蓮が披風《うわぎ》を着せかけてくれる。三つ年上の紫蓮とは立場を越えて姉妹のように付き合っている。私的な場所では姐姐《おねえさま》、妹妹と呼び合う仲だった。

「あれからもう八年経つのね……」

披風の領《えり》をかきあわせ、白姝は夜空を見上げた。寒々しい凝夜紫《ぎょうやし》の空には天女《てんにょ》の涙のような星がさびしげにまたたいている。

「主上《しゅじょう》はいまごろ一心に青詞《せいし》を読んでいらっしゃるのでしょう。それが悪いわけではないけれど、望ましいとは言えないわ。いったいいつまでつづくのかしら……」

燃灯の変から八年が過ぎたのに、今上《きんじょう》——嘉明帝《かめいてい》・高礼駿《れいしゅん》は最愛の伴侶《はんりょ》、皇后・汪梨艶《おうりえん》を喪《うしな》った悲しみからいまだ立ち直っていない。

嘉明十八年より、元宵《げんしょう》に灯籠《とうろう》を飾ることが禁じられた。元宵になると東廠《とうしょう》や錦衣衛《きんいえい》が北直隷《ほくちょくれい》を巡回し、灯籠を飾っている者を片っ端から連行するのだ。まるで極悪非道な謀反人《むほんにん》であるかのように。彼らの大半は怨天教徒《えんてん》ではないかという疑いをかけられ、むごたらしく拷問《ごうもん》されて獄死《ごくし》した。運よく生きて獄房から出られた者は刑場の露と消えた。

病床の母親を喜ばせるために手製の灯籠を飾った少女が斬首されたと聞いた際、白姝は心の臓を殴りつけられたような衝撃を受けて卒倒した。

翌日、威儀《いぎ》を正して暁和殿《ぎょうわでん》に出かけた。親政が行われている場合、皇太后が中朝《ちゅうちょう》に足を運ぶことはひかえるのが習いだが、あえて古礼にそむいた。

「元宵は千年前からつづく由緒《ゆいしょ》ある伝統なのよ。あなたの代で途絶えさせることは、皇祖《こうそ》皇宗《こうそう》がお許しにならないわ」

禁令を廃すべきだと説諭すると、今上は背筋が凍るほど冷血な目で白姝を射貫《いぬ》いた。

「皇太后さま、それは後宮が朝政にくちばしをはさむということですか？」

今上は白姝を「母后《ははうえ》」と呼ばなかった。いままではそう呼んでいたのに。白姝は今上の生母ではなく嫡母《ちゃくぼ》にすぎないが、血のつながりがないことに不安を抱いたことはなかった。立太子される前から今上は白姝に孝養を尽くしており、即位してからもなにくれと気遣ってくれていた。血縁がなくても母と子としてきずなを育《はぐく》んでいると楽観していた。なんたることか。知らず知らずのうちに増上慢《ぞうじょうまん》に侵されていたのだ。

腹を痛めて産んだ子ではない。揺るぎない事実が重くのしかかってくる。実母が涙ながらに諭《さと》したなら、今上は聞く耳を持ってくれたかもしれない。血の縁《えにし》とは切っても切れないものだから。白姝には生母の神通力《じんずうりき》が使えない。皇太后の鳳冠《ほうかん》では血縁の代わりにならないのだ。このときほど今上を産まなかったことを怨《うら》んだことはない。

――もし仁徽《じんき》が立太子されていたら、こんなことには……。

白姝は先帝・孝宗《こうそう》皇帝（宣祐《せんゆう》帝）とのあいだに二人の息子を産んだ。ひとりは幼くして鬼籍《きせき》に入ってしまった。もうひとりは十二のときに階《きざはし》から転落して足を負傷したため皇太子になる資格を喪失し、親王の位を与えられた。松月《しょうげつ》王となった仁徽はいまや知命《ちめい》（五十歳）となり、一男一女の父として平穏に暮らしているが、足を負傷しなかったら確実に立太子されていたはずだ。仁徽は皇后所生《しょせい》の皇子で、温厚篤実《おんこうとくじつ》な人柄ゆえ先帝に目をかけられており、肉体的な問題をのぞけば東宮《とうぐう》の主になるのになんの支障もなかった。

仁徽が立太子され、のちに践祚《せんそ》していたら、今日の惨状《さんじょう》はなかっただろう。すくなくとも白妹は天子の生母として宸襟《しんきん》に影響をおよぼすことができたのだから。

「悲しみは歳月とともに薄れるものよ。永遠にはつづかないわ。きっとまだ、主上には時間が足りないのでしょう」

「時間が必要なのはわかるわ。だけど、それは何年なの？　歳月が主上の傷を癒《いや》すまで、いったいどれだけの民が犠牲になればいいの？」

紫蓮が答えられるはずはないと知りながら問わずにはいられない。

「主上がお決めになったら後宮からは打つ手がないわ。わたくしは摂政《せっしょう》ではなく、単なる皇太后だもの……。わたくしの力がおよぶのは銀凰門《ぎんおうもん》の内側だけ。銀凰門から一歩外に出れば、天子の生母ではない皇太后は後宮にひしめく女たちの一人にすぎないわ」

後宮が政《まつりごと》に干渉することは祖宗《そそう》の法によって戒《いまし》められている。

「先帝がご健在だったらと思わずにいられないわ。きっと主上を正しく導いてくださったでしょうに……」

「早すぎたわね。もうすこしこの世にとどまってくださっていたら……」

嘉明十二年の暮れ、先帝は崩御《ほうぎょ》した。急な病で寝ついてしまい、あっという間だった。

「だれか、ひとりでもいればいいのよ。主上を諫《いさ》めることができる者が。たったひとりでいいから……」

そんな芸当ができる者は亡き汪皇后だけだろう。

「皇太子が決まれば状況は変わるはずよ。悲観しすぎないで」

「変わるよう切に祈っているわ。八年前から後宮はつとめを果たしていない。いえ、果たす機会さえ与えられないのよ。それなのに妃嬪侍妾《ひひんじしょう》は後宮に囚われたまま、龍顔《りゅうがん》を拝することさえできず、若さと美しさを孤閨《こけい》のなかで持て余しているわ。せめて夜伽《よとぎ》が再開されれば、妃嬪侍妾も希望を持つことができるでしょうに……」

龍床《りゅうしょう》に召されることなく花のさかりを空費する妃嬪侍妾が不憫《ふびん》でならない。彼女たちは希望を抱いて入宮《にゅうきゅう》したのに、嘉明帝の後宮に在るのは際限のない絶望だけだ。

――燃灯《あんなこと》の変さえ起こらなければ。

この八年、幾度そう思ったことか。しかし、過去は書きかえられない。汪皇后は不帰《ふき》の客となってしまったのだ。煌京《こうけい》じゅうが色鮮やかな灯籠に彩られた、美しい夜に。

「そろそろ部屋に戻りましょう。ここは冷えるわ」

ええ、と答えて、紫蓮と連れ立って部屋に入ろうとしたときだ。皇太后付き首席女官が垂花門《すいかもん》のほうから駆け足でやってきた。平生は落ち着いている彼女がけつまずくほど狼狽《ろうばい》していることから、なにかあったのだと察せられた。ひどく悪いことが。

「たいへんです、皇太后さま！　公主さまの……宝福《ほうふく》公主のお姿が見えません」

後宮では道観・玉梅観《ぎょくまいかん》にて青籙斎《せいろくさい》が行われている。宝福公主・丹雪《たんせつ》は気分が悪いのでやすみたいと申し出て玉梅観をあとにしたが、秋恩宮に向かう道すがら姿を消したという。

——また凶事に見舞われなければならないの。

不安が胸を覆《おお》った。よりにもよって汪皇后を追悼《ついとう》する青籙斎の最中に愛娘《まなむすめ》が姿を消したら、それ以上の災難がふりかかったら、今上はどれほど心を痛めるだろうか。

そして……どれほど憤怒《ふんぬ》を燃やすだろうか。天子の怒りは官民にとって霹靂《へきれき》にひとしい。その苛烈《かれつ》な炎がどうやって人びとに襲いかかるか考えただけでめまいがする。

「宮正司《きゅうせいし》に知らせなさい。後宮内の捜索ならあの者たちが長《た》けているわ」

来た道を引きかえしていく女官のうしろ姿を見送っていると、白姝の胸がざわめいた。

——後宮から連れ出されていたら……？

後宮内の糾察《きゅうさつ》および懲罰《ちょうばつ》をつかさどる宮正司は三千の美姫《びき》が侍る天子の箱庭で起こった事件事故の捜査も担当する。彼らは銀凰門の内側ならすみずみまで探索できるが、銀凰門から一歩外に出れば……皇上《みかど》と血縁がない皇太后同様に、非力だ。


——なんてきれいな人かしら。

あたらしく皇帝付き宦官《かんがん》になった罪喪狗《ざいそうく》とはじめて会ったとき、丹雪はそう思った。三監《さんかん》には容姿端麗《ようしたんれい》な者が多いから、美形の宦官は見慣れているはずなのに、喪狗は強く印象に残った。彼の端整な横顔がひどくさびしそうに見えたからかもしれない。

――冬の化身みたい。

喪狗はどこかひんやりした雰囲気《ふんいき》をまとっていた。たいていの三監は愛嬌《あいきょう》をふりまき、暇さえあれば空世辞《からせじ》を浴びせてくるが、彼は愛嬌や空世辞とは無縁だ。言葉を惜しむように押し黙り、涼しげな美貌《びぼう》には感情の起伏《きふく》があらわれない。間断なく風雪にさらされても微動だにしない氷の彫像のように、音もなくそこにたたずんでいる。

当時は燃灯の変が起こる前で、丹雪はふつうのあかるい少女だったから、ちょっとしたいたずら心を起こして喪狗を笑わせようとした。とっておきの笑い話を聞かせたのに、喪狗はにこりともしなかった。丹雪がおどけたしぐさをしても、やはり眉《まゆ》ひとつ動かさなかった。へんてこな歌を作って歌っても秀麗《しゅうれい》なおもてに感情はあらわれなかった。

「あなたはどういうときに笑うの？」

音《ね》を上げた丹雪が尋ねると、喪狗は抑揚《よくよう》にとぼしい声音《こわね》で言った。

「笑ったことがないのでわかりません」

「生まれてから一度も？　赤ん坊のころも？」

「赤子のころのことは記憶にありません」

「三つや四つのころは？　どんな遊びをしていたの？」

「遊ぶ暇はありませんでした。養父母に言いつけられた用事を片づけるので手いっぱいでしたから」

喪狗は罪人の息子だ。親の罪に連座して赤子のころに奴婢《ぬひ》にされ、同様の境遇の子女がそうであるように奴婢夫婦に養育された。六つで腐刑《ふけい》を受けて童宦《どうかん》となり、礼儀作法を学ぶために一年間、王府に仕え、その後、入宮して浣衣局勤《かんいきょく》めになった。

中級以下の宦官の官服を洗うことを職掌《しょくしょう》とする浣衣局は、恭桶《べんき》などの不浄な物を洗い清める苛酷《かこく》な仕事も課せられるため、二十四衙門《がもん》のなかで都知監《とちかん》以上に嫌われる部署だ。宦官たちが肥溜《こえだ》めと呼んで憚《はばか》らない監獄《かんごく》のような場所から抜け出せたのは、そのかみ敬事房《けいじぼう》太監《たいかん》であった同淫芥《どういんかい》に見出《みいだ》されたからだと喪狗本人が語っていた。彼が自発的に話してくれたわけではない。丹雪が質問攻めにして聞き出したのだ。

喪狗のことならなんでも知りたかった。経歴は言うにおよばず、好きな音曲《おんぎょく》や食べ物、心躍る天気や季節、可愛《かわい》いと思う動物や好みの色、愛読書や面白かった芝居、落ち着く場所や時間、気に入っている衣服、親しくしている人のこと、休沐《きゅうもく》になにをするのか……彼についての知識が増えれば、彼を笑わせるための妙策を見つけられるはずだ。

——笑ったことがないなんてさびしすぎるわ。

母后はいつも丹雪の笑顔が好きだと言ってくれる。笑っている丹雪を見ると幸せな気持ちになると。笑顔はだれかを幸福にするものなのだ。笑ったことがないのなら、喪狗はだれも幸福にしたことがないのだ。ほかならぬ彼自身も。

それは……たとしえもなく不幸なことではないだろうか？

むせかえるような熱気を感じて、丹雪は重いまぶたをあげた。とたん、視界が紅蓮《ぐれん》で塗りつぶされる。火の海だ。獣のように蠢《うごめ》く炎が四方を這《は》いまわっている。

どうして、という問いが頭のなかを駆けめぐる。丹雪はここで喪狗を待っていたはずだ。そろそろ彼が迎えに来てくれるはずだ。しかし室内を見まわしても恋しい人の姿はない。たけりくるう業火が床を、柱を、格天井を真っ赤に染めているだけだ。

絶望が四肢《しし》を打ち震わせ、丹雪は唇を嚙《か》んだ。

――あの文は偽物だったのね……。

昨晩、枕もとに文が置いてあるのを見つけた。送り主は喪狗。流麗《りゅうれい》な筆致でかねてよりひそかに丹雪を恋慕《れんぼ》していること、しかし自分は宦官なので駙馬《ふば》にはなれないこと、もし想いを受け入れてくれるならふたりで皇宮を抜け出し、煌京《こうけい》から遠く離れたところで夫婦として暮らしたいということが記されていた。

こんなことが起こればいいのにと何度、夢想しただろうか。丹雪が喪狗を恋い慕《した》っているように、喪狗も丹雪を恋しく思っていてくれたらと。

夢が現実になった。片思いではなかった。愛《いと》しい人と心が通じ合っているのだ。

丹雪は舞いあがり、慕わしい墨痕《ぼっこん》を指先でなぞった。

駆け落ちがどういうものなのかは、小説や芝居で知っている。皇宮から抜け出すことを怖いと思わないでもなかったが、喪狗の申し出を受けることにした。どれほど求め合っていても、宦官と公主が夫婦になるのは不可能だ。いくら丹雪を寵愛《ちょうあい》している父帝でも許してはくれないだろう。ふたりが結ばれる道は駆け落ちしかない。父帝や長兄と別れるのはつらいけれど、恋い焦がれる人と結ばれるには犠牲を払わなければならない。

丹雪は決心した。文によれば駆け落ちは今晩、青籙斎《せいろくさい》のさなかに決行されることになっていた。どういうふうに行動すればよいのかはすべて喪狗が指示してくれていた。

青籙斎を中座して秋恩宮《しゅうおんきゅう》に帰るふりをし、その道すがら側仕《そばづか》えとはぐれる。指定された場所に行くと、喪狗の使いを名乗る宦官が待っていた。宦官は中級宦官の官服をさしだし、着替えるよう言った。丹雪は物陰で着替えをすませて使いの宦官とともに後宮を出た。迷路のように入り組んだ紅牆《こうしょう》の路《みち》を歩き、何度も小宮門《しょうきゅうもん》を通ってすっかり道順がわからなくなったころ、見慣れない殿舎に連れていかれた。そこで喪狗が待っているのだろうと思ったが、薄暗い部屋のなかに焦がれてやまない人の姿はなかった。

「じきに罪内監《ないかん》がお見えになりますので、ここでお待ちください」

使いの宦官が出て行ってから急な眠気に襲われ、丹雪は榻《ながいす》に腰かけた。頭が重くなり、肘掛けにもたれてまぶたをおろすと、遊び疲れた童女が眠りに落ちるように意識が遠のいた。室内に焚《た》かれていた奇妙な香《こう》のにおいが作用したのかもしれない。

睡魔に誘われるまま丹雪は夢路をたどった。夢のなかで部屋に駆けこんできた喪狗が丹雪を抱きしめて口づけしてくれた。しかしそれは、正夢にはならなかった。

いまや丹雪は火の海のただなかにいる。喪狗の姿はない。まさか彼が丹雪を殺そうとしているのだろうか？　そんなことはありえない。寡黙《かもく》で不愛想だけれど、喪狗は薄情者ではない。その証拠に、燃灯《ねんとう》の変《へん》後に悲しみのあまり声を封じてしまった丹雪を気遣って帳面をくれた。それはさわやかな水緑《すいりょく》の藤紙《とうし》を束ねたもので、声の代わりに丹雪の言葉を伝える道具として使ってほしいと彼は平生どおりの無表情で言い添えた。

心やさしい喪狗が丹雪を脅かすようなことをするはずがない。

文は偽物だったのだ。何者かが丹雪の恋心を利用しておびき出し、丹雪を亡き者にしようとしているのだ。それがだれなのか見当もつかない。いや、下手人《げしゅにん》がだれであろうがもはや丹雪には関わりのないことだ。このまま業火に焼かれて死ぬのだから。

――もう一度、会いたかったわ。

榻の上で丹雪は膝を抱えた。どこもかしこも炎に塗りつぶされている。逃げ道はない。どうせ焼き殺されるさだめなら、せめて最期にもう一度だけ喪狗の顔を見たかった。いつものひんやりした表情でかまわない、抱きしめてくれなくても、口づけしてくれなくてもいいから、死ぬ前に顔を見られたら……どんなに救われただろう。

うなだれていると部屋の外が騒がしくなった。だれかが必死に叫んでいる。

「丹雪！　そこにいるのか!?」

返事をしようとしたが、煙をすいこんでしまい咳《せ》きこむ。喪狗が助けに来てくれたのかもしれないと胸が熱くなった。けれど同時に疑問が頭をもたげた。

喪狗は丹雪を字《あざな》で呼ばない。彼の声がつむぐのは「公主さま」という堅苦しい呼称だけだ。字で呼んでほしいと頼んでも「私のような賤《いや》しい駙馬《らば》には恐れ多いことでございます」とつっぱねられてしまう。杓子定規《しゃくしじょうぎ》な彼が身分のへだたりを忘れてしまうほど、心底から丹雪を案じてくれているのだろうか。

扉が打ち破られる。ゆらめく炎の帳《とばり》をかきわけ、だれかが近づいてくる。丹雪は彼が喪狗であることを切に願っていたが、またしても現実に裏切られた。

「……才堅兄さま」

自分を救出しに来てくれた八番目の異母兄の字を、丹雪は落胆《らくたん》をこめてつぶやいた。

碧蘭が部屋に駆けこんだとき、才堅はくたびれたふうに両足を投げ出して榻《ながいす》に腰かけていた。右腕を側仕えの胡愚猿《こぐえん》にゆだねているのは、包帯を巻かせているからだ。

青籙斎《せいろくさい》が行われていた玉梅観《ぎょくまいかん》に宮正司《きゅうせいし》の宦官《かんがん》がやってきたのは、丑《うし》の刻を過ぎたころのことだった。宝福《ほうふく》公主・丹雪《たんせつ》が行方《ゆくえ》不明になったことがあきらかになり、広場は騒然《しょうきゅう》となった。内廷《ないてい》での青籙斎をとりしきっていた荷皇貴妃《かこうきひ》は度を失って倒れこみつつも、尚宮局《きょく》の長《おさ》たる爪《そう》尚宮に宮正司と協力して丹雪を捜し出すよう命じた。

急報により中断していた青籙斎は何事もなかったかのように再開された。それから一刻ほどが過ぎたとき、捜索の状況を確認しに行った荷皇貴妃付きの宦官があわてふためいて女主人の御前にはせ参じた。曰《いわ》く、外朝《がいちょう》の一角で火の手があがっていると。

――まさか炎のなかに飛びこんで宝福公主を助けるなんて。

続報で才堅が炎上する殿舎から丹雪を救出したと耳にし、碧蘭は色を失ってみせた。荷皇貴妃の足もとにひざまずいて夫の様子を見に行くことを許可してほしいと哀願したのは、そうするのが自然だったからだ。とはいえ、彼の身を案じる気持ちがなかったわけではない。才堅が死んでしまったら、碧蘭は彼の冥福《めいふく》を祈るよう命じられて出家《しゅっけ》させられるかもしれない。復讐《ふくしゅう》はまだ道なかば。今上《きんじょう》に謁見《えっけん》することすら叶わない状況で夫を喪《うしな》えば、わざわざ才堅を誘惑して結婚にまで持ちこんだ苦労が水の泡《あわ》になってしまう。

「怪我《けが》をしたんですって？　大丈夫なの？」

「ちょっとやけどをしただけだよ」

血相を変えて駆け寄った碧蘭に、才堅はのんきそうな笑顔を見せた。丹雪が後宮から出たかもしれないと耳にしたので外朝を捜しまわっていたら偶然、火の手があがっている殿舎を見つけ、取るものも取りあえず駆けつけたのだという。

「丹雪を殿舎から連れ出せてよかったよ。気づくのが遅れていたら危ないところだった」

「公主さまのためとはいえ、火に飛びこむなんてどうかしてるわ。大怪我をしていたかもしれないのよ。ひょっとしたら天井や柱が焼け落ちて下敷きになっていたかも」

「考えている暇はなかったんだ。気づいたら身体《からだ》が動いていたよ」

無茶なことをしないで、と碧蘭は才堅の左手を握った。

「あなたが怪我をしたと聞いて気絶しそうになったわ。生きた心地もしなかったわよ」

「心配させてしまったね」

「死ぬほど心配したわよ。あなたになにかあったら、わたくしは生きていけないんだから。太医《たいい》の診察は受けたの？」

「いや、まだだよ。いま丹雪を診《み》ているんだ。目立った怪我はしていなかったけど、煙を吸いこんでいたみたいだから大事無いといいんだが」

才堅が心配そうに眉根《まゆね》を寄せたときだった。屏風《ついたて》の陰から紫紺《しこん》の蟒服《ぼうふく》をまとった宦官が出てきた。皇帝付き首席宦官・失邪蒙《しつじゃもう》だ。

「成端王《せいたんおう》のご様子を見てくるよう主上《しゅじょう》に仰《おお》せつかりました」

ねんごろなあいさつのあとで、失太監《たいかん》は引き連れてきた老太医を視線で示した。今上が才堅の怪我の具合を診させるために遣わしたらしい。

「丹雪の様子はどうですか？　煙を吸っていたようなので案じていました」

「ご安心ください。宝福公主は多少混乱していらっしゃいますが、軽傷です。太医によれば、数日のうちには全快するということでした」

それはよかった、と才堅は胸をなでおろす。

「宝福公主のご無事を主上はたいへん喜んでいらっしゃいます。よくやってくれたと、成端王を褒めていらっしゃいました」

「妹を助けるのは当然のことですよ。べつに誇るようなことではありません」

安堵《あんど》の笑みを浮かべる才堅のとなりで、碧蘭は考えをめぐらせていた。

――だれのしわざなの？

丹雪を亡き者にしようとした奸計《かんけい》のように見えるが、それにしてはやりかたが迂遠《うえん》すぎる。下手人はどうして丹雪の息の根をとめてから火を放たなかったのか？　いや、火を放つ必要はなかったかもしれない。丹雪を殺すことが目的ならば。彼女は無防備にも下手人に連れ出されてしまったのだから、殺《あや》める機会はいくらでもあったはず。

丹雪は死んでいない。危機一髪《ききいっぱつ》で炎の海から助け出された。

運よく。あまりにも都合よく。

まるでそういう筋書きであったかのように。

「八弟め、俺の役どころを横取りしやがって」

安遼王《あんりょうおう》・元覇《げんは》は苛立《いらだ》ちをぶつけるように榻《ながいす》に身を投げ出した。

炎の海から丹雪を救い出すことで父帝に評価され、儲位《ちょい》争いを有利に進めるというのが元覇の計画だった。父帝は丹雪をだれよりも鍾愛《しょうあい》しているから、彼女の命の恩人になればまちがいなく一目置かれる。さらに丹雪誘拐《ゆうかい》の罪を利風《りふう》にかぶせれば、有力な政敵を葬《ほうむ》り去ることも可能だ。まさに一朝一夕《いっちょういっせき》の妙策だった。

綿密に組み立てた計略だったのに、不測の事態が起こった。

やみくもに丹雪を捜索しているふりをしながら、彼女が閉じこめられている殿舎に急ごうとしたとき、突如として父帝に呼び出されたのだ。皇上《みかど》の使いを名乗る宦官を無視するわけにもいかず、昊政殿《こうせいでん》の広場に駆け戻ると――息子たちに丹雪の捜索を命じたのちも父帝は汪皇后のために経《きょう》を読んでいた――当の父帝には「なんの用だ」と怪訝《けげん》そうな顔をされた。皇上の使いを名乗る宦官は偽者だったのだ。謀《はか》られたことに気づくや否《いな》や、元覇は現場に急行したが、一歩遅かった。すでに才堅が丹雪を救出していた。

「だれだ？　俺を父皇《ちちうえ》のもとに向かわせたやつは」

元覇は怒りをこめて小卓を叩いた。

「そいつのせいで仕損じた。昊政殿に駆け戻ったおかげで八弟に先を越され……」

違和感が頭を引っかく。

「……ひょっとしてあいつか？　八弟が俺の計画を嗅《か》ぎつけて妨害したのか？」

そうかもしれない、と小卓の向こうに腰かけている人物が言った。その者は元覇に丹雪の命を救って父帝の歓心を買うべきだと献策した人物だ。

「ほんとうに八弟のしわざか？　あいつは妓女《ぎじょ》を嫡妻《ちゃくさい》にするようなやつだぞ」

だれであろうと可能性はある、とその者は言った。儲位を前にすればだれもが狡猾《こうかつ》になる、皇家では骨肉を蹴落《けお》とすことなどめずらしくもないと。同時に才堅以外の人物にも警戒を怠《おこた》ってはいけないとその者は言い添えた。何者かが元覇を罠《わな》に嵌《は》め、才堅に不審を抱かせようと画策しているのかもしれない。

「俺を妨害したのがだれであろうと、八弟が俺の手柄を横取りしたことは事実だ。かならず報いを受けさせてやる」

不平を鳴らす元覇に、その者が耳打ちする。

「八年前とおなじことが起こるか。それも一興だ」

耳もとで響いた良計にわれ知らず口もとがゆるむ。他人を陥《おとしい》れることは、この国では児戯《じぎ》のようにたやすい。密告という妖術を使えば。

宝福《ほうふく》公主・丹雪《たんせつ》の誘拐事件から一夜明け、成端王府《せいたんおうふ》ではもはや見慣れた一幕が今日とて演じられていた。すなわち、王府の主である才堅が最愛の王妃・沈碧蘭《しんへきらん》とともに画筆を持つ場面である。ふたりは春爛漫《はるらんまん》を謳歌《おうか》する内院《なかにわ》の一角で、ちょうど見ごろを迎えた牡丹《ぼたん》を思い思いに描いていた。

――首尾《しゅび》は上々だ。

主夫妻の様子を見るともなしに眺めつつ、成端王付き首席宦官《かんがん》・胡愚猿《こぐえん》は内心ひとりごちた。才堅が丹雪を助け出すことができたのは偶然ではない。安遼王《あんりようおう》・元覇《げんは》が自作自演の事件を起こそうと画策しているという話は、元覇の周辺にもぐりこませている密偵を通じて事前に伝え聞いていた。丹雪を連れ出す手口も、放火される場所もわかっていたのだから、才堅が妹の命の恩人になるのは容易なことだった。

筋書きどおりに事が運び、才堅は今上から褒賞《ほうしよう》を賜《たまわ》った。これは目的ではなく手段だ。いや、通過点といったほうがいいだろう。なぜなら話はここで終わらないから。

――来たな。

垂花門《すいかもん》のほうが騒がしいのに気づき、愚猿は不審がるふうを装《よそお》ってそちらに視線を向けた。地鳴りのような足音とともに武装した男たちがなだれこんできた。朱殷《しゆあん》の曳撒《えいさん》に縫《ぬ》い取られた文様は飛魚《ひぎよ》。これをまとうことが許されるのは錦衣衛《きんいえい》の武官だけだ。

「成端王殿下――」

配下たちを引きつれて内院を横切った大柄な武官が才堅に向かって揖礼《ゆうれい》した。腰牌《ようはい》には錦衣衛百戸《ひやつこ》と刻まれている。百戸は六品官である。先ぶれもなく親王の御前にまかり越すにはいささか頼りない官等だが、当人は恐縮した気色もなくいかつい髭面《ひげづら》を残春の陽光にさらし、傲岸《ごうがん》そうな三白眼《さんぱくがん》で才堅を射貫《いぬ》いた。

「東廠《とうしよう》まで御同行願います」

長い間のあとで、才堅は童子のように小首をかしげてみせた。

「東廠だって？　そんなところに呼ばれるようなことをしたおぼえはないよ」

「御身には宝福公主誘拐事件に関与した疑いがかかっています」

「関与って、私は丹雪を助け出しただけだよ」

「密告があったのです。あの事件はあなたの自作自演だと」

「馬鹿な！　だれがそんな根も葉もない讒言《ざんげん》を――」

「弁明は鬼獄《きごく》でなさってください。――連れていけ」

才堅が飛魚服《ひぎょふく》の武官たちに腕ずくで連れていかれるのを、碧蘭は強張《こわば》った面持《おもも》ちで見ていた。この光景は彼女の古傷をうずかせるだろう。八年前もこうやって父親を見送ったのだから。そしてそれが、父と娘の永別の日となった。


鬼獄。連日おびただしい死体が運び出されるためにそう呼ばれる東廠の監獄は、地上二階、地下二階の四層構造になっている。地上の獄房には比較的微罪の者が、地下には重罪人が収監される。才堅が横柄《おうへい》な錦衣衛の武官にしたたか背中を小突かれて押しこめられたのは、湿っぽい空気が沈殿した最下階の最奥に位置する獄房だった。

一束の藁《わら》さえしかれていないむき出しの床に座り、才堅は仰向《あおむ》けに寝転んだ。通路を照らす松明《たいまつ》の光が鉄格子《てつごうし》に寸断されて獄房の天井に飛び散っている。そこには赤黒いしみがびっしりと張り付いていた。禍々《まがまが》しい文様のようなそれらが罪人たちの――罪人と呼ばれた者たちの肉体からしぶいた鮮血の残滓《ざんし》であることは、あらためて語るまでもない。

――四兄はどれほど絶望なさっていただろうか。

密告により東廠に連行された四皇子・文耀《ぶんよう》が獄中でなにを思ったか、想像しただけで全身の血がぐらぐらと煮え立つ。文耀は父帝が冷静に判断してくれることを期待していたにちがいない。だれよりも父帝を尊崇《そんすう》していたのだ。文耀が最期の瞬間まで捨てなかったであろう景仰《けいこう》の念は粉《こな》みじんに打ち砕かれた。彼の亡骸《なきがら》は凌遅《りょうち》に処されたのだから。

文耀の無念を晴らさなければならない。そのために才堅は生きている。

闇をまだらに染める火影《ほかげ》を睨《にら》んでいると、獄房の外で物音がした。複数の官靴《かんか》が一段一段、階《きざはし》をおりてくる音が通路の石壁に反響しているのだ。その音はこちらに近づいてきたが、才堅は微動だにせず天井を見上げていた。

だれが来たのか、鉄格子から身を乗り出さなくてもわかっている。やがて足音が獄房の前で止まり、獄吏《ごくり》がきびきびとした動作で首《こうべ》を垂れ、その人物にあいさつした。鉄格子が開かれ、彼が房内に入ってくる。衣擦《きぬず》れの音が耳をつんざくように響いた。

「おやすみ中に失礼しますよ、成端王《せいたんおう》殿下」

冷笑をふくんだ声音《こわね》が落ちてもなお、才堅の両眼は火影を射貫いたままだ。

「失礼だという自覚があるなら声をかけないでくれないか。突然こんなところに連れてこられて私は疲れているんだ」

「おや、東廠《うち》の者が粗相《そそう》でも？　殿下は大切なお客人ですから、丁重におもてなしするよう言いつけておいたのですがね」

「もてなしてもらったとも。錦衣衛は碧蘭の眼前で私を連行したんだからな。かわいそうに、碧蘭は蕭幽朋《しょうゆうほう》の末路を思い出して動揺しているだろう」

申し訳ございません、とその人物は口先だけの謝罪をした。

「成端王妃を驚かせぬよう、殿下がおひとりのときにお迎えにあがるべきでした。なれど、なかなかおひとりのときというのがないんですよ。殿下は夜となく昼となく沈妃をおそばに置いていらっしゃいますからね」

「それでも、碧蘭にあんな場面を見せるべきではなかった」

才堅は半身を起こした。凪もないのに揺らめく炎が薄闇の底に立つ人影を照らし出す。

「怖い顔をなさらないでくださいよ、殿下。昔のよしみで水に流してください」

茶化すような笑みを浮かべた男――かつて男だった者が身につけているのは、夜陰を織りあげたような烏黒《うこく》の蟒服《ぼうふく》と華麗《かれい》な刺繍《ししゅう》で飾られた三山帽《さんざんぼう》。

司礼監秉筆太監《しれいかんへいひったいかん》の筆頭にして東廠の長たる督主《とくしゅ》・同淫芥《どういんかい》。

この八年、廠衛《しょうえい》（東廠および錦衣衛）を率《ひき》いて怨天《えんてん》教徒狩りに血道をあげ、巷間《こうかん》では恐怖と怨憎《おんぞう》をこめて閻鬼《えんき》と呼ばれる残忍無比なる酷吏《こくり》が才堅の眼前にいた。

「ここでお目にかかるのはひさしぶりですねえ。八年前《あのころ》はほんの童子でいらっしゃいましたが、いまや立派な青年であらせられる」

「貴卿《きけい》は変わらぬな。八年前のままだ」

嘉明《かめい》十七年、一月。才堅は文耀と通謀《つうぼう》していたのではないかと東廠に疑いをかけられて鬼獄に連行された。清掃前の獄房にほうりこまれ、床に散らばった臓物のなかに尻もちをついて悲鳴をあげたのをおぼえている。

才堅はそのかみ十二。まだ親王に封じられていない少年皇族の目には、騾馬《らば》らしからぬ上背《うわぜい》を持つ齢《よわい》四十七の淫芥が獲物を前に喉《のど》を鳴らす餓狼《がろう》のように見えた。

――いまはちがう。

あれから月日が経った。才堅はもう童子ではない。自分の身は自分で守ることができる。こんなところで終わるつもりはない。才堅にはなさねばならないことがあるのだ。


主不在の成端王府は意外にも落ちつきはらっていた。女主である碧蘭以外は。

「王妃さま、朝餉《あさげ》の支度《したく》がととのいました」

床帷《とばり》の向こうで抑揚《よくよう》にとぼしい佳杏《かきょう》の声が響く。碧蘭は寝床に身を横たえたまま、「いらないわ」と涙声で応じた。

「一昨日からなにも召しあがっていらっしゃいません。お身体《からだ》に障ります」

「食べたくないの。放っておいて」

才堅が錦衣衛《きんいえい》に連行された日、碧蘭は声が嗄《か》れるまで泣き叫び、夫の無実を訴えに行くと騒ぎたてて側仕《そばづか》えたちをわずらわせた。愛する夫を唐突《とうとつ》に奪われた新妻《にいづま》なら、そうすべきだったからだ。あれから二日経っても碧蘭の行動は変わっていない。食を拒《こば》み、衣服をととのえず、眉《まゆ》を描かず、ひねもす泣き暮らしている。幸い、ひもじさには慣れっこだ。妓《ぎ》楼《ろう》香英楼《こうえいろう》に入ったばかりのころ、逃亡を図って失敗するたびに罰として食事をぬかれた。妓楼で経験した仮借《かしゃく》ない折檻《せっかん》とくらべれば、絹の褥《しとね》に寝転がって空腹をやりすごすことくらい、造作《ぞうさ》もないことだ。なにせ、王府には碧蘭を殴打《おうだ》する者がいない。その権限を持つ者がいるとすれば夫たる才堅だけだが、彼はいま鬼獄《きごく》の住人である。

――才堅を密告したのは親王たちのうちのだれかでは？

丹雪《たんせつ》を炎から救い出したことで才堅は今上《きんじょう》に評価された。それを快《こころよ》く思わない者がいるはずだ。ほかならぬ血をわけた兄弟のなかに。龍子龍孫《りゅうしりゅうそん》たる彼らはひとつしかない儲《ちょ》位《い》をめぐって水面下で争っている最中なのだから。

――戻ってこないかもしれない。

一度入れば二度と生きては出られないといわれる鬼獄だが、息のあるうちに門を出られる者もいる。ただし、彼らの大半は入ったときとは異なる姿をしていた。

ある者は両腕を切り落とされ、ある者は両目をえぐり出され、ある者は膝から下を叩きつぶされ、ある者は全身が焼け爛《ただ》れ、ある者は顔の皮を剝《は》ぎ取られ、ある者は骨という骨を折られている。親族に抱えられて鬼獄を出る際には虫の息で、家に帰りつく前に事切れる者もすくなくない。八年前、才堅が五体満足のままで鬼獄を出られたのはさまざまな幸運がかさなったからだ。今回も無事に出られると楽観はできない。

東廠は皇家の人びとにも容赦《ようしゃ》なく牙をむく。天子の走狗《いぬ》として汚れ仕事を請け負うのが彼らの存在意義だ。金枝玉葉《きんしぎょくよう》の威光に鬼獄の闇を祓《はら》う力はない。

現に四皇子・文耀《ぶんよう》は鬼獄の奥深くで悲惨《ひさん》な死を遂《と》げ、骸《むくろ》さえも損壊されたではないか。疑惑の真偽など、嫌疑者の末路にはさして影響しない。すべてを決めるのは天子だ。聖断だけが彼の生死を左右する。丹雪を溺愛《できあい》する今上が、自分の評価をあげるために異母妹を利用したと密告された才堅に情けをかけるかどうか。才堅の生母は汪皇后ではない。今上にとっては取るに足らない息子だ。汪皇后とは縁もゆかりもない八皇子が汪皇后の忘れ形見である丹雪を危険にさらした。疑義が生じた時点で才堅は死の淵に立たされたも同然だ。今上の猜疑心《さいぎしん》は親子の情を断ち切るほど強いのだから。

――こんなところで終わるわけにはいかないのに。

才堅が有罪になれば、碧蘭は王妃の位を追われる。それどころか同罪と見なされて裁かれるかもしれない。ようやく楽籍《がくせき》から抜けられたのに逆戻りするかもしれないのだ。いや、楽籍に落とされるだけならまだましだろう。最悪の場合は命を奪われる。死んでしまえば復讐《ふくしゅう》など不可能だ。怨霊《おんりょう》となって仇《かたき》を呪い殺すしかなくなる。

「王妃さま！　よかった、どうぞこちらへ。百合根《ゆりね》の粥《かゆ》をご用意しました。二日もお食事をなさっていないので、胃の腑《ふ》にやさしいものをと――王妃さま⁉　どちらへ⁉」

碧蘭が牀榻《しんだい》から飛び出すと、力熊《りよくゆう》の無骨な不安顔がぱあっとあかるくなった。しかし、碧蘭が食卓を素通りして臥室《しんしつ》を出て行こうとするのであわてて追いかけてくる。

「書房《しよさい》よ」

「えっ、書房で朝餉を？　では、そちらに料理を運びますので――」

「食事はあとでいいわ。先に片づけなきゃいけない仕事があるの」

当惑する力熊を置き去りにして、碧蘭は春陽がふりそそぐ遊廊《わたりろうか》を駆け抜けた。書房に駆けこみ、書案《ふづくえ》に画仙紙をひろげる。

――ほかに方法はないわ。

復讐を遂げるには才堅が必要だ。虎の尾を踏む覚悟で挑むしかない。


行く春を惜しむような涙雨《なみだあめ》が降る午後、中朝《ちゆうちよう》の心臓部たる暁和殿《ぎようわでん》にて今上は黙々と奏状《そうじよう》を決裁していた。左右に侍っているのは内閣大学士首輔《ないかくだいがくししゆほ》・李子業《りしぎよう》率いる外廷《がいてい》の高位高官たちと、司礼監掌印太監《しれいかんしよういんたいかん》・葬刑哭《そうけいこく》が率いる内廷《ないてい》の上級宦官《かんがん》たちだ。後者の顔ぶれのなかには司礼監秉筆太監《へいひつ》・独囚蠅《どくしゆうよう》の姿もあった。

囚蝿が浄身《じょうしん》させられたのは八つのとき。あれから三十八年が過ぎた。六万人を越える宦官たちが渇望《かつぼう》してやまない立場に自分が在ることに、囚蝿は陰鬱《いんうつ》な感慨《かんがい》をおぼえる。

日ごろから飢餓《きが》と屈辱《くつじょく》にさいなまれている下級宦官たちは烏黒《うこく》の蟒服《ぼうふく》をまとって宮中を闊歩《かっぽ》し、金榜《きんぼう》に名を掛けた高官たちにさえ道を譲《ゆず》らせる司礼監太監を神仙のごとくあがめているが、あいにく富貴は幸福を約束してくれる代物《しろもの》ではない。錦衣玉食《きんいぎょくしょく》がどれほど空疎《くうそ》なものであるかは、存分に味わった者にしかわかるまい。金殿で起居し、綺羅《きら》をまとい、美食に舌鼓《したつづみ》を打っても、心まで満たされるわけではないのだ。

その好例が今上皇帝・高礼駿《れいしゅん》である。今上は早朝から夜更けまで政務に明け暮れている。この八年というもの、ほとんどの時間を暁和殿で過ごし、大官たちと経綸《けいりん》の策を論じ、寝食を忘れて国事に肺肝《はいかん》を砕いてきた。その病的な勤勉さは巷間でささやかれる暴君の怠惰《たいだ》な姿とはかけ離れている。宮闕《きゅうけつ》の内に立ち入ることのない民は嘉明帝が政《まつりごと》をおろそかにして暴虐《ぼうぎゃく》に惑溺《わくでき》していると安直に考えているが、実情は治国の術に没頭するあまり虐政を為さずにはいられないのである。

――忙殺されていなければ御心が乱れてしまうのだ。

頭を休ませたくないのだろう。寸時でも休ませれば、亡き汪《おう》皇后の残像が目の前をちらついて正気ではいられなくなるから。

今上の心情は囚蝿にもわかる。わがことのように。なぜなら囚蝿もおなじ境遇に在るからだ。公務に没頭すれば彼女を忘れていられる。否《いな》、忘れたふりをしていられる。

そうやって自分を騙《だま》すよりほかに……どうすることができようか？

「千五百の兵馬を失っただと？」

鎮守永玻総兵官《ちんじゅえいはそうへいかん》・郭振《かくしん》の奏状を読み上げる李首輔をさえぎり、今上は書面に走らせる朱筆の穂先を止めずに冷笑した。

「ならば実数は三千であろう。郭振は己の失態を過少報告する悪癖《あくへき》があるからな。まったく侮《あなど》られたものだ。戦場には余《よ》の目が届かぬと思われているらしい」

昨年秋、泰広省《たいこうしょう》で北狄《ほくてき》出身の永玻副総兵《ふくそうへい》が反乱を起こした。同地の総兵官が賊軍《ぞくぐん》に追いつめられて自死したため、朝廷は東夷《とうい》からの来帰者《らいきしゃ》一族の末で、綏鹿《すいろく》副総兵をつとめていた郭振を後任の鎮守永玻総兵官に任じ、反乱軍の討伐《とうばつ》を命じた。

〝夷を以《もっ》て夷を制す〟とはまさにこのことだが、戦況は思わしくなく、賊軍はすでに四十以上の城堡《じょうほ》を占拠している。

「……火器《かき》に不備があったことを考慮《こうりょ》すれば、郭総兵は健闘していると申してもよいかと」

「健闘の結果、余の兵馬をみすみす三千も失った。赫々《かっかく》たる征西将軍《せいせいしょうぐん》としてはあまりにも無様な戦績だ。ときに首輔どの、郭振を主帥に推したのはそちであったな？」

なぶるような綸言《りんげん》がふり、李首輔は返答に窮《きゅう》した。ややあってひざまずこうとするが、今上は蒼蠅《あおばえ》を追いはらうように手をふってそれを止めた。

「案ずるな。郭振の罪はそちにはおよばぬ。やつが李氏一門の遠類であろうともな。もとより、あれは捨《す》て駒《ごま》だ。万迅雷《ばんじんらい》の到着まで持てばよい。三千の兵馬など惜しみはせぬ」

言下に決裁し終えた奏状をうっとうしそうにほうり、今上は次の奏状をひらいた。

「神機営《しんきえい》が現地に入ったと報告があった。叛賊《はんぞく》どもの命運は尽きたも同然だ」

「……恐れながら、主上《しゅじょう》――」

色をなしておもてをあげた尹閣老《いんかくろう》を李首輔が視線で制す。尹閣老はつづく言葉をのみこんだ。賢明な判断だ。口は禍《わざわい》の門である。ことに嘉明帝の御前では。

「また内地で万迅雷を使うのか」と尹閣老は言いたかったのだろう。

万迅雷は宣祐《せんゆう》年間に開発された投擲《とうてき》火器で、炸裂《さくれつ》する際に激しい毒炎が四方に噴射される火球《かきゅう》だ。殺傷能力は澄《ちょう》代や拓《たく》代に製造された従来型の火球をはるかにしのぎ、その激烈な毒炎は敵兵の肉体を一瞬にして焼け爛れさせ、燃焼により生じる毒煙が敵兵の五臓六腑《ごぞうろっぷ》をたちどころに糜爛《びらん》させる。

北辺《ほくへん》防衛の最前線たる九辺鎮《きゅうへんちん》でもさかんに敵陣に投じられ、蛮兵《ばんぺい》の骸《むくろ》の山が築かれているが、万迅雷がもたらすのは輝かしい戦果だけではない。

毒炎がおさまったあとも毒質が水土に深く残るので、田畑は荒廃し、河川は魚の死骸《しがい》で埋め尽くされてしまうのだ。万迅雷が炸裂した土地では草木が毒を帯び、豺狼《さいろう》が凶暴化し、奇病が蔓延《まんえん》して妊婦が死産するという。

万迅雷による被害の深刻さを言官《げんかん》たちが再三訴えたため、宣祐十九年に晟稜《せいりょう》地方で起こった彭羅生《ほうらせい》の乱を鎮圧する際、先帝はこの新兵器を使わなかった。国内有数の穀倉《こくそう》地帯であるかの地が汚染されることを憂慮《ゆうりょ》したのだ。ほどなく先帝は勅命《ちょくめい》を下して万迅雷の製造を中止し、戦地の水土に毒質を残す兵器の使用をかたく禁じた。

時とともに忘れ去られるはずだった呪わしい火器にふたたび活躍の場を与えたのは燃灯《ねんとう》の変《へん》だ。汪皇后を弑《しい》した怨天教徒に憎しみを燃やす今上は万迅雷があげる武功にのみ着目し、悪《あ》しき副産物を黙殺して、怨天教団による内乱の鎮圧に投入した。

先帝の勅命は廃され、火器製造をつかさどる軍器局《ぐんききょく》と兵仗局《へいじょうきょく》で多量の万迅雷が生み出されるようになった。炸裂の威力を増強し、火砲《かほう》で発射できるよう改良せよとの密命も下っている。目下、火砲型万迅雷の開発は失敗つづきで、工匠《こうしょう》の死体を量産しているだけだが、今上は巨費を投じて実用化を急がせている。

なお、万迅雷は原則として三大営《さんだいえい》のひとつ、火器専門の部隊である神機営しかあつかえない。その動静は機密性が高く、廟堂《びょうどう》のお歴々にも伏せられているため、こたびの征伐《せいばつ》に神機営が乗り出すことを尹閣老はまさにいま知ったわけだ。

今上が事あるごとに万迅雷を使うので、気骨のある言官たちは「万迅雷の使用は辺地《へんち》の戦《いくさ》に限るべきだ」と強諫《きょうかん》したが、今上の返答は「廷杖《ていじょう》」の一言だった。「ご再考を！」と叫びながら午門《ごもん》前に引っ立てられていった彼らの末路を思えば、万迅雷について苦言を呈するのはひかえたほうがよい。九陽城《きゅうようじょう》で生きのびる秘訣《ひけつ》は雄弁よりも沈黙を友とすることだ。今上にとって群臣の諫言など耳障りな雑音にすぎないのだから。

「お慶《よろこ》び申し上げます、主上。神機営が辣腕《らつわん》をふるえば賊軍はたちまち殲滅《せんめつ》されましょう。叛賊《はんぞく》どもは天神のごとく万迅雷を恐れておりますから」

遠閣《えん》老がにこやかにお追従《ついしょう》を言ったが、今上は奏状から目をあげなかった。万民に恐れられる嘉明帝は諫言だけでなく佞言《ねいげん》にも聞く耳を持たない。

李首輔が喬南《きょうなん》省の旱魃《かんばつ》について上奏しはじめたとき、黒衣の人物が皇上《みかど》の書房《しょさい》に入ってきた。囚蠅にとっては兄弟子にあたる、東廠督主《とうしょうとくしゅ》・同淫芥《どういんかい》だ。その居丈高《いたけだか》な足音が室内に響いたとたん、息がつまりそうな重苦しい空気がいっそう剣呑《けんのん》なものになった。

囚蠅は今上に揖礼《ゆうれい》する淫芥から意図的に視線を外した。兄弟子の姿が目に入ると、煮え滾《たぎ》る怨憎《おんぞう》が喉《のど》からほとばしりそうになる。

「宝福《ほうふく》公主の件でご報告が」

「才堅が罪を認めたか」

「いえ、そうではなく……」

淫芥が耳打ちすると、今上は朱筆を手にしたまま眉《まゆ》をひそめた。

「捕縛《ほばく》せよ。密告があったのなら疑惑があるということだ。疑わしき者は徹底的に調べあげねばならぬ。余の息子であろうと遠慮は無用だ」

一礼して立ち去ろうとした淫芥を、今上は鋭く呼び止めた。

「待て。元覇《げんは》、利風《りふう》、博宇《はくう》だと？」

淫芥がうなずくと、今上は朱筆を置いて沈思する。寸刻後、またしても来訪者があらわれた。紫紺《しこん》の蟒服《ぼうふく》をまとった初老の騾馬《らば》――尹《いん》太后付き首席宦官《かんがん》だ。

「皇太后さまがこちらを主上にごらんいただくようにと」

尹太后付き首席宦官は二尺ほどの筒状に丸めた紙をさしだした。皇帝付き首席宦官・失《しつ》邪蒙《じゃもう》が受け取り、配下とともにひらいてみせる。

それは古《いにしえ》の天子を描いた絵だった。壮年の皇帝は威風堂々《いふうどうどう》たる袞冕《こんべん》姿だが、冬枯れの山々にかこまれた湖を見おろす高台に立ち、情け容赦《ようしゃ》なく吹きつける雪風に青ざめた龍顔《りゅうがん》をさらしている。左右に侍《はべ》る文武官はだれもみな悄然《しょうぜん》とうなだれていた。

落款《らっかん》や題跋《だいばつ》はないが、これがなにを描いたものなのかは問うまでもない。二千年以上前に栄えた燎《りょう》王朝、その最盛期に君臨した名君・武帝《ぶてい》が無実の罪により死なせてしまった皇太子をしのんで高台にのぼり、己の過ちを悔《く》いている場面だ。

皇太子は悪辣《あくらつ》な宦官に誣告《ぶこく》されて謀反《むほん》をたくらんだと武帝に誤解され、討伐軍に追いつめられて自裁した。のちに冤罪《えんざい》であったことがあきらかになり、武帝は無辜《むこ》のわが子を殺したことを心から悔やんで、後人への戒《いまし》めとして事件の仔細《しさい》を史書に記させた。

帝王思子《ていおうしし》。

この故事は讒言《ざんげん》に惑わされてはならないという教訓とともに語り継がれている。

――勧戒画《かんかいが》を描くとは、なんて命知らずな。

善を勧め、悪を戒める目的で描かれる絵を勧戒画という。燎代に起こり、おもに為政者《いせいしゃ》を諫《いさ》めるために制作された。

凱《がい》の世になってもしばしば描かれていたが、それも過去の話だ。燃灯《ねんとう》の変《へん》後、怨天教徒の弾圧に全力を注ぐ今上を諫めようとして果敢《かかん》にも勧戒画を描いた画院《がいん》の画師は廷杖に処されて死んだ。無残な骸の数が十を超えるころには、あえて危険を冒して勧戒画を描く画師はいなくなった。だれもみな、わが身が可愛《かわい》い。一族郎党がうしろにひかえているとなればなおさらだ。科挙《かきょ》出身の大官さえ保身のために口をつぐむのだから、画才だけを恃《たの》んで宮仕えする画師たちが死諫《しかん》しなければならない理由など、ありはしない。

〝国道《くにみち》あれば、其《そ》の言以《げんもつ》て興《おこ》るに足り、国道なければ、其の黙以て容《い》れらるるに足る〟

古聖《こせい》が語るとおり、無道の世で頭角をあらわすのは死と隣り合わせの愚挙。そんなことは百も承知であるはずなのに、向こう見ずな画師がまだ画院にいたらしい。

事もあろうに、讒言に惑わされて最愛のわが子を喪《うしな》った武帝の姿を描くとは。あたかも四皇子・文耀《ぶんよう》の事件を諷示《ふうじ》しているかのようではないか。

――待て、この用筆は……。

どこか覚えのある筆墨《ひつぼく》のあとに囚蠅は目を見張った。

三遠《さんえん》の一、ふもとから仰《あお》ぎ見る高遠《こうえん》で描かれたそそり立つ寒山は斧《おの》で断ち割ったかのような斧劈皴《ふへきしゅん》でかたちづくられ、峻険《しゅんけん》な山肌には寒々しい蟹爪樹《かいそうじゅ》が恨みがましい亡霊のごとく林立する。湖には渇筆《かっぴつ》で生み出された荒々しい波が立ち、水面に映った片割れ月のおもてを千々《ちぢ》にかき乱す。威徳を放つ衮衣繡裳《こんいしゅうしょう》と文武官の荘重な官服は躍動感のある棗核描《そうかくびょう》であらわされ、吹きすさぶ寒風のすさまじさをまざまざと見せつける。

暗く沈んだ景物の色調とは裏腹に、衣冠は目がくらむほど色鮮やかだ。その鮮烈な色彩は画中に充満する陰気をかえって際立たせていた。五彩の衣に身を包み、金玉《きんぎょく》の帯を締め、高貴なる冠をいただいていてもなお、彼らはしめやかな葬列の一員にしか見えない。

先頭に立つ武帝は天をふりあおいで哭泣《こっきゅう》している。

力強い輪郭《りんかく》で縁どられた龍顔は青年時代の満々たる覇気《はき》を失い、ややかすれた眉はやり場のない激情にゆがんでいる。ひたいには色濃い苦悩がにじみ、悲嘆《ひたん》に見開かれた双眸《そうぼう》は血走り、慟哭《どうこく》する口は殺気さえ孕《はら》む。そこに在るのは表面的な悲しみではない。見る者をたじろがせるほどの呪詛《じゅそ》じみた断腸《だんちょう》の思いだ。

画中の人物の息遣いが聞こえてきそうな愁嘆場《しゅうたんば》を生々しく描き出した筆致は、今上より画状元《がじょうげん》の印章を賜《たまわ》った蕭幽朋《しょうゆうほう》のものにあまりにも似通っていた。

蕭幽朋は死んだ。彼に師事していた弟子たちは僻地《へきち》に流された。画状元の衣鉢《いはつ》を継ぐ者など、この世に存在するはずはないのに……。

——いや、沈碧蘭《しんへきらん》がいる。

花街《はなまち》から皇家に嫁《とつ》いだ異端の王妃の姿が頭をよぎる。蕭幽朋の一粒種《ひとつぶだね》で、父親の画才を受け継ぐ彼女なら、亡き画聖《がせい》の用筆を再現することができるかもしれない。

成端王妃・沈碧蘭が勧戒画を描いたのならば、その目的は夫である才堅を鬼獄《きごく》から救い出すことだろう。彼女は彩管《さいかん》をふるって今上を諫めているのだ。猜疑心《さいぎしん》にそそのかされ、武帝の過ちをくりかえすべきではない、と。

今上がどのような反応をするか、囚蠅はかたずをのんで見守っていた。沈妃は震怒《しんど》をこうむり、夫とおなじように錦衣衛《きんいえい》に連行されるかもしれない。王府から追い出され、遊里《ゆうり》に送りかえされるかもしれない。もしくは身分を奴婢《ぬひ》に落とされ、苦役に従事することになるかもしれない。よい結果にはならないはずだ。従来どおりなら。

今上は勧戒画を凝視している。狂虐《きょうぎゃく》の天子が放つ獰猛《どうもう》な眼光がなにを語っているのか、囚蠅には読みとれなかった。

満天下の才賢が集《つど》う翰林院《かんりんいん》は内城《ないじょう》、永安左門《えいあんさもん》外に黒色琉璃瓦《こくしょくるりがわら》がふかれた屋根をならべている。つねならば翰林官たちが忙しく立ち働いている外文書房《がいぶんしょぼう》は今日に限って閑散《かんさん》としていた。

昨晩、内官監太監《ないかんかんたいかん》邸でひらかれた宴《うたげ》で出された鮚魚《じぎょ》が傷んでいたらしい。宴に出席していた翰林官はことごとく食あたりで欠勤している。新進気鋭の才子たちがそろいもそろって浄房《じょうぼう》から出られなくなるとは間の抜けた話だが、その遠因は春先に発生した亢水《こうすい》の氾濫《はんらん》にある。これにより大運河に大量の土砂が流入し、祁央江《きおうこう》の鮚魚を運ぶ貢船《こうせん》が渋滞に巻き込まれ、煌京《こうけい》にたどりつくまでたいそう手間取ったのだ。

翰林院編修《へんしゅう》・汪守民《おうしゅみん》は危ういところで難を逃れた。宴には招待されていたが、適当な理由をつけて欠席したのが功を奏したわけだ。されど禍福《かふく》は表裏一体。傷んだ鮚魚からは逃れられても山積みの公務からは逃れられない。欠勤者が多すぎるせいで、出仕した者の眼前にはいまにも崩れ落ちそうな文書の山が築かれている。

翰林院の職掌《しょくしょう》は国史の編纂《へんさん》や進講《しんこう》が主だが、近年では奏状《そうじょう》の精査や外擬《がいぎ》作成の比重が増している。それらは本来、輔弼《ほひつ》機関たる内閣の職掌なのだが、機務《きむ》に追われる内閣は各衙門《がもん》から送られてくる膨大《ぼうだい》な奏状をさばき切れず、さほど重要度が高くないものは翰林院に処理させる。これが外擬であり、内閣が作成する票擬《ひょうぎ》に対してそう呼ぶ。

票擬とは批答《ひとう》（天子が奏状に書き入れる決裁）の原案をさす。要するに票擬の草案を書くことが翰林官のお役目なのである。

崇成《すうせい》年間より、内閣大学士は翰林院出身者から選出されることが慣例になった。入閣《にゅうかく》した際、翰林院で外擬作成にたずさわった経験が閣老《かくろう》としてふるう手腕の基《もとい》となるのだ。将来を見据えればゆるがせにはできない大事な公務とはいえ、機務には程遠い些末《さまつ》な案件がほとんどだから功名心をくすぐられることもなく、煩雑《はんざつ》さに辟易《へきえき》するばかりだ。

「岳父《がくふ》どのはどういうおつもりなんでしょう」

鎮守朱荊太監《ちんじゆしゆけいたいかん》の瀆職《とくしょく》を弾劾《だんがい》する奏状を書案《ふづくえ》にひろげたまま、守民は頬杖《ほおづえ》をついた。

「一刻も早く東宮《とうぐう》に推す皇子を決めなければならないのに、いっこうにお決めにならない」

守民の嫡妻《ちゃくさい》は内閣大学士首輔《しゅほ》・李子業《りしぎょう》の六女。守民にとって李首輔は岳父にあたる。

「深謀遠慮《しんぼうえんりょ》をめぐらせていらっしゃるのだろう」

向かいの席では翰林院侍講《じこう》・杜善舟《とぜんしゅう》が粛々《しゅくしゅく》と筆を動かしていた。齢は守民より六つ上の三十二。嫡妻は内閣大学士次輔《じほ》・尹卓詠《いんたくえい》の四女であり、守民とおなじく閣老を岳父に持つ。なお、侍講は正六品なので、正七品の編修たる守民より官品は一つ上だ。

「そんな悠長《ゆうちょう》なことを言ってる場合ですか。主上《しゅじょう》は今年じゅうに世継ぎをさだめると明言なさったんです。もたもたしていたら機先を制されますよ。いや、もう先を越されているんですよ。遠《えん》閣老は早々に黎昌王《れいしょうおう》を支持すると表明したじゃないですか。万一、黎昌王が立太子されたらどうなります？　遠氏一門はますますもって廟堂《びょうどう》で幅を利《き》かせるようになり、われわれのような李家と尹家ゆかりの者は隅に追いやられてしまいますよ」

儲位《ちょい》争いは皇子たちだけのものではない。勝ち馬に乗りそこねたら栄達《えいたつ》の道が閉ざされるのだから、官僚たちにとっても負けられない闘いなのだ。なればこそ、すみやかに旗幟《きし》を鮮明にしなければならないのに、廟堂の双璧《そうへき》たる李首輔と尹閣老は「そのうち決める」とのんびりかまえており、いっかな動き出そうとしない。遠閣老がいち早く黎昌王・利風《りふう》の支持に回っても、われ関せずとばかりに泰然自若《たいぜんじじゃく》としている。

「遠氏一門が勢力を増したとしても君は安泰だろう。なにせ、皇后さまの甥御《おいご》だからな」

善舟は顔もあげずに言った。ほかの者なら当てこすりになるような台詞《せりふ》も、温良篤厚を絵に描いたような善舟が口にすればいやみには聞こえない。

守民の父は北辺《ほくへん》防衛の要所、三つの辺鎮《へんちん》を守る三辺総督《さんへんそうとく》をつとめる定国公《ていこくこう》・汪成達《せいたつ》。今上《きんじょう》の寵后《ちょうこう》・汪梨艶《りえん》の異母兄だから、いわゆる国舅《こっきゅう》だ。

その三男として生まれた守民は汪皇后の甥である。今上は数々の武功をあげてきた父に絶大な信頼を置いており、汪家の子弟は栄耀栄華《えいようえいが》をほしいままにしている。なお、天恩の源泉は叔母《おば》が一身に受ける三千の寵愛だ。今上が黄泉路《よみじ》の向こうにいる汪皇后に想いをかけている限り、廟堂における汪一族の地位が揺らぐことはない。

「見くびらないでくださいよ、師兄《しけい》。翰林院編修の位は恩蔭《おんいん》で得たものじゃない。第一甲《こう》第三名（探花《たんか》）の栄誉は実力で勝ち取ったものだと自負しているんです。皇后さまのご威光をあてにしてあぐらをかくつもりはありませんよ」

「〝賢士《けんし》は志《こころざし》を尚《たっと》ぶ〟とはいうが、君の志は即物的すぎるのではないか？」

「そうでしょうとも。われわれが身を置いているのは清らかな仙界ではなく、汚らわしき塵界《じんかい》なんですからね。汚穢《おわい》に沈んだ現世《うつしよ》を遊泳しようとすれば俗っぽくもなりますよ」

なるほど、と善舟は相づちを打ちながらも穂先をやすめない。光順《こうじゅん》年間から豊始《ほうし》年間まで盛行した台閣体《だいかくたい》を思わせる古めかしい書体でさらさらと外擬を書きつづっていく。

「では、君はだれを推すんだ？」

「そうだなあ、安遼王《あんりょうおう》はどうです？　将才に恵まれ、初陣《ういじん》からあまたの首級《しゅきゅう》をあげて驍名《ぎょうめい》をはせてきた若き猛将で、蚩頭討伐《しとうとうばつ》には欠かせない人物だ。安遼王が立太子されればこのところ騒がしい四夷《しい》も震えあがり、太平の世が保たれるのでは？」

安遼王・元覇《げんは》は経籍《けいせき》が語る君子像とは似ても似つかない無教養で粗暴な皇子だが、軍中では声望が高く、将兵には勇猛さを慕《した》われている。直情径行《ちょくじょうけいこう》で血気にはやりがちである一方、短絡的で阿諛追従《あゆついしょう》に弱く、気に入った者には寛容で物惜しみしない。いったん懐《ふところ》に入りさえすれば、言葉巧みに操ることも難しくはなさそうだ。

「夷狄《いてき》の侵入を防ぎさえすれば太平が保たれるわけではないぞ。武人は戦場で功名を争うことには熱心だが、戦費捻出《ねんしゅつ》のために民が膏血《こうけつ》をしぼられることには無関心だ。安遼王が龍位《りゅうい》にのぼれば、歴史に残る華々しい戦果をあげようとして大軍を率《ひき》いて親征なさるのではないか？　昨今、両京十三省《りょうけい》各地で天災や反乱が頻発《ひんぱつ》し、ただでさえ費《つい》えがかさんでいる。国帑《こくど》には限りがあり、戦《いくさ》のためだけに乱費するわけにはいかない。〝戦いは逆徳《ぎゃくとく》なり、争いは事の末なり〟ことさらに干戈《かんか》を好み、内政を軽んじ外征を重んじる世継ぎは当節の国情にそぐわず、社稷《しゃしょく》をゆだねるには心もとない」

「じゃあ、黎昌王ですか？　あのかたには遠閤老がついているからなあ」

「黎昌王は派手好みで浪費癖《ろうひへき》がある。蘭翠池《らんすいち》に浮かべて宴遊するために三層建ての画舫《がぼう》を建造させ、造園のために欽宵山《きんしょうざん》から奇岩怪石《きがんかいせき》を運ばせ、鋪地《ほち》にちりばめるために䜌国《らんこく》の宝珠を買い集めた。お抱えの劇班《げきだん》には西域《さいいき》や晟稜《せいりょう》の美女がひしめき、妃妾《ひしょう》は一度袖《そで》を通した衣を二度まとわず、婢女《はしため》でさえ絹の襦裙《じゅくん》を着て金縷《きんる》の鞋《くつ》を履《は》いているという。その驕奢《きょうしゃ》な暮らしぶりは内帑《ないど》を蕩尽《とうじん》し享楽《きょうらく》にふけった聖楽帝《せいらくてい》を彷彿《ほうふつ》とさせるほどで、下級王府《おうふ》の王禄《おうろく》をくすねているという噂《うわさ》さえ聞こえてくる始末だ。黎昌王が龍位にのぼれば宮廷はますます奢侈《しゃし》に流れよう。〝侈《し》は悪の大なるものなり〟万民が望む世継ぎとはいえぬ」

「なかなか辛辣《しんらつ》ですね。じゃあ師兄はどなたを推薦《すいせん》なさるんです？」

「私はどなたも推薦せぬ」

善舟は筆を置き、親王たちを舌鋒《ぜっぽう》鋭く批評しながら書きあげた外擬を読みかえす。

「儲位争いには関与しない。百官のひとりとして情勢を見極め、主上《しゅじょう》がお選びになったかたに忠節を尽くすのみ」

「それじゃあ冷遇されますよ。いち早く味方をした者にこそ、新太子は恩寵を与えるはずですからね。逆に新太子の怨《うら》みを買えば、李家や尹家だって廟堂から転げ落ちるかもしれない。われわれは両家から嫡妻を迎えているんだから、彼らと一蓮托生《いちれんたくしょう》なんですよ。儲位争いの結果、立身出世の道を断たれるかもしれないのに心配じゃないんですか？」

「〝盛衰《せいすい》は朝暮《ちょうぼ》に等しく、世道《せいどう》は浮萍《ふへい》の若《ごと》し〟もとより栄辱《えいじょく》は流転《るてん》するものだ。一介《いっかい》の翰林官がわずかな知恵をしぼったところで天運には抗《あらが》えぬ」

「達観してますねえ。師兄はまるで古聖《こせい》の生まれかわりだ」

守民はいささかあきれつつ、読む気のしない奏状に視線を落とした。

「廟堂を追われたら故郷で畑を耕せばよい。〝耒《すき》を秉《と》りて時務《じむ》を歓《よろこ》び、顔を解《ほころ》ばせて農人《のうじん》に勧む〟魑魅魍魎《ちみもうりょう》が跋扈《ばっこ》する官界に身を置くより心穏やかに暮らせるだろう」

「冗談じゃないですよ、畑を耕すなんて。隠逸《いんいつ》詩人を気取るために苦労して龍虎榜《りゅうこぼう》に名をつらねたわけじゃないんですから」

「だったら、なんのために金榜に名を掛けたんだ？」

決まってるじゃないですか、と守民はからりとした笑顔で善舟を見やった。

「位人臣《くらいじんしん》をきわめるためですよ」

一翰林官で終わるつもりはない。遠からず六部《りくぶ》の要職についていずれは尚書《しょうしょ》に進み、内閣に入って閣老と呼ばれる身分になる。そして娘を後宮に送りこみ、その頭に金龍珠翠鳳《きんりゅうしゅすいほう》冠《かん》をかぶせ、外孫を玉座に押し上げて、堂々たる天子の祖父になるのだ。

「濁世《じょくせ》の権化《ごんげ》のような人間だな、君は」

「私だけじゃないでしょう。官界に足を踏み入れたからには高みにのぼりたいと望むのが人情ですよ。師兄は例外みたいですけど」

「〝栄華は暫時《ざんじ》の事《こと》〟蝸牛角上《かぎゅうかくじょう》の争いで人生を浪費したくはない」

「つねづね思っているんですけどね、師兄がいらっしゃるべきだったのは貢院《こういん》ではなく道院《どういん》じゃないですか？　師兄には補服《ほふく》より道服《どうふく》のほうが似合いますよ」

出世欲などみじんも持ち合わせていない善舟がなにゆえ苦心惨憺《くしんさんたん》して第一甲第二名（榜眼《ぼうげん》）になったのか、かれこれ六年の付き合いになるのにいまだに解せない。

「〝命《めい》に非《あら》ざるは莫《な》し〟だ」

抹香臭《まっこうくさ》い温顔《おんがん》にあるかなきかの苦笑をにじませ、善舟は次の奏状をひらいた。

「舵《かじ》なき舟のような私が野心満々たる君と翰苑《かんえん》で机をならべているのにも、なんらかの意味があるのだろう」

そうですかねえ、と生返事をしながら、守民はしぶしぶ筆をとった。

「何事も天命だというなら成端王を推すべきかなぁ？」

「成端王を？　なぜ？」

「鬼獄《きごく》から釈放されたからですよ。聞けば、沈妃《しんひ》が描いた勧戒画《かんかいが》が主上の御心を動かしたとか。成端王はふたたび鬼獄に入り、またしても無事に出てきたことになります。僥倖《ぎょうこう》がたびかさなるなんて只事《ただごと》じゃない。まるでそうなるさだめだったかのようじゃないですか。

あの落ちこぼれの八皇子は五彩祥雲《ごさいしょううん》を従えていらっしゃるのかもしれませんよ」

冷酷《れいこく》な暴君が勧戒画ごときに心を動かされるとは思えないが、成端王・才堅が一度ならず二度までも窮地《きゅうち》を脱したという事実は無視できない。危機に際して運が味方するのは、彼が五色のめでたい雲を引きつれた未来の真命《しんめい》天子だからではないか？

「〝竜鱗《りゅうりん》に攀《よ》じ、鳳翼《ほうよく》に附《ふ》す〟は世の習いだが、〝潜龍《せんりゅう》用うる勿《なか》れ〟ともいうぞ」

古人はこうも言っていますよ、と守民は口の端をあげた。

「〝奇貨居《きかお》くべし〟とね。潜龍こそ買い時の商品ですよ」

才堅には母方の親族などの後ろ盾がなく、廟堂《びょうどう》にも支持者がいない。なればこそ、遠路はるばる馳《は》せ参じた援兵を闇夜の灯火のごとくありがたがるだろう。

皇城《こうじょう》の西にひろがる人工の湖、遥天池《ようてんち》。磨いた鏡のような湖面に浮かぶ天蓋《てんがい》付きの小舟の上で、碧蘭は左手側にそびえる太康山《たいこうざん》を眺めやった。宮苑《きゅうえん》の鎮山《ちんざん》たる太康山には松柏《しょうはく》が生い茂り、昼間はさながら翠色《すいしょく》の屏風《びょうぶ》のごとく九陽城《きゅうようじょう》の背後を守っているが、いまは初夏の夕陽を浴びて山全体が燃えているかのように赤々と輝いている。

「そろそろ正体を明かしたら？」

返照に目を細め、碧蘭は船べりの欄干《らんかん》に手を置いた。

「正体？　なんのことだい？」

となりからしまりのない声音《こわね》が聞こえてくる。そちらに視線を向けなくても、才堅が文弱の浮かれ者らしくへらへらと笑っていることはわかる。

ふたりの背後では胡愚猿《こぐえん》がのんびりと艪《ろ》を操っていた。湖畔《こはん》から見る者がいれば、暇を持て余した親王が新妻《にいづま》を連れて舟遊びをしていると思うだろう。

「生母は身分賤《いや》しく、養母は罪人。後ろ盾はなく、抜きん出た才覚もなく、父帝の寵愛《ちょうあい》を受けず、愚にもつかない戯曲《ぎきょく》や小説を書き散らすしか能のない落ちこぼれの八皇子。それがあなたの——成端王《せいたんおう》・高才堅の下馬評だった」

「へえ、そうなのかい。世間の人はずいぶん私に手厳しいんだなあ」

才堅がからからと笑うので、碧蘭は「とぼけないで」と冷たく言い放った。

「下馬評はしょせん下馬評よ。世間の人はあなたを見誤っているわ」

「君は私を正しく評価してくれるのかい？」

「最初はまんまと騙《だま》されたわ。あなたが生み出した〝落ちこぼれの八皇子〟の幻にね」

初会では世評どおりの鈍物《どんぶつ》だと思った。二度目でも印象は変わらなかった。三度目で確信した。龍子龍孫《りゅうしりゅうそん》にありがちな、遊興で王禄《おうろく》を食いつぶすだけの無能な親王だと。

「宝福《ほうふく》公主を助け出したのは僥倖《ぎょうこう》じゃないんでしょう？　偶然にしては出来過ぎているもの。あなたは宝福公主がどこに閉じこめられているか知っていた。だから首尾《しゅび》よく救出できたのよ。大怪我《おおけが》もせず、せいぜいそれらしく見える程度のかすり傷を負って」

今上《きんじょう》最愛の娘である丹雪《たんせつ》を窮地から救い出せば、儲位《ちょい》争いで有利な立場になることは必定。言うまでもなく、ほかの皇子でも可能だ。事件当日は青籙斎《せいろくさい》が行われていたから、皇太子候補である親王たちは出そろっていた。ゆえにこれがはじめから才堅の策略だったとは断言できないが、いちばんおいしい役どころを射止めたのが〝落ちこぼれの八皇子〟だったことはまぎれもない事実。しかしそれゆえに才堅は密告され、連行された。

「あなたが鬼獄《きごく》に連行されたあとで、安遼王《あんりょうおう》と黎昌王《れいしょうおう》、それに巴享王《はきょうおう》が宝福公主の誘拐事件に関与していると密告された。これも偶然じゃないわね？」

偽の文で丹雪をおびき出したという嫌疑をかけられた才堅が入獄したのち、安遼王・元《げん》覇《は》、黎昌王・利風《りふう》、巴享王・博宇《はくう》がつづけざまに同様の嫌疑をかけられる。

今上は密告された者全員を俎上《そじょう》に載せたにちがいない。同時に密告されていない皇子にも疑いの目を向けただろう。世継ぎになろうとする何者かが競争相手を減らすためにめぐらせた謀《はかりごと》とも解釈できるのだ。

「密告されたのがあなただけなら、主上《しゅじょう》はあなたを処罰したでしょう。けれど、ほかの皇子も次々に密告されれば、だれもかれもが怪しく見えてくる。疑心暗鬼に陥《おちい》ったら選択肢《せんたくし》はふたつしかなくなるわ。一つは全員を処罰する。もう一つは全員を泳がせる。主上は後者を選んだのね。だからあなたは鬼獄から生きて戻ってきた」

「拷問《ごうもん》は受けたよ」

才堅は苦笑したが、碧蘭は笑わなかった。

「それも計略のうちでしょう。鬼獄に入ったのに拷問を受けなかったら、疑いはあなたに集中するわ。拷問がはじまる前に三人の皇子を密告する者があらわれれば、あなたにとって都合がよすぎるもの」

三人の皇子は連行すらされなかった。結果だけを見れば、才堅ひとりが濡《ぬ》れ衣《ぎぬ》を着せられ、受ける必要のない拷問を受けたような印象を抱く。

「あなたは四皇子と懇意《こんい》だった。あなただけが鬼獄で拷問を受けたことで、主上は四皇子のことを思い出したでしょうね。あれは冤罪《えんざい》ではなかったかと巷間《こうかん》ではささやかれている。宮中ではもっとよく聞くでしょう。主上だって耳にしたことがあるはず」

才堅が成端王府に戻るや否《いな》や、今上は太医《たいい》を遣わした。第一の目的はどれほどの拷問を受けたのかつぶさに報告させることだろうが、いくらかの罪悪感も後押ししたはずだ。皇宮ではだれも四皇子・文耀《ぶんよう》の名を口にしない。今上がそれを聞くと不機嫌になるからだが、なぜ機嫌が悪くなるのかといえば、うしろめたさを感じるからだ。

文耀を不忠不孝の大罪人と考えているのなら、なぜその名を口にして悪《あ》しざまに罵《ののし》ることを奨励《しょうれい》しないのだろうか？　国に仇《あだ》なす逆賊《ぎゃくぞく》を憎むことは、彼とおなじ過ちを犯させないよう、官民を戒《いまし》めることにつながるのに。

今上は文耀の有罪に確信が持てなくなっているのだろう。自分は判断を誤ったのではないかと疑懼《ぎく》の念を抱いているのだ。文耀は無実だったのではないか、罪なきわが子を殺してしまったのではないかという不安が宸衷《しんちゅう》のどこかに在る。

「あなたは自分ひとりが拷問を受けることで主上《しゅじょう》の罪悪感に錆《さ》びた釘を打ちこみ、疑惑の目を兄弟たちに向けさせた。こんな芸当をやってのける人が無能だと？」

右隣にゆるりと視線を投げると、夕映えが才堅の微笑を照らしていた。

「思えば最初から不自然だったわ。妓女《ぎじょ》であるわたくしを王妃に迎えたいと主上に訴えるなんて。わたくしは側妃《そくひ》でもかまわなかったのに」

「君を愛しているからだ。妾室《しょうしつ》ではなく、嫡室《ちゃくしつ》に迎えたかった」

「というのは方便。ほんとうは隠れ蓑《みの》に使いたかったんでしょ。宗室の規則を破って妓女を正室に迎えた愚鈍《ぐどん》な皇子――皇太子候補の頭数にも入れてもらえないのんき者の親王。その役柄を演じていればだれよりも安全な場所にいられる。東宮《とうぐう》に近いと思われている安遼王や黎昌王に警戒されず、じっくりと謀略《ぼうりゃく》をめぐらすことができる」

碧蘭を嫡室に迎えたせいで、もともと東宮から遠い場所にいた才堅はますます東宮から遠ざかった。いっそう不利になったように見えるが、実際には逆の効果をもたらした。

「みなが儲位をめぐって争っているときに、野心があるとふれまわるのは悪手だわ。とくにあなたのような後ろ盾がない皇子にとってはね」

東宮にもっとも近いのは元覇と利風である。皇貴妃を母に持つ洪列王《こうれつおう》・忠徹《ちゅうてつ》と、寧妃《ねいひ》を母に持つ博宇がそれにつづく。

「東宮を目指していないと周囲に思わせるため、あなたはわたくしを利用した。妓女を嫡室にしたいと駄々をこねる愚昧《ぐまい》な皇子を演じてみせた。有力な兄たちに敵視されず、官僚たちからも有望と見なされず、熾烈《しれつ》な儲位争いを見物するのに最適な場所を確保するために。でも、腑《ふ》に落ちないこともあったわ。妓女を娶《めと》りたいなら、べつにわたくしである必要はない。妓女なんて掃《は》いて捨てるほどいるもの。どうしてわたくしだったのか、わからなかったけど、あの勧戒画《かんかいが》が手もとにかえってきて腹に落ちたわ」

才堅を鬼獄から救い出すため、碧蘭は勧戒画を描き、尹太后を通して今上に届けた。一か八かの賭《か》けだった。ほかにできることはなかったのだ。逆鱗《げきりん》にふれ、処罰を受けるかもしれないとしても、父譲《ゆず》りの画才を恃《たの》む以外に道はなかった。

ゆくりなくも勧戒画は皇帝付き次席宦官《かんがん》・罪喪狗《ざいそうく》の手で成端王府に返却された。破られることも、燃やされることもなく、まったく無傷のままで。

碧蘭の用筆に画状元《がじょうげん》・蕭幽朋《しょうゆうほう》のそれを見出《みいだ》した今上が激怒してもおかしくなかった。もしそうなっていたら勧戒画は即座に処分され、二度と戻らなかっただろう。

さりながら無傷で戻ってきたのだ。

「以前、噂《うわさ》を耳にしたことがあるわ。皇后さまの御容《ぎょよう》を描かせるために、主上は民間の画師を招いていると。われこそはと意気込んだ画師は褒賞《ほうしょう》をあてにしてみずから皇宮に足を運んだ。官僚や宦官は腕利《うでき》きの画師を推薦《すいせん》して主上の歓心を買おうとした。画師たちはおのがじし腕をふるったけれど、どの作品も御意《ぎょい》にかなわなかった。今上は献上される御容を次々に焼き捨て、画師たちを杖刑《じょうけい》に処した」

今上は病的といってもいいほど汪皇后の御容に執着しており、その妄念は血まみれの骸《むくろ》を積みかさねても癒《い》えることがなかった。犠牲者たちを憐《あわ》れんだ廉徳王《れんとくおう》・承世《しょうせい》は極諫《きょっかん》した。たとえ天下一の画仙《がせん》が母后《ははうえ》を描いても御意に入ることはないだろう、どれほど優れた作品もしょせんは絵にすぎず、母后その人ではないのだからと。

皇長子の言葉がよほど胸に響いたのだろうか。今上は画師を招かなくなり、汪皇后の御容のために画師を推薦することを戒めた。

「皇后は立后《りっこう》された年に御容を描かれることになっているわ。汪皇后の御容はもともとあったんでしょ。でも、燃えてしまったのよね？　恒春宮《こうしゅんきゅう》が落雷で炎上したときに」

歴代の皇后が暮らした恒春宮は、汪皇后が去ったあともあたらしい主を迎えなかった。愛妻がいまもそこで起居《しょさい》しているかのように、今上は恒春宮を以前のままにしていた。そこは毎日清掃され、書房には花が生けられ、牀榻《しんだい》の敷布は取りかえられ、尚食局《しょうしょくきょく》から毒味済みの食事が運ばれ、主人のいない食卓で宦官や女官が給仕をした。

姿なき女主のため側仕《そばづか》えたちが平生どおりそれぞれの役目をこなしていた——嘉明《かめい》二十年、八月。恒春宮に突如として九天雷公《きゅうてんらいこう》将軍の鉄槌《てっつい》が下った。

「昼過ぎだった。側仕えたちは昼餉《ひるげ》の後片付けをしていたらしい。天が引き裂かれるような轟音《ごうおん》が響き、すさまじい雷光が彼らの目をくらませた。最初に火の手があがったのは後院《うらにわ》だったようだ。炎はまたたく間に遊廊《わたりろうか》に燃え移り、建物をのみこんでいった」

なにもかも燃えた。当人の代わりに飾られていた汪皇后の御容も。

「一報を聞いた父皇はすぐさま暁和殿《ぎょうわでん》を飛び出して輿《こし》にも乗らずに現場に駆けつけた。だが、もう手遅れだったんだ。あちこちに延焼して、恒春門の内側は火の海だった。側仕えたちの機転により運び出された手回り品のなかに皇后さまの御容がないことに気づき、父皇は周囲の制止をふりきって火中に飛びこんだ」

今上を助け出すために宦官たちがあとを追った。彼らは炎にまかれ、焼け落ちてきた柱や梁《はり》に押しつぶされたが、天子にはとくべつの加護があるのか、大焦熱地獄《だいしょうねつ》と化した恒春宮の正殿は今上を吐き出した。猛火に背中を押されるようにして地面に倒れこんだ今上が己の命のごとく抱えていたのは、汪皇后の御容――その残片だった。

「残っていたのは裳裾《もすそ》の部分だけだ。皇后さまの花顔《かがん》は黒く焼け焦げ、跡形もなかった」

いつの間にか、才堅のおもてからは微笑が消えていた。

「皇后さまの御容を描いたのはわたくしの父、蕭幽朋だったのね」

どの画師がだれの御容を手掛けたのか、公《おおやけ》にはされない。署名さえ禁じられているのだから当然のことだ。しかし、父は今上の勅命《ちょくめい》を奉じて多数の御容を手掛けていたので汪皇后の御容制作にかかわっていてもふしぎはない。

「父皇が求めているのは画状元《がじょうげん》の手で描かれた皇后さまの御容だ。ほかの画師がどれほど彩管《さいかん》をふるっても満足するはずがない」

「でしょうね。父は当代一の画聖だった。父の代わりなんてこの世のどこにもいないわ」

今上は蕭幽朋を処刑したことを後悔《こうかい》しただろう。けれどそれは己の過ちに気づいたからではない。汪皇后の御容が二度と手に入らないという事実に打ちのめされたからだ。

「代わりならいる」

才堅は射貫《いぬ》くような目つきでこちらを見ていた。

「おまえだ、沈《しん》碧蘭――いや、蕭貞霓《ていげい》と呼ぶべきだな」

「気安く呼ばないで。わたくしの名は父につけてもらったものよ。あなたには口にされたくないわ。父を処刑し、わたくしを楽籍《がくせき》に落とした高奕佑《えきゆう》の庶子《しょし》には」

反射的に強く言いかえしてしまった。皇上《みかど》の実名を口に出すことは万死に値する罪だと知っているのに。けれど赦《ゆる》しなど請わない。世間では夫が妻の実名を呼ぶのはふつうのことだが、碧蘭はその行為を才堅に許すつもりはない。

怨《うら》みをこめて睨《にら》みつけると、才堅はふっと視線をそらした。

「わかった。じゃあ、碧蘭と呼ぼう」

気分を害したふうもなく淡々とつづける。

「画状元の代わりをつとめられる者がいるとすれば、蕭幽朋の一粒種《ひとつぶだね》で天賦《てんぷ》の画才を受け継いでいるおまえをおいてほかにはない」

「ようやく本音が出たわね。わたくしに皇后さまの御容を描かせたいんでしょう。主上《しゅじょう》のご機嫌を取り、儲《ちょ》位《い》争いで優位に立つために」

禁止されたのは汪皇后の御容を描く画師を推薦することだ。丹青《たんせい》の技に長《た》けた親王妃を今上のそばに送りこむことは、その限りではない。

「はじめからわたくしを利用する腹積もりで近づいたのね」

「それはお互いさまだ。父皇に復讐《ふくしゅう》するため、おまえは俺に秋波《しゅうは》を送った。王府に嫁《とつ》ぎ、皇宮に出入りできるようになれば、仇討《かたきう》ちの機会もあると考えたのだろう？」

動揺はしない。才堅が評判どおりの道楽皇子ではないと感づいてから、こちらの目的も悟られているだろうと察していた。

「あさはかな女だと言いたいの？　たしかにそうかもしれないわね。王府に嫁いで三月経つのに、いまだに主上のうしろ姿さえ見ていないわ」

王府に嫁いだら皇太后と今上にあいさつする決まりだが、碧蘭が謁見《えっけん》したのは尹太后だけだ。今上は碧蘭を召見《しょうけん》しようとしない。汚らわしい淫売《いんばい》とは会いたくないのだろう。

こちらから会いに行くという選択肢《せんたくし》はない。一親王妃の身分では暁和殿に立ち入ることができないし、運よく紅牆《こうしょう》の路《みち》で出くわしても多数の宦官が随行《ずいこう》しているのだから仇討ちの刃はその切っ先が玉体に届く前に払い落とされてしまう。

青楼《せいろう》で身につけた手練手管《てれんてくだ》も今上《きんじょう》の御前に侍《はべ》らなければ使い道がない。このままでは復讐など夢のまた夢だ。成端王妃として皇家の片隅で老いていくだけ。

「だが、おまえが皇后さまの御容を描けば状況は変わる」

もはや記憶のなかでしか見ることができない汪皇后の麗姿《れいし》が画仙紙に再現されたら、今上は碧蘭を召し出すだろう。一幅では満足できず、もっと描けと命じるだろう。

碧蘭の彩筆で描き出される汪皇后を見れば見るほど、罪臣の娘への警戒心は薄れていく。そしていつかは自分が碧蘭の怨敵《おんてき》であることを忘れるだろう。その瞬間こそ、碧蘭が待ち焦がれている、父の仇を討つ千載一遇《せんざいいちぐう》の好機だ。

「わたくしが悪意を抱いて王府に嫁いだと感づいているなら、わたくしを東廂《とうしょう》に引き渡すべきじゃない？　皇后さまの御容を描かせるよりも簡単に主上の歓心を買えるわよ」

「下策だな。父皇はご自身のお命に執着なさっていない。いままでに何度も暗殺されそうになったが、とくに御心を動かされている様子はなかった。おまえが復讐をたくらんでいると奏上したところで、儲位への道がひらけるわけじゃない」

「どうあってもわたくしに皇后さまの御容を描かせたいのね。でも、うまくいくかしら？　わたくしが主上のご希望どおりの御容を描けなければ震怒《しんど》をこうむるわよ。わたくしだけでなく、あなたも。東宮《とうぐう》どころか、親王位でさえ危うくなるかもしれないわ」

「心配はしていない。おまえはかならず父皇の御意にかなう作品を描く」

才堅は確信を持った口ぶりで断言した。

「勧戒画をご覧になって、父皇はおまえの用筆が蕭幽朋を思わせることにお気づきになったはずだ。そのうちおまえにお命じになるだろう。皇后さまの御容を描けと」

「そうなればわたくしにとっては好都合だけれど、あなたにとってはどうかしら。わたくしがふいをついて今上を殺せば、あなたは弑逆者《しいぎゃくしゃ》の夫になるのよ」

「弑逆だけが復讐だとでも？」

「復讐とは仇を殺すことだわ。それ以外になにがあるの？」

「命を奪わなくても宿怨《しゅくえん》を晴らすことはできる」

とっさに反駁《はんばく》しようとした碧蘭を、才堅が視線で制した。

「父親が濡《ぬ》れ衣《ぎぬ》を着せられたと思ったから、おまえは仇討ちを志《こころざ》した」

「思ったのではなく、それが事実だからだわ。父は怨天《えんてん》教徒じゃない。怨天教団のために働くはずがない。だってわたくしの母を殺したのはやつらなんだから。父にとってもわたくしにとっても怨天教団は不倶戴天《ふぐたいてん》の仇よ。だれかに陥《おとしい》れられたに決まっているわ。父が持つ天賦の画才に嫉妬《しっと》した者が誣告《ぶこく》したのよ」

父の名声は画壇《がだん》内外にとどろき、宮廷画師として身に余るほどの寵幸《ちょうこう》を得ていた。過度の龍恩《りゅうおん》は往々にして火のような嫉視にさらされるものだ。父を妬《ねた》んでいた者がいるはずだ。

猜忌《さいき》の念を滾《たぎ》らせ、父の画名を未来永劫《みらいえいごう》、貶《おとし》めようともくろんだ者が。

「ならば父親の名誉を回復させようとは思わないのか？　密告者を暴いて冤罪《えんざい》を晴らし、蕭幽朋の画名を取り戻して、おまえ自身もふたたび蕭姓を名乗りたいとは？」

「そんなこと、できるはずないわ。主上は父の名さえ口に出さないそうじゃない。あの事件にはふれたくないんでしょ。密告者を見つけて訴え出ても、主上が再審を命じなければ父は謀反人《むほんにん》のままだわ。蕭貞霓に戻ることなんて――」

「俺が命じる」

有無を言わさぬ口ぶりにたじろいで、碧蘭は押し黙った。

「即位したら燃灯《ねんとう》の変《へん》に関与したとされる罪人たちを一人残らず調べ直すよう勅を下す。再審名簿のなかにはおまえの父もふくまれる。冤罪が晴れしだい、おまえを本姓に戻し、皇貴妃《こうきひ》に立てる。蕭幽朋は皇貴妃の父となり、外戚《がいせき》として遇されることになる」

皇貴妃は後宮の女主たる皇后に次ぐ身位で、最上位の妃嬪《ひひん》だ。

「……あの世で？　亡骸《なきがら》すら残っていないのに」

「香木《こうぼく》で亡骸をかたどって手厚く葬《ほうむ》る。蕭一族で流刑《るけい》にされた者、宮刑《きゆうけい》を受けた者、楽籍に落とされた者は身分を回復し、四民《しみん》の業《ぎょう》につくことを許す」

受誅《じゆちゆう》の門――大逆人を出した一族の人間で処刑されなかった者がたどる道は三つ。僻地《へきち》に流されて苦役に従事させられるか、宦官《かんがん》になって皇宮や王府に仕えるか、妓楼《ぎろう》で淫楽の道具として酷使《こくし》されるかのいずれかだ。どの道をたどるにせよ、人間としての尊厳や矜持《きょうじ》は徹底的に踏みにじられる。

「まあ、おやさしいこと。感涙に耐えないわ」

碧蘭は唾《つば》を吐きかけてやりたい気持ちをおさえこみ、皮肉っぽく口をゆがめた。

「香木でこしらえた亡骸を棺《ひつぎ》に入れて葬るですって？　馬鹿馬鹿しい。父にはね、ちゃんと肉体があったの。わたくしを抱きしめてくれた両腕がね。香木とちがって血が通っていたから、とてもあたたかかったわ。でも、破壊されたのよ。完膚《かんぷ》なきまで。衆人環視《しゅうじんかんし》のなか、五体を寸刻みにされて」

内城《ないじょう》の永安右門《えいあんうもん》外、西市《せいし》。数々の重罪人が無残な屍《しかばね》をさらしてきた東牌楼《ひがしはいろう》下で、父は三千三百五十七回にわたって生きながら肉を削《そ》がれた。

当時十二だった碧蘭は錦衣衛《きんいえい》に身柄を拘束《こうそく》されていたので処刑には立ち会っていないが、人づてに仔細《しさい》を聞き、父が事切れる瞬間まで耐えなければならなかった惨苦《さんく》のすさまじさに、瞋恚《しんい》の炎を燃やさずにはいられなかった。

「ありありと目に浮かぶわ。父の肉を買い取ろうとして劊子手《かいししゅ》に詰め寄る人びとの姿が」

凌遅《りょうち》で切り取られた罪人の肉は生薬として珍重されている。

「父がどれほどの苦痛と絶望を味わったか、あなたにわかる？　想像すらできないでしょ。犯してもいない罪のせいで、むごたらしく殺された人間の心情なんて……」

激情が喉《のど》を焼く。いわれなき罪で父を処刑した今上は憎んでも憎み足りない仇。そして才堅は怨敵の息子だ。計略のためとはいえ、仇敵《きゅうてき》の血縁に肌身をゆだねることがどれほど嘔気《おうき》をもよおす行為だったか、後宮育ちの貴公子には到底理解できまい。

「罪人と呼ばれた者の心情は推し量るしかないが……俺は処刑を見に行った」

「父の断末魔《だんまつま》の声を聴いたというの？」

「いや、蕭幽朋ではなく、四兄の処刑だ」

文耀は燃灯の変に関与したと疑われて東廠に連行された。彼を密告した者がいたのだ。文耀自身は一貫して潔白を主張していたが、主ともども連行された側仕《そばづか》えが拷問《ごうもん》に耐えかねて〝自白〟した。これにより文耀は有罪となった。

自白の内容は、文耀が怨天教徒を使い、承世の暗殺を謀《はか》ったというものだ。文耀は廉潔《れんけつ》な人柄で知られ、若くして大人《たいじん》の風格をそなえていたが、胸裏では猛獣のごとき野望を育てており、承世を殺して儲位を手に入れようとたくらみ、怨天教徒をけしかけて燃灯の変を起こしたという。これは突飛《とっぴ》な話ではなく、先例として賞月の変《しょうげつのへん》があった。賞月の変では公主と皇子が怨天教団と結託し、時の皇帝であった宣祐帝《せんゆうてい》を弑逆しようとした。

前例があったために、側仕えの自白はもっともらしく聞こえたのだ。文耀は承世を射殺するよう命じていたが、邪教徒が放った弾丸は狙いがそれて承世の命を奪うまでは至らず、不運にも流れ弾に当たった汪皇后が犠牲になったと東廠は結論付けた。

文耀の邪謀《じゃぼう》が汪皇后を殺したと知り、今上の怒火は天まで焦がした。文耀には凌遅が言いわたされた。親王が極刑に処されるなど前代未聞である。内廷《ないてい》では尹太后や李皇貴太妃が「皇家の体面にかかわる問題なので慎重に判断すべきだ」と口を極めてたしなめ、外廷《がいてい》では内閣大学士《ないかくだいがくし》ら大官たちが身命《しんめい》を賭《と》して諌《いさ》めたが、今上はあらゆる抗論を封殺した。

処刑前日、文耀は獄死《ごくし》した。自裁したのである。

「あの日、永安右門外の東牌楼下には立錐《りっすい》の余地もなく群衆がつめかけていた。みな、めずらしがって見物に来たんだ。親王が凌遅に処されるさまを一目見ようと……」

親王が凌遅になった例は、政道が乱脈をきわめていた灰壬《かいじん》年間でさえ記録されていない。賞月の変の首謀者たちは極刑を言いわたされたものの、彼らは獄死したので刑は執行されず、庶人《しょじん》として葬られるだけですんだ。ゆえに文耀が獄死した時点で凌遅は行われないとだれもが考えた。しかし今上は予定どおり刑を執行せよと命じたのだ。

「四兄はとうに事切れていたから、劊子手が小刀をふるっても苦悶《くもん》の声は発しなかった。だが俺は……聞いたような気がするんだ。耳をろうする、断末魔の叫びを」

文耀は獄中で幾度となく「父皇《ちちうえ》に会わせてくれ」と叫んでいたという。

「〝子を知るは父に若《し》くは莫《な》し〟謁見《えっけん》すれば誤解がとけると信じていたんだ。あいにく俺は四兄に賛同できない。面と向かって話をしたとしても父皇は四兄の有罪を信じて疑わなかっただろう。怨毒《えんどく》に侵され、真実を見抜く目を失っていらっしゃった」

「失っていらっしゃった？　まるでいまは取り戻しているかのような言いぐさね」

碧蘭は毒気のある笑い声を放った。

「あなたの父親は真実を見抜く目なんてはじめから持っていないのよ。四皇子がいまだに葬られず、名誉を回復されていないのがなによりの証拠《しゅうこう》だわ」

文耀は濡れ衣を着せられたのではないかというのが衆口の一致するところである。そのかみ司礼監秉筆太監《しれいかんへいひったいかん》をつとめていた同淫芥《どういんかい》が文耀事件の捜査のずさんさを告発し、東廠の裁きに疑義が生じたからだ。結果、先代督主《とくしゅ》は責任を追及されて刑死し、同淫芥が後釜に座ったが、文耀の無罪が証明されたわけではなく、真相はあきらかになっていない。

「怨毒はなおも龍眼《りゅうがん》をくもらせているが、以前ほどではない。おまえの勧戒画が功を奏したのは有罪の確信が揺らいでいるからだ。それでも無実を確信するには至っていない。ずさんな捜査だったとしても、動機はもっともらしく聞こえる。有能な庶出《しょしゅつ》の皇子が野望を抱き、儲位《ちょい》を奪おうとするのは、けっして奇抜な話じゃない」

「それだけで疑う理由になるの？」

「父皇にとっては十分だ。猜疑心《さいぎしん》の強いかただからな」

「あなたは四皇子の無実を信じているのね」

ああ、と才堅は吐息まじりに答えた。

「四兄は大それた望みなど持っていらっしゃらなかった。温良恭倹《おんりょうきょうけん》でだれよりも道義心の強いかただったんだ。謀略をめぐらせて人の命を奪おうとするなど、四兄らしくない。何者かに陥《おとしい》れられたとしか思えないんだ」

「『何者か』に心当たりは？　ひょっとしてあなたの兄弟たちのだれか？」

わからない、と才堅は首を横にふる。

「真相を究明するため、俺は東宮を目指している。皇太子になり、千秋万歳《せんしゅうばんざい》のあとで践祚《せんそ》して四兄の冤《えん》をすすぎたい。親王の礼で四兄を葬りたいんだ」

「ずいぶん迂遠《うえん》な計画ね。もっと手早い方法があるんじゃない？」

「〝迪《みち》に恵《したが》えば吉にして、逆に従へば凶なり〟短絡的な手段は用いない。俺が歩みたいのは覇道《はどう》ではなく王道だ」

「手ぬるいわね。途中で廃太子されたら、結局なにもなせないのよ」

皇太子時代、今上《きんじょう》は一度、廃され、ふたたび立太子された。これは非常に稀有《けう》なことで、たいていの場合、廃太子はそのまま表舞台から姿を消し、歴史に埋もれていく。

「皇太子になっても安泰じゃないわ。崩御《ほうぎょ》する前に主上が心変わりしてあなたを廃すかもしれない。『千秋万歳のあとで』なんて悠長《ゆうちょう》にかまえていられるとは思えないわ」

「心配はしていない。そのころには、父皇は玉座に在って神器《しんき》をつかさどらぬ者になっていらっしゃるだろうから」

「玉座に在って神器をつかさどらぬ者？」

いかなる意味なのかと尋ねたが、才堅はあいまいな笑みで返答をはぐらかした。

「俺たちは似た者同士だ。おなじものを目指している。協力できると思わないか」

才堅の目的は今上の失策を暴いて政道を正すこと。その手段として儲位を求めている。碧蘭の目的は今上を弑逆《しいぎゃく》すること。その足掛かりとして親王妃になった。

「似て非なる者よ」と嚙《か》みつこうとしてなんとか踏みとどまる。

湖上にいるのは碧蘭、才堅、愚猿だけ。そこかしこに褐騎《かつき》がひそんでおり、どんな密談も皇帝に筒抜《つつぬ》けになってしまうが、湖面では聞き耳を立てられる恐れがない。反面、他者をまきこめないという難点があり、碧蘭にとっては不利になる。交渉が決裂すれば、才堅はここで碧蘭の口を永遠に封じることもできるのだ。不注意で小舟から落ちたことにすれば、だれにも疑われない。才堅は新妻《にいづま》を喪《うしな》って取り乱す憐《あわ》れな皇子を演じればよい。

もっとも彼がそんな下策をとるとは思えないが。碧蘭には父譲《ゆず》りの画才がある。東宮に近づくために必要な武器をむざむざと捨てるほど愚かではあるまい。

「わたくしを皇貴妃にしたいと言い出せば、内閣や司礼監が猛反発するわよ」

「董妃《とうひ》の再来だと？」

波業帝《はぎょうてい》に愛された皇貴妃・董氏は京師《みやこ》一の美貌《びぼう》を謳《うた》われる名妓《めいぎ》だった。寵愛《ちょうあい》をかさに着て悪逆非道の限りを尽くし、波業帝の代わりに政柄《せいへい》をとっていた含秀《がんしゅう》太子を暗殺した。石女《うまずめ》ゆえ自分では子を産めず、市井《しせい》から赤子を盗んできて皇子に仕立てあげ、皇后になろうと画策したことで、素腹《すばら》の毒婦としていまもなお悪名をとどろかせている。

「ある程度の反発は覚悟している」

「反対を押し切ってわたくしを皇貴妃に立てるというの？」

「蕭幽朋を皇貴妃の父にする。それが俺にできる精いっぱいの償いだ」

「あなたに責任はないでしょ？　あなたの父親が犯した過ちなんだから」

「帝位を継ぐ者には前任者が犯した罪を贖《あがな》う責任がある。父皇が償わないなら、あとを襲う俺が贖罪《しょくざい》しなければならない」

薫風《くんぷう》が吹き抜け、水面で砕けた夕影が端整な横顔を照らす。そのしめやかな陰影がまぶしく思われて、碧蘭は目をそらした。

――絵空事だわ。わたくしを皇貴妃にするなんて。

皇貴妃の父親として厚葬《こうそう》すれば、冤鬼《えんき》となって九泉《きゅうせん》をさまよっている父を救うことができるかもしれない。希望が胸にきざしたが、すぐに暗く塗りつぶされた。実現性が低い計画だ。なぜなら碧蘭には失節《しっせつ》以上の欠陥があるから。

「その話、乗ったわ。皇貴妃の冠とひきかえに皇后さまの御容を描いてあげる。ただし、なにがあろうと約定をたがえないで」

天に誓う、と才堅は間を置かずに明言した。

「即位した暁には、かならずやおまえを皇貴妃に冊立《さくりつ》する。もし約定を反故《ほご》にしたならば、この身には天誅《てんちゅう》がくだり、志《こころざし》半ばで斃《たお》れるだろう」

誓言に価値はない。本心を語るのはいつだって言葉ではなく行動だ。

才堅にははじめから約定を守る気などないのかもしれない。碧蘭が用済みになれば弊履《へいり》のごとく打ち棄《す》てる腹積もりなのかもしれない。彼がそうしたとして、いったいだれが非難するだろうか？　賤業婦《せんぎょうふ》を捨て貞潔な令嬢を皇貴妃に立てることを。

彼が信じるに値する男だとはみじんも思えないが——そもそも信用できる男などこの世には存在しない——利害は一致している。

汪皇后の御容を描けば皇貴妃に冊立するという取引には、事が成るまでおとなしくしているという不文律がふくまれている。密謀《みつぼう》の途上で碧蘭が今上を弑《しい》したら、才堅に立太子の目はなくなる。彼自身が事件にかかわっていなくても同罪と見なされるのだ。碧蘭に弑逆の意志があることを認識していなかったと証明するのは不可能だし、承知していたという証拠が出てくれば共謀を疑われるのは理《り》の当然。どちらに転んでも彼の有罪は揺るがない。これは才堅にとっても賭《か》けだ。目的を達成するまで碧蘭の手綱《たづな》を握り、如才《じょさい》なく操りつづけなければ、やけを起こした碧蘭にまきこまれて破滅する。

——お父さまの冤をそそげないなら、この男を地獄まで道連れにしてやるわ。

皇貴妃冊立という画餅《がべい》に惑わされはしない。端《はな》から期待していないのだ。碧蘭の命にはなんの使い道もない。復讐《ふくしゅう》以外には。

第二幅　秋《しゅう》庭《てい》弾《だん》箜《く》篌《ご》図《ず》

――なぜあんなことを言い出したのかと自問しない日はない。

「明日は灯籠《とうろう》見物に出かけよう」

嘉明帝《かめいてい》・高礼駿《こうれいしゅん》が微笑《ほほえ》みかけると、皇后・汪梨艶《おうりえん》は目を丸くした。

「よいのですか？」

「ああ、いいとも。俺が許可する」

「規則で禁じられているのでは？　宣祐《せんゆう》年間から皇上《みかど》が灯籠見物のために城下におりることは絶えてなくなったとうかがっていますが……」

上元節《じょうげんせつ》の夜、皇上が九陽城《きゅうようじょう》を出て灯籠見物に出かける例は陽化《ようか》年間から記録されており、なかんずく仁啓《じんけい》年間から崇成《すうせい》年間にかけてはさかんに行われていた。しかし、義昌《ぎしょう》年間からは行われていない。

これには紹景《しょうけい》六年の元宵《げんしょう》に起こった代宗《だいそう》皇帝襲撃未遂《みすい》事件が影響している。寵妃《ちょうひ》をともなって灯籠見物に出かけていた代宗皇帝に凶徒が襲いかかったのだ。凶徒は当時推し進められていた賦役《ふえき》制度改革の煽《あお》りを受けて困窮《こんきゅう》し、物乞《ものご》いにまで身を落としたことで朝廷を憎んでおり、代宗皇帝を弑逆《しいぎゃく》しようとした。すぐさま錦衣衛《きんいえい》が取り押さえたので代宗皇帝は無事だったが、翌義昌元年からは治安の悪化を理由に皇宮外での灯籠見物がひかえられるようになった。

「このところ怨天教徒《えんてんきょうと》がらみの事件も減っているし、京師《みやこ》の治安はよくなってきている。出かけても大丈夫だ」

当日は錦衣衛が厳重に警護することになっており、心配はないと言い添えた。

「京師の灯籠を見てまわるのはひさしぶりだろう?」

入宮《にゅうきゅう》前、梨艶は兄に連れられて灯籠見物に出かけていたらしい。そのことを彼女がなつかしそうに話していたので、礼駿はどうしても梨艶を連れて出かけたくなった。

「楽しみです」

梨艶がうれしそうに笑う。直後、なにかが破裂するような不快な音が耳をつんざいた。同時に彼女の笑顔がひび割れ――粉々に砕け散る。

「もうお目覚めですか、主上《しゅじょう》」

礼駿が褥《しとね》の上で半身を起こすと、床帷《とばり》の外から聞き慣れた声が響いた。皇帝付き首席宦《かん》官《がん》・失邪蒙《しつじゃもう》だ。東宮《とうぐう》時代から礼駿に仕えている邪蒙はすでに華甲《かんれき》を過ぎているのに、いまもなお不寝番《ふしんばん》を弟子任せにせず、毎日のように牀榻《しんだい》のそばにひかえている。

「まだ丑《うし》の刻です。もうしばらく横になっていらっしゃったほうが……」

「横になっていても悪夢を見るだけだ」

錆《さ》びついた身体《からだ》を引きずるようにして牀榻からおりる。

八年前のあの日から悪夢を見ない夜はない。太医《たいい》は眠りが深くなるという薬を処方したが効果はなく、毎晩寝床に入るたびに疲労が蓄積していくのを感じる。

「どうぞ」

夜着を脱いで中衣《ちゅうい》に袖《そで》を通し中褲《ちゅうこ》を穿《は》き、襯袍《しんほう》と貼里《ちょうり》をまとい、その上に搭護《とうご》をかさねると、邪蒙が粧花紗《しょうかしゃ》で仕立てられた夏物の龍袍《りゅうほう》をひろげた。明黄色《にちりんいろ》の袖に腕をさし入れながら、礼駿は苦い思いを噛みしめた。八年前までは邪蒙に朝の身支度《みじたく》を手伝わせることはすくなかった。毎朝のように梨艶がしてくれていたから。

――なぜ灯籠見物に出かけたのか。

行かなければよかったのだ。九陽城を出て、お忍びで灯籠見物に行くなんて愚かなことをしなければ、梨艶は今朝も礼駿の身支度を手伝ってくれていたはずだ。

時をさかのぼることができるなら、あの事件の前日に戻りたい。自分に忠告したいのだ。梨艶を九陽城の外に連れ出すな、と。

彼女を喪いたくなければ。

碧蘭《へきらん》が身支度をすませて化粧殿《けわいでん》から出ると、烈日が視界をぱっとあかるくした。内院《なかにわ》の花木が琅玕《ろうかん》をちりばめたようにきらめいているのは、今朝がた通り雨が降ったからだ。

「佳杏《かきょう》は毎月九日に休みを取るわね」

今日がまさにそうで、成端王《せいたんおう》妃付き首席女官・念《ねん》佳杏はここにいなかった。

「どこかに出かけているのかしら。だれかいい人がいるの？　力熊《りょくゆう》、なにか知ってる？」

「はあ……実は」

付き従う成端王妃付き首席宦官・石《せき》力熊がむさくるしい顔を気まずそうにふせた。

「念老太《ろうたい》は亡夫の供養《くよう》をしているんです」

老太とは女官の敬称である。

「まあ、夫がいたの？　初耳だわ」

「あまり自分のことを話すかたではありませんから」

「夫は病で亡くなったの？」

「……いいえ」

「じゃあ事故で？　まさか、罪を得たわけじゃないでしょう？」

「殉死《じゅんし》したんです。皇后さまが崩御《ほうぎょ》なさったおりに」

今上《きんじょう》は汪皇后の側仕《そばづか》えを殉葬《じゅんそう》させた。殉葬は陽化《ようか》年間に廃止された悪弊《あくへい》だ。内廷《ないてい》からも外廷《がいてい》からも強硬な反対の声があがったが、聖断《せいだん》をくつがえすことはできなかった。

「夫は宦官だったのね」

女官は宮中の事務をつかさどる宮官《きゅうかん》なので、后妃侍妾《こうひじしょう》や宮女《きゅうじょ》のように処女性を求められない。ゆえに夫を持つことが許されているが、男と縁づくことはまれだ。ほとんどの場合、手近にいる宦官と夫婦になる。騾妾《らしょう》と呼ばれて蔑《さげす》まれるにもかかわらず宦官を夫にする女官が絶えないのは、宦官が持つ権力や財力に目がくらむせいだと世間では言われているが、三監《さんかん》や中級宦官でなくても妻帯していない者のほうがめずらしいくらいなので、彼らを結びつけているのは物質的なものではないのかもしれない。

「皇后付き次席宦官でした。すらりとした美男子でしてね、念老太とならぶと好一対《こういっつい》でしたよ。だれもがうらやむほど仲睦《なかむつ》まじい夫婦だったのですが……」

不運なことに、と言いかけて力熊は言葉尻を濁した。汪皇后に殉じて死んだことを「不運」というのは聖断に疑問を呈することと同義だ。天子の耳目《じもく》たる褐騎《かっき》がどこにひそんでいるのかわからないのだから、皇上《みかど》を非難するような言動はつつしまなければ。

「あれ以来、念老太は毎月鏤氷観《ろうひょうかん》に出かけていますよ」

「いまも夫を想っているのね……」

「なかなか忘れられないものですよ。胸を焦がすほど惹《ひ》かれた人のことは」

岩に刻んだような無骨な口から出てくる台詞《せりふ》とは思われず、碧蘭はとなりを見やった。

「やけに実感がこもった口ぶりね。あなたにもそういう人がいるの？」

力熊はぎょっとしたふうに目を白黒させた。図星だったらしい。

「だれなの？　ここだけの話にするから教えてちょうだい」

「……いえ、お話しするようなことでは」

「まさか、あなたも大切な人を亡くしているんじゃないわよね？」

「そういうわけでは。単に相手にされていないだけですよ」

「どうして？　宦官にこんなことを言うのは変かもしれないけれど、あなたは男らしくて素敵だわ。剛健質朴《ごうけんしつぼく》な殿方《とのがた》は女に好まれるものよ。相手にされないはずがないわよ」

そうだといいんですが、と力熊は苦笑いした。

「その様子だと言い寄ったりはしていないのね。あなた、奥手そうだものね。女人《にょにん》を口説《くど》くなんて軽薄なまねはできないんでしょう。真面目《まじめ》な人は好きよ。応援したくなるわ。そうだわ、わたくしが仲を取り持ってあげましょうか？」

「ご厚意はありがたいのですが……そのかたには想い人がいらっしゃいます。お相手はすばらしいかたですから、私のような無骨者には出る幕がありません」

「まあ、つらい恋をしているのね」

「つらいことばかりではありませんよ。そのかたの顔を見るだけで胸が弾みます。私はただの同僚にすぎませんが、毎日のようにそばにいられるだけでも……」

「ひょっとして、あなたの意中の人は佳杏なの？」

段差もなにもないところで力熊は蹴躓《けつまず》いた。

「話を聞いていると、佳杏の夫が存命だったころから片思いしていたみたいね。人妻に想いをかけるのは褒められたことじゃないわ。でも状況は変わったはずよ。佳杏は夫を亡くして八年経つのでしょう。亡き夫を忘れがたい気持ちはわかるけれど、そろそろ前に進んでもいい頃合いだわ。あなたのような素敵な人に想われていると知れば――」

「念老太にはなにもおっしゃらないでください」

力熊は倒れこむようにしてひざまずいた。

「あのかたはもともと異性とかかわるのが苦手で、亡夫と仲を深めるのにもずいぶん時間がかかっていました。私のようなむさくるしい騾馬《らば》に好意を持たれていると知ったらおびえてしまうでしょう。ただでさえ愛する夫を亡くし、心を痛めているかたを困らせたくありません。ですからどうか、このことは御内聞に」

なにとぞ、と平身低頭《へいしんていとう》されてもなお彼の秘密に立ち入るほど無粋《ぶすい》ではない。

「わかったわ。佳杏には黙っておくから安心して」

ありがとうございます、と力熊は大げさなしぐさでひれ伏す。

「お礼なんか言わないで。わたくしが余計な詮索《せんさく》をしたのがいけなかったのよ。あなたたち側仕えにもいろいろな事情があるものね。立ち入ったことを聞いてごめんなさい」

いいえ、ともげそうなほどに首を横にふる力態を立ちあがらせて、朝餉《あさげ》の献立《こんだて》を尋ねながら回廊《かいろう》を歩いていく。

——殉葬なんて行われなければ。

佳杏は愛する夫と暮らしていただろうし、力態は幸せな彼女を遠くから見守っていただろう。夫を喪《うしな》い、憂《うれ》いに囚われた彼女のそばで、佳杏のためになにもできない自分を呪うことなく、胸に秘めた想いを大切にするだけで満足できただろう。

——高奕佑《こうえきゆう》、あなたはどれだけの人を不幸にすれば気がすむの。

この世は禍事《まがごと》の巣窟《そうくつ》だ。暗澹《あんたん》たる現実を鼻面《はなづら》に突きつけられると、めらめらと燃える義《ぎ》憤《ふん》の焔《ほむら》が骨身を焼き尽くしてしまいそうになる。

されど最大の問題は濁世《じょくせ》で舐《な》める辛酸《しんさん》ではない。眼前にひろがる地獄絵を描いているのが、万民に慈悲《じひ》をほどこすはずの天子であるという事実だ。

青楓《あおかえで》が夏日影に照り映える蒼翠園《そうすいえん》にて、才堅は碧蘭とともに描画に興じていた。夫婦そろって尹太后《いんたいこう》のご機嫌うかがいをしてきたところだ。後宮を出る前に夏景色を楽しむことができるこの園林《ていえん》に立ち寄ったのには理由がある。

「父皇《ちちうえ》は丹雪《たんせつ》の姿絵を画院《がいん》の画師に描かせている」

王府でその話をすると、碧蘭は意外そうに蛾眉《がび》をはねあげた。

「どうして宝福《ほうふく》公主の御容《ぎょよう》を？　お見合い用でもあるまいし、必要ないでしょう」

駙馬《ふば》選びに公主の姿絵は必要ない。選ぶのは公主で、駙馬候補の青年ではないからだ。

過去に父帝が丹雪の姿絵を描かせたことはなく、宮廷の七夕宴《しちせきえん》の様子を描いた絵画で大勢の皇子や公主たちのひとりとして童女時代の丹雪が描きこまれていただけだ。

「誘拐《ゆうかい》事件のせいだろうな。丹雪を喪うかもしれないと父皇は恐れたんだろう。嫁入り前の姿を残しておきたいと、姿絵を描くよう画院にお命じになった」

笄礼《けいれい》を過ぎた公主の姿絵が描かれることは非常にめずらしい。丹雪に注がれる天寵《てんちょう》はそれほどまでに深いのだ。

「画師たちは懸命に描いているが、なかなか父皇の御意《ぎょい》に入《い》らないようだ。このところ、父皇はつねにも増してご機嫌が悪い」

才堅の命で成端王《せいたんおう》付き首席宦官《かんがん》・胡愚猿《こぐえん》は宮中の消息を嗅《か》ぎまわっている。彼が嗅ぎつけてきた話によると、数名の画師が廷杖《ていじょう》に処されたという。廉徳王《れんとくおう》・承世《しょうせい》がとりなしたので回数こそ減らされたが、廷杖自体が免除されたわけではない。

「丹雪の容姿は少女時代の皇后さまに瓜二《うりふた》つだという。これは父皇が言い出したことではなく――入宮したとき皇后さまは二十歳《はたち》を越えていたから、父皇は十代のころの皇后さまを知らないんだ――汪国舅《おうこっきゅう》が言ったことだ」

三年前、三辺総督《さんぺんそうとく》をつとめる定国公《ていこくこう》・汪成達《せいたつ》が参内《さんだい》し、暁和殿《ぎょうわでん》で父帝に謁見《えつけん》した。その際、父帝のそばにいた丹雪を見て息をのんだそうだ。父帝が理由を尋ねると、「宝福公主は少女時代の妹にそっくりです。妹が時をさかのぼってあらわれたのかと思いました」と成達は答えた。以来、父帝はますます丹雪を鍾愛《しょうあい》するようになった。丹雪のなかに亡き愛妻の面影《おもかげ》を見つけようとして。

「それで、あなたはわたくしに宝福公主の御容《ぎょよう》を描かせたいのね？　宝福公主をうまく描けば、主上《しゅじょう》は皇后さまの御容もわたくしに任せてくださるかもしれないから」

汪皇后に生き写しの丹雪を描くことは、汪皇后その人を描くことに通じる。

「悪くない手だけど、どうやってわたくしに宝福公主の御容を描かせるつもり？　まさか、こちらから名乗りをあげるわけにはいかないでしょう」

志願しては怪しまれる。碧蘭の父である蕭幽朋《しょうゆうほう》は依然として謀反人《むほんにん》なのだ。下手《へた》に出しゃばると疑念を抱かれかねないので、積極的にかかわるわけにはいかない。

「画院の画師全員が廷杖に処されても、わたくしにお鉢《はち》が回ってくるとは思えないわ」

「案ずるな。策はある」

その策を実行に移すため、才堅は人目につく場所で碧蘭に夫の姿絵を描かせているのだ。夫婦の戯《ざ》れ事《ごと》を装《よそお》って。

ふたりが仲睦まじく絵を描いていると、補服《ほふく》姿の官僚たちが小径《こみち》を歩いてきた。画院の画師たちだ。彼らは蓮池《はすいけ》に面した水榭《すいしゃ》で丹雪の姿絵を描いていた。出来栄えに自信がないのか、画師たちは一様にうなだれていたが、こちらに気づいてあいさつする。

「ちょうどよいところに来たな。私の作品を見てくれないか」

才堅は描きあがったばかりの絵を満面の笑みで彼らに見せた。画師たちは正直な感想を言うわけにもいかず、しどろもどろに誉め言葉をひねり出す。

「画院の名だたる画師たちが私の画才を認めてくれたよ」

才堅が得意そうに肩をそびやかすと、碧蘭はくすくすと笑う。

「いやだわ、殿下ったら。画師たちはお世辞《せじ》を言っているのよ。だってほんとうのことを言ったら、殿下の面目が立たなくなるでしょ？」

「そんなに下手かな。われながらうまく描けたと思うんだけどなあ」

「うまく描けたですって？　わたくしがそんな醜女《しこめ》だと言いたいの？」

碧蘭がへそを曲げるので、才堅はあわててなだめた。

「君が醜女なら、この世に美女なんかいないさ。口惜しいな。私にも君みたいな画才があれば、君の美貌《びぼう》を正確に写しとることができるのに」

なにげないふうを装って碧蘭が描いた絵を手にとる。

「君が描いた私は実物よりも眉目秀麗《びもくしゅうれい》じゃないか。ひょっとして私を喜ばせようとして、実物よりも美男に描いてくれたのかい」

「そんなつもりはないわ。むしろ実物よりもちょっと差し引いて描いたのよ」

「へえ、どうしてそんなことを？」

「実物どおりに描いた絵をわたくし以外の女人《にょにん》が見たら、一目で心を奪われるじゃない。あなたをほかの人に奪われるのはいやだから、わざと悪く描いたの」

君は心配性だな、と才堅は碧蘭を抱き寄せる。

「心配しなくても私はずっと君だけのものだよ。ほかの女人なんて目に入らないんだ。君がそばにいないときでも、君の姿を心に思い描いている」

睦《むつ》まやかに語り合うふたりのそばで、画師たちは気まずそうに視線を交わし合った。失礼いたしますと言い置いて立ち去ろうとするので、才堅は彼らを呼びとめる。

「待ってくれ。碧蘭の作品を見てほしい」

「やあね、見せなくていいわよ」

「君のすばらしい絵を自慢したいんだ。画師たちは女人じゃないからいいだろう」

才堅が画仙紙のおもてを画師たちのほうへ向けると、彼らは示し合わせたように息をのんだ。描線の数をすくなくする減筆《げんぴつ》法を用いてあっさりと描かれた青年は風雅《ふうが》な美をまとっていた。背中に垂らした黒髪は濃く、眉目はうるおいを帯び、微笑《ほほえ》みをたたえた唇は淡く、顔の輪郭《りんかく》は清らかな気品をただよわせ、龍袍《りゅうほう》の袖《そで》は背景と同化するかのように薄くかすれている。〝墨《すみ》に五彩あり〟という言葉どおり、墨一色で描かれているにもかかわらず、用墨《ようぼく》の技法が多彩であるために極彩色《ごくさいしき》で描かれた絵のように見る者の目を奪う。

その精妙な筆致に画状元《がじょうげん》の面影を見出《みいだ》さないはずはないのに、画師たちは蕭幽朋の名にはふれず、あたりさわりのない賛辞を口にしてそそくさと立ち去った。

「あの人、ひさしぶりに見たわ」

碧蘭は画師たちのうしろ姿を見やった。

「以前は蕭府《しょうふ》によく来ていたわ。父は知音《ちいん》だと言っていたけど、勘違いだったのね。八年前、父の無実を訴えてはくれなかったから」

矢のような視線は呉須《ごす》色の補服を着た官僚の背中を射貫《いぬ》いていた。補子《ほし》の文様は五品武官であることをあらわす熊羆《ゆうひ》。承華殿待詔《しょうかでんたいしょう》にして錦衣衛千戸《きんいえいせんこ》の来常逸《らいじょういつ》だ。

常逸は蕭幽朋と同郷で、幼なじみだった。おなじく画道を志《こころざ》したが、力量の差は歴然としていた。抜きん出た画才を持つ蕭幽朋と比べれば常逸の用筆は平々凡々で、得意とする山水画も蕭幽朋のそれとならべると精彩を欠いたものにしか見えなかった。画壇《がだん》での立場には開きがあったものの、ふたりは昵懇《じっこん》の仲で、家族ぐるみの付き合いをしていた。両者のあいだには碧蘭を常逸の嫡男《ちゃくなん》に嫁《とつ》がせて姻戚《いんせき》になるという話まで持ちあがっていたが、それも燃灯《ねんとう》の変《へん》が起こるまでのことだ。

蕭幽朋が錦衣衛に連行されたあと、少女時代の碧蘭は常逸の邸に駆け込み、父の無実を訴えてほしいと懇願《こんがん》した。常逸は「金蘭《きんらん》の友を見捨てるわけにはいかない」と二つ返事をしたが、約束が果たされることはなかった。

「そうせざるを得なかったんだろう。下手に声をあげれば東廠《とうしょう》に目をつけられる。親族を罪人にしたくなければ、沈黙するしかない」

わかっているわ、と碧蘭は手を握りしめる。

「でも一生忘れない。あの人が約束を破ったことを……けっして」

かすれた声音《こわね》に怨憎《おんぞう》の響きを聞き、才堅は憎しみにわななく繊手《せんしゅ》をそっと握った。

「俺はかならず約束を守る」

東宮《とうぐう》の主になり、燃灯の変を調べ直して、冤枉《えんおう》をこうむった者たちの名誉を回復する。そして碧蘭を救い出さなければならない。際限のない怨《うら》みの淵から。


皇城《こうじょう》の東門――東安門《とうあんもん》外の北に位置する東廠《とうしょう》。返照《へんしょう》に侵された烏羽《からすば》色の甍《いらか》の波が不吉なほど照り輝くころ、督主《とくしゅ》の官房《しつむしつ》にはこつこつと硬質な音が響いていた。

この部屋の主である同淫芥《どういんかい》が苛立《いらだ》ったふうに指先で玉案《つくえ》を叩いているのだ。そのとげとげしい響きに笞刑《ちけい》を受ける罪人のごとく責め立てられながら、忘蛇影《ぼうだえい》はつとめて平静を装い、配下の褐騎《かっき》たちが集めてきた各地の消息のなかから重要と思われるものを紙面に書き出していた。

なお些末《さまつ》な事柄はあらかじめ文書にしたため、督主付きの掌家《しょうか》（秘書官）に提出することになっている。昔は大半の案件を同様の手順で提出していたらしいが、怨天教団《えんてんきょうだん》の密偵が東廠に潜入して機密を盗んでいた事実が発覚してからは方針が変わり、極秘の案件は上役の眼前で記述し、その文書は上役が内容を確認したのちに破棄されることになった。

蛇影の役職は右掌騎《うしょうき》。掌騎はあらゆる場所に潜伏している褐騎たちを束ねることを職掌とし、左右に置かれている。

左掌騎のほうが上位だが、位はいずれも従三品たる内監《ないかん》だ。蛇影が右掌騎に就任したのは齢《よわい》二十四のとき。あれから八年、幾度となく同督主の前で筆をとっているが、官民に閹鬼《えんき》と呼ばれ恐れられる酷吏《こくり》の視線にさらされていると、あたかも獄中《ごくちゅう》で供述書を書かされている囚人のように穂先がぶれてしまう。

「まだ確証をつかめねえのか」

蛇影が書きあげた文書をさしだすと、淫芥は文面に目を走らせながら問うた。

「いまのところは……。あの者が疑わしいことはまちがいないのですが」

「まちがいないなら確証を持ってこいと言っている。しょっ引いて拷問《ごうもん》すりゃあ自白は引き出せるだろうが、それじゃあ意味がない。下手に刺激すれば邪教徒どもは警戒する。だからあえて泳がせているんだ。やつが盗んだ機密がどの道をたどってどこへ流れつくのか、突きとめるためにな」

怨天教徒が皇宮にもぐりこんでいる。それも中枢《ちゅうすう》に近い場所に。なぜなら宮中の消息が外にもれているからだ。内部の者が持ち出さなければ外部に出るはずのない内情が。

蛇影はとある人物に目星をつけ、彼奴《きやつ》の身辺をつぶさに調べている。

「そいつが王孫《おうそん》かどうか、一日も早く確証をつかめ。もし王孫なら、やつの手足からのびている糸はかならず破思英《はしえい》が握っている」

破思英。この名は剣呑《けんのん》な残響をともなって禁城《きんじょう》の人びとの耳にこびりついている。かの女は怨天教団の密偵として皇宮にもぐりこみ、何食わぬ顔で女官勤めをしながら司礼監《しれいかん》や東廠の機密を漏洩《ろうえい》していた。十八年前、当時は褐騎だった同督主に正体を暴かれ、鬼獄《きごく》に連行されて鞫訊《とりしらべ》を受けていたが、判決が下る前に脱獄した。

東廠は総力を挙げて追跡したものの、その後の足取りがつかめないまま月日は飛ぶように過ぎていった。破思英の失踪《しっそう》と呼応するように、怨天教団による破壊活動は鳴りをひそめた。とりわけ北直隷《ほくちょくれい》では邪教徒がらみの事件がふっつりと途絶え、人びとは破思英という女の存在を忘れかけていた。燃灯の変が起こるまでは。

嘉明《かめい》十七年、破思英の名は北直隷にとどろいた。

燃灯の変の実行犯の一人が捕縛《ほばく》され、破思英の命令で犯行におよんだと自白したからだ。その者によれば、当代の彭羅生《ほうらせい》は破思英だという。

彭羅生とは怨天教団の初代教主《きょうしゅ》の名で、いわば偶像だ。歴代の教主は〝彭羅生〟を襲名することで六万人を超える信徒の頂《いただき》に立つ。破思英は廠衛《しょうえい》を出し抜いてまんまと逃げおおせたばかりか、教団初の女教主となり、邪教徒どもを率《ひき》いて王朝に弓を引いたのだ。

今上《きんじょう》は破思英を朝敵と見なし、捕縛を命じた。東廠は各地にひそむ褐騎を使い、血眼《ちまなこ》になってかの女の行方《ゆくえ》を追ったが、有力な手掛かりはつかめなかった。

とはいえ、捜査にまったく進展がなかったわけではない。四年前、破思英の孫が九陽《きゅうよう》城《じょう》に潜伏していることがわかった。破思英は複数の怨天教徒を皇宮に送りこんでいるようだが、彼らの司令塔となっているのが彼女の孫だというのだ。彭羅生は教団内で素王《そおう》と呼ばれているため、破思英の孫は王孫と称され、邪教徒たちから尊《とうと》ばれているらしい。

王孫を引きずり出せ、と同督主は左右掌騎に命じた。

いち早く獲物を捕らえたほうが出世の階《きざはし》を一段のぼることになるわけだ。いや、一段どころではない。王孫を足がかりにして破思英を捕らえられたら、同督主の右腕におさまるのも夢ではないのだ。むろん、その先に進むことも。

――いずれ俺も督主の座につく。

まずは太監《たいかん》に昇進する。ついで司礼監に籍を置く。そして随堂《ずいどう》太監になり、秉筆《へいひつ》太監の名簿に加えられ、今上の寵《ちょう》を得て督主の椅子《いす》を手に入れるのだ。

東廠の頂に立てばできないことはない。あの女に復讐《ふくしゅう》することもたやすくなる。

「蛇影」

一礼して退室しようとすると、同督主に呼び止められた。

「例の女とはまだ付き合いがあるのか？」

「……どの女のことで?」

「とぼけるなよ。おまえが入れあげていた妓女《ぎじょ》のことだ。ああ、元妓女だったか。成端王《せいたんおう》府《ふ》に嫁いで嫡室《ちゃくしつ》におさまったからな」

「私は一介《いっかい》の騾馬《らば》です。親王妃となったかたと付き合いなどありませんよ」

どうだかな、と同督主は由ありげに笑う。

「雲雨《うんう》の契《ちぎ》りを結んだよしみで探りを入れてみるのもいいじゃねえか。成端王と沈妃《しんひ》の才《さい》子佳人劇《しかじんげき》には裏がありそうだからな」

「裏……ですか」

「親王と妓女の身分を越えた恋だかなんだか知らねえが、沈妃は蕭幽朋《しょうゆうほう》の嫡女《ちゃくじょ》だ。父親の仇《かたき》を討《う》とうと怨憎《おんぞう》を育てている可能性が高い」

「もしそうだとしても、女の身でなにができます」

馬鹿め、と同督主は顔をしかめた。

「俺たちが追っている朝敵がだれなのか忘れたか。破思英も女だ。女の身で邪教徒どもを率い、朝廷に弓を引いた。蕭貞霓《ていげい》におなじことができないとは言えまい」

成端王妃・沈碧蘭。しかしそれは偽りの名で、本姓は蕭、名は貞霓という。

「おまえは沈妃をよく知っているはずだ。あの女がほんとうに憎むべき相手はだれなのかもな。逆恨みで主上《しゅじょう》に手出しをしねえように、しっかり見張っておけ」

督主《とくしゅ》の官房《しつむしつ》を出ると、鉛丹《えんたん》をでたらめに塗りたくったような空が東廠《とうしょう》の屋根に重くのしかかっていた。その禍々《まがまが》しい色彩は鬼獄《きごく》の天井にしぶいた罪人の血飛沫《ちしぶき》を思わせる。

ぬるい夕風を肩で切りながら遊廊《わたりろうか》を歩いていく蛇影の視界に、一人の女官の姿が映りこんだ。鳳仙紫《ほうせんし》の交領短衫《こうりょうたんさん》に蘇芳《すおう》の馬面裙《ばめんくん》を合わせ、金線で編んだ鬏髻《しゅうけい》に花鳥をかたどった大小の簪《かんざし》をさす出《い》で立《た》ちは五品女官のもの。厚化粧《あつげしょう》したおもては遠くから見れば年増盛《としま》りのあでやかさが薫《かお》るようだが、近づくにつれて色香の陰りが目立つようになる。一日の栄華を貪《むさぼ》ったあとの酔芙蓉《すいふよう》といった風情《ふぜい》だ。

彼女は六尚《りくしょう》を率いて文書の出納をつかさどる尚宮局《しょうきゅうきょく》の長《おさ》、爪香琴《そうこうきん》。五十路《いそじ》に手が届こうかという老嬢のために、蛇影は道をあけて揖礼《ゆうれい》した。四品以上の宦官《かんがん》が女官に頭を下げる必要はない。本来ならかしこまるべきは彼女のほうだ。

しかし香琴は礼を取るそぶりすら見せず、悠然《ゆうぜん》と歩いてくる。東廠の幹部を前にしても動じない堂々たる足取りはさながら女主人のようだ。

いや、〝さながら〟ではない。彼女は実質、東廠の女主なのである。

「あの人は官房にいるの？」

はい、と蛇影がおもてをふせたまま答えると、香琴は「そう」と言って通り過ぎた。彼女が気安げに「あの人」と呼ぶのは同督主をおいてほかにはない。香琴は同督主の義妹《いもうと》なのだ。義妹とは宦官の恋人をいう。一方で宦官の妻を菜戸と呼《つれあい》ぶ。同督主と香琴は二十年近く同居しているので、蛇影をふくめた弟子たちは香琴を師父《しふ》の菜戸として遇するが、当人たちは婚礼をあげたわけではないから夫婦ではないと主張している。

——師父は相当な変わり者だ。

同督主には香琴以外に義妹がいない。悪所通いもせず、家妓《かぎ》や婢女《はしため》も置かず、たまに暇ができれば香琴の手料理を肴《さかな》に晩酌《ばんしゃく》するという。当人たちがいくら否定しても、ふたりの親密さは長年連れ添った夫婦者のそれだ。督主ともなれば妙齢の美人をいくらでも囲うことができるのに、なぜわざわざあんな色褪《いろあ》せた女をそばに置くのだろうか。

蛇影が同督主の立場なら香琴のような老嬢ではなく、若く美しく魅力的な女を愛玩《あいがん》する。たとえばそう、柳《りゅう》碧蘭のような。

沈《しん》碧蘭も蕭貞霓《しょうていげい》も、蛇影には馴染《なじ》みのない名だ。蛇影が知っているのは、当代の曲酔八艶《きょくすいはちえん》に数えられる香英楼《こうえいろう》の名妓《めいぎ》、柳碧蘭である。

はじめは単なる好奇心だった。楽籍《がくせき》に落ちた蕭幽朋《ゆうほう》の愛娘《まなむすめ》がいまや曲酔じゅうに妓名をとどろかせていると耳にして、名高き画状元《がじょうげん》が鍾愛《しょうあい》した掌中《しょうちゅう》の珠をもてあそんでみたくなったのだ。初会ではさほど強い印象を抱かなかった。下馬評通り〝一たび顧《かえり》みては人の城を傾く〟ほどの美姫《びき》であったが、見目麗《みめうるわ》しい女なら曲酔には腐るほどいる。ただ器量がよいだけの妓女だったら、何度か抱けば飽きが来ただろう。

碧蘭はちがった。会えば会うほど欲しくなった。ふしぎに後を引くのだ。空腹は癒《いや》されたはずなのに、まだ足りない気がする。おそらく、ときおり垣間《かいま》見える彼女の深淵のせいだろう。娼妓《しょうぎ》らしく媚《こ》びもあらわな微笑《ほほえ》みを浮かべながらも、やわらかくたわめられた双眸《そうぼう》の奥には怨憎の火がくすぶっている。花の蕾《つぼみ》に似た朱唇《しゅしん》で甘ったるい口説《くぜつ》をささやきながらも、片手で手折《たお》れそうな細い喉《のど》には毒気がとぐろをまいている。絹のような柔肌《やわはだ》で嫖客《ひょうかく》を迎えながらも、心は氷のように冷えきっている。彼女の視線も言葉も抱擁《ほうよう》も、妖艶《ようえん》な白い肉から生み出されるものはすべて嫖客をたぶらかすための虚構だ。

むろん妓女とはそういうものである。淫売《いんばい》は嫖客が望む女を演じることで金を稼《かせ》ぐ。したがって彼女たちがどれほどそれらしく見えても、本物の女とはいえない。さりながら、娼妓とて木石ではない。汚れ切った肢体《したい》にも血が通っている以上、ぼろを出すことはある。情夫と駆け落ちしようとする妓《おんな》や馴染み客に惚《ほ》れこんで破滅する妓が絶えないのは、貞操《ていそう》を売りはらって口を糊《のり》するあばずれにも人並みの情がある証拠だ。

だが、碧蘭は一切ほころびを見せなかった。朝な夕な名妓・柳碧蘭を演じ、それ以外の存在に立ちかえろうとはしなかった。

なればこそ、蛇影は碧蘭にのめりこんだ。熱病にでもかかったかのように。

暴いてみたくなったのだ。彼女が過不足なく作りあげた甘美な虚構を粉《こな》みじんに打ち砕いて、その無様な残骸《ざんがい》のなかから裸の柳碧蘭を引きずり出したくなったのだ。東廠に籍を置く者の抗《あらが》いがたい性《さが》なのかもしれない。薄暗い獄房で罪人を拷問《ごうもん》して思いどおりの自供をさせるときのように、苦痛と慰謝を交互に与えて手なずけ、彼女が巧妙に脂粉《しふん》で隠している素顔を拝んでやろうともくろんだ。だから落籍《らくせき》の約束をした。いま抱えている重大案件が片付いたら身請けして菜戸にすると。碧蘭はうれし涙を流してうなずき、その日を指折り数えて待っていると蛇影の胸に頰《ほお》を寄せて言った。

さりながら、あれは空涙《そらなみだ》だった。蛇影が仕事に忙殺されて妓楼《ぎろう》から遠ざかっているあいだに、碧蘭は成端王《せいたんおう》・才堅《さいけん》をたらしこみ、まんまと親王妃の座におさまった。

あの女は蛇影を見限ったのだ。東廠の一員として強権を持つが宦官にすぎない蛇影と皇家の落ちこぼれでも〝男〟にはちがいない才堅を天秤《てんびん》にかけ、後者を選んだのだ。

蛇影はこけにされたわけだ。よりにもよって賤《いや》しい醜業婦《しゅうぎょうふ》に。

――報いを受けさせてやる。

淫売に愚弄《ぐろう》されて黙っているほど、お人よしではない。自分を裏切った女には相応の代償を支払わせる。

こちらには切り札があるのだ。彼女がほんとうに復讐すべき相手はだれなのか、蛇影は知っている。遠からず、真実の刃で喉笛をかき切ってやろう。そのとき碧蘭は思い知るはずだ。父親が五体を寸刻みにされたのは、蕭貞霓――彼女自身のせいだったと。

外城《がいじょう》東南部の緑槐坊《りょくかいぼう》は北直隷《ほくちょくれい》に住む画人《がじん》の桃源郷《とうげんきょう》だ。冏州《けいしゅう》の紙、絮州《じょしゅう》の画筆、花胤石《かいんせき》の硯《すずり》、漆皮墨《しっぴぼく》や漱金墨《そうきんぼく》、甄州《しんしゅう》の絵皿、八千種の顔料《がんりょう》。ここでそろわない画材はない。

碧蘭も妓女時代には毎月足を運ぶのが習慣になっており、目抜き通りに面した大店《おおだな》をひいきにしていた。親王妃になってからははじめての来店だったが、太りじしの店主は見慣れた丸顔に満面の笑みを浮かべて出迎えた。

「お代はけっこうですよ。いつもの人が払ってくれていますから」

ふだんどおりに画材を選んで料金を支払おうとすると店主に止められた。

〝いつもの人〟というのがだれなのか碧蘭は知らない。その人物はなぜか碧蘭の画材の料金を事前に払ってくれている。数回のことではなく、妓女になってからずっとだ。馴染み客のだれかだろうと思って厚意をそのまま受けてきたが、王妃になったのだから、いつまでも妓女時代のよしみに甘えるわけにはいかない。

「これからはこちらで支払うからわたくしのためにお金を使わないでくださいと、いつもの人に伝えてちょうだい。いままでのご温情に感謝しますと」

碧蘭は店主にいくらか手間賃を渡し、言伝《ことづて》を頼んだ。随行《ずいこう》している力熊《りょくゆう》と佳杏《かきょう》を連れて隣接する鵲公坊《じゃくこうぼう》へ移動する。鵲公坊には薬舗《やくほ》が軒《のき》を連ねており、碧蘭はとある事情からたびたび通っていた。夏の陽光をまともに受ける雑踏を縫《ぬ》うように歩いていると、行きつけの薬舗の数軒前の店先でうずくまっている青年を見かけた。

「大丈夫ですか？」

青年が胸をおさえて青い顔をしているので素通りできずに声をかける。

「ええ、大丈夫です。持病《おつくう》のせいでちょっと気分が悪くなっただけですから」

のろのろといかにも億劫《おっくう》そうに頭をあげた青年のおもてを見て、碧蘭は目を見開いた。

――霜斉王《そうせいおう》殿下？

危うく口に出しそうになったが、すんでのところで声を殺す。それは相手もおなじだったようで、青年は淡墨《たんぼく》で描かれたような柔弱な細面《ほそおもて》に驚愕《きょうがく》の表情を浮かべ、血色のない唇だけで「沈妃《しんひ》」とつぶやいた。

「どうしてこんなところに？」

ほぼ同時におなじ台詞《せりふ》を発してしまい、碧蘭は苦笑した。

「画材と薬を買いに来ました。あなたは？」

霜斉王・寿雷《じゅらい》とは秋恩宮《しゅうおんきゅう》で何度か会ったことがある。生来虚弱で胸の病を患《わずら》っているため、あまり王府から出ないようにしていると聞いたが。

「私も薬を買いに来たんですよ」

「ご自分で？　側仕《そばづか》えにお命じになればいいのに」

寿雷のそばには長身の青年が立っていた。奴僕《げぼく》の恰好をしているが、親王の側仕えなら宦官《かんがん》だろう。

「王府……邸にこもっていると気持ちがふさいでしまうので、気晴らしにときどき街に出て外の空気を吸うようにしているんです。でも、まさかここまで暑いとは。日ざしが強すぎて具合が悪くなってしまい、ひと休みしていました」

「それならここにいらっしゃってはいけませんわ。あちらの茶館に入りませんか。わたくしも暑さにあてられてしまって、ちょうどお茶を飲みたいと思っていたのです」

今日は比較的涼しいほうだが、蒲柳《ほりゅう》の質《しつ》の寿雷には猛暑のように感じられるのかもしれない。側仕えたちを連れて茶館に入り、向かい合って茶を飲む。しばらくすると、だいぶ気分がよくなってきたのか、寿雷は弱々しいながらも笑みを見せるようになった。

「それにしても義姉上《あねうえ》が八兄と別行動をなさっているなんてめずらしいこともあるものですね。おふたりは比翼《ひよく》の鳥みたいにいつも一緒にいらっしゃるのに」

「途中までは一緒でしたわ。でも、殿――才堅《いかん》さまは安正館《あんせいかん》に用事があるそうで」

才堅は洪列王《こうれつおう》・忠徹《ちゅうてつ》に呼ばれ、彼が勤める医館、安正館に出かけている。

「五兄が八兄を呼び出したんですか？　なんの用事だろう」

察しはついていたが、碧蘭は「さあ、なにかしら」とふしぎがってみせた。

「忠徹さまは名医だそうですわね。あなたも診《み》てもらっているのでしょう？」

「私は五兄に叱られてばかりですよ。夷狄《いてき》の薬を飲むなんて無謀《むぼう》だと」

持病を治すため、寿雷は異国の薬を服用しているらしい。

「中原《ちゅうげん》の薬では治らない病なんです。このままでは二十歳《はたち》まで生きるのがやっとだとか。けれど、私はあきらめていません。私だって人並みに妻を迎えて子を持ちたい。皇家の一員として天下のためになにがしかの働きをしたい。そのためには病を治さなければ。中原の薬が効かないからと人生をあきらめたくないんです。ひょっとしたら夷狄の薬なら治るかもしれないじゃないですか。わずかでも希望があるなら賭《か》けてみようと試行錯誤《しこうさくご》しています。かえって具合が悪くなることもありますが……」

先日、異国の薬を試してみたせいか、今日は調子がよくないという。

——この時世に希望を持って生きようとする人がいるのね。

復讐心《ふくしゅうしん》に囚われた碧蘭には遠《い》い世界の話のように聞こえる。希望などというものがほんとうに存在するのだろうか。忌まわしき狂虐《きょうぎゃく》の天子が君臨するこの国に。

「あらたまっていったいなんのお話ですか?」

安正館《あんせいかん》の後罩房《はなれ》の一室で、才堅は洪列王・忠徹に問うた。忠徹から文が届いたのは昨晩のことだ。文には「大事な話があるので明日、未《ひつじ》の刻に安正館に来い」と記されており、但《ただ》し書きには「くれぐれも沈妃《しんひ》を連れてこないように」とあった。

わざわざ碧蘭を連れてくるなと厳命されていることに違和感をおぼえつつも、愚猿《ぐえん》だけを連れて指定された時刻に安正館の門をくぐった。

「おまえに知らせておくべきことがある」

忠徹は冷やし麵をかきこみながら言った。往診が長引いて昼餉《ひるげ》を食べそこねたらしい。なお、冷やし麵は患者の家から帰る途上で買ってきたもので毒味もしていない。忠徹は毒味済みの料理を口にすることのほうがまれで、一般的な市医《しい》とおなじ食事をしている。

「沈妃の秘瑩《ひえい》の記録を見た」

宗室に嫁《とつ》ぐ女人《にょにん》が受ける身体検査を秘瑩という。太医《たいい》、産婆《さんば》、女官、宦官らが彼女の身体《からだ》を入念に調べ――髪質、肩や臀部《でんぶ》のひろさ、手足の長さやほくろの数、骨や爪にいたるまで――龍種《りゅうしゅ》を宿す肉体としてふさわしくない点があれば落第となる。秘瑩の記録は太医院と敬事房《けいじぼう》に保管されている。原則として門外不出であり、係官でなければあつかえない。親王が弟の王妃の秘瑩の記録を見るなど、あってはならないことだ。

「睨《にら》むなって。おまえに含むところがあるわけじゃねえよ。むしろ逆だ。おまえたち夫婦のことが心配だったんで、敬事房太監《たいかん》に小金をつかませて沈妃の記録を調べた」

「五兄がご厚意でなさったことなら感謝すべきなのでしょうが、妻の身体に関する記録を自分以外の男に見られて気分を害さない夫はいませんよ」

「そりゃあそうだろうが。気分がどうのこうのと言ってる場合じゃねえんだよ」

俺は言葉を飾るのが不得手だから、と忠徹はからし菜の漬物をつまんだ。

「単刀直入《たんとうちょくにゅう》に言うが、沈妃は深刻な問題を抱えている。いますぐに治療が必要だ」

「重い病なのですか？　そんな話は敬事房からも太医院からも聞いていませんが」

そもそも碧蘭が病を患っているのなら婚姻の許可がおりないはずだ。

「やつらはいい加減な仕事をしてるんだ。おまえが東宮《とうぐう》から遠い親王だからな」

「病を見落としたと？　あるいは故意に報告を怠《おこた》ったということですか？」

「いや、連中の所見は正しい。いちおう父皇《ちちうえ》には報告してるようだ」

「ならば問題ないのでは？」

「大ありだ。あの所見を見てるのに沈妃を嫡室《ちゃくしつ》にすることを許可するなんざ、どうかしてるぜ。俺が父皇なら側妃《そくひ》にしろと言うね。王妃として迎えられる女じゃないと」

才堅が気色ばんで席を立とうとすると、忠徹は「黙って聞け」と声高に命じた。

「誤解するなよ。沈妃に悪感情があるわけじゃねえんだから。憎らしく思うほど沈妃のことはよく知らねえしな。ただ、岐黄《ぎこう》の道にたずさわる者としては指摘せずにはいられねえんだ。沈妃は無子《むし》だと」

なんらかの要因で通常の懐妊《かいにん》や出産ができないことを無子という。

「……それは生まれつきのものですか？」

「おそらく生来のものじゃないな。春をひさぐうちにそうなったんだろう。いわゆる醜業《しゅうぎょう》婦《ふ》と呼ばれる女にはめずらしくないことだ。妓楼《ぎろう》では妓女《ぎじょ》の懐妊を蛇蝎《だかつ》のごとく嫌う。商売にさしつかえるからな。たいていの場合、妓女が孕《はら》んだら堕胎《だたい》させられる。孕み女じゃ売り物にならねえってわけさ。妓女は身ごもらないよう日常的に薬湯を飲んでいるが、これには避妊作用のある生薬がふくまれている。常用すれば懐妊しづらくなるため、落籍《らくせき》されて避妊薬を飲まなくなってからも孕まない例が多いんだ」

　安正館では元妓女の患者をたくさん見てきたと忠徹は語る。

「花柳病《かりゅうびょう》だけが彼女たちを苦しめるわけじゃねえ。無子もまた元妓女たちに痛みを味わわせる。好きな男に身請けされたが、懐妊しないことを責められて離縁されたって話は枚挙にいとまがない。運よく夫が度量の広い男で、愛妻が無子であることを受け入れたとしても、色を売っていた女に向けられる世間の白眼は生半可なものじゃねえ。とりわけ潔癖《けっぺき》な士大夫《したいふ》は罪人にするように沈妃を悪《あ》しざまに罵《ののし》るだろうぜ。沈碧蘭は素腹《すばら》でありながら王妃の座におさまり、成端王《せいたんおう》に不孝の罪を犯させている毒婦だと」

　〝不孝に三あり。後《のち》なきを大なりとなす〟経書の文言は呪詛《じゅそ》のように人びとの耳にこびりついている。なればこそ、子を産めない女は石女《うまずめ》と呼ばれ、蔑《さげす》まれるのだ。

「差し出口かもしれねえが、医者の端《はし》くれとして言わせてもらうぜ。本気で沈妃を愛しているなら治療を受けさせるべきだ。幸い、沈妃は若いから体質を変えられるかもしれない。もちろん、無子をかならず治せると確約はできねえ。手を尽くしても実を結ばない例はごまんとある。しかし、このままほうっておいて子宝に恵まれる可能性は皆無だと思ってくれ。厳密に言えば、奇跡を望むことくらいはできるが、奇跡なんてものは神仙の気分次第だからな、当てにはできねえよ。神仙を拝む前に医薬を頼ることだ。やれることをやってみてそれでもだめだったら……そのときはあきらめもつく。とにかく、治療を強く薦《すす》める。沈妃にはおまえから話せ。俺が切り出してもいいが、こういうことは夫婦で話し合ったほうがいい。おまえたちの仲に罅《ひび》を入れたいわけじゃねえからな。ふたりで相談して、話がまとまったら俺に連絡しろ」

冷やし麵をすっかり胃の腑《ふ》におさめ、忠徹は茶を飲んだ。

「いざ治療をはじめるとなったら太医は使わないほうがいい。太医院の連中はいまのところ口をつぐんでいるが、太医が成端王府にしょっちゅう出入りするようになれば人目について噂《うわさ》になる。下手《へた》すりゃ、沈妃がおまえに楊梅瘡《ようばいそう》をうつしたと中傷されるぜ。沈妃に心労をかけねえように——無子には心労がいちばんよくないんだ——信頼できる女医を紹介してやる。腕はたしかだ。無子の婦人を治療してきた実績がある」

才堅の混乱を察してか、しばし黙る。

「今晩にも沈妃と相談しろとは言わない。そのうちでいい。ただ、早ければ早いほどいいのは事実だ。それだけは頭に入れておいてくれ」

亭《あずまや》に足を踏み入れた瞬間、皇帝付き次席宦官《かんがん》・罪喪狗《ざいそうく》は凍りついた。

「お待ちください、罪公公《こうこう》」

瓷墩《こしかけ》に座っていた人物が逃げるように立ち去ろうとした喪狗を呼びとめた。公公とは宦官につける敬称だが、こう呼ばれるとかえって胸が悪くなる。愚弄《ぐろう》されているようにしか聞こえないのだ。騾馬《らば》の分際で人並みに敬意を払われたいのか、と。

「せっかくですから茶でもいかがですか」

「……私はあなたのために出向いたのではありません、遠閣老《えんかくろう》」

「そうでしょうとも。罪公公はいまや成端王妃となられた柳碧蘭《りゆうへきらん》のためにいらっしゃったのですからね」

数日前、喪狗のもとに文が届いた。差出人の名は書かれていなかったが、喪狗にはそれがだれのものかわかった。灯火にさらすと妖しくきらめく酔蓉箋《すいようせん》に、ほのかに茉莉花《まつりか》の芳香がただよう蟬鬢墨《せんびんぼく》。紙面を彩るにおいたつような麗《うるわ》しい水茎《みずくき》の跡。文を構成するすべてのものが、喪狗のよく知る名妓・柳碧蘭をさしていた。

文には「とても困ったことになってしまった。このままでは命が危うい。だれにも相談できないので、妓女時代のよしみで助けてほしい」と記されていた。これがほかのだれかからの文だったら、わざわざ出向きはしない。しかし、喪狗にとって碧蘭は無視できない存在だった。窮地《きゆうち》に立たされたとき、彼女が真っ先に頼る相手が自分なのだとしたら、捨て置くわけにはいかない。なんとか都合をつけて会いに行かなければ。

かくて指定された日時に釆霞廟《さいかびょう》の竹林までやってきたのだ。亭に碧蘭がいると思って。

しかし待ち人はいなかった。そこにいたのは内閣大学士《ないかくだいがくし》三輔《さんほ》・遠孔国《こうこく》だった。

「待ち人が花のような美姫《びき》ではなく、私のようなむさくるしい男だったので、ご気分を害されていることでしょう。お怒りはごもっともですが、しばしお時間をいただければ幸いです。もちろん、無理にとは申しませんが。私とは寸刻たりとも関わり合いになりたくないとお思いなら、どうぞお引き取りください。ただ、老婆心《ろうばしん》から申しあげれば、あわててお帰りになるのは悪手ですよ。噂になってしまいます」

「噂?」

「罪公公と沈妃の醜聞《しゅうぶん》ですよ。おふたりはかつて嫖客《ひょうかく》と敵娼《あいかた》だった。それに今日、沈妃は市井《しせい》にお出かけになっている。沈妃と似た女がこのあたりをうろついていれば、誤解する者が出てくるでしょう。沈妃が書いた罪公公宛《あて》の文が出回ればなおさら」

喪狗は押し黙った。自分が投網《とあみ》にかかった魚であることを痛感せざるを得ない。

「碧蘭からの文」はすでに処分したが、写しが孔国の手もとにあるなら意味がない。「沈妃と似た女」というのも孔国は用意しているのだろう。いまさら逃げ帰ったところで、今日の失態をなかったことにはできないということだ。

——碧蘭に迷惑をかけるわけにはいかない。

自分が悪しざまに言われるのは我慢できるが、なんの落ち度もない碧蘭まで巻きこみたくない。ただでさえ彼女は出自《しゅつじ》のせいで宗室に歓迎されていないのだ。元馴染《なじ》み客と密会していたと噂になれば、いっそう苦しい立場になってしまう。

「ずいぶん卑劣《ひれつ》な手口をお使いになるんですね」

喪狗は瓷墩《こしかけ》に腰をおろし、向かいの席にいる男を睨んだ。孔国は見慣れた錦鶏《きんけい》の補服《ほふく》ではなく、古びた襴衫《らんさん》に方巾《ほうきん》という出《い》で立《た》ちだった。人目を憚《はばか》って老措大《ろうそだい》に身をやつしているのだろうが、端整と称してもさしつかえない面立《おもだ》ちと、知命《ちめい》の文人らしい貫禄《かんろく》のある長《ちょう》軀《く》のせいで、その身にしみついた富貴のにおいまでは隠せていない。

「やむを得なかったんですよ。これくらい乱暴なことをしなければ、罪公は私などのために時間を割《さ》いてはくださらないでしょうから」

悪びれもせずに言い、孔国は流れるような動作で茶をいれた。

「さあ、どうぞ。冷めないうちに」

「けっこうです。それより早く用件をおっしゃってください」

「せっかちなかたですね。まあ、いいでしょう。では、さっそく本題に入りますが、罪公はどの皇子にお仕えになるおつもりで？」

「私がお仕えしているのは主上《しゅじょう》です」

「いまはそうでしょう。しかし、主上がいつの日か御晏駕《ごあんが》なさったら――主上の御長寿を心からお祈り申し上げていますよ――皇太子が践祚《せんそ》なさる。あたらしい主がどなたになるのか、気になりませんか？」

「どなたが主になろうと一宦官として赤誠《せきせい》を尽くすだけです」

「すばらしい。罪公公は内臣《ないしん》の鑑《かがみ》ですね。敬服いたします」

いかにも慇懃《いんぎん》に席を立って揖礼《ゆうれい》してみせたあとで、孔国は皮肉げに口をゆがめた。

「されど、いささか楽観的すぎるのでは？　純然たる忠義がかならずしも栄達《えいたつ》につながるとは限りません。あたらしい主が非人情なら、罪公公がどれほど赤誠を尽くそうとも軽んじられるかもしれない。たとえば、安遼王《あんりょうおう》が皇太子になったらどうなるでしょうか。あのかたは宦官嫌いで有名だ。多少は分別《ふんべつ》がおつきになったのか、近ごろではひかえていらっしゃいますが、少年時代にはしばしば宦官を痛めつけていらっしゃいました」

安遼王・元覇《げんは》は幼少のころから側仕《そばづか》えの宦官を手荒にあつかい、大怪我《おおけが》を負わせることがたびたびあった。手ひどい虐待《ぎゃくたい》に耐えかねて自死した者さえいたほどだ。今上《きんじょう》にきつく譴責《けんせき》されてからは死者を出すほどではなくなったが、いまでも折檻《せっかん》の度が過ぎているらしく、宦官たちは安遼王府に送られることを心底恐れている。

「安遼王が儲君《もうけのきみ》の位につかれ、しかるべきときが来て玉座にお進みになったら、あなたがた内臣は冷遇されるでしょうね。とりわけ罪公公は」

「私は安遼王の怨《うら》みを買うようなことをしたおぼえはありません」

「怨みがなくてもつまらぬ意地や身勝手で他人を虫けらのようにあつかう者はいます」

「安逵王に邪険にされ、左遷《させん》されるのなら致し方ありません。〝死生命あり、富貴天にあり〟天命は抗《あらが》いがたいもの。粛々《しゆくしゆく》と受け入れるしかないでしょう」

達観なさっていますね、と笑い、孔国は席についた。

「お若いのに老成していらっしゃるのはけっこうなことですが、安逵王のご気性をご存じないようだ。あのかたはあなたを邪険にし、左遷するだけでは満足なさいませんよ。あなたの出自を耳にされたらね」

「私が弑逆者《しいぎやくしや》の子であることは周知の事実です。とうにご存じのはずでは」

「いえいえ、そちらの出自ではございません。ほんとうの出自のことですよ」

涼風と戯《たわむ》れる竹葉のざわめきがふたりのあいだに横たわった沈黙を埋めた。

「あなたの正体を知ったら、安逵王はあなたを蔑み、忌《い》み嫌うはずです。あのかたはたいへん気位が高い。ご自分につらなる血筋に汚点があると知れば、それを排除せずにはいられなくなるでしょう。左遷なんて生ぬるい処分ですませてくれるとは到底思えませんね。あなたになんらかの罪を着せて処刑する……ということも考えられます。あなたの名を罪人として青史《せいし》に刻み、もうひとりのあなたをなかったことにするために」

なぜ、という思いが胸中を駆けめぐった。どうして孔国は知っているのか。あれはいくえにも封をされて厳重にしまいこまれている秘密なのに。

「……黎昌王《れいしようおう》のために働けとおっしゃるのですか」

孔国は黎昌王・利風《りふう》の母方の伯父《おじ》。元覇を支持するなと薦《すす》めることは、利風を支持するよう促すことと同義だ。

「悪い話ではないと思いますよ。黎昌王は宦官に悪感情を持っていらっしゃらない。あなたの出自を知っても蔑まず同情してくださるでしょう。あなたの秘密を守り、主上がそうなさっているように――あるいはそれ以上に――厚遇してくださるはずです」

孔国は不気味なほど柔和《にゅうわ》に微笑した。

「われわれに協力してくだされば、黎昌王は罪公公が欲していらっしゃるものも下賜《かし》してくださるでしょう」

「……私が欲しているもの？」

「沈妃、いえ柳碧蘭ですよ。あなたはあの女にご執心でしょう」

「親王妃に懸想《けそう》するなど、私のような賤《いや》しい者には考えられないことです」

いまさら苦しい言い逃れだとわれながらあきれる。碧蘭にとくべつな感情がないなら、偽の文におびき出されることもなかったはずではないか。

「身分がおふたりの仲を隔《へだ》てているとお考えになっているなら、とんだ思い違いですよ。成端王が死に、成端王妃も死ねば、万事まるくおさまります」

「いったいなんのお話か……」

「これは失敬《しっけい》。結論を急ぎすぎましたね。成端王妃・沈碧蘭の死を偽装すれば、あなたは柳碧蘭を菜戸《つれあい》に迎えることができますよ、と申しあげたかったのです。まあ沈妃の前に、まずは成端王を葬《ほうむ》らなければなりませんがね」

成端王・才堅《さいけん》を暗殺し、寡婦《かふ》となった碧蘭を偽りの死によって世間から葬り去る。親王妃ではなく、ただの碧蘭になった彼女なら喪狗でも娶《めと》ることができると孔国は言った。

「そんなことを彼女が望むはずがありません。あのかたは成端王に愛され、幸せに暮らしていらっしゃる。まっとうな夫がいるのに、なぜ私のような騾馬と……」

「たしかに成端王はまっとうな夫でしょう。しかし、柳碧蘭はまっとうな妻とは言いがたい。彼女は石女《うまずめ》——子を孕《はら》めない女なんですよ」

喉笛《のどぶえ》に刃の冷気を感じたかのように喪狗は息をのんだ。

「いまは婚礼をあげて日も浅いので愛し愛されて幸福でしょう。なれど、夫が妻に向ける情愛はしだいに目減りしていくもの。妻の容色が衰えれば、若く美しかったころの彼女に感じていた愛情は消えてなくなります。考えてみてください。嵐のような恋情が去ったあとで柳碧蘭が石女だと知ったら、成端王はどうするでしょうか？　深く失望し、彼女を遠ざけるのではありませんか？　子を孕まない女を離縁することは官民でしばしば行われております。もちろん宗室でも」

「……嫡室《ちゃくしつ》が子を産めない場合、妾室を持つことができます」

「ええ、世間の人はそうしていますね。成端王も側妃《そくひ》をお迎えになるでしょう。側妃が子を産めば、成端王は不孝者とそしられずにすみます。けれども柳碧蘭の立場はどうなるでしょうか？　親王妃の地位を保つことができますか？　元妓女《ぎじょ》という汚らわしい履歴を持つばかりでなく、子を産むことができない女を、成端王は正妻として厚遇しつづけるでしょうか？　子を産んだ側妃を嫡室にすべく、柳碧蘭を廃するのでは？」

　喪狗が才堅なら、ありえないと一蹴《いっしゅう》しただろう。跡継ぎを産ませるために彼女を娶ったわけではないと。さりながら喪狗は才堅ではない。才堅が碧蘭をどれほど愛しているのか、皆目わからない。もしかしたら彼の愛情は熱病のような一時的なもので、碧蘭が子を産めないと知ったとたんに冷めてしまうのかもしれない。

「深く愛されていればこそ、情が失われたときに味わう絶望は耐えがたいものでしょう。愛《いと》しい夫に捨てられた悲しみで柳碧蘭は自死するかもしれません。来るべき不幸から彼女を救ってやれる者がいるとすれば、それは罪公公――あなただけですよ」

「なぜ私が沈妃を救えると？　私は宦官《かんがん》で……」

「宦官だからです。あなたの菜戸になれば、柳碧蘭は自分が石女であることを気に病まずにすみます。あなたと結ばれることこそが彼女にとっていちばんの幸福なのです」

　碧蘭を娶ることができたら、と大それた望みが胸にきざす。彼女が元妓女であろうと無子であろうと関係ない。喪狗は碧蘭を妻と呼びたいだけなのだ。自邸に帰るたびに彼女の顔を見ることができれば、彼女と暮らすことができれば、それで十分なのだ。

しかし碧蘭は宦官の妻になることを望まないだろうと思っていた。なんらかの後ろ暗い計画のために成端王府に嫁《とつ》いだのだとしても、騾馬《らば》の菜戸になるより親王の正妃でいるほうがいいに決まっている。親王は立派な男で、夫のつとめを果たすことができるのだから。だが、碧蘭が石女なら、夫がまっとうな男であることはかえって彼女を苦しめることになるだろう。跡継ぎを産むのが嫡妻《ちゃくさい》のつとめなのだから。

——望んでもいいのだろうか……？

自分のためではなく、碧蘭のためなら。

「〝良禽《りょうきん》は木を択《えら》んで棲《す》む〟といいます。忠節を尽くすなら、仕えるに値する主を選ぶべきです。そうすれば富貴を享受《きょうじゅ》できるだけでなく、想い人を苦境から救い出し、共白髪《ともしらが》まで仲睦《なかむつ》まじく暮らすこともできる。どうか熟考のうえで結論を出してください。柳碧蘭のためにも決断を誤らないように」

京師《みやこ》の景勝地《けいしょうち》たる蘭翠池《らんすいち》。満天の星空を映した広大な水面には幾艘《いくそう》もの画舫《がぼう》が浮かんでいる。そのうちの一艘、あまたの花灯籠《はなどうろう》で飾られた三層建ての画舫の最上階では妓女たちが群舞《ぐんぶ》を披露していた。つややかな化粧《けしょう》をほどこした彼女たちが流し目を送るのは、上座に腰かけている黎昌王《れいしょうおう》・利風《りふう》だ。

「やはりそうするしかないかな……」

利風は肘掛けにもたれて独言《どくげん》のようにつぶやいた。舞い踊る美女たちを眺めているふうを装《よそお》いながらも、実際にはなにも見ていない。

「それだけは回避できないかと思っていたんだけどね」

とっくに決心したはずなのに、いまだ迷いが胸の奥でくすぶっている。避けられないことだと理屈ではわかっているのだが。

「大望を実現するには非情にならざるを得ないこともあります」

かたわらにいる客人が淡々と答えた。すがすがしい天青《てんせい》の道袍《どうほう》に飄飄巾《ひょうひょうきん》という文人らしい身なりをしているが、彼はさる人物が遣わした宦官である。

「大望か……。そんなご大層なものじゃないんだけどね、私の望みは」

子どものころはこんなことを考える日が来るとは夢にも思わなかった。この胸にはあふれんばかりの崇敬《すうけい》の念が脈打っていただけだった。

あのかたは……父帝は万民に尊崇《そんすう》される英主《えいしゅ》だったから。

――もはや過去のことだ。

利風が欽慕《きんぼ》してやまなかった父帝は、もうどこにもいない。

「あなたは人物画を描かないの？」

ご機嫌うかがいに行った碧蘭に、尹太后が問うた。

「描くことはできますが、父の腕前には遠くおよびません」

「そうかしら。あなたほどの画才の持ち主ならすばらしい出来になりそうだけれど」

尹太后が人物画の話題を持ち出したのは、宝福《ほうふく》公主・丹雪《たんせつ》の御容《ぎょよう》制作が暗礁《あんしょう》に乗り上げているせいだ。今上《きんじょう》が画院《がいん》の画師たちを片っ端から廷杖《ていじょう》に処しているので、尹太后も傍観《ぼうかん》しているのが忍びなくなったのだろう。碧蘭に「描いてみないか」と持ちかけてきた。

「わたくしは余技《よぎ》として絵を描いているだけです。画院で学んだ経験もないのに、貴人のお姿を描くなんて恐れ多いことですわ」

ここではいったん断ることにすると才堅と話し合って決めている。打診されたとたん、待っていましたとばかりに飛びつくのは下心が見え透いていて上策ではない。

「来待詔《らいたいしょう》は人物画の名手だと父に聞いたことがあります。幼いころ来待詔が手掛けた人物画を拝見しましたが、画中の人物の品格が伝わってくる作品でした。来待詔なら、主上《しゅじょう》の御意にかなう宝福公主の御容を描くことができるのではないでしょうか？」

「その来待詔なのよ。数日前、主上に罰せられたのは」

承華殿待詔《しょうかでんたいしょう》・来常逸《じょういつ》が描いた丹雪の御容はほかの画師同様、今上を憤慨《ふんがい》させたらしい。常逸は廷杖に処され、療養しているという。

――いい気味だわ。

常逸は碧蘭に嘘をついた。知音《ちいん》だった父を救うために力を尽くすと約束したのに、なんの行動も起こさなかった。そして父亡きあと承華殿待詔の座におさまり、何食わぬ顔で画《が》壇《だん》の顔役をつとめている。画師としてはあきらかに父よりも劣っていたくせに。

長年の友誼《ゆうぎ》を打ち捨て、分不相応な栄誉を得るから矢面《やおもて》に立つ羽目になるのだ。まさに自業自得《じごうじとく》。父を裏切った報いを受けるがいい。

秋恩宮《しゆうおんきゆう》を辞して、碧蘭は中朝《ちゆうちよう》に向かった。目的地は歴代の皇帝たちが涼を求めた盈涼園《えいりようえん》だ。親王妃が皇上《みかど》に召されてもいないのに中朝に立ち入るべきではないが、夏らしい景物を描きたいと碧蘭が言うと、尹太后が盈涼園に行くよう薦《すす》めてくれた。

「盈涼園には見事な芙蓉《はす》池があるけれど、日盛りに出かけるのは億劫《おつくう》なのよ。あなたが描いてくれたら、その絵を秋恩宮に飾るわ。そうすれば目だけでも涼しくなるでしょう」

尹太后の狙いは碧蘭を今上と鉢合《はちあ》わせさせることだろう。今上は中朝の暁和殿《ぎようわでん》で政務をとっているから、盈涼園の付近で出くわすことはありうる。今上が碧蘭の出自《しゆつじ》と画状元譲《がじようげん》りの画才を思い出し、丹雪の御容制作を命じることを期待しているのだ。

碧蘭にとっても渡りに舟なので、あえて固辞する理由はない。もっとも、今上が日中に暁和殿から出ることはほとんどないらしいから、望み薄ではあるが。

尹太后が遣わした案内役の宦官に付き添われて盈涼園の門をくぐり、槐《えんじゆ》の古木が作る緑陰の下を歩いていく。いくつかの月洞門《くりぬきもん》を通って小径《こみち》を進んでいくと、人声が聞こえてきた。おだやかな雰囲気《ふんいき》ではない。口争いをしているようだ。

「おまえはどうかしている」

叩きつけるような口調だった。声色から察するに、廉徳王《れんとくおう》・承世《しょうせい》だろうか。

「よくもそんなことを憚《はばか》りもせず口に出せるな。恥を知れ」

「憚ったところで事実は事実ですよ、大兄」

やわらかい口ぶりなのに言葉は切って捨てるようだ。こちらは呂守王《ろしゅおう》・令朗《れいろう》だろう。

「大凱《だいがい》は早晩、亡びるんです。だから妻帯なんかすべきじゃない。王朝が滅亡するとき、皇族がどんな目に遭《あ》うか、歴史を見ればあきらかでしょう。妻子を持てば、不幸になる者が増えることになります。私はだれも不幸にしたくないんですよ」

「縁起《えんぎ》でもないことを口にするな。不吉だ」

「口をつぐんでも現実は変わりません。大兄だってご存じのはずです。大兄だけじゃない、廟堂《びょうどう》のそばにいる者ならだれだって気づいていますよ。この国は骨の髄《ずい》まで腐っている。もはや朽木《くちき》も同然だ。ここまでくまなく朽ち果てていてなおも持ちこたえているのは奇跡としか言いようがありません」

「たしかに官界は腐敗しているが、憂国《ゆうこく》の勅《ちょく》で軍内部の綱紀粛正《こうきしゅくせい》が行われ――」

「憂国の勅は焼け石に水でした。衛所官《えいしょかん》はあいかわらず軍士《ぐんし》を虐遇《ぎゃくぐう》しています。軍士の逃亡は増える一方で、虐《しいた》げられた者たちが徒党を組んで反逆することさえあるとか。わけても九辺鎮《きゅうへんちん》では頻繁《ひんぱん》に小競《こぜ》り合いが起こっていると耳にしますよ。暴動を起こしているのは胡虜《こりょ》ではなく、大凱の民です。糜爛した軍の暴虐にさらされているのは軍士たちだけじゃない。民にも被害がおよんでいるんですよ」

嘉明《かめい》七年、今上は弛緩《しかん》した軍紀をひきしめるため、衛所官の賢否を報告するよう勅を発し、その任にふさわしくない者を排除しようと試みた。これが俗にいう憂国の勅である。

憂国の勅がどれほどの成果をあげたのかについては意見が割れるところだが、逃亡軍士の集団が各地で掠奪《りゃくだつ》や殺戮《さつりく》をくりかえしていること、軍に収奪されて困窮《こんきゅう》した農民が流れこんできたせいで北直隷《ほくちょくれい》の治安が悪化したこと、衛所官が夷狄《いてき》との密貿易で暴利を貪《むさぼ》っていることはまぎれもない事実だ。北狄《ほくてき》と国境を接する九辺鎮で擾乱《じょうらん》が頻発する原因は、たびたび辺牆《へんしょう》を越えてくる胡虜ではなく、組織全体に毒が回った北辺軍にあると多くの士大夫《したいふ》が悲憤慷慨《ひふんこうがい》している。

つまるところ、憂国の勅が期待どおりの成果をあげたとしても、軍紀紊乱《びんらん》は是正《ぜせい》できない地点まで来ているということだ。

なお悪いことに、これは軍部に限った話ではない。

「宦官《かんがん》や官僚の苛斂誅求《かれんちゅうきゅう》も度が過ぎています。礦税監《こうぜいかん》は恣意的な徴税を行って私腹を肥《こ》やし、不正を摘発するはずの監察御史《かんさつぎょし》でさえ贈収賄《ぞうしゅうわい》にいそしんでいる。文武百官がこれほどまでに乱脈をきわめ、民を虐げるのはいったいだれのせいですか。彼らはだれの真似《まね》をしているんですか。すべての責任は天子に――父皇《ちちうえ》にあるのではないですか」

無礼者、と承世がうなるように言った。

「父皇を侮辱《ぶじょく》するつもりか！　不孝者め！」

「父の過ちを正さないことが孝行だというなら、私は不孝者でけっこうですよ」

「……お、落ち着いてください、おふたりとも」

おろおろしながら仲裁に入ったのは穣土王《じょうどおう》・不器《ふき》だった。

「こんなところで天下国家を論じなくてもいいじゃないですか。あ、そうだ！　秋恩宮に行きましょうよ。皇太后さまが氷菓をふるまってくれますよ」

不器は必死で兄たちをなだめようとするが、承世と令朗は一歩も譲《ゆず》らず議論を上下する。ほかの小径を通ってもよかったが、碧蘭はあえて彼らがいるほうへ歩いていった。途中で大げさに蹴躓《けつまず》き、そばにいる佳杏《かきょう》に支えてもらう。物音に気づいたのか、断ち切られるように口論がやんだ。ついで承世が立ち去る音がする。

「呂守王殿下、穣土王殿下」

碧蘭はまだらな緑陰の下にいた令朗と不器にはじめて気づいたふりをして万福礼《ばんぷくれい》した。不器はさわやかな松花緑《しょうかりょく》の龍袍《りゅうほう》を、令朗は雪青色《せっせいしょく》の襦裙《じゅくん》をまとっている。事情を知らない人が見れば、大柄だが見目麗しい姉と柔弱そうな童顔の弟だと思っただろう。

「助かりましたよ、沈妃《しんひ》」

不器は幼さの残る眉《まゆ》をひらいた。

「最近、大兄はいたくご機嫌が悪くて。いつになったら妻帯するのかと七兄を詰問《きつもん》なさっていたんです。七兄は結婚する気が起こらないとおっしゃって……」

「大兄のお節介《せつかい》には閉口するね。私は生涯独り身で通すと何度も言っているのに」

令朗は深くため息をついて、憐《あわ》れむような目つきで碧蘭を見る。

「沈妃、いい機会だから忠告しておくよ。八弟と愛情を育《はぐく》んでも、子は持たないほうがいい。大凱の命脈が尽きたときにきっと後悔《こうかい》するからね。わが子に亡国の苦しみを味わわせるべきではなかったと」

「し、七兄！　沈妃は新婚なんですから、そんなことをおっしゃらなくても……」

「新婚だからこそ用心を促したいんだよ。子ができてからでは遅いからね」

誤解しないで、と令朗は久方ぶりに会った友人にそうするように碧蘭に微笑《ほほえ》みかけた。

「君に悪感情はないよ。君の過去がどうであろうと八弟が選んだ女人《にょにん》だ。宗室の一員として心から歓迎するよ。君たち夫婦の幸福が末永くつづくことを祈っている。でも……残念ながら長続きはしないと思う。それは君のせいでも八弟のせいでもない。われわれが属している凱室《がいしつ》が天命を失おうとしているからだ。……いや」

生暖かい風が吹き抜け、炎帝の猛威にさらされてうなだれる青葉がざわめいた。

「もう失っていると言うべきだね」

「……どうして七兄はあんな不吉なことをおっしゃるんだろう」

皇宮から帰る道すがら、穣土王《じょうどおう》・不器《ふき》は軒車《くるま》のなかでひとりごちた。

呂守王《ろしゅおう》・令朗《れいろう》の悲観主義はいまにはじまったことではないので不器は慣れているが、沈妃はひどく驚いたにちがいない。令朗は意地悪な人間ではなく、むしろだれにでも親切な善人だが、ときおりふっと相手を不安がらせるようなことを口にしてしまう。もっとも害意から生じた言葉ではなく、相手の身を案じているからこその発言なのだが、令朗をよく知らない者にはいやがらせと解釈されても致し方ない。

あの場で沈妃は面食らいつつも取り乱さず、笑顔で受け流していたが……あとで夫に言いつけて面倒なことにならないだろうか？

黙考しているうちに軒車がとまった。物憂《ものう》い四肢《しし》を引きずるようにして外に出ると、茜《あかね》色の光に目を射られた。王府の大門をくぐるたび、枷《かせ》をつけられたかのように足取りが重くなる。できれば帰りたくない。こんな場所には。

――そんなことを思ってはだめだとわかっているのに。

父帝から賜《たまわ》った王府だ。日々感謝しながら暮らさなければならない。ここを出てどこか静かな場所に行きたいなどと、恩知らずな考えに囚われてはいけないのだ。

うしろめたさから逃げるように、不器は早足で回廊《かいろう》を通りぬけた。自室に駆けこもうとしたが、一足遅かったようだ。いちばん会いたくない人物に出くわしてしまった。

「ただいま戻りました、母妃《ははうえ》」

夕映えに染まった回廊の途中で立ちどまり、不器はぎこちなく揖礼《ゆうれい》した。可能な限り丁重に礼をとったつもりだが、危芳儀《きほうぎ》――母妃《ぼひ》の視線が全身に突き刺さるのを感じて首をすくめる。母妃はいつだって不器の一挙一動に目を光らせている。ほんのささいな過ちも見逃してはくれない。揖礼する際のちょっとしたしぐささえ批評の対象だ。

「のろまな子ね。ぐずぐずしないできびきび動きなさい」

母妃にきびしく責め立てられ、鞭《むち》で叩かれたことは一度や二度ではない。冠礼《かんれい》を迎えてからはさすがに減ったとはいえ、ふりおろされた鞭の感触はいまも背中に残っている。

「今日こそは婚姻の許可を賜ってきたんでしょうね？」

「……そ、それが、父皇《ちちうえ》はお忙しくて――」

謁見《えっけん》できなかったと言うと、母妃はまなじりをつりあげた。

「主上《しゅじょう》がお忙しいのはいつものことでしょう。謁見を許可されないなら無理にでも会いに行けばいいじゃないの。成端王《せいたんおう》みたいに暁和殿《ぎょうわでん》の外でひざまずいたり、主上の側仕《そばづか》えに袖《そで》の下を渡したり、方法はいくらでもあるのよ。追いかえされたからといってのこのこ帰ってくるなんて、なんのために参内《さんだい》したのかわからないじゃない」

「……申し訳ございません、母妃。そこまで考えがおよばず」

「ほんとうに知恵が回らないわね。何度も参内してそのたびに門前払いされているんだから、経験から学んで策を講じなさい。曲がりなりにも皇子なのよ？　息子が父親に会うのに、どうして遠慮《えんりょ》しなきゃいけないの？　話を聞いてほしいと自分から行動するだけでいいのに。毎回あっさりと引き下がるから、主上はあきれていらっしゃるわよ。あなたのような男をなんと呼ぶか知っている？　意気地《いくじ》なしというのよ」

金切《かなき》り声《ごえ》でなじられ、不器はいっそう身を縮めた。

――私は母妃に怒鳴られてばかりだ。

物心ついたころから母妃の勘気《かんき》にふれない日はなかった。経書《けいしょ》を暗唱できなかったとき、父帝の御前でうっかり失言したとき、弓馬《きゅうば》の試験で落第したとき、汪皇后から下賜《かし》された硯《すずり》を不注意で壊したとき。母妃は怒髪冠《どはつかんむり》をつく勢いで不器を面罵《めんば》し、これほど魯鈍《ろどん》な息子を産んでしまうなんて自分は天下一不幸な母親だと嘆《なげ》いた。

そのたびに不器は平蜘蛛《ひらぐも》になって謝罪するのだった。ふがいない息子であるばかりに母妃の期待にこたえられなくて申し訳ない、と。

「あきれて物も言えないわ。十八にもなって妃を娶《めと》りたいと申し出ることすらできないなんて情けない。あなたに任せておいたんじゃ、いつになったら穣土王府に王妃を迎えられるのかわからないわ。こうなったら私が手を回すしかないわね」

「……手を回すって、いったいなにをなさるおつもりです？」

「決まっているでしょう。重臣に鼻薬を嗅《か》がせて進言させるのよ。主上があなたに名門の令嬢との縁談を下賜してくださるように」

「な、なにもそこまでしなくても……」

そこまでしなきゃいけないのよ、と母妃は不器の声をふりはらうように言った。

「権門《けんもん》から王妃を迎えれば、皇太子の座に近づくこともできるわ」

「……皇太子の座なんて私には分不相応です。新太子候補として有力なかたがたがいらっしゃるのですから、私の出る幕など……」

意気地なし、と母妃の叱責《しっせき》が不器を打擲《ちょうちゃく》する。

「弱気になるのはおやめなさい。主上は最愛の廉徳王《れんとくおう》でさえ廃されたのよ。今年じゅうに新太子が決まったとしても、あなたの未来が閉ざされたわけじゃないわ。主上は翻意《ほんい》なさって、新太子を廃位なさるかもしれない。そうなればあなたにだって道は開けるのよ。そのときまでに李家や尹家のような名門から迎えた王妃とのあいだに世子《せいし》をもうけておくの。優秀な孫がいれば、主上はあなたを見直すはず。立太子も夢じゃないわよ」

でも、と言いかけて口をつぐむ。なにを言っても聞き入れてもらえない。母妃は不器を本気で東宮《とうぐう》の主にしようとしているのだ。そんなことはできるはずがないのに。

「宗室の男子として生まれたら大志を抱かなきゃだめよ。一親王で終わる一生なんてなんの意味もないんだから。親王の次は皇太子、皇太子の次は皇帝。百官を従え、万民の上に君臨する天子になる。それでこそ私の息子といえるわ。いいわね、不器。帝位につくときのために重臣たちの使いかたもおぼえておきなさい。彼らをこちらの思惑どおりに動かしたいなら、相応の利益を与えなくちゃ。付け届けはそのひとつよ」

母妃が高官に賄賂《わいろ》を贈ったことが父帝の耳に入ったら最悪の事態になる。後宮が朝廷に干渉することは厳禁なのだ。母妃の努力は不首尾《ふしゅび》に終わるばかりか悪結果しかもたらさないと諫言《かんげん》しようとしたが、不器がもたつく舌で言葉を発する前に母妃は立ち去ってしまった。せっかちな母妃のことだから、さっそく高官に文を書くのだろう。

暗澹《あんたん》たる思いを抱えたまま自室に入る。自分の領域に帰ってきて最初にすることは、書《しょ》房《さい》に向かうことだ。大切にしている友の様子を見るために。

「遅くなってごめんね、睍睆《けんかん》。暑くなかったかい？」

不器が書房に入るなり、鳥籠《とりかご》のなかから軽快なさえずりが漏《も》れ聞こえてきた。

三年前、令朗から冠礼祝いに贈られた南蛮《なんばん》渡りの小鳥だ。

大きさは不器の手のひらにすっぽりおさまるほどで、羽毛は胡粉《ごふん》をまぶしたように白く、愛らしい淡茜紅《たんせんこう》のくちばしと粒珊瑚《つぶさんご》のような赤い目を持っている。

不器が鳥籠を開けて外に出してやると、睍睆はうれしそうに室内を飛びまわった。出かける前、涼をとれるようにと氷を桶《おけ》いっぱいに入れておいたが、すっかりとけてしまっている。不器は平たい陶器《とうき》を出し、桶から水をくんで注ぎ入れた。それを方卓《ほうたく》の上においてやると、睍睆がさえずりながらおりてきて水浴びしはじめる。

不器は椅子《いす》に座り、楽しそうに羽をばたばたさせる睍睆を眺めた。こうしていると、先ほどまでの憂鬱《ゆううつ》な気分がやわらいでいくのを感じる。

「ねえ、睍睆。信じられるかい？　母妃は私に名門の令嬢を娶らせるつもりらしいよ」

夢みたいな話だね、と不器は睍睆に微笑《ほほえ》みかけた。

「名家の生まれなら気位が高いだろうね。母妃は恭順皇貴妃《きょうじゅんこうきひ》の流れをくんでいることを誇って、口癖《くちぐせ》みたいに恭順皇貴妃がどれほど代宗《だいそう》皇帝に愛されていたか話すよ。危氏一門は帝王に愛される血筋だとね。李家や尹家の令嬢もおなじことを言うんじゃないかな。私みたいな落ちこぼれの親王に嫁《とつ》いだら不満を持つだろう。情けない夫だと責められるのはいやだよ。……たとえそれが、ほんとうのことでも」

野心なんてこれっぽっちもない。自分が玉座の重みに耐えられる人間だとは思えない。東宮に近づくことさえ恐れ多い。不器は一親王として生き、一親王として死ぬのだ。それでいい。なんの不満もない。いまだって十分な王禄《おうろく》を賜《たまわ》っていて生活には不自由していないのだから、これ以上を望むなんて強欲というものだ。

「王妃を娶りたいとも思わないよ。どうせ私は宗室のお荷物だから子孫を増やしても仕方ない。七兄みたいに死ぬまで独り身を貫くのもいいな。……母妃には親不孝だって非難されるだろうけど」

ははは、と自嘲《じちょう》めいた笑いをこぼすと、睍睆が慰めるように鳴いてくれた。

「そうだね、決断するのは早すぎるね。ひょっとしたらそのうち私にも運が回ってくるかもしれない。名門の令嬢じゃなくて下級官族や商家の娘さんなら、私に嫁ぐことを不名誉だと思わないかも。できれば小鳥が好きな女人《にょにん》を王妃に迎えたいな。おまえの歌声を一緒に聴いてくれる人だったらいいんだけど。もし、どこかにそんな人がいれば……」

いるわけがない、と声には出さずに否定する。なんの取り柄もない皇家の落伍者《らくごしゃ》を夫として慕《した》ってくれる令嬢がどこにいるというのだろうか。

母妃は帝王に愛される血筋だと家柄を誇っているが、結局は父帝に愛されなかった。父帝が愛していたのは汪皇后だけだったから。

冷遇される血脈を受け継いでいるせいか、不器も父帝に愛されなかった。父帝がだれよりも鍾愛《しょうあい》しているのは廉徳王・承世だ。なぜなら承世は汪皇后の息子だから。

そして不器は母妃にも愛されない。なぜなら母妃が期待したほど優秀ではないから。

「私は……だれにも愛されないさだめなんだ」

睍睆がぶるぶると羽を震わせた。冷たい水滴が不器の頬《ほお》まで飛んでくる。

「ごめん。〝だれにも〟は言い過ぎだね。おまえは私を憎からず思ってくれているから」

歌うような鳴き声が可愛《かわい》らしくて、いつの間にか口もとがゆるんでいる。

「長生きしておくれ、睍睆。おまえが元気でいてくれるだけで私は幸せなんだ」

小鳥の寿命《じゅみょう》が人とおなじだったらいいのにと思ってしまう。もしそうなら、不器は死ぬまで幸福でいられる。

煌京城《こうけいじょう》の外、天明府《てんめいふ》北部に緑の裳裾《もすそ》をひろげる翠梯山《すいていざん》には星叢宮《せいそうきゅう》という離宮がある。風流天子として知られる聖楽帝《せいらくてい》が毎年、避暑のために后妃を引きつれて訪れ、舟遊びや蛍狩《ほたるが》りを楽しんだといわれている。

聖楽帝の崩御《ほうぎょ》後もその習慣は守られていたが、いつしか天子の足は星叢宮から遠のくようになり、崇成《すうせい》年間以降は皇帝が華やかな行列を率《ひき》いてやってくることは絶えてなくなった。それでも最低限の管理はされているので、いまでもときおり皇族や外戚《がいせき》が涼を求めて訪れることがある。

この日、才堅は碧蘭を連れて星叢宮に来ていた。わざわざ京師《みやこ》の喧騒《けんそう》から遠く離れた場所に彼女をともなったのは、洪列王《こうれつおう》・忠徹《ちゅうてつ》に言われた件についてふたりで話し合うためだ。静かな場所なら話しやすいだろうと踏んでいたが、夜の帳《とばり》がおりてもなお、才堅は切り出せなかった。夕餉《ゆうげ》のあと、園林《ていえん》を散歩しようと彼女を連れ出し、湧き水をたたえた池のほとりの亭《あずまや》に入ってからは黙りこんでいた。言葉を探せば探すほど舌が重くなる。

「洪列王になにを言われたか、当てましょうか?」

水面に石を投じたように碧蘭の声が響き、才堅はわれにかえった。

「なんだって?」

「とぼけたって無駄よ。安正館《あんせいかん》を訪ねてから様子が変だわ。あなた、わたくしの閨《ねや》に来なくなったじゃない。なにか言われたんでしょ」

あれ以来、才堅は忠徹に「陽気をそこなわないため房事《ぼうじ》をつつしむように助言された」という口実で碧蘭の閨に近づいていない。

「洪列王に房事をひかえろと言われたなんて見え透いた嘘だわ。だって、そう言われたとしてもひかえるわけないもの。あなたは皇家の規則に逆らってわたくしを娶った。溺愛《できあい》ぶりを周囲に示すには、禁欲とは反対のことをすべきだわ。なにが『陽気をそこなわないため』よ。あなたがわたくしの閨から遠ざかっているのはべつの理由でしょ?」

欄干《らんかん》に寄りかかり、碧蘭は小馬鹿にしたふうに鼻先で笑った。

「最初は花柳病《かりゅうびょう》をうつされるんじゃないかと心配してるのかと思ったわ。でも、そんな心配は成り立たないのよ。妓女《ぎじょ》時代、わたくしは頻繁《ひんぱん》に医者にかかって身体《からだ》を調べていた。変な病を患《わずら》いたくなかったから。おかげで秘瑩《ひえい》でも病のたぐいは持っていないと証明されているわ。だからあなたの心配は花柳病じゃない」

べつの問題でしょうね、と碧蘭は淡々とつづける。

「つまり、わたくしが石女《うまずめ》だってこと」

「……知っていたのか」

「自分の身体のことを知らないはずないでしょ」

「治療を受けたことは？」

「春をひさぐ女が無子《むし》の治療を受ける？　そんな馬鹿なことがあるわけないじゃない。花街《はなまち》の常識はね、世間のそれとはあべこべなの。石女こそが一流の妓《おんな》だといわれるわ。身ごもるのは恥なのよ。だってそうでしょ？　だれの妻でも妾《めかけ》でもないんだから。孕《はら》んだら堕《だ》胎《たい》するだけ。売り物である身体がそこなわれる前に」

わたくしもそうしたわ、と碧蘭は天気の話でもするように語る。

「十四のときよ。流連《りゅうれん》明けからしばらくして孕んでいることがわかった」

流連とは水揚《みずあ》げから一か月間、水揚げの旦那《だんな》が居続けすることだ。この期間はほかの客をとることができず、流連明けから妓女として多くの嫖客《ひょうかく》を迎えることになる。

「仮母《おかみ》は堕胎しろと言ったし、医者も薦《すす》めた。断る理由はなかったわ。やっと水揚げをすませて、これから妓女として名をあげていくというときにだれの胤《たね》かもわからない子を産むなんてありえない。自分から進んで堕胎薬を飲んだわ」

希望どおり子は流れたが、薬が効きすぎて碧蘭は寝ついてしまった。

「医者が生薬の分量をまちがえたらしいわ。若くて経験不足だったたし、粗忽者《そこつもの》だったのよ。わたくしは一月も寝間から出られなくて仕事をやすむしかなくなった。仮母は文句を言っていたけど、わたくしが回復するころに医者の話を聞いたら上機嫌になったわ」

薬が想定した以上に強く作用したので、碧蘭は身ごもりにくい身体になった。

「身ごもらないなら好都合だって、仮母は飛び上がって喜んだわ。妓女のなかには運が悪くて何度も身ごもる人もいるのよ。そのたびに堕胎しなきゃいけなくて、体調が回復するまで時間がかかる。妓楼《ぎろう》はもうけられなくなって損をするし、稼《かせ》ぎがなくなれば妓女本人も食べていけなくなるから大迷惑なの。無子は願ったり叶ったりってわけ」

爾来《じらい》、碧蘭は一度も身ごもっていない。

「あの医者には感謝しているわ。石女になったから楽に仕事ができた。もともと子どもなんて好きじゃないから欲しいと思ったこともない。それにわたくしには仇討《かたきう》ちという大仕事がある。怨《うら》みを晴らすために生きているのに、のんきに子を孕んでいる場合じゃない。足手まといになるものは要らないわ。だからわたくしにとって無子は好都合なんだけど、あなたにとってはちがうの？　孕まない女は抱く気が起きない？」

そういう話じゃない、と才堅は強く否定した。

「だったらなによ。わたくしに飽きた？　たとえ飽きが来ても、演技はつづけなきゃいけないわよ。わたくしたちは愛し合っていることになってるんだから」

「それはわかっている。ただ……どうしても気が進まなかった」

謀略《ぼうりやく》のためとはいえ、娶《めと》ったからには添い遂《と》げるつもりだ。子が生まれれば父親のつとめを果たすし、立太子後や即位後、碧蘭の身分を妾室に落とすことになったとしても、才堅の計画に協力してくれた彼女に敬意を表して手厚く遇する予定だった。かるがゆえに、なんのためらいもなく碧蘭の閨に通うことができたのだ。

けれども碧蘭が無子だと聞いてから、その行為に抵抗を感じるようになった。

子をもうけるためと思えば抵抗はないが、子ができないとわかっているのに足しげく閨に通うのは、彼女を情欲のはけ口にしているようで……妓女あつかいしているようでうしろめたい。なにより碧蘭自身がつらいのではないかと思うのだ。無子なのに、子をもうける行為を強《し》いられるのは。

言葉を選びながら話すと、碧蘭の朱唇《しゅしん》からけたたましい笑い声が弾けた。

「妓女あつかいもなにも、わたくしは妓女よ。正確に言えば『元』だけど、いまだってあなた専用の妓女みたいなものだわ。うしろめたく思わなきゃいけないことなんてないのよ。変な気を回さないで。わたくしは十四のときから春をひさいできたの。情欲のはけ口にされることにはとっくに慣れてるわ。純潔のまま嫁《とつ》いできた世間知らずのお嬢さまじゃあるまいし、男がどういうときに女を求めるのか、うんざりするほど知ってるわよ」

梔子《くちなし》の香りを運ぶ夜風が細い首筋にかかったおくれ毛を揺らしている。

「子が欲しいなら側妃《そくひ》を娶ればいい。どうせ立太子されたら、わたくしを妾室に落として名門の令嬢を太子妃に迎えるんでしょ？　娼妓上がりの女を世継ぎの嫡妻《ちゃくさい》にはできないものね。だったら立太子される前に、太子妃にふさわしい娘を側妃として……ああ、だめね。元妓女の正妃がいる王府に良家の令嬢は近寄らないわ。おりを見てわたくしを妾室にしたら？　嫡妻の席を空《あ》けてやれば、気位の高いお嬢さまも嫁いできてくれるでしょ」

　自分の立場はわきまえているわ、と碧蘭は吐息まじりに言った。

「妾室にされても恨み言は言わない。水揚げの晩に覚悟したのよ。今夜を境に、わたくしは人の妻になれなくなるって。まともな男は妓女を嫡妻にはしない。当然よね。貞操《ていそう》を失った女を――それも数えきれないほどの客と情交を結んできた女を嫡室《ちゃくしつ》に迎える男なんかいるわけがない。あなたのように〝計略《ぎょよう》のため〟という場合をのぞいて。でも、あなたがわたくしを娶ったのは皇后さまの御容を描かせるためで、子を産ませるためじゃない。わたくしが無子だとしても計画に支障はないはずよ」

　軒《のき》につるされた玉片《ぎょくへん》が鳴り、玲瓏《れいろう》たる声音《こわね》を引き立てる。その響きは涼やかで美しいはずなのに、才堅には鉄さびをこそぎ落とす音のように聞こえた。

「あなたはわたくしを不幸だと決めつけてるみたいだけど、わたくしに言わせれば王府の生活はすごく楽よ。あなた以外の客をとらなくていいんだもの。あなたの相手をしていれば絹の衣を着られて、満腹になるまで食べられて、やわらかい褥《しとね》で眠ることができる。十分満たされているし、ほかに欲しいものが見つからないほど幸せだわ。いまさら母親になりたいとは思わない。太子妃になりたいとも思わない。世継ぎの嫡室なんて苦労するのが目に見えてるもの。面倒なことにかかわりたくないわ。立太子されたらわたくしを側妃にして、そのあとはほうっておいて。寵愛《ちょうあい》は求めない。どうでもいい側妃のひとりとして遇してくれれば気ままに暮らすわ。でも、いまはだめよ。わたくしたちは熱烈に愛し合って結ばれたことになっているんだから、毎晩共寝《ともね》するのが自然だわ」

うしろめたいなら、と嘲《あざけ》るように唇をゆがめる。

「妓楼で妓を買うときみたいにわたくしを抱けば？　共寝するたびに贈り物をするというのはどう？　対価を支払えば罪悪感はなくなるはずだわ」

「俺はおまえの客じゃない」

「そうね、夫ということになっているわ。実感はないけど。夫を持つことがあるなんて考えていなかったから。妾室として嫁げば、相手は夫というより主人だもの。妾《めかけ》は奴婢《ぬひ》とおなじ。売り買いされるものだからなんの権限もない。世間の嫡妻がどんな気持ちで夫に接するのか想像もつかないけど、そんなことを知る必要はないでしょ？　わたくしはあなたが立太子されるまでのかりそめの嫡妻。東宮《とうぐう》に入ったら側妃になるんだから、嫡妻を気取らないほうがお互いのためよ。それに――」

「おまえはもう妓女じゃない。いつまでも妓女のようにふるまうな」

碧蘭は一瞬黙り、冷ややかに笑った。

「いいえ、妓女よ。娼家の門をくぐった女はだれであれ、二度と元の身分には戻れない。落籍《らくせき》されて花街を出たあとも、世間の人はいつだってわたくしを指さしてこう言うわ。『あれは春をひさいでいた女だ』って。だれに嫁ごうが、過去は変えられない。どれだけ時間が経っても、わたくしが貞操を売った事実は消えない。それを悲劇だと嘆《なげ》くつもりはないわ。たいしたことじゃないんだから。淫売《いんばい》だと陰口をたたかれるくらいがなんなの。痛くもかゆくもないわ。花街にはね、もっとひどい目に遭《あ》っている女が大勢いるのよ。わたくしは福運に恵まれているほう。身請けの旦那としては、あなたは悪くないし、かりそめとはいえ王妃になれたんだもの。前世で功徳《くどく》を積んだおかげでしょうね」

碧蘭は声を立てて笑ったが、才堅は笑う気がしなかった。

「この際だからはっきり言っておくわ。──わたくしを憐《あわ》れまないで。同情されるのは大嫌い。憐れまれるより蔑《さげす》まれるほうが痛快だわ。蔑まれるのには慣れっこよ。汚らわしい女だと言いたければ言えばいい。どれほど侮辱《ぶじょく》されようが、わたくしは傷つかない。だれにもさわらせないの。身体《からだ》にはふれさせても、心には指一本たりとも」

碧蘭が欄干《らんかん》から身を乗り出して手を伸ばすと、白魚のような指に一匹の蛍《ほたる》がとまった。

「遠慮《えんりょ》しなくていいのよ。あなたがふれられるのはわたくしの素肌だけ。あなたが何度わたくしを抱こうと、この心はこゆるぎもしないし、かすり傷ひとつつかない。わたくしを傷つけるかもしれないと危惧《きぐ》しているのなら、とんだ思いあがりだと指摘しておくわ。あなたにわたくしを傷つけることはできない。そんな力はないの。あなたになにをされようが、わたくしは平気よ。疑うなら試してみたら？　ここで抱いてみて、わたくしが傷つくかどうか見てみなさい。誓ってもいいわ。なにも起こらないから」

蛍が飛び立つ。碧蘭はゆるりとこちらを向いた。婀娜《あだ》っぽく微笑する花顔《かがん》に憂《うれ》いの陰はない。悲しみなど、生まれてこのかた経験したことがないかのように。

「ここじゃいや？　案外、意気地《いくじ》がないのね。だれも来ないのに。まあ、いいわよ。だったら臥室《しんしつ》に行きましょう。でも、わたくしが傷つくかどうか調べたいなら、いつものやりかたじゃだめよ。いつもはやらないことをやらなきゃ。道具を使う？　それとも縛ってみる？　香英楼《こうえいろう》では妓女の肌身に傷をつける行為は禁止されてたけど、もう身請けされたんだからかまわないわよ。どうせ、この身体を使うのはあなただけだから。あなたがそうしたいというなら痛めつけてもいいわ。ただし、死なない程度にお願いね。わたくしはあなたが立太子されて主上《しゅじょう》から御位を引き継ぐまで生きている予定なの。父の仇が玉座を退くのを見届けなきゃ、生きてきたかいがないわ。あなたがどういう行為を好むのか知らないけど、うっかり殺さないように注意してくれさえすれば――」

「俺はおまえを傷つけない」

あでやかな偽物の笑顔から視線をそらし、才堅は静かに言った。

「おまえを蔑むこともない。ただ、憐れに思う」

「憐れまないでと言ったでしょう。同情に値打ちはない。不快になるだけだわ」

「おまえを不快にするとしても……憐れまずにはいられないんだ。父親が罪人に仕立てあげられたばかりに、おまえは本来なら経験するはずのない苦労を強《し》いられた。それが非運ではないというなら、この世に非運などない」

だからなに、と碧蘭は嚙《か》みつくように言う。

「非運だと認めてもらえば過去をなかったことにできるの？　馬鹿なことを言わないで。同情されたってなにも変わらないわ。失った貞操は戻ってこないし、この身体にしみついた客のにおいは消えない。なにもかも手遅れなのよ」

蛍の残像が彼女の横顔を照らして消えた。

「きれいごとを言って悦《えつ》に入《い》らないで。わたくしを救うこともできないくせに、救うようなそぶりを見せないで。偽善には反吐《へど》が出る。善人のふりするくらいなら、わたくしを妓女としてあつかって。夫婦ごっこなんかしなくていいから、ただの妓女だと思ってこの身体を好きに使って。気を遣う必要はないわ。わたくしは自分の身体になんの愛着も未練もないから。こんなもの、いますぐにでも捨てたいくらいよ。復讐《ふくしゅう》を遂《と》げるまでは生きていなきゃいけないから、仕方なくそのままにしてるだけ。いまさらこの身体がどうなろうと、知ったことじゃないわ。傷をつけたっていいのよ。壊したって……」

「おまえの身体はおまえのものだ。どのようにあつかうかは、おまえが決めろ」

碧蘭が息をのむ気配がした。信じられないとでも言うように。

「俺には決められない。その権限がないから」

「……あなたはわたくしの夫なんでしょ。夫なら、妻の身体を好きにあつかえるはずよ」

「そういう男がいることは否定しないが、俺は連中とはちがう」

「おなじよ。あなただって、わたくしを買ってきた男や宦官《かんがん》となにも変わらないわ」

「なにがちがうのかは時間が証明するだろう」

才堅は碧蘭に向きなおった。豊かな髻《もとどり》に蛍がとまっていたので、そっと手をのばして自分の指に移し、夜空に解き放つ。

「いま断言できることは、俺はおまえの客ではなく夫だということだ」

反射的に言いかえそうとして、碧蘭は口をつぐんだ。

「おまえも俺の妻になれ。妓女《ぎじょ》ではなく」

「……無理だわ」

「いますぐじゃなくていい。すこしずつでいいから」

彼女の傷は深すぎて、一朝一夕《いっちょういっせき》には癒《いや》せない。痛みをやわらげるには時間がかかる。途方もない時間を要するかもしれないが、いつか傷が癒《い》える日が来るはずだ。

そうであってほしい。人はいつまでも悲しみの淵に沈んでいてはいけない。そこから這《は》いあがるのに、どれほどの障害が立ちふさがっていようとも。

「……ねえ、ほんとうになにもしないの？」

「してるじゃないか」

「なにを」

「ふたりで枕をならべて寝ている」

碧蘭が起きあがって声をかけると、才堅は仰向《あおむ》けの姿勢のままで答えた。すでにふたりとも寝支度《ねじたく》をすませ、寝床に入っている。今夜は星叢宮《せいそうきゅう》に一泊することになっていたから、こうして星叢宮の一室で就寝するのは自然なことだが。

「夫婦らしいことをしなくていいのって尋ねたのよ」

「おなじ臥所《ふしど》で眠るのは夫婦らしいことだろう」

「あなたはわたくしを寵愛してることになってるのよ。ならんで眠るだけなんて変だわ」

湯浴みをすませたころに才堅が閨《ねや》を訪ねてきたので、当然夜伽《よとぎ》を求められるのだろうと思った。今日は月事《つきのもの》もないから問題なくつとめられるし、すんなり応じようとしたが、彼は一緒に眠るだけだと言った。

「おまえが客と経験しなかったことをしたい」

嫖客《ひょうかく》がしないことをするのが夫らしいふるまいかただと彼は言う。

「陽気をそこなわないために房事《ぼうじ》をひかえなければならないが、愛する妻とおなじ臥所で眠りたいというのは、妻を溺愛《できあい》する夫の行動として不自然ではないだろう」

「気遣いなんかいらないって言ったでしょう。あなたに気遣ってほしいなんて思ってないわ。腫《は》れ物にさわるみたいにあつかわれたいとも思わない」

「腫れ物ではなく、妻としてあつかっている」

まどろみを誘うような低い声が閨の暗がりに響く。

「妻あつかいされることに慣れてくれ。おまえはもう妓女ではないんだから」

まぶたをおろし、いまにも眠りに落ちようとしている彼を見ていると、奇妙な居心地の悪さを感じる。つとめを果たしていないという気がするのだ。妓女としての習慣がこの身にしみついているから。

――たしかに、客となにもしないで眠ったことなんてないけど……。

馴染《なじ》み客と床入《とこい》りするときは熟睡したことなどない。寸刻たりとも気を抜かなかった。嫖客を柔肌《やわはだ》でもてなすのが妓女のつとめ。そうしなければ玉代《ぎょくだい》を稼《かせ》げない。稼ぎが悪ければ折檻《せっかん》される。業突《ごうつ》く張《ば》りの仮母《おかみ》は妓女の事情など斟酌《しんしゃく》してくれない。

重要なのは、どれだけ楼《みせ》に利益をもたらしたかということだけ。かるがゆえに嫖客の機嫌をそこねてはいけない。彼の要求にこたえなければならない。それが嘔気《おうき》をもよおす行為でも、玉代のために耐えなければ。拒絶するそぶりさえ見せてはいけないのだ。

不興を買わないかとつねに戦々恐々としているのに、のんきに高いびきをかく嫖客のとなりで肉体の欲求に任せて眠りを貪《むさぼ》ることなどできるはずはない。

――変な男。

衾褥《ふとん》にもぐりこみ、碧蘭は才堅に背を向けた。銀五千両もの身請け金を支払ったのに、なにもさせずに枕をならべて眠るだけなんてどうかしている。

――べつにいいけど。このほうが楽だから。

妓女の仕事をしなくてすむのはうれしい。「夫」のとなりで睡眠をとることが「妻」の仕事だというなら、これほど気楽なことはない。

そう思いながらも、なかなか寝付けなかった。きっと慣れていないからだ。自分の身体《からだ》を物のようにあつかわれないことに。


後宮内の道観《どうかん》、玉梅観《ぎょくまいかん》の客庁《きゃくま》にむせび泣く声が響いていた。声の主は宝福公主《ほうふくこうしゅ》・丹雪《たんせつ》。客庁に入るなり嗚咽《おえつ》をこぼしはじめて、かれこれ半時辰《はんじしん》近く泣きじゃくっている。

「恥知らずな女ですわね」

太りじしの道姑《どうこ》（女道士）が丹雪の背中をさすっていた。その緩慢《かんまん》な動作には母親が娘を慰めるような慈愛《じあい》があふれていたが、腫れぼったい目の奥には烈火のごとき怨念《おんねん》が見え隠れしている。

「成端王《せいたんおう》だけでは飽き足らず罪内監《ざいないかん》まで誘惑するなんて。これこそ妓女の習性ですわ。色を売る女には恥というものがありませんから、どんな下劣なことも平気で行うのです」

数日前、皇帝付き次席宦官・罪喪狗《そうく》が成端王妃・沈《しん》碧蘭と密会していたという噂《うわさ》が丹雪の耳に入った。

事情通を気取るおしゃべりな女官たちがよせばいいのにわざわざ彼女に知らせたのだ。喪狗をひたむきに恋慕《れんぼ》する丹雪は打ちひしがれ、ふさぎこんでしまった。

宝福公主付き次席宦官・氷鼠肝《ひょうそかん》は玉梅観の鄭《てい》道姑に相談してはどうかと持ちかけた。鄭道姑は二年前に玉梅観に入ってきたばかりで、丹雪より二回りほど年上だが、ふたりは年の離れた姉妹のように親しく付き合っていた。

「罪内監も罪内監ですわ。妓女などに……あんな賤《いや》しい女にたぶらかされるなんて」

賤しい女、と鄭道姑が憎々しげに口をゆがめるのには理由がある。

彼女の夫は裕福な画商だったが、妓女時代の碧蘭に入れあげて身上《しんしょう》をつぶしたうえ、泥《でい》酔《すい》して川に落ち、溺死《できし》した。夫が溺《おぼ》れ死んでいるまさにその瞬間、鄭氏は孤閨《こけい》でのたうち回っていた。悪所通いをやめてふたたび商売に身を入れてほしいと懇願《こんがん》した際、逆上した夫に蹴《け》りつけられ、流産したからだ。

夫の死後、鄭氏は迷わず入道《にゅうどう》した。再縁は考えられなかった。それほどに亡き夫を愛していた。否《いな》、身持ちがかたいかどうかは関係ない。たとえ彼女が二人目の夫を探したとしても徒労に終わっただろう。流産したことが原因で子を産めない身体になった格別美しくもない年増女《としまおんな》を、いったいだれが好き好んで娶《めと》るというのだろうか？

「ええ、わかっていますわ、公主さま」

丹雪が帳面に「喪狗は悪くない」と書いたので、鄭道姑はうなずいた。なお、丹雪がふだん筆談に使っているのは灑金紙《さいきんし》の帳面だ。喪狗から贈られた水緑《すいりょく》の藤紙《とうし》を束ねた帳面は彼自身と会話するときにしか使わない。

「罪内監は騙《だま》されているだけです。おやさしいかたですから、人の好さにつけこまれたのでしょうね。諸悪の根源は沈妃ですわ。あの莫連女《ばくれんおんな》が邪悪な色香で罪内監を惑わしているのです。ほうっておくわけにはいきません。淫婦《いんぷ》は殿方《とのがた》を破滅させます。私の夫もあの悪女に入れあげたせいで身を滅ぼしたのです。罪内監を守るためにも早急に排除すべきですわ。取りかえしのつかない事態になる前に」

策を献じましょう、と鄭道姑は丹雪にささやいた。その内容を聞いて、丹雪は不安そうに眉《まゆ》をくもらせた。やりすぎではないかと恐れているのだ。心底から碧蘭を憎んでいても非情になりきれない。純真無垢《じゅんしんむく》な天性が他者を害することに拒否感をおぼえるのだ。

「これくらいのことをしなければ罪内監をお守りすることはできませんわ。罪内監のためだと思って行動しなければ。もたもたしていると手遅れになってしまいますよ」

手遅れという恐ろしい言葉に丹雪の善心が揺さぶられたのが目に見えるようだった。

――おいたわしい。

そんな感情を抱くことさえ不遜《ふそん》だと十分に自覚しながらも、鼠肝は丹雪を憐《あわ》れまずにいられない。彼女は恋うべきではない相手を恋うてしまった。どれほど身を焦がしても、その想いはけっして実を結ばない。丹雪の恋は芽吹《めぶ》いたときから枯れていたのだ。

それでも恋心を捨てられないでいるのを愚かだと道破する資格は、鼠肝にはない。なぜなら鼠肝もまた、彼女とおなじ立場にいるから。


「沈妃が丹雪《たんせつ》の姿絵を描いているんだって？」

秋恩門《しゅうおんもん》から出るなり、黎昌王《れいしょうおう》・利風《りふう》が才堅をふりかえった。尹太后《いんたいこう》のご機嫌うかがいに行ってきたところである。利風とは秋恩宮で偶然居合わせた。

「ええ、父皇《ちちうえ》のご命令で……。画院《がいん》の画師たちの作品がことごとく御意に召さず、それならば碧蘭に描かせてはどうかという話が出たとか」

当の丹雪が薦《すす》めたそうで、と才堅は困り顔をつくった。

「碧蘭の画才は後宮内で評判になっていましたから目にとまったんでしょう。丹雪の推薦《すいせん》ならばと父皇が罪内監《ざいないかん》を遣わされたので、引き受けるしかなかったんです」

気の毒に、と利風はいかにも同情しているふうに眉をひそめる。

「父皇は気難しいかただ。いくら沈妃が蕭幽朋《しょうゆうほう》の画才を受け継いでいるといっても、そっくりおなじようには描けないだろう。どんなに懸命に描いても御意《ぎょい》に入《い》らず、かえって逆鱗《げきりん》にふれるよ。いっそのこと、病だとかなんとか言って断ったらどうだい」

「いまさら断れませんよ」

「私が君なら、沈妃に怪我《けが》をさせて二度と筆を持てないようにするよ。そうすれば、丹雪の姿絵を描く話も流れるだろうからね」

善意から言っているのか、悪意から言っているのか、才堅には区別がつかない。ただ、利風の表情には憂懼《ゆうく》の色が濃くあらわれていた。

「案外、沈妃は父皇のお望みどおりの絵を描くかもしれませんよ」

一緒に秋恩宮を出てきた巴享王《はきようおう》・博宇《はくう》が口をはさんだ。

「沈妃の勧戒画《かんかいが》はすばらしい出来でした。息遣いが聞こえてくるほどの人物の躍動感といい、背景の乾いた色調といい、蕭幽朋がよみがえったような用筆で舌を巻きましたよ。あれほどの画才があるのなら、父皇の御意に入る姿絵を描く可能性は十分にあります」

先日、夜も明けきらぬころに博宇が成端王府にやってきた。碧蘭が勧戒画を描いて父帝の心を動かし、丹雪誘拐《ゆうかい》の嫌疑をかけられた才堅の命を救ったと耳にして、居ても立っても居られなくなったらしい。まだ寝床にいた才堅は「沈妃の勧戒画を見せてくれ」と大騒ぎする博宇に文字どおり叩き起こされた。隠す理由もないので見せてやると、博宇は丸一日かけてじっくりと鑑賞し、夜が更けてからようやく名残惜《なごりお》しげに帰った。

翌日、またしても博宇が訪ねてきた。今度は銀子を持ってきて勧戒画を買い取りたいと申し出た。売り物ではないと才堅は断ったが、碧蘭が「父の絵を見せてくださったお礼にさしあげます」と言ったので、博宇は喜びいさんで持ち帰った。

それ以来、碧蘭が描いた作品を鑑賞するためだけにたびたび成端王府を訪ねてくる。碧蘭に対する態度はあいかわらず尊大だが、彼女の画才は大いに買っているようだ。

「沈妃はたしかに天賦《てんぷ》の画才の持ち主だよ。書画に通暁《つうぎょう》した六弟が千金を積んで作品を手に入れたいと思うほどにね。しかし、彼女は蕭幽朋の娘であって、蕭幽朋本人じゃない。父皇がご所望《しょもう》なのは画状元の筆致そのものなんだ。似ているだれかのものじゃ満足なさらないさ。いくら沈妃が奮闘しても、悪い結果になるのは避けられないよ」

こしらえ物めいた憂《うれ》い顔でため息をつき、利風は才堅に視線を投げた。

「もし沈妃が父皇の不興を買って処刑されたら、君も父皇のようになるかい？　つまり、沈妃を喪《うしな》った悲しみから暴虐《ぼうぎゃく》なふるまいをするようになるかな？」

「縁起《えんぎ》でもないことをおっしゃらないでください」

才堅が睨《にら》みつけると、利風はおどけたふうに笑った。

「たとえ話だよ。むきにならないでくれたまえ」

「冗談でもそんなことをおっしゃらないでくださいよ、三兄。沈妃ほどの画才の持ち主が処刑されるなんてわが国の損失だ。絶対にあってはならないことですよ」

才堅以上に気色ばんだ博宇に詰め寄られ、利風は扇子《せんす》をひらめかせて苦笑する。

「沈妃に凶事が降りかかることを望んでいるわけじゃないよ。彼女は八弟の最愛の人だからね、できることならふたりには添い遂《と》げてほしいさ。だけど万が一、沈妃によくないことが起こっても思いつめてはいけないよ、八弟。愛妻もしょせんは他人だ。親族を喪うことは己の血肉を削《そ》ぎ落とされるにひとしいけれど、他人と死別するのはその人の手を離すことにすぎない。自身の肉を削がれたわけじゃないんだから、悲しみは時とともにやわらいでいく……やわらいでいかなければならない」

自分に言い聞かせるようにつぶやき、西にかたむいていく肇秋《ちょうしゅう》の太陽を見やった。

「他人の死に囚われ、悲嘆《ひたん》に暮れて人生を空費するのは愚かしいことだよ。離別の苦しみに見舞われても己を見失ってはいけない。歴史に汚名を残さぬようにね」


――いったいいつまでこんな生活がつづくのだろうか。

琥珀《こはく》色に染まった槐《えんじゅ》を横目に見ながら、翰林院侍講《かんりんいんじこう》・杜善舟《とぜんしゅう》は回廊《かいろう》を歩いていた。偽りの姓名、偽りの出自《しゅつじ》、偽りの経歴。杜善舟という人間をかたちづくるものはひとつ残らず虚偽だ。嘘にまみれた暮らしが長続きするはずはない。追っ手はいつか尻尾《しっぽ》をつかむだろう。秘密が暴かれたら、善舟が行きつく先は刑場だ。

薄氷を踏むような毎日に心身を削られる。いっそ早く暴かれてほしい。そうすれば肩の荷が下りるだろう。偽物の衣を脱ぎ捨て、本来の自分に戻ることができたら……。

「師兄《しけい》！」

ふいに聞き慣れた声に背中を叩かれ、善舟は立ちどまった。ふりかえると、呉須色《ごすいろ》の補服《ほふく》をまとった青年――翰林院編修《へんしゅう》・汪守民《おうしゅみん》が駆けてくるところだった。

「遅かったな。どこで道草を食っていたんだ？」

守民は所用で皇宮を出ていた。正午には戻ると言っていたが、いまは未《ひつじ》の刻である。

「東華門《とうかもん》でちょっとした騒ぎが起こったんです。巻き込まれて迷惑しましたよ」

九陽城《きゅうようじょう》の正門たる午門《ごもん》は大典がなければ開かれない。平日、官僚が出入りするのは東門である東華門だ。

「なにがあった？」

「恵兆王世子《けいちょうおうせいし》が門衛に詰め寄って騒いでいたんですよ。恵兆王妃が病で臥《ふ》せっているから、主上《しゅじょう》に謁見《えつけん》したいそうで」

「親王妃が病なら太医《たいい》が診察に行くだろう」

「往診してほしいと太医院《たいいいん》に要請したらしいんですが、待てど暮らせど太医が来ないそうです。まあ、恵兆王府ですからねえ。かかわりたくないんでしょう。仕方ないですよ。私が太医でもおなじことをします」

燃灯《ねんとう》の変《へん》から二月後、今上《きんじょう》の異母兄にあたる恵兆王・高慶全《こうけいぜん》が「東廠《とうしょう》による怨天教徒狩《えんてんきょうと》りは常軌を逸している」と奏上した。官民が見境なく連行され、拷問《ごうもん》され、刑場に無残な骸《むくろ》をさらすのを座視できなかったのだろうが、義俠心《ぎきょうしん》の代償は高くついたと言わざるを得ない。今上は一親王の身で政《まつりごと》に容喙《ようかい》した慶全に憤《いきどお》り、参内《さんだい》を禁じた。それのみならず東廠に密勅を下し、慶全が怨天教団に関与していないか徹底的に調べさせた。なんらかの証拠が出てくれば処刑すると言いかねないほど、震怒《しんど》ははなはだしかった。

さすがの東廠も親王の罪を捏造《ねつぞう》することはできなかったのか、処罰はくだらなかったが、慶全は今上の意図を察して自主的に蟄居《ちっきょ》している。皇族や外戚《がいせき》との交際も自粛《じしゅく》し、生母である李皇貴太妃《りこうきたいひ》とも疎遠《そえん》になっており、文や品物のやりとりもしていない。

天子から疎《うと》んじられる者はだれであれ敬遠されるのが世の常。下手《へた》にかかわると火の粉《こ》が飛んでくる。太医が恵兆王妃の診察を拒《こば》むのは彼らなりの処世術といえよう。

「恵兆王世子はまだ幼いだろう。たしか八つではなかったか」

くしくも燃灯の変が起こった年に生まれた王世子なのだ。

「不憫《ふびん》なことだ。母君が病床に臥せっているのに太医に見てもらえぬとは」

いとけない童子が必死に謁見を求めるさまを思い浮かべると胸が痛む。

「太医が来ないなら市医《しい》を呼べばいいんですよ。減額されたとはいえ、王禄《おうろく》はそれなりに賜《たまわ》っているんですから、市井《しせい》の名医を雇う金はあるでしょ。市医を呼ばないということは恵兆王妃の病がそれほど重くないか、恵兆王が金を惜しんでいるか、恵兆王妃への寵愛《ちょうあい》が薄いかのいずれかでは」

守民は無責任に辛辣《しんらつ》な言葉を吐いたが、善舟は慶全の苦衷《くちゅう》が察せられて心苦しくなった。慶全はただでさえ今上に狐疑《こぎ》されている。市医を王府に招き入れれば、怨天教徒と接触したのではないかとあらぬ疑いをかけられてしまう。さらなる疑惑を避けるには、太医以外の医者を王府から遠ざけておくしかない。

「恵兆王世子は門衛につかみかかって文句を言ってましたが、とんだ八つ当たりですよ。怨《うら》む相手をまちがえてますね。恵兆王府が冷遇されているのは、恵兆王がうかつなことを言って主上を怒らせたからだ。元凶である父親を怨むのが筋ですよ」

そうは言っても主上は冷血すぎる、と口を開きかけて善舟は黙りこんだ。

王世子が東華門で騒ぎを起こしたのは、母妃の病状が悪化したからだろう。ひょっとすると一刻を争う事態なのかもしれない。

それでも慶全が沈黙を守っているのは金を惜しんでいるからでも、恵兆王妃を寵愛していないからでもない。ほかに方法がないからだ。彼には大勢の側妃《そくひ》と子女がいる。嫡妻《ちゃくさい》のために彼らを危険にさらすわけにはいかない。家長として苦渋《くじゅう》の決断をしたのではないだろうか。長年連れ添った愛妻を見殺しにすると。

――おいたわしいが、どうしようもない。

王世子が血を吐くほどに叫んでも徒労に終わるだろう。同情する者はいても味方する者はいない。だれもみな、己を守るので手いっぱいだ。他人を助ける余裕はない。

――私もいつまでこの場にいられるのか……。

秘密を暴かれて楽になりたいと思っているくせに、現在の生活に恋着《れんちゃく》している。富貴や栄達《えいたつ》には関心がないが、妻子への情は断ち切れない。計略のため尹《いん》家から迎えた妻も、彼女とのあいだにもうけた娘も、いまや善舟にとってかけがえのない存在だ。失いたくない。このままずっと家族として暮らしたい。そんな願いを抱いてしまう。

どれほど切実に望んでも、善舟の前途に幸福などないとわかっているのに。

「王妃さま、お薬をお持ちしました」

寝間に入ってきた佳杏《かきょう》が青磁《せいじ》の碗《わん》をさしだすので、碧蘭は礼を言って受け取った。寝床に半身を起こしたまま薬湯に口をつける。これは太医に処方されたものではなく、先日画材を買いに行った際に購入しておいた薬だ。妓楼《ぎろう》でも服用していたもので、舌に穴が開きそうなほど苦いが、効果はたしかだから一気に飲みほす。

「ほんとうに太医を呼ばなくていいのですか？」

「いいわよ。この薬があれば治るから」

「ですが……一度くらいは太医に見せたほうが」

佳杏は気遣わしげに表情をくもらせたが、碧蘭は首を横にふった。

「わたくしが太医を呼ぶと、花柳病《かりゅうびょう》じゃないかと変な噂《うわさ》を流されかねないわ。そうなったら殿下の評判に傷がつくでしょう。殿下に迷惑をかけたくないの」

昼餉《ひるげ》のあとで気分が悪くなり、才堅には午睡《ごすい》をすると嘘をついて臥室《しんしつ》に入った。

こういうことは妓女《ぎじょ》時代から月に数回起こっていた。発熱や頭痛、倦怠感《けんたいかん》など、症状はさまざまだが、座っていることさえできないほどつらいということは共通している。花街《はなまち》の医者によれば血の道の病だそうだ。症状が出始めたのが堕胎《だたい》後であることから、あの一件が関係しているかもしれないということだった。

佳杏を下がらせてまどろんでいると断片的な夢を見た。どれも妓楼で暮らしていたころの記憶をなぞっている。

「具合が悪いだって？　またかい？」

碧蘭が一晩だけ休みたいと申し出たとき、仮母《おかみ》は厚化粧《あつげしよう》の顔を思いっきりしかめた。

「月事《つきのもの》で毎月三日も休むのに、もっと休みが欲しいっていうのかい？　冗談じゃないよ。あたしはね、あんたを怠《なま》けさせるために官府《おかみ》から買い取ったわけじゃないんだよ。香英楼《こうえいろう》の娘でいたいなら、しっかり働いて楼《みせ》をもうけさせておくれ。客を取りもしないごくつぶしはいつでも追い出すからね。よその楼じゃ月に一度休めればいいほう、月事の真っ最中でも客を取るのがふつうさ。うちでやっていけない娘はよそでもやっていけないよ」

月事で三日休むといっても、休めるのは房事《ぼうじ》だけ。宴席には顔を出さなければならないし、嫖客《ひょうかく》の深酒にも付き合わなければならない。場合によっては、それ以上のこともしなければならない。結局、身体《からだ》をいたわることができる時間はほんのわずかなのだ。

仮母が休ませてくれないから、薬湯を飲んで嫖客を迎えるしかなかった。

「今日はやけに身体が熱いな。どうしたんだ？」

ある馴染《なじ》み客が碧蘭の柔肌《やわはだ》にふれて驚いたふうに問うた。

発熱しているのだと言えるはずがない。香英楼は下級妓楼ではない。病身の妓女を置いているという悪評を流されるわけにはいかないのだ。

「あなたに会えてうれしいから身体が火照《ほて》ってしょうがないの」

碧蘭が甘い声でささやけば、馴染み客はすっかり真に受けて喜んだ。

「あんたが仕事をしやすいようにとっておきの秘薬を混ぜてあげたわよ」

同輩の妓女にそう言われたことがある。血の道の病の薬に混ぜ物をされた。それは効果てきめんの媚薬《びやく》で、つとめをいやがる妓女が腕ずくで飲まされるものだった。

おかげで血の道の病の薬の効果が打ち消されたうえ、ひどい腹痛に襲われ、仕事どころではなくなった。自室で粗相《そそう》をしたために仮母に叱責《しっせき》され、罰金をとられた。

割れるように頭が痛む日に粗暴な嫖客の敵娼《あいかた》をつとめる羽目になったこともある。その嫖客は女を痛めつけるのが好きで、彼の敵娼は一晩で使い物にならなくなるといわれていた。上級妓楼は売り物である妓女を守るため乱暴な嫖客を忌避《きひ》するのだが、彼は上客として歓迎されていた。なぜなら安遼王《あんりょうおう》・元覇《げんは》の麾下《きか》だったからだ。強力な後ろ盾があるためにどんな無体を働いてもお咎《とが》め無しで、楼いちばんの売れっ妓《こ》を敵娼に指名して無残に使いつぶすことを平然とくりかえし、そのたびに大金で楼主《ろうしゅ》の口をふさいでいた。

「戦場で女をどうあつかうか教えてやろう」

嗜虐《しぎゃく》的な笑みを浮かべた巨漢に首をつかまれたとき、碧蘭は死を覚悟した。乱行の最中に彼が頓死《とんし》しなかったら、翌朝には骸《むくろ》になっていただろう。

さんざんな目に遭《あ》うとわかっているので、体調がすぐれない日はそれだけで陰鬱《いんうつ》だ。死んでしまいたいと願わなかったことはない。息絶えればこの苦しみは終わるのだと。

だが、すぐに思いなおすのだ。仇《かたき》を討《う》つまで死ぬわけにはいかない。復讐《ふくしゅう》を果たすその日までは、どれほど苦しくても生きつづけなければ。

餓えた野犬のように追いかけてくる悪夢をふりきって目を開けると、牀榻《しんだい》のそばに人の気配を感じた。寝ているあいだに汗をかいたので、あたらしい夜着を持ってくるよう佳杏に頼もうとして寝返りを打つと、「起きたのか」と声をかけられた。ぼやけた視界に映ったのは、牀榻のそばの椅子《いす》に腰かけて書物をひろげている才堅だった。

「もうちょっと待って。いまはすごく気分が悪いのよ。薬が効くまでは……」

「待てとは、なんの話だ？」

「夜伽《よとぎ》のことよ。そのために来たんでしょ」

わずかな間のあと、才堅は心外そうに「そんなことをしに来たんじゃない」と答えた。

「だったらなにをしに来たのよ。書見なら自分の書房《しょさい》ですれば？」

「おまえのそばにいようと思ったんだ。夫らしい行為だろう？　妻が臥《ふ》せっているときに付き添ってやるのは」

「くだらない。観客がいない場所で夫婦ごっこなんかしたくないわ」

「ごっこではなく、稽古《けいこ》だ。妓女暮らしが板についているおまえを人の妻にするための」

馬鹿じゃないのと言いかえそうとしたが、反論するのも億劫《おっくう》なので聞き流す。

「臥せっているときに客に寄り添ってもらったことがあるか？」

「あるわけないでしょう。客は病身の妓女なんかに興味ないわよ」

悪い意味で忘れられない嫖客がいる。血の道の病で寝込んでいた碧蘭の閨《ねや》に忍びこんできた男だ。今日は起きていられないほど体調が悪いので房事はできないと断ったのに、彼はふだんどおりのつとめを強《し》いた。騒ぎ立てて不興を買いたくなかったので懸命に耐えていたが、とうとう堪えきれなくなって嘔吐《おうと》してしまった。無作法な嫖客は糞土《ふんど》にふれたかのように悲鳴をあげて飛びのいた。すかさず大声で仮母を呼びつけたのは、碧蘭を気遣っていたからではなく、吐瀉物《としゃぶつ》で衣服が汚れたことに激昂《げっこう》したからだった。

仮母は平身低頭《へいしんていとう》して謝罪し、べつの妓女を勧めて彼の機嫌をとった。汚れた衣服は妓楼が弁償したが、その費用が碧蘭の稼《かせ》ぎから出たことは言うまでもない。

嫖客にとって妓女は情欲を発散するための道具だ。使えない道具に用はない。玉代《ぎょくだい》を払うのは妓女を使うためであって、妓女に寄り添うためではないのだ。

「だったら、俺がはじめてだな。病床にいるおまえに寄り添ってやる男は」

才堅は妙に誇らしげな口ぶりで言った。碧蘭はあきれたが、反論する気力もなかった。

「なにかしてほしいことはあるか？」

「ないわ」

「水を飲むか？　それとも茶がいいか？　そうだ、空腹だろう。粥《かゆ》を用意させようか」

「飲みたくないし、食べたくない」

「水くらいは飲んだほうがいいだろう」

「いらないと言ってるでしょ。邪魔だから出ていって。あなたがいると――」

強く言いかえしたとき、にわかに嘔気《おうき》をもよおした。片手で口もとをおさえながら半身を起こし、小卓の上の洗面器を取ろうと手をのばす。才堅が席を立ってこちらに来たので碧蘭は「来ないで」と言ったが、間に合わなかった。

「……衣が汚れたからって、わたくしのせいにしないで。来ないでと言ったのに、あなたがこっちに来るからいけないのよ」

才堅がさしだした洗面器に嘔吐して、碧蘭は目をそらした。才堅の袖《そで》が吐瀉物で汚れてしまった。彼の顔が嫌悪感でゆがむのを見たくない。汚物を見るような目を向けられるのは癪《しゃく》だ。春をひさいできた賤《いや》しい女にも最低限の矜持《きょうじ》はある。

「一度、五兄に見てもらったほうがいいな」

碧蘭が白湯で口をゆすいでいると、才堅が心配そうに言った。

「太医《たいい》を呼んだほうがいいと思うが、あの者たちは花街の事情に通じていないので頼りにならない。五兄は花街に往診に行くことも多いから事情通だ。婦人病にもあかるい」

「心配しなくても、あなたにうつる病じゃないわよ。調子が悪いのは月事が起こる数日前だけで、それ以外なら問題ないの。その時期はわたくしに近寄らないことをおすすめするわ。吐瀉物まみれになりたくなければね」

「そんなことを話しているんじゃない。俺はおまえの身を案じているんだ」

思いのほか強く言いかえされて、碧蘭はびくりとした。

「……心にもないことを言わないで。わたくしのことなんてなんとも思ってないくせに。中途半端にやさしくされるのはいやなのよ。あなたにはこの身体をあげるわ。皇后さまの御容《ぎよよう》だって描いてあげる。だけど、それだけよ。それ以上のことはしないから、変な気を起こさないで。夫婦の真似事《まねごと》は、他人に見せるためなら付き合うけど――」

最後まで言えなかったのは、口もとをそっと手巾で拭《ぬぐ》われたからだ。

「おまえはもう妓女じゃない。あたらしい役柄に早く慣れてくれ」

「……無理だって言ってるでしょう。わたくしは妻になれない女よ。銀子とひきかえに肌身をあけわたした時点で……人の妻になる資格を永久に失ったの」

十六のとき、ある青年と親しくなった。

彼はむろん嫖客《ひょうかく》だったが、科挙《かきょ》及第を目指す年若い書生で、無茶な要求はせず、親切でやさしく、書画の趣味が合ったので、つい心を許してしまった。

ちょうど復讐心が揺らいでいた時期だった。そろそろ怨《うら》みを手放すべきかもしれないと思いはじめていた。父の仇を討とうにも一介《いっかい》の妓女になにができるだろう。怨敵《おんてき》は碧蘭の手の届く範囲にいる男ではなく、九陽城《きゅうようじょう》の奥深くにいる天子なのだ。皇宮の門に近づくことすらできないのに、いったいどうやって仇を取るというのか。

日々のつとめのつらさも手伝って、尋ねられるまま青年に身の上話をした。彼は「かわいそうに」と同情してくれた。その一言がなにかを壊した。ずっと待ち望んでいたのだ。だれかが憐憫《れんびん》の情を示して、あたたかく抱擁《ほうよう》してくれるのを。

妓楼から出たい、としゃくりあげて泣く碧蘭に、青年は熱っぽくささやいた。

「私が君を娶《めと》るよ」

科挙に及第したら結婚しようと言われて、碧蘭は舞いあがってしまった。官僚の妻になりたかったわけではない。妓楼から出られることが単純にうれしかったのだ。しかも家妓《かぎ》や妾《めかけ》ではなく、嫡妻《ちゃくさい》にしてもらえるなんて。やっと人として生きられると思った。嫖客の欲望を処理する道具ではなく、ひとりの女としてあつかってもらえると。

「その男は科挙に及第しなかったのか？」

知らず知らずのうちに昔の話をしてしまい、後悔《こうかい》した。碧蘭は才堅の視線から逃げようとして、不快な熱にさいなまれている身体《からだ》を褥《しとね》に横たえた。

「探花《たんか》になったわ」

才堅はさらなる問いを口にしなかった。わかったのだろう。若くして黄榜《こうぼう》に名を掛けた前途洋々たる進士《しんし》は妓女を嫡室《ちゃくしつ》に迎えたりしないと。

「ご多分にもれず、名門の令嬢を娶ったわ。あたりまえよね。未婚の新進士には次々に縁談が舞い込んでくる。妓女なんか娶るわけがないわ。そんな話はさんざん聞かされていたはずなのに……わたくしは打ちひしがれたの。まるで裏切られたみたいに。馬鹿よね。裏切りですらないわ。わたくしが勝手に勘違いしていただけ……」

婚礼後、青年は何事もなかったかのように登楼《とうろう》した。

碧蘭はかっとなって彼をなじろうとした。しかし青年は同僚を連れていたので、彼の面目をつぶすことを恐れ、喉《のど》まで出かかった罵声《ばせい》をのみこんだ。その代わり、冷淡な態度をとってそそくさと宴席を辞した。

宴席に戻るよう仮母にせっつかれたので仕方なく戻ると、青年は碧蘭と結婚の約束をしたことについて面白おかしく同僚に話していた。同僚は「守れない約束をするのは不誠実ではないか」と苦言を呈したが、青年は笑い飛ばした。

「妓楼《ぎろう》は客と妓女《ぎじょ》が一夜限りの空言《そらごと》を楽しむ場ですよ、師兄《しけい》。妓女だって本気じゃないとわかっているんです。探花が淫売《いんばい》を娶るなんて、芝居のなかの出来事ですからね。現実でそんなことをしたら天下の笑いものだ。この手の女は空約束だと承知のうえでわざとすねてみせるんです。そうやって客から銀子を引き出すのが淫婦の手口なんだ。ちょっとした贈り物でもすれば、すぐに機嫌をなおしますよ」

横風な放言どおり、青年は高価な簪《かんざし》を贈った。碧蘭は簪を叩きつけたい衝動をこらえて艶然《えんぜん》と微笑《ほほえ》んだ。それが売笑婦《ばいしょうふ》である自分に求められている行動だったからだ。

青年は口先で謝り、家妓としてなら身請けしてもいいと言った。新妻は嫉妬《しっと》深い女なので妾として邸に迎えるのは難しいが、家妓なら認めてくれるだろうと。

碧蘭は「家妓なんていや」と柳眉《りゅうび》を逆立て、落籍《らくせき》のことなど考えなくていいから足しげく妓楼に通ってほしいと求めた。身請けされて邸に入り嫡室に遠慮《えんりょ》して暮らすよりも、楼にいるあいだだけでいいからあなたをひとりじめしたいと。

実際、家妓になるのは妓楼で暮らすよりももっと悪い。家妓は主人の持ち物だ。妾室ですらなく、身分は奴婢《ぬひ》であり、主人に命じられれば客人の枕席《ちんせき》に侍《はべ》らなければならず、気慰みの道具として他人に贈られることもある。年をとって色香が衰えれば、下婢《げじょ》にされて朝から晩まで酷使《こくし》される。妓楼に籍を置いていれば大尽《だいじん》に身請けされて愛妾になる道もあるのだから、娼妓のままでいるほうがいくらかましなのだ。

「泣きを見るのは一度で十分。何度も騙《だま》されるのはごめんだわ。妓女を妻にする男なんかいない。あなただって、計略のためでなければわたくしを娶ろうとは思わなかったでしょ。それがふつうよ。だからわたくしを妻としてあつかいたいなんて出まかせを言わないで。わたくしは十四のときから道具として生きてきた。いまさらそれ以外のものにはなれないわ。この汚らわしい身体を捨て去って、きれいな身体で生きなおすことができるならべつだけど……。そんなこと逆立ちしたって無理だもの、わたくしは……」

火照《ほて》ったひたいにひんやりとしたものが置かれた。才堅が冷水で濡らしてかたく絞った布をのせてくれたのだ。

「何度もおなじことを言わせるな」

言葉とは裏腹にやさしい声音《こわね》が響いた。

「きっかけはどうであれ、俺はおまえを娶った。妻としてあつかわれることに慣れてもらわなければ困る。成端王府に家妓はいらない。必要なのは王妃だ」

言いかえそうとした舌がもつれる。発熱のせいだろうか。

「ゆっくり休め。俺はここにいるから、用があれば呼んでくれ」

「……なんであなたがここにいるのよ」

「決まっているだろう。看病するためだ」

「……そんなこと、親王の仕事じゃないでしょ」

「夫の仕事だ」

碧蘭の身体に衾褥《ふとん》をかけ、才堅は佳杏を呼んだ。洗面器を取りかえてくるように命じ、自分は椅子《いす》に座って書物をひらく。

「……あなた、着替えたほうがいいわよ」

「なぜ？」

「袖が汚れたでしょ。早く洗ったほうがいいわ。時間が経つと汚れが落ちなくなるから」

「ああ、そうか。じゃあ、着替えてくる」

才堅が寝間を出て行こうとする。遠ざかる足音を、碧蘭はとっさに呼びとめた。

「戻ってくるつもりなの？」

ああ、という返答を聞くと、ふしぎな熱が胸にしみる。

「着替えを持ってきて。それから粥もね。やっぱりすこしは食べておきたいから」

ほかにもいろいろと用事を言いつけると、才堅は人使いが荒いなと笑った。

「文句を言う暇があったら早く用事をすませてきて。……夫の仕事でしょ」

才堅が出て行くと、室内が急に静かになった。座灯《ざとう》の光を追い出すように目を閉じ、ひたいにのせられた布に手をあてる。冷たさはどこかへ行ってしまっていた。


暴君と驕奢《きようしや》は切っても切れないもののようだが、父帝の場合は例外だ。汪皇后の崩御《ほうぎよ》後、父帝は宮中行事の大半を廃止した。それにともない、賜宴《しえん》が激減した。

「皇后が不在なのだから宴《うたげ》をひらく必要はない」

宮廷の伝統は継承されていくべきだと諫《いさ》めた言官《げんかん》に父帝はそう返答したという。「遺風《いふう》を守るためにも新皇后を冊立《さくりつ》すべきでは」と奏上する者はさすがにいなかった。そんなことを口にすれば、その者は二度と朝日を拝むことができないとだれもが知っていた。

宮中が宴でにぎわうことはほとんどなくなったとはいえ、皇族や官僚までもが贅《ぜい》を尽くした宴席の楽しみと縁遠くなったわけではない。

彼らの住まいでは燃灯《ねんとう》の変《へん》以前と変わらず――あるいはそれ以上に――豪勢な宴がもよおされている。ただし、節日の前後に限った話だ。あえて当日を避けるのは、本来なら宴楽にふけっているはずの宮中の異様な静けさを憚《はばか》ってのことである。

成端王府では明日、来《きた》るべき重陽《ちょうよう》の前日にささやかな菊の宴をもよおすことになっている。朝日が秋露をきらめかせる内院《なかにわ》で、才堅は宴席に飾る予定の白菊を眺めていた。

「やけに早いな。具合が悪ければ朝寝していていいんだぞ」

回廊《かいろう》をわたってきた碧蘭が内院におりてきたので、そちらに顔を向ける。

如意菊花文《にょいきっかもん》が織り出された鉛白《えんぱく》の立領長襖《りつりようちょうおう》に青磐緑《せいばんりょく》の繍花馬面裙《しゅうかばめんくん》を合わせ、つややかな蟬翼《せんよく》のごとく両鬢《りょうびん》をひろげた三絡頭《さんりゆうとう》に瑪瑙《めのう》の金簪を飾った姿は大輪《たいりん》の白菊が人のかたちをとったかのようだが、薄化粧《うすげしょう》の花顔《かがん》には笑みのきざしすらなかった。

「あれから何日経ったと思ってるの。とっくに治っているわよ」

碧蘭はつんけんと言い放った。彼女は丸三日、寝込んでいた。才堅の薦《すす》めで洪列王《こうれつおう》・忠徹《ちゅうてつ》の診察を受けなかったなら、もっと長引いていたかもしれない。

「三日も寝込んでいたんだぞ。無理をしているなら――」

「してないわよ。せっかくだからゆっくり休もうと思って怠《なま》けていただけ。妓楼にいたころはずっと寝床から出たくないと思っていたけど、実際にやってみると案外つづかないものね。ぐうたらしているのにも飽きたわ」

怠けていたというのは嘘だ。熱と吐き気がおさまってから、碧蘭は画筆をとって宝福公《ほうふくこう》主《しゅ》・丹雪《たんせつ》の姿絵の仕上げをしていた。

「きれいな菊ね。あなたが手入れしているの？」

「四兄の真似事《まねごと》だ。八年前からつづけているが、最初はうまくいかなかった。病にかかって枯れてしまったんだ。ここまでふっくらと咲くようになったのは最近のことだな」

四皇子・文耀《ぶんよう》は好んで菊を育てていた。毎年、美しく咲かせて父帝に献上していたものだ。文耀亡きあと、才堅は非業の死を遂《と》げた兄の習慣を受け継いだ。むろん、父帝に献上することをのぞいて。そんなことをすれば当てこすりだと思われかねない。

「描いてみようかしら」

「おまえが描くなら、実物より美しくなるだろうな」

碧蘭の彩管《さいかん》で描き出された清らかな白菊を思うと口もとがほころぶ。

「四兄にも見せたかったな。四兄は書画がお好きで、蕭幽朋《しょうゆうほう》の用筆をことさら高く評価なさっていた。おまえの絵をごらんになったら、きっと……」

ふいに胸に生じた虚《むな》しさが喉《のど》をしびれさせる。首尾《しゅび》よく東宮《とうぐう》の主におさまり、文耀の名誉を回復したとしても、才堅にできることはそれだけだ。文耀は二度と自分の手で白菊を育てることができない。こゆるぎもしない現実が才堅を憂鬱《ゆううつ》にする。

「扇面画《せんめんが》を描くわ。扇子《せんす》にして、いつも持っていられるように。そうすれば、どこにいても四皇子を身近に感じられるでしょう。〝寒に耐うるは唯だ東籬《とうり》の菊のみ有り〟菊は四君子のひとつだもの。仁者《じんしゃ》として名望を集めていた四皇子をしのぶには最適な花ね」

そうだな、と答えて押し黙る。これは彼女が妓楼で身につけた手練手管《てれんてくだ》なのだろうか。世人は侮蔑《ぶべつ》をこめてそう言うだろうが、才堅はべつの感情に襲われた。

――こちらのほうが本来の姿なのだろう。

碧蘭は媚《こ》びをふくんだ笑みを見せたわけでも、才堅にしなだれかかって甘い声でささやいたわけでもない。彼女は睨《にら》むような目つきで白菊を見ていて、才堅には流し目さえ送らなかった。色めいたものを感じられては迷惑だと言いたげに、白磁《はくじ》のような横顔を朝日にさらしているだけだ。

――燃灯の変が起こらなければ、碧蘭が妓女《ぎじょ》になることもなかった。

何事もなければ、碧蘭は三品武官の令嬢としてしかるべき男に嫁《とつ》いだだろう。遊里《ゆうり》で生きる苦しみを知ることもなく、幸せに暮らしただろう。

彼女が享受《きょうじゅ》するはずだった幸福は粉《こな》みじんに壊されたのだ。冤罪《えんざい》によって。

――父皇《ちちうえ》が冷静に対処なさっていれば。

汪皇后を喪《うしな》った衝撃と悲嘆《ひたん》に囚われ、父帝は分別《ふんべつ》を失っていた。たとえ蕭幽朋が密告されても、父帝が冷徹な目で状況を見ていれば結果はちがっていたはずだ。捜査は慎重を期して正しく行われ、蕭幽朋は誣告《ぶこく》された被害者だとあきらかになっただろう。君王が激憤《げきふん》に身をゆだねることがどれだけの悪影響をおよぼすか、痛感させられる。

「こういうことは、できれば言いたくないんだけど」

碧蘭は白い炎のようにいくえにもなった菊の花びらにそっとふれた。

「……ありがとう。寝込んでいるあいだ、そばにいてくれて」

才堅の返答を聞くのを恐れるかのように早口でつづける。

「あなたが具体的になにかの役に立ったとは思えないけど——看病するのに慣れているふうじゃなかったもの——具合が悪いときって人恋しくなるから、だれかがそばにいるとなんとなく落ち着くのよね。妓楼《ぎろう》では下婢《げじょ》がときどき様子を見に来てくれたけど、下婢だってずっとわたくしの世話をしているほど暇じゃないから、目を覚ましたときにだれもいないことはよくあったわ。……それがふつうなんだけど。臥《ふ》せって働けない妓女にはだれも見向きもしない。稼《かせ》げない妓女に価値はないから。……妓女だけじゃないわね。王妃もおなじだと思う。わたくしは石女《うまずめ》で、楽籍《がくせき》に身を置いていた元妓女で……欠点はいくらでもあるわ。自分に王妃としての価値があるとは思えない。ほんとうは、あなたに夫の仕事とやらをしてもらう資格なんかないのよ。……ときどき目を覚まして、そばにあなたがいるのを見ると……すごく変な感じがしたわ。まるで自分に値打ちがあるような……だれかに心配してもらえる存在なんだって、勘違いしそうに……」

才堅が横顔を見つめていたせいか、碧蘭は舌をのみこむように黙った。彼女の沈黙に引きずられて黙思する。

八年ものあいだ、碧蘭は人間あつかいされていなかった。色事の道具として嫖客《ひょうかく》に値踏みされ、消費されてきた。稼いだ金高によって妓楼での処遇が決まった。もうけを生み出せば大事にされ、その逆なら粗略《そりゃく》にあつかわれる。必要とされるのは使えるときだけ。使えないなら、だれにも気にかけてもらえない。

かるがゆえに碧蘭は、夫に心配されることにすら資格が要ると思いこんでいるのだ。妻として利益をもたらさなければ、夫の気遣いを受けることは許されないと。

「欠点なら俺にもあるぞ」

朝露で濡れた指を拭くようにと、才堅は碧蘭に手巾をわたした。

「絵が下手《へた》だ」

そうね、と碧蘭は噴き出した。

「あなたの用筆は癖《くせ》が強すぎるわ。花を描かせても鳥を描かせても鬼《ばけもの》になるんだから」

「鬼を描いているつもりはないんだが。おまえに師事したら上達するかな？」

「確約はできないわ。妖物しか描けない人にまともなものを描かせるなんて」

ひどいな、と才堅はひとしきり笑い、白菊が弾く朝日に目を細めた。

「それに俺は……おまえを救えない。おまえが過去に苦しめられていることを知っているのに……なにもできない。過去を書きかえることはできないから」

彼女の仇《かたき》は才堅の父親だ。才堅を見るたびに、碧蘭は怨敵《おんてき》を思い出す。これではいつまで経っても憎しみから逃れることはできない。

——すべてが片付いたら解放すべきなのかもしれない。

彼女の過去を知る者がだれひとりいない場所で、碧蘭は人生をやりなおすべきなのかもしれない。怨敵の息子ではない男と結ばれるほうが幸せになれるのかもしれない。

「どうすればいいんだろうな……。おまえをこれ以上——」

苦しめないためには、と言いかけたとき、愚猿が回廊からおりてきた。

「殿下、罪内監《ざいないかん》がお見えになっています」

皇帝付き次席宦官《かんがん》・罪喪狗《そうく》がやってきたということは、父帝の勅命《ちょくめい》だろう。碧蘭に断って客庁《きゃくま》に行こうとすると、愚猿に止められた。

「例の御容《ぎょよう》の件なので、王妃さまとお話ししたいそうです」

「御容になにか問題があったのかしら……」

昨日、宝福公主付き次席宦官・氷鼠肝《ひょうそかん》が成端王府を訪ねてきた。姿絵はまだできないのかと催促《さいそく》されたので、碧蘭はすでに仕上がっていた姿絵を彼に持たせている。丹雪本人が確認してから父帝に献上するという話だった。

碧蘭を連れて客庁に行くと、端然と椅子《いす》に腰かけていた喪狗が立ちあがって揖礼《ゆうれい》した。

「王妃さま、宝福公主の御容を確認させていただきたいのですが」

「氷内監におわたししたので、いまは手もとにありませんわ」

恐れながら、と喪狗は眉《まゆ》をはねあげる。

「なにか勘違いなさっているのでは？　御容はまだ王妃さまがお持ちのはずです」

才堅と碧蘭は顔を見合わせた。喪狗の様子が由《よし》ありげなので話を合わせることにする。

「ああ……そういえば、昨夜も描いていたな？　仕上がったのかい？」

「いえ、まだ描きあがっていなくて……」

「見せていただけないでしょうか。主上《しゅじょう》に献上する前にどのような状態になっているか確認しなければなりませんので」

才堅はうなずき、碧蘭の書房《しょさい》から丹雪の姿絵を持ってくるよう愚猿に命じた。

「昨日、宝福公主がお持ちになっていた御容を受け取ったのですが……」

愚猿が退室するなり、喪狗は蟒服《ぼうふく》の左袖《ひだりそで》から幅一尺五寸ほどの絹布を取り出した。それをするすると開いて碧蘭に見せる。

豊麗《ほうれい》な工筆重彩《こうひつじゅうさい》で描かれた丹雪は愛らしい桃紅《とうこう》の方領短襖《ほうりょうたんおう》をまとい、未婚の女子らしく垂鬟分肖髻《すいかんぶんしょうけい》を結っている。こまやかな線でかたちづくられた細面《ほそおもて》は柳眉《りゅうび》をひそめ、なにかをこらえるように小さな唇を引き結んでおり、そこはかとなく生気にとぼしい双眸《そうぼう》とあいまって、憂色《ゆうしょく》を隠せない薄幸《はっこう》の乙女《おとめ》といった印象を受ける。

人物画の真髄《しんずい》は伝神《でんしん》であるという。外見を正確にとらえるだけでなく、人物の精神世界を構成している気質や情感までも描き出しているか否《いな》かが人物画の良し悪《あ》しを決める。

碧蘭の用筆は見事だった。顔の造形が丹雪そのものであることは言うにおよばず、丹雪が内面に抱えた暗さがおもてにあらわれている。

非の打ち所がないと賛辞を贈りたくなるが……あいにく完璧《かんぺき》ではなかった。

「これは王妃さまの用筆ではありませんね？」

これ、と喪狗がさし示したのは「影」だった。こめかみ、眉頭《まゆがしら》、目じり、鼻、頬《ほお》、口も と、顎《あご》、首――丹雪の顔をかたちづくる各部位に陰影が濃く描きこまれている。

「ありえませんわ。わたくしが、このようなこと……」

碧蘭は当惑もあらわに首を横にふる。白い頬は恐怖のあまり引きつっていた。

伝統の画法では影を描かない。影は不祥《ふしょう》のものとされているからだ。なかんずく人物画に影を描きこむことは嫌悪され、呪詛《じゅそ》と見なされることもある。

画道に通じた碧蘭がその大原則を知らないはずはない。また、承知のうえで悪意をこめて影を描いたとも考えにくい。丹雪を呪詛したと解釈されれば、汪皇后の御容を描くよう命じられる可能性は皆無になる。彼女にとってなんの利益もない行為だ。

「やはり……。何者かが細工したのでしょう」

「まさか丹雪が？」

「宝福公主でなくても、成端王妃に悪感情を持つ者はおります」

丹雪の顔のいたるところに影が描きこまれた不吉な姿絵を献上すれば、父帝の勘気《かんき》をこうむることは避けられない。最悪の場合、碧蘭は死を賜《たまわ》るだろう。

「こんなものは献上できません。早急にあたらしい御容を制作してください」

こんなものと呼んだ姿絵を喪狗は才堅に手渡した。秘密裏《ひみつり》に処分すべしと言い添えて。

「無茶なお願いだとは重々承知していますが、主上は御容の仕上がりを鶴首《かくしゅ》して待っていらっしゃいます。これ以上は時間をかけられません。明朝、引き取りにまいりますので、それまでに描き上げてください」


才堅が碧蘭の書房《しょさい》に入ったとき、彼女はこちらを見もしなかった。書案《ふづくえ》に向かって画筆を持ち、そのまま時が止まったように動かない。

「休憩してはどうだ」

才堅は夜食の粥《かゆ》を榻《ながいす》の小卓に置いた。喪狗が帰ってから碧蘭は書房にこもり、一心不乱に丹雪の姿絵を描いている。食事時になっても出てこないので、何度も呼びに来たのだが、そのたびに邪魔だと追いかえされた。佳杏によれば、ときどき茶にそえられた蜜餞《みっせん》（果物の砂糖漬け）をつまんでいるようだが、まともな食事はとっていない。

「朝からろくに食べていないだろう。空腹じゃないのか？」

返事の代わりに窓外から秋虫の声が聞こえた。才堅は書案に歩み寄り、案上《あんじょう》にひろげられた画仙紙をのぞきこんだ。書灯《しょとう》の光が照らす紙面には影が描かれる前の丹雪の姿絵とそっくりおなじものが描き出されていた。ただし、線描だけで設色《せっしょく》はまだだ。

「これから設色するなら明朝までに仕上げるのは難しそうだな……」

前回の姿絵は半月かけて描いたものだった。ひと晩でおなじことをしろというのはあまりにも酷《こく》だ。

「やはり俺が父皇《ちちうえ》に経緯を説明しよう。お許しをいただき、それからまた時間をかけて描いたほうがいい」

「主上が許してくださるとは思えないわ」

絵皿を出しながら碧蘭はそっけなく言う。気だるげな動作には疲労がにじんでいた。

「許していただくよりほかあるまい。墨絵《すみえ》ならともかく、工筆重彩の人物画を一晩で描き上げるなど不可能なのだから」

「……なに？」

碧蘭が弾かれたように顔をあげた。

「不可能だろうと言ったんだ。おまえの腕前をもってしても」

「ちがうわ、その前よ」

「その前？　工筆重彩の人物画を――」

「もっと前！」

「墨絵ならともかく……」

気にさわるような発言だっただろうかといぶかしむ才堅の視線の先で、碧蘭は見る見る笑顔になった。しおれた花が水を浴びて色彩を取り戻すように。

才堅を押しのけて榻に駆け寄り、碧蘭はあわただしく粥を食べはじめた。

「あわてて食べるとむせるぞ」

「ぐずぐずしてはいられないの。明けがたまでには終わらせるんだから」

流しこむようにして粥を完食し、茶をひと口飲んでまた書案に戻る。線描の丹雪を脇によけ、あたらしい画仙紙を取り出した。

「俺もなにか手伝おうか？」

「じゃあ墨をすって。水はこれを……ああ、待って。すっかり冷えてるわ。お湯を持ってきてちょうだい。熱湯じゃだめよ。湯浴みで使う程度の熱さにして」

急いでね、と念を押されたので、才堅は早足で書房を出た。

――うぬぼれてもいいだろうか。

先ほど見た碧蘭《へきらん》の笑顔は純粋に楽しくてたまらないというものだった。そこにはひとかけらの嬌態《きょうたい》もなく、才堅の気をひこうという作為も見てとれなかった。ただ心底から笑っていただけだった。こんな瞬間を見せてくれたのは、信頼の証《あかし》だと解釈してもいいだろうか。才堅を夫として認めてくれる兆候があるのだと。

暁和殿《ぎょうわでん》の書房《しょさい》で、今上《きんじょう》は一幅の絵に見入っていた。

それは墨一色で描かれた宝福公主《ほうふくこうしゅ》・丹雪《たんせつ》の御容《ぎょよう》だった。花氈《しきもの》に座って箜篌《くご》を奏でる姿が明確な輪郭《りんかく》をとらずに直接、墨や顔料《がんりょう》でかたちをとる没骨法《もっこつほう》であらわされている。黒い湧き水のごとく背に流れる翠髪《すいはつ》はつややかな濃墨《のうぼく》で、古風な趣《おもむき》の襦裙《じゅくん》は夜霧のような中墨《ちゅうぼく》と朝霞《あさがすみ》のような淡墨《たんぼく》を織りまぜて、つつましくふせられた花のかんばせは濃中淡の墨の色を一本の筆で表現する三墨法《さんぼくほう》で描き出されている。

丹雪のかたわらに悠々《ゆうゆう》と枝をひろげているのは、独特の葉のかたちから察するに楓樹《ふうじゅ》であろう。数枚の葉が風と戯《たわむ》れ、いまにも枝を離れようとしている。

〝墨は五色をそなえる〟とはいうが、墨一色で多彩な顔料と同様の、あるいはそれ以上の彩りを筆先から生み出すのは並大抵のことではない。稚拙《ちせつ》な用墨《ようぼく》では平面的で奥行きがなく、情感にとぼしい退屈な印象になる。だれの目にもあきらかな〝色〟による表現が封じられているため、描き手の技量が丸裸にされるのだ。

かたや精妙な用墨は墨の濃淡から色彩を感じさせるだけでなく、躍動感や透明感があふれ、見る者に音や香りまで感じさせてしまう。

この御容は、あきらかに後者だった。

ものの一刻で仕上げたような簡潔な筆遣いなのに、画中には極彩色《ごくさいしき》の華やぎが在り、白いおもてをかたむけて箜篌を奏でる丹雪の上に真紅の楓葉がはらはらと散り落ちているかのように錯覚《さっかく》する。二十三の弦を爪弾《つまび》く指先からはみやびやかな音色がこぼれ、かすかに黒髪を撫《な》でる風からはたおやかな秋の香りがただよってくるかのようだ。

——さすがは画状元《がじょうげん》の娘だ。一筆一筆に心魂がこもっている。

たぐいまれなる御容になかば見惚《みと》れ、司礼監秉筆太監《しれいかんへいひつたいかん》・独囚蠅《どくしゅうよう》は心中で驚嘆《きょうたん》した。

皇帝付き次席宦官《かんがん》・罪喪狗《ざいそうく》が成端王妃《せいたんおうひ》・沈《しん》碧蘭による丹雪の御容を持ってきたのは、つい先ごろのこと。

本音を言えば、碧蘭は今上の望んだ御容を描くことができず、悲惨《ひさん》な結果になるのではないかと危惧《きぐ》していた。彼女の画才が父親譲《ゆず》りであることは承知しているが、前回は勧戒《かんかい》画《が》、今回は御容である。勧戒画は君王を諫《いさ》めるために描かれるが、御容は君王の賛辞を得るために描かれる。あまつさえ、題材は亡き汪皇后に生き写しの丹雪。いまもなお汪皇后の残像を求めつづける今上を満足させることは——画院《がいん》の画師たちがそろいもそろって失敗している以上——不可能に近い難業だ。

——それをやってのけたのだ、あの娼妓上がりの親王妃は。

しかもいくえにも色をかさねた工筆重彩画ではなく、筆を惜しむような簡素な墨絵で。もはや龍顔《りゅうがん》から表情を読みとるまでもない。今上が食い入るように見ている時点で、御《ぎょ》意《い》に入《い》ったということだ。画院の画師たちが手掛けた御容は一瞥《いちべつ》しただけで下げさせていたのだから。

次に今上がどのような勅命《ちょくめい》を下すのか、囚蝿には手にとるようにわかる。

──うまくいってよかった。

紅牆《こうしょう》の路《みち》を歩きながら、皇帝付き次席宦官・罪喪狗《ざいそうく》は胸をなでおろしていた。これから今上の名代として尹太后《いんたいこう》のご機嫌うかがいに行くところだ。今上は碧蘭が手掛けた宝福公《ほうふくこう》主《しゅ》・丹雪《たんせつ》の御容《ぎょよう》をいたく気に入った。尹太后にも見せるよう命じるほどに。

細工された御容を献上していたらたいへんなことになっていただろう。急なことだったのに碧蘭は見事な墨絵を仕上げた。御容を受け取りに行ったときはさすがに疲れていたらしく、碧蘭ではなく才堅が出てきたが──彼女は休んでいるということだった──あたらしい御容を一目見て、これなら今上の意にかなうと直感した。

安堵《あんど》の息をつき、なにげなく顔をあげた瞬間、喪狗は幽鬼にでも遭遇《そうぐう》したように棒立ちになった。内廷《ないてい》と外廷《がいてい》をへだてる銀凰門《ぎんおうもん》のほうから歩いてくる者がいる。翼善冠《よくぜんかん》をかぶり、四爪《しそう》の龍が織り出されている大袖袍《おおそでほう》をまとった五十がらみの親王だ。

整斗王《せいとおう》・高秋霆《こうしゅうてい》。今上の異母兄にあたるその人物は、広大無辺《こうだいむへん》な天下において喪狗がだれよりも会いたくない人間だった。

とっさにべつの路を行こうと考え、それが不可能であることを思い出す。この路を通らなければ銀凰門にたどりつくことができない。やむを得ず平静を装《よそお》い、いきなり立ちどまった師父《しふ》をいぶかる童宦《どうかん》たちを率《ひき》いて歩を進める。

「整斗王殿下」

紅牆の路で皇族と出くわした宦官がそうするように、脇によけて揖礼《ゆうれい》する。秋霆は目礼して立ち去ろうとしたが、なにかを見つけたふうに立ちどまり、かがみこんだ。

「これは罪公公《こうこう》のものでは？」

秋霆がさしだしたのは宛名《あてな》のない文だった。

「……いえ、私のものでは」

「いいや、貴殿が落としたものだ」

秋霆はなかば強引に文を喪狗に押しつけて立ち去る。

「なんですか、それ？　ひょっとして恋文ですか？」

「あ、わかった！　妓女《ぎじょ》からの文でしょう？」

童宦たちが興味津々《しんしん》といったふうに瞳を輝かせて喪狗の手もとをのぞきこむ。

「恋文などではない」

喪狗は文を懐《ふところ》に入れてふたたび歩き出した。背中に突き刺さる視線から逃れるように。

天明府《てんめいふ》西部、錦繍《きんしゅう》の景色が見渡す限りにひろがる素王山《そおうざん》には皇家の離宮が在る。かつては天子が后妃や群臣《ぐんしん》を引きつれて観楓《かんぷう》と鹿狩りを楽しんでいたが、六十年ほど前、素王山での行楽が廃止されてからは、宮廷の喧騒《けんそう》とは縁遠い場所になってしまった。

さりとて千年以上の歴史を持つ景勝地《けいしょうち》が色あせてしまったわけではない。辰砂《しんしゃ》で設色したような紅樹《こうじゅ》たちは秋の日盛りに照り映えて目を射るほどに赫々《かっかく》と輝いていた。

「御容《ぎょよう》が成功したのはあなたのおかげよ」

才堅とならんで楓林を歩きつつ、碧蘭は舞い散る一片の楓葉を両手で捕まえた。

「あなたが墨絵と言ったから、いい考えを思いついたの。墨一色で描けば時間と労力を節約できるし、没骨法を使えば工筆重彩で描いた勧戒画《かんかいが》とのちがいも出せるって」

「俺が口にしなくても、おまえは自分で思いついただろう」

「そうかもね。でも、思いついたときには朝だったかもしれないわ。ひとりで考えこんでいると視野が狭くなってしまうのよ。そういうとき、だれかがふとした思いつきで口にした言葉に刺激を受けて一気に描けるようになることがあるの」

墨一色の御容を描き上げたとき、四肢《しし》のすみずみまで充足感が満ちていた。筆を持っているあいだは用墨や用筆のことだけに集中し、ほかの考えは頭をかすめもしなかった。これはいたくなつかしい感覚だった。楽籍《がくせき》に落とされる前、碧蘭がまだ蕭幽朋《しょうゆうほう》の娘として生きていたころにしばしば感じていた、得も言われぬ高揚《こうよう》だ。

妓楼《ぎろう》に入ってからも丹青《たんせい》の技には親しんでいたが、どんなに筆を持っても童女時代の興奮はよみがえらなかった。絵を描くのは嫖客《ひょうかく》の気をひくためだったからだ。描画そのものに夢中になっていたわけではなく、まれに興が乗って心魂をかたむけたとしても、つらい現実から逃避するためで、それ以上の行為ではなかった。

脈打つような情熱を感じながら絵を描いたのは、ほんとうに久方ぶりだった。昔に戻ったみたいだった。妓女になる前の自分に。

——この人がそばにいてくれたからかしら？

碧蘭に求められるまま墨をすってからも才堅は書房《しょさい》にとどまった。

はじめのうちは碧蘭の手もとをのぞきこんできて、「その用筆は見たことがない」「なるほど、そうやって墨の色合いを調節するのか」などとつぶやいていたが、碧蘭がうるさいと追いはらうと、書棚《しょだな》から画論《がろん》をとってひもときはじめた。もっとも、さほど真剣に読んでいたわけではないようで、ときおり偶然を装ってちらちらとこちらを見ていた。たまたま目が合うと、ばつが悪そうに画論の頁《ページ》をめくるのがおかしかった。そうこうするうちに睡魔に抗《あらが》えなくなったのか、榻《ながいす》に腰かけてうつらうつらしていた。

一心不乱に筆を動かしたあと、なにげなく顔をあげたときに才堅の姿が視界に入ると胸があたたかくなった。彼がそばにいるという事実が碧蘭を安心させたのだ。

なぜなら才堅は、碧蘭を道具あつかいしない唯一の男だから。

「丹雪の姿絵が成功したのは俺のおかげだと持ち上げてくれるわりに、俺のあつかいはずいぶんぞんざいだな？　居眠りしている隙《すき》に顔に落書きされたんだぞ」

明けがた、御容を描き終えた碧蘭はちょっとした悪戯心《いたずらごころ》を起こして、小卓に頬杖《ほおづえ》をついて居眠りしていた才堅の頬に蜘蛛《くも》を描いた。

「蝿《はえ》にしようかとも思ったけど、縁起《えんぎ》を担《かつ》いで蜘蛛にしたわ」

蜘蛛は別名を喜子《きし》といい、古くから吉兆《きっちょう》の虫とされている。

「いっそ蝿のほうがよかったな。蜘蛛だったせいで愚猿《ぐえん》を驚かせてしまった」

「ほらね、蜘蛛でよかったじゃない。胡公公《ここうこう》が悲鳴を上げて腰を抜かすさまなんて、そうそう見られるものじゃないわよ」

あれは傑作《けっさく》だった、と才堅は噴き出す。

朝餉《あさげ》の支度《したく》ができたと知らせに来た愚猿が、才堅の顔に描かれた蜘蛛を見るなり仰天《ぎょうてん》して腰を抜かしたことを思い出したのだ。どうやら愚猿は蜘蛛が大の苦手らしく、才堅のおもてを指さして叫び、尻もちをついたまま書房から出て行こうとした。

「おまえがあまりに精巧に描くのがいけない」

「今度からは偽物だとわかるように描くわ」

「今度があるのか？」

「あるかもしれないわよ。わたくしの前でのんきに寝顔をさらしていれば」

気をつけよう、と才堅はしかつめらしく言ったが、真面目腐《まじめくさ》った顔つきはすぐにくずれる。口もとがゆるむのをこらえきれなくなり、ついには腹を抱えて笑う。

「ねえ……わたくし、今日は体調がいいわよ」

ふたりしてひとしきり笑ったあとで、碧蘭は意を決して口を切った。

「そのようだな。顔色がいい」

才堅が微笑《ほほえ》みを向けてくるので、碧蘭は柄にもなくどきりとした。

「顔色の話をしているんじゃないの。……わかるでしょ？」

なんの話だ、と才堅は小首をかしげる。故意にとぼけているのかといぶかったが、ふしぎそうにこちらを見おろす顔に作為の影はない。

「夫婦の芝居のことよ。仲睦《なかむつ》まじい演技をしなきゃいけないんでしょ？」

「してるぞ。ふたりで楓林を散策していれば仲睦まじく見えるだろう」

「……散策だけで十分だとは思えないけど」

「ほかになにをすればいいんだ？」

才堅はきょとんとしていたが、しばらくして意味がわかったのか視線をそらした。

「そのことだが……当分ひかえておこう」

「どうして？」

「ほかのことで間に合う。今日みたいにふたりで出かけたり、一緒に食事をしたり……」

「でも、共寝《ともね》はしない？」

才堅がうなずくので、碧蘭は胸の奥がすっと冷えるのを感じた。

「わたくしにふれたくないのね？　他人の手垢《てあか》まみれの身体《からだ》には」

「そんなことは言っていない。長年、妓楼勤めを強いられてきたせいで閨事《ねやごと》にはうんざりしていると話していただろう。おまえを不快にさせたくない。客たちがおまえに強要してきたことを、俺はしたくないんだ」

「聞こえのいいことを言ってるけど、ほんとうはわたくしを汚らわしいと思ってるんでしよ。この身体でしてきたことを考えてしまうから抱きたくないのよ」

嘔吐《おうと》したとき、馴染《なじ》み客に向けられた糞土《ふんど》を見るような目。才堅はきっとあの嫖客とおなじ目で碧蘭を見ているのだ。

――二度も見誤るなんてどうかしてるわ。

才堅はちがうと思った。具合が悪くて寝込んでいる碧蘭に寄り添ってくれたから。愚かなことだ。皇族が春をひさいできた女を気遣うだろうか？　なんの下心もなく？　ありえない。才堅は碧蘭に丹雪の御容を描かせたかった。碧蘭の画才が今上《きんじょう》の目にとまるようにしたかった。そのために碧蘭を手なずける必要があった。だから心配するふりをしたのだ。

そうすれば碧蘭が心を許すと踏んで。

けれど、いくら碧蘭の画才を利用するためでも、この身体にはふれたくないのだ。大勢の嫖客が道具として使い捨ててきた売笑婦《ばいしょうふ》の肉体を妻のものとしてあつかうことはできないのだ。碧蘭の肌身に染みついた汚らしい臭気がいとわしいから。

――無理もないわ。他人に使いこまれてきた女を愛する男なんかいないもの。

落籍《らくせき》された妓女が世間でどうあつかわれるか、現実は知っていたはずなのに、あさましくも分不相応な夢を見てしまった。才堅が愛情を持って自分を抱いてくれて、「おまえは汚れていない」とささやいてくれることを期待したのだ。

「抱きたくなければけっこうよ。わたくしだって蔑《さげす》まれながら抱かれたくない」

「そういう意味じゃないと――」

「じゃあ、ここで抱いてみせて。わたくしの素肌にふれて、きれいだと言って。ちっとも汚れていない、生娘《きむすめ》みたいに清らかだって……」

唇が痙攣《けいれん》した。これ以上みじめな台詞《せりふ》が存在するだろうか？

「できないわよね？　だってわたくしは事実汚いんだもの。あなたから見れば汚物も同然でしょ。きれいだなんて心にもないこと、口が裂けても言えないわよね？　べつに責めてるわけじゃないわ。だれだって愛するなら清潔な女を選ぶ。自分以外の男に肌を許したことのない女をね。他人に道具として使われてきた女なんて愛する値打ちはないわよね。ふれることがあるとすれば、情欲のはけ口が欲しいときだけ。そして使い終わればさっさと視界から追い出すのよ。欲望が去って頭が冷えたら自分が抱いた女を見て嘔気《おうき》をもよおすんだわ。どうしてこんな汚らしい女に欲情したのかと後悔《こうかい》するのよ」

この世には純潔のままで嫁《とつ》ぎ、やさしい夫に愛され、身も心も満たされて、夫しか知らないまま生涯を終える幸運な女がいるという。

だれもがそんな女になりたいと願うのだ。世人に蔑まれる醜業婦《しゅうぎょうふ》でも。

「待て、どこに行くんだ？」

「ひとりになりたいの。ついてこないで」

碧蘭は赤い朽葉《くちば》が敷きつめられた小径《こみち》を足早に歩いた。手にしていた楓葉を途中で投げ捨てる。なにもかもいやになった。どうでもいい。御容も復讐《ふくしゅう》も。

才堅の希望どおり汪皇后の御容を描き、彼を東宮《とうぐう》に近づけることに成功したとしても、それがなんになるというのだろう。才堅は碧蘭の画才を利用して兄弟たちを出し抜きたいだけだ。事が成れば碧蘭は用済みになる。皇貴妃にするという空約束《そらやくそく》が守られる保証はないし、たとえ約束どおり皇貴妃にしてくれたとしても幸せな未来が待っているわけではない。父の名誉が回復される代わりに、碧蘭は死ぬまで名ばかりの皇貴妃に甘んじることになる。碧蘭を蔑み、この身体にけっしてふれようとしない男の後宮で、彼が美姫《びき》たちを代わる代わる寵愛《ちょうあい》するさまを見せつけられながら生きていくのだ。

后妃侍妾《こうひじしょう》は碧蘭の名を耳にするたび、嗤笑《ししょう》まじりに言い立てるだろう。「あの娼妓上がりの皇貴妃はいったいいつまで生き恥をさらしているつもりかしら」と。みなが首を長くして待っているのだ。碧蘭が賤《いや》しい過去を恥じて自裁するのを。

皇貴妃に与えられる金殿玉楼《きんでんぎょくろう》も山海珍味も金襴緞子《きんらんどんす》も心の空隙《くうげき》を埋めてはくれまい。それらの品々が自分にふさわしくないことを思い知らされるだけだから。

「碧蘭！　そちらへは行くな！　足場が――」

追いかけてきた才堅に肩をつかまれたので、碧蘭は力任せにその手をふりはらった。

「わたくしにふれるとあなたまで汚れるわよ」

言い捨ててやみくもに踏み出した足が虚空にのみこまれた。同時に身体がぐらりとかたむき、楓葉に染め抜かれた斜面が急激に近づいてくる。不用意にも小径が途絶える場所に踏み込んでしまったのだ。後悔したところで間に合わない。

碧蘭は地面に投げ出される衝撃にそなえて目を閉じた。四肢《しし》が打ちつけられることを覚悟したが、実際に襲ってきた痛みは恐れていたほど激しいものではなかった。なにか大きなものが全身を包んでくれたからだ。それは碧蘭の代わりに地面の打擲《ちょうちゃく》を受けながら坂を転がり落ちた。

「大丈夫か、碧蘭」

緩慢《かんまん》な衝撃がおさまったあと、耳もとで低い声がひびいた。碧蘭はおそるおそるまぶたを開けたが、紺藍《こんらん》の袍《ほう》に縫《ぬ》い取られた団龍文《だんりゅうもん》しか見えなかった。のろのろと頭をあげると、こちらを見ている才堅と視線が交わる。ふたりは斜面を転がり落ち、楓林の下をゆるやかに流れていく川のほとりで、ひしと抱き合ったまま身体を横たえていた。

「どうした？　どこか痛むのか？」

碧蘭が団龍文に顔をうずめて嗚咽《おえつ》しはじめたせいか、才堅は狼狽《ろうばい》した。

「どこが痛いんだ？　背中か？　足か？　それとも肩をぶつけたのか？」

碧蘭は首を横にふった。痛むのは身体ではない。

「……どうしてこんなことするのよ」

「こんなこと？」

「なぜわたくしをかばって転げ落ちたりするのよ。あなた、自分がどれだけ馬鹿なことをしたのかわかってる？　木や石に頭をぶつけて死んでいたかもしれないのよ。死ななかったとしても足の骨を折っていたら皇太子にはなれなくなる。成端王は淫売《いんばい》の命を守るために一生を棒にふったと天下の笑いものになるわ」

そうだ、碧蘭は守るに値しない女だ。あまたの嫖客《ひょうかく》にもてあそばれてきたこの身体には一文《いちもん》の値打ちもない。危険を冒して守るなんて馬鹿げている。

なにも碧蘭を抱いて転げ落ちなくても、斜面の下に投げ出された碧蘭に駆け寄り、心配そうに声をかけてくれれば十分だったのだ。そうすれば碧蘭は彼の心遣いに感じ入り、自分が才堅に求められていないという事実から目をそむけることができただろう。

「考える余裕はなかった。おまえに怪我《けが》をさせたくなくてとっさに行動しただけだ」

「仮にも立太子を目指している皇子が考えなしに動くなんてどうかしてるわ」

そうだな、と才堅は碧蘭の髻《もとどり》についていた楓葉をそっとはらった。

「どうやらおまえは、俺を考えなしにさせる女らしい」

言葉が出てこなくて、碧蘭は才堅の左胸に耳を押しあてた。力強くひびく鼓動を聴いていると、梢《こずえ》をわたる風の足音や夕日にきらめく川のせせらぎが遠ざかっていく。

「顔を見せてくれないか」

「……いやよ。おしろいがくずれてるもの」

眉《まゆ》も消えかかっているにちがいない。団龍文にひたいを押しつけてしまったから。

「目を閉じているから見せてくれ」

「目を閉じたら見えないでしょ」

「見えるとも。俺は心眼の持ち主だからな」

なによそれ、と笑う。

「ほら、目を閉じたぞ。顔をあげてくれ」

視線を上向けると、宣言どおり才堅はまぶたをおろしていた。それに気をよくして碧蘭は半身を起こした。秋陽に陰影をつけられた秀麗《しゅうれい》な顔貌《がんぼう》を見おろす。

「どう？　見えている？　心眼とやらで」

「ああ、見えるぞ。はっきりと」

　秀でた眉をまぶしそうにゆがめ、才堅は息をついた。

「おまえは自画像を描けないだろう」

「なによ、いきなり」

「描いたとしても似ても似つかない代物《しろもの》にしかならないだろうな」

「失礼ね。自画像くらい描けるわよ。本人と見分けがつかないくらいに精巧にね」

「人物画の真髄《しんずい》は伝神《でんしん》なんだろう？　人物の姿かたちを筆で写しとるだけではなく、内面まで描き出さなければ本物じゃない。だからおまえはおまえを描けるはずがないんだ。沈碧蘭――蕭《しょう》幽朋の嫡女《ちゃくじょ》の魂がどれほど尊《とうと》いのか知らないから」

　才堅は蕭幽朋の嫡女と言った。蕭貞霓《ていげい》ではなく。以前、碧蘭が彼に名を呼ばれることに不快感を示したからだろう。

「わたくしの魂が尊いですって？　あなた、いよいよ変だわ。どこかに頭をぶつけて意識がもうろうとしているんじゃないの？」

「もうろうとしているのはおまえのほうだ、碧蘭。おまえはなにも見えていない。次々に襲ってくる不運に翻弄《ほんろう》されるうちに視界が曇ってしまったんだろう。いまのままでは濃い霧のなかを手探りで歩いているようなものだ。このあたりで一度立ちどまって来しかたをふりかえってみないか?」

「来しかた? 父が冤罪《えんざい》で刑死し、連座《れんざ》して楽籍《がくせき》に身を落としたこと? 三十も年上の水《みず》揚《あ》げの旦那《だんな》に破瓜《はか》されたこと? 十四で孕《はら》んで堕胎薬《だたいやく》を飲んだこと? 薬が効きすぎて無《む》子《し》になり、血の道の病で毎月苦しむ羽目になったこと? あられもない姿で舞を披露させられ、なぶりものにされたこと? 往来で子どもに汚物を投げつけられ、『売女《ばいた》』と罵《ののし》られたこと? 同輩の妓女《ぎじょ》に罪人の娘と蔑《さげす》まれ、いやがらせをされたこと?」

いやがらせなんて可愛《かわい》いものではなかった。

十七のとき、碧蘭は馴染《なじ》み客の名を騙《かた》った文で呼び出された。そこにいたのは風流好みの嫖客ではなく、女に餓えた粗野な無頼漢たちだった。彼らが発する獣欲の臭気に怖気《おじけ》立《だ》ったときには組み敷かれていた。衣服をはぎとられそうになり、碧蘭は渾身《こんしん》の力をふりしぼって抵抗した。嫖客に身を任せるのには慣れていたが、それはあくまで妓女としてつとめを果たし、妓楼《ぎろう》に利益をもたらすためだ。無頼漢に襲われたところで一銭にもならない。嫖客以外の男に凌辱《りょうじょく》されたことが噂《うわさ》になれば、碧蘭の妓名は地に落ちる。ゆえに正式な手順を踏んでいない相手に肌身を汚されるわけにはいかないのだ。

死にものぐるいで抗《あらが》う碧蘭を、無頼漢は容赦《ようしゃ》なく平手打ちにした。

「淫売のくせに出し惜しみするな!」

頰《ほお》を張られた痛みよりも生臭《なまぐさ》い息とともに吐き出された罵言《ばげん》が碧蘭を黙らせた。

「お笑い種《ぐさ》よね。妓女が手籠《てご》めにされそうになって抵抗するなんて。失うものなんかなにもないのに。妓名が地に落ちるくらい、なんだっていうの。そもそも妓名に価値はないわ。娼妓として名を売れば売るほど、女としては値打ちが下がるのよ。……抵抗する必要はなかった。好きにさせればよかったのよ。やつらは金で雇われたごろつき。妓女らしくふるまって機嫌を取っておけば殴《なぐ》られずにすんだ。十人や二十人いたわけじゃない。ほんの三、四人よ。すこし相手をしてやれば、そのうち満足して……」

異変に気づいて駆けつけた妓楼の用心棒が助け出してくれたから、無頼漢たちは欲望を満たせなかった。香英楼《こうえいろう》の評判を守るため、楼主《ろうしゅ》が官府に付け届けをして無頼漢たちを秘《ひ》密裏《みつり》に始末したことは人づてに聞いた。

「蕭貞霓みたいな罪人の娘には禽獣《けだもの》どもがお似合いよ」

奸計《かんけい》の首謀者《しゅぼうしゃ》であった同輩の妓女は楼《みせ》のおきてを破ったかどで——妓楼の看板に傷をつける行為は禁止されている——厳しい折檻《せっかん》を受けながらも、碧蘭を罵倒しつづけたという。なお、彼女がふたたび客をとることはなかった。数日後に死んだからだ。

「わたくしはならず者にすら唾棄《だき》される女よ。生き恥をさらすべきじゃなかった。貞操《ていそう》を守って死ぬべきだったのよ。水揚げの前に……いえ、楽籍に落ちた直後に。何度も死のうとしたわ。でも、そのたびに思いとどまった。死んだら父の仇《かたき》を討《う》てないから」

いまこうして生きていることが正しいことだと確信を持てない。父は碧蘭が妓女になったことを九泉《きゅうせん》で恥じているのかもしれない。

「……あなたが立太子されたら……自裁するわ。あなたの重荷にならないように。わたくしの死後、あなたは良家の娘を東宮妃に迎えればいい。でも、即位したら、わたくしに皇貴妃の位を追贈《ついぞう》してね。父の名誉を回復するために」

　涙が枯れればいいのに。みっともない泣き顔を夕日にさらしたくない。

「一生大事にしてほしいなんて言える立場じゃない。いずれ玉座にのぼる男が愛すべき女はわたくしみたいなあばずれじゃなくて、後ろ暗い過去を持たない無垢《むく》な令嬢だとわかっているわ。高望みはしない。分不相応な夢は見ない。だから……せめて立太子されるまでは、わたくしを妻としてあつかってほしいの。だれかに見られているときも、見られていないときも……」

　堅気《かたぎ》の女みたいに、人の妻になってみたい。欲望を処理する道具ではなく、妻として愛されてみたい。真似事《まねごと》でいい。偽物でかまわない。ほんのひと時、夢を見たいだけ。

「わたくしにふれたくないなんて言わないで。お願いだからわたくしを蔑まないで。嘘でいいから、わたくしは汚れていないと言って。どんな辱《はずかし》めを受けても、わたくしはなにも失っていないって。楽籍に身を落とす前の蕭貞霓のままだって……」

「甘えるな、碧蘭」

　突き放すような口ぶりとは裏腹に、あたたかい手のひらが碧蘭の片頬をつつんだ。

「それは俺が言うべき台詞《せりふ》じゃない。おまえがおまえ自身に語りかけるべき言葉だ」

「……薄情者。上辺だけの慰めすらくれないなんてひどいわ」

「上辺だけの慰めに値打ちなどない。価値のないものを与えて恩をほどこしたと悦《えつ》に入《い》るほど下劣な男ではないつもりだ」

いつの間にか才堅は目を開けてこちらをふりあおいでいた。

「おまえは生き恥をさらすべきではなかったと言ったが、それには賛同できない。過去を敷きつめた道が現在につながっている。おまえにとっては苦痛をともなう経験ばかりだとしても自分が歩んできた道を否定してはいけない。来し方を拒《こば》むことは現在を拒むことだ。現在を受け入れなければ、未来に通じる道を見据えることができない」

碧蘭、と才堅は一音一音を大切そうにつむいだ。

「おまえがなにを失ったのかは、おまえ自身にしかわからない。失ったことを嘆《なげ》くためにその場にうずくまって動かなくなるのか、失ったことを受け入れて前を向き、ふたたび歩き出すのかは、おまえの裁量で決めることだ。ただ、忘れないでいてくれ。おまえは尊《とうと》い存在だ。なぜなら、いまこうして生きているからだ。天は数々の禍《わざわい》を与えておまえを痛めつけたが、おまえは天の悪意に屈することなく命を捨てなかった。それは茨《いばら》の道だったが、おまえは歩みつづけた。節を守って死ぬことが悪いことだとは言わない。それもひとつの生きかただろう。けれども生き恥をさらして前進しつづけた者の視界にひろがる景色は、名誉を守るために美しく散った者が永遠に見ることのできないものだ。天命に立ち向かう者は尊い。その者がどんな身分であれ、敬意を払われるべきだ」

「……わたくしみたいな淫売《いんばい》でも？」

その単語は使うな、と才堅は碧蘭の唇に指先を押しあてた。

「おまえはまず自分自身に敬意を払うことをおぼえなければならない。だれになにを言われようが、己を貶《おとし》めるな。他者に尊重されることを願いながら卑下《ひげ》するのは愚かなことだ。他人がおまえを淫売と呼んでも、おまえ自身はそう呼んではいけない。罵詈《ばり》雑言《ぞうごん》を浴びたら胸を張れ。他者の害心は蕭幽朋の嫡女《ちゃくじょ》に傷ひとつつけられない非力な微風だと証明しろ。できないとは言わせない。おまえは天の悪意に屈しない尊い女なのだから」

碧蘭は目を閉じ、頬を包んでくれているぬくもりを嚙《か》みしめた。気づくと才堅の胸に突っ伏して泣きじゃくっていた。八年分の涙を彼の上に注ぐように。

なんてひどい男だろう。満身創痍《まんしんそうい》の碧蘭に甘ったるい慰謝を与えず、痛棒《つうぼう》を食らわすとは。恨み言でも吐いて一矢《いっし》報いてやりたいけれど、嗚咽《おえつ》以外のものは出てこない。

震える背中に大きな手のひらがあてがわれている。そこから伝わる体温は錦の衣にへだてられてにぶく感じられるはずなのに、まるでじかにふれられているみたいに熱く、心の奥底までしみいる。

過去を敷きつめた道が現在に通じているなら、碧蘭は才堅と出会うためにずいぶん回り道をしてきたということだろうか。彼の手をとり、前に進むために。

まだ結論は出せない。ひょっとしたらここは通過点にすぎず、そのうち岐路《きろ》にぶつかって才堅とたもとを分かつことになるのかもしれない。確信できることなんてないけれど、いまこの瞬間を拒めない。いつの日か、これが苦い記憶になるとしても。

「あなたってうぬぼれ屋ね。〝天命に立ち向かう者は尊い〟なんて自画自賛が過ぎるわよ」

身分賤《いや》しき母から生まれ、養母は四皇子ともども冤《えん》をこうむり、自身も東廠《とうしょう》に連行され、父帝には猜疑《さいぎ》の目を向けられ、落ちこぼれの親王と朝野《ちょうや》で軽んじられながらも、亡き兄の無念を晴らすため東宮を目指す。

それこそ茨《し》の道だ。暴君が支配する禁城《きんじょう》ではささいな過失が命取りになってしまう。つねに緊張を強いられる。そこかしこで褐騎《かつき》が耳をそばだてているから、うかつに弱音も吐けない。薄氷を踏むような毎日にいやけがさしてすべてを投げ出したくなったこともあるだろうに、四皇子の雪冤《せつえん》などあきらめて享楽《きょうらく》や厭世《えんせい》に身をゆだねることもできただろうに、才堅はまだ前を向いているのだ。非業の死を遂《と》げた兄の無念を晴らし、弟としてできる限りの礼意を表して弔《とむら》うために前進しつづけているのだ。

「自分を誇ってなにが悪い」

ひらきなおらないで、と碧蘭は笑ったが、才堅は大真面目《おおまじめ》に答えた。

「俺は尊い男だ。ゆえにおまえにふさわしい」

変な言いかただ。まるで才堅を伴侶《はんりょ》に選ぶかどうか、碧蘭に決定権があるみたいだ。彼は東宮に手が届くかもしれない親王で、碧蘭は画才以外なにも持たない元妓女なのに。

「度しがたいうぬぼれ屋だわ、あなた」

笑みまじりの涙が紺藍《こんらん》の錦を濡らした。

「わたくしにふさわしい男なんて天下にふたりといないわよ」

そうだろう、と得意そうにひびく声があたたかい。この場所は居心地がよすぎる。長い一日を終えてようやく眠りに身をゆだねるときのように安堵《あんど》の息がもれた。

「そろそろ日が落ちそうだ。離宮に戻ろう。愚猿を困らせてはいけない」

耳を澄ますと愚猿の声が聞こえた。「殿下！　王妃さま！　どこにいらっしゃるんですか？」と叫んで捜しまわっている。

碧蘭は才堅に手を取られて立ちあがった。ふたりで転げ落ちた坂をふたりでのぼっていく。紅の小径《こみち》に戻るや否《いな》や、横ざまに吹きつけた金風《きんぷう》が紅樹をざわめかせた。代わる代わる枝を離れた楓葉が夕日の残像をまとってあでやかな雨のように舞い散る。

「来年もふたりでこの景色を見よう」

薄暮のなかに浮かびあがる彼の横顔は見惚《みと》れるほど美しかった。

「再来年も、その次も、これから先ずっとだ。どちらかが死ぬまで」

約束なんてしてはいけない。裏切られたときに心をえぐられるから。

「……景色を見るだけ？」

碧蘭が手を握ると、才堅はこちらを向いた。鉢巻状《はちまき》の網巾《もうきん》をつけた髻《もとどり》がくずれ、ほつれた髪の一筋がひたいにかかって秋の吐息にもてあそばれている。

どちらからともなく口づけする。それはいままで義務的にくりかえしてきたものとはまるでちがっていた。生まれてはじめて経験するような、ひどくつたない口づけだった。

「来年もこうして。再来年も、その先も……ずっと」

反故《ほご》にされるかもしれない。いつか才堅は碧蘭を捨てて、ほかの女とここに来るのかもしれない。信じるのが怖くてたまらないのに、信じたい気持ちに逆らえない。求めてみたいのだ。とうにあきらめたはずのものを、彼のなかに見出《みいだ》したから。

「約束する」

ふたたび唇がかさなる。互いの心を探り当てるように、おずおずと。

「その代わり誓ってくれ。金輪際《こんりんざい》、自分を道具あつかいしないと」

自分がどう見られているのかを恐れもせず、碧蘭は才堅を見つめていた。

「誓うわ」

三度目の口づけはため息をつくように自然に行われた。

「わたくしは道具じゃない。あなたの……高才堅の妻よ」

渇《かっ》した人が水を求めるように、碧蘭は才堅にしがみついた。この時間が寸刻でも長くつづいてほしい。夢からさめたあとも、やさしい余韻《よいん》にひたっていられるように。

内閣大学士三輔《ないかくだいがくしさんぽ》・遠孔国《えんこうこく》は金塗りの虫籠《むしかご》を持って寝間に向かっていた。なかに入っているのは蟋蟀《こおろぎ》だ。なお闘蟋《とうしつ》のための蟋蟀ではない。枕もとに置いて軽やかな鳴き声を楽しむために飼っているのだ。細民窟《さいみんくつ》にたむろする与太者《よたもの》から宮廷に出入りする貴顕紳士《きけんしんし》にいたるまで、世人は闘蟋に血道をあげている。惑溺《わくでき》しすぎて身代《しんだい》を持ち崩す者さえいると聞くが、孔国には彼らの興奮がまったく理解できない。虫けらを戦わせてなにが楽しいのだろうか。この世にはもっと血湧き肉躍る遊戯《ゆうぎ》があるのに。

寝間に入って牀榻《しんだい》に腰をおろすと、あどけない婢女《はしため》が封書を持ってきた。

差出人の名は馴染《なじ》みの名妓《めいぎ》。文面は孔国の無沙汰《ぶさた》をなじるものだが、墨痕《ぼっこん》から読みとれる文章にはなんの意味もない。婢女に燭台《しょくだい》を持ってこさせ、文を火であぶる。すると、墨《ぼく》跡《せき》と墨跡のあわいに特殊な顔料《がんりょう》で記された文字が浮かびあがった。差出人が知らせてくれたその消息を読み、孔国は口もとがゆるむのを感じた。

――〝暴虎馮河《ぼうこひょうが》して死して悔《く》ゆることなき者〟とは、まさに安遼王《あんりょうおう》のことだな。

安遼王・元覇《げんは》が北辺《ほくへん》から引きつれてきた手勢に不審な動きが見られるというのがあの者からの報告だった。近々、兵をあげるつもりなのだろう。おそらくは九陽城《きゅうようじょう》で。

謀反《むほん》が成功すれば黎昌王《れいしょうおう》・利風《りふう》の陣営に居る孔国は窮地《きゅうち》に陥《おちい》るが、そんな事態にはならないと確信している。なぜなら安逵軍の不審な動きを東廠《とうしょう》がすでにかぎつけているからだ。にもかかわらず情勢は動いていない。すくなくとも表立っては。東廠の不気味な沈黙は元覇にとって凶兆にちがいないが、皇家の猪武者《いのししむしゃ》は己が罠《わな》にかけられていることに気づかぬまま、脇目もふらずに破滅の道を突き進むだろう。

孔国は文に火をつけ、火鉢にほうり捨てた。

あの者につながるものは処分しておかねば。東廠に手蔓《てづる》があることが露見してはいけない。利風が即位し、孔国が内閣の首《おびと》になるまでは。

「おまえは十三だったな？」

孔国は立ち去ろうとした婢女を呼びとめ、手招きした。ためらいがちに近づいてきた婢女の手を握り、小さな掌《たなごころ》を丹念に愛撫《あいぶ》する。

「来年はちょうどよい年ごろになる」

少女らしい初心《うぶ》なにおいを放つ柔肌《やわはだ》は、雛妓《すうぎ》時代の柳碧蘭のそれによく似ていた。

第三幅　孝《こう》綏《すい》皇《こう》后《ごう》像《ぞう》

「そろそろいいか？」

「だめ、もうすこし待って」

やわらかい声がふってきたので、才堅《さいけん》は目を閉じたままじっとしていた。いつかの朝を再現するかのように、碧蘭《へきらん》が才堅の寝姿を描いているのだ。

王府で迎える冬の朝。臥室《しんしつ》に満ちる肌寒い空気が心地よく感じられるのは、夢の余韻が色濃く残っているせいだ。ふたたび共寝《ともね》するようになって数日経つが、以前とはなにもかもがちがう。碧蘭は妓女《ぎじょ》のようにふるまわなかった。もっとも才堅は粋人《すいじん》を気取るほど経験を積んでいるわけではないので、妓女らしいふるまいがどういうものなのか、碧蘭を通して知っているだけだが、妓楼《ぎろう》で床入《とこい》りしたときとは確実に異なっている。

素王山《そおうざん》の離宮で過ごした晩、才堅は碧蘭の臥室を訪ねた。唐突《とうとつ》な訪《おとな》いではない。ふたりきりの夕餉《ゆうげ》がすみ、腹ごなしに内院《なかにわ》を散策している際、閨《ねや》に行ってもいいかと尋ねた。彼女ははにかみながら首肯《しゅこう》した。ただし、一時辰《いちじしん》（二時間）後にと言い添えて。

寝支度《ねじたく》をするのに手間がかかるそうだ。彼女が許可してくれるなら、このまま一緒に閨に行こうと考えていた才堅は肘鉄砲《ひじでっぽう》を食らった心地になったが、碧蘭の希望どおりに事を運びたかったので快諾《かいだく》した。ついでに自分も寝支度をすませて臥室に行くと、彼女は鏡台の前で寝化粧《ねげしょう》をしていた。指先で唇に臙脂《べに》をのせる碧蘭に足音を忍ばせて近づいたのは、悪意があってのことではない。しかし彼女の顔をのぞきこんだ瞬間、悪い結果になってしまった。碧蘭は驚いて悲鳴をあげ、臙脂が入っていた合子《ごうす》を床に落とした。

脅かすつもりはなかった、と弁明して才堅は合子を拾いあげた。絨毯の上に落ちたので割れてはいなかったが、碧蘭が蒼白になっていたのでまずいことをしたと後悔《こうかい》した。

「合子なんかどうでもいいのよ。べつにたいしたものじゃないわ」

大事な合子だったのか、と申し訳なさそうに問う才堅に、碧蘭は一目でこしらえ物とわかる微笑を向けた。縮まったはずの互いの距離がふたたび存在を主張した。彼女は傍目《はため》にもわかるほど緊張していた。怯《おび》えていたといってもいいくらいだ。寝支度をしているあいだに才堅と共寝するのがいやになったのだろうか。もしそうなら正直に言ってほしい、無《む》理強《りじ》いしたくない、と語りかければ、「そうじゃない」という答えがかえってきた。

「いやになったわけじゃないけど……怖いのよ。あなたに失望されるのが」

碧蘭はうなだれ、膝の上で両手を握りしめていた。

「……わたくし、ほんとうは房事《ぼうじ》がすごく下手《へた》なの。水揚《みずあ》げの日那《だんな》に言われたわ。わたくしの身体《からだ》はにぶくてつまらないって。そのことを姐《ねえ》さんに……先輩妓女に相談したら、されるままになっているだけじゃだめ、演技をして客を楽しませるのが妓女のつとめだって叱られたわ。だから必死で閨技《けいぎ》をおぼえて、姐さんたちのように芝居をがんばったの。そうすれば客は喜んだけど、自分の身体が自分のものじゃないような感じがした。だって快《こころよ》いものはなにも感じないのに――不快な気持ちしかないのに――喜んでいるふりをするのよ」

　嫌悪感しか抱けない行為を、さも望んでしているかのようにふるまわなければならない。水揚げからしばらくは、つとめを終えるたびに嘔吐《おうと》していたという。

「そのうち仕事には慣れたけど……身体はにぶくなる一方だったわ。なにをされても、なにをしても、不快感しかないの」

「……すまない」

　才堅は彼女の足もとに片膝をついた。

「俺もおまえに苦痛を強《し》いていたんだな。自分ではそれなりにうまくやったつもりだったんだが……宦官《かんがん》の講義で学んだ知識しか持たなかったから、つたなかったんだろう」

冠礼《かんれい》を迎えると、宗室男子は床入りの作法を学ぶ。その道にくわしい宦官たちが春宮画《しゅんぐうが》や人形を用いて仰々《ぎょうぎょう》しく講義するのだ。いちおう真剣に聞いていたので、一通りの手順はおぼえた気になっていたが、やはり座学だけでは不十分だったようだ。

「知識しか持たなかったって……どういうこと？」

「妓楼で床入りする前に話しただろう。俺は……女人《にょにん》の柔肌にふれたことがないと」

「あれはわたくしを油断させるための嘘でしょ。十九になる男が――それも皇族が女ひとり抱いたことがないなんてありえないわ」

碧蘭が真顔で見つめてくるので、才堅はいたたまれなくなって目をそらした。

「ねえ……まさか、ほんとうなの？　あなた……わたくし以外の女と共寝したことないの？　どうして？」

「どうしてと言われてもな。機会がなかったとしか言いようがない」

「機会がなかった？　側仕《そばづか》えには婢女《はしため》もいるでしょう？　若くてきれいな婢女がひとりもそばにいなかったというの？」

「婢女の年齢や美醜《びしゅう》など気にしたことはないが、なかには妙齢の美人もいるだろうな」

「若い美人がそばにいるなら手をつけるでしょ。男なんだから」

「男だから側仕えの美人に手を出すと決めつけられては困る」

後ろ盾がない才堅の立場はつねに累卵《るいらん》の危うきにある。周囲に妻帯を勧められたことはなく、こちらから求めたとしても良家の令嬢が嫁《とつ》いできてくれる見込みはない。とはいえ、腐っても親王だ。碧蘭が言うように婢女相手なら女色にふけることは可能だったが、未婚のまま横死《おうし》した四皇子・文耀《ぶんよう》のことを思えば色事に溺《おぼ》れる気にはなれなかった。

「じゃあ……わたくしは、あなたにとって最初の女なの？」

そうだ、と答えると、碧蘭は「ほんとうに？」とくりかえしてころころと笑った。

「笑わなくてもいいだろう。たしかに経験がないせいで、つたなかっただろうが……」

最後まで言えなかったのは、碧蘭がいきなりしがみついてきたからだ。勢いよく降ってきた茉莉花《まつりか》のにおいに包まれ、才堅は尻もちをついた。

「うれしいわ。あなたの最初の女になれて」

才堅の腕のなかで碧蘭は泣いていた。

「わたくしにとっても、あなたが最初の相手であってほしかった」

碧蘭が耐えてきた苦痛を思うと胸がつぶれる。八年前、彼女が楽籍《がくせき》に落とされないよう働きかけることができたらよかったのに。十二歳の少年皇族にすぎなかった才堅にはなんの力もなかった。わが身を守ることさえおぼつかなかったのだから、碧蘭を救い出すことなどできたはずはない。

「俺はおまえの最後の男だ」

才堅は碧蘭をひしと抱きしめた。

「そのことを誇らしく思う」

結論から言えば、碧蘭の懸念《けねん》は杞憂《きゆう》だった。端《はた》から見ている者がいれば、あきれるほど不慣れで、もどかしくなるほどぎこちない情交だっただろうが、互いの心を丸裸にしてかさね合うことができたと思う。あくまで才堅としては、だが。

「もう一度、尋ねてもいいか？」

「また？　しつこいわね」

碧蘭はまだ画筆を動かしている。

「ほんとうに演技はしなかったんだな？」

「してないって何度も言ったでしょ」

「それにしては前評判とちがいすぎるじゃないか。水揚げの旦那とやらはおまえをにぶくてつまらないと言ったんだろう？　いったいおまえのどこがにぶいのか――」

「もうやめて、その話は」

碧蘭がうしろを向く気配がしたので、才堅は起きあがった。

「なにが気に障った？　水揚げの旦那のことを思い出させたのがよくなかったのか？」

「そんなことどうでもいいわよ。昔のことだもの」

「じゃあ、なんで怒っているんだ。気づいているだろうが、俺は女に関して鋭敏なほうじゃない。女心を察しろと言われても無理だぞ」

「でしょうね。あなたこそ、にぶいわよ。つまらないとは思わないけど」

「わかっているなら教えてくれ。俺の発言のなにがまずかったんだ？　おなじ過ちをくりかえさないために知りたい」

「教えてほしいなら約束して」

碧蘭はちらりとこちらを見た。目つきは鋭いが、頰《ほお》には赤みがさしている。

「この話は二度と蒸しかえさないって」

いささか迷ったあとで才堅がうなずくと、碧蘭は描きかけの絵と画筆を牀榻《しんだい》のそばの小卓に置いた。夜着の裾《すそ》を気にしながらにじり寄ってくる。

「……ほんとうか？」

耳もとでひどく言いにくそうにささやかれた言葉に、才堅は目をしばたたかせた。

「わたくしが嘘をついているとでも？」

「疑うわけじゃないが、俺はこの道に不慣れだし、たくみではないという自覚もある。毎回おまえに夢中になるばかりで、おまえのことをうまくあつかえていない気がするんだ。はじめのうちは自分よりもおまえの気持ちを優先しようと懸命に心がけているんだが、しだいに自制がきかなくなってしまい……」

「勘違いされないように言っておくけど、わたくしが演技をせずにすんだのは、あなたの技量とは関係ないわ。そもそもわたくしには男の良《あ》し悪しなんかわからないの。そんなこと気にしたこともない。どれも似たり寄ったりだもの。でも……素王山の夜からなにかが変わったのは、わたくしの心が変わったからだわ。あなたに情を感じているから、あなたと共寝するのが苦にならなくなったのよ。要するにあなたのおかげじゃなくてわたくし自身のおかげってこと。まちがっても自分の手柄だと思わないでね。あなたが男として優れているわけじゃないんだから」

碧蘭は気恥ずかしさをごまかすようにこちらに背を向けた。

「姐さんも言っていたわ。相手が本気で好きな男なら演技は要らないって。わたくしがあなたを好きだから、わたくしにとってあなたがとくべつな人だから……演技せずにすんだの。あなた自身がこの道に長《た》けていることの証明にはならないから、図に乗って——」

才堅がうしろから抱きすくめると、碧蘭はつづきをのみこんだ。

「俺もだ。おまえに情を感じているから、妓楼《ぎろう》でこうしたときとはまったくちがう」

「どういうふうにちがうの？」

碧蘭がおずおずと見上げてくるので、才堅は彼女の唇をふさいだ。

「おまえが愛らしくてたまらないんだ」


「昨夜はあまりおやすみになれなかったようですね」

碧蘭が鏡台に座るなり大あくびをしたせいか、佳杏《かきょう》が苦笑まじりに話しかけてきた。

「いつ眠ったのか思い出せないわ。朝なのにくたくたよ。妓女《ぎじょ》時代に戻ったみたい」

妓楼にいたころは、明けがたに嫖客《ひょうかく》を送り出してからが睡眠時間だったが、王府では朝になれば身支度《みじたく》をして一日過ごさなければならない。

——でも、妓女時代よりずっと気分がいいわ。

全身に甘い夢の余韻《よいん》が残っている。気だるさも眠気も心地よいもので、妓女として一晩働いたあとで迎えた朝に感じていたいとわしい疲労感とは似ても似つかない。

――こんな日が来るなんて夢にも思わなかった。

水揚《みずあ》げの翌日、朝日を見るなり泣き出したのをおぼえている。もう人の妻にはなれない。まともな結婚はできない。流連《りゅうれん》のあいだは水揚げの旦那《だんな》をもてなし、流連が明けたら多数の嫖客を迎えなければならない。堅気《かたぎ》の女なら夫としか経験しない行為を、来る日も来る日も、相手を替えてくりかえさなければならないのだと絶望に打ちひしがれた。

あれから幾度、仕事をしたのだろう。数えたことはないし、数えたくもない。

嫖客に素肌をもてあそばれるたび、自分がすり減っていくのを痛切に感じた。毎晩強《し》いられる行為だけでなく、自分の身体《からだ》までもが汚らわしいものに思えてならなかった。妓女たちのなかでだれよりも念入りに湯浴みしていたのは、つとめの痕跡を洗い流すためだった。洗っても洗っても汚いままだと感じていた。一度しみついた汚れは洗い落とせないのだと思い知らされてからも、呪わしい習慣《かじょう》のように執拗《しつよう》な湯浴みをくりかえした。

素王山の晩の翌朝も湯浴みをしたが、過剰に身体を洗うことはなかった。数敵の香油をたらした湯につかるだけで満足した。あまり長湯すると、ほのめく夜の残り香が消えてしまいそうで惜しくなり、あわただしく湯船から出たほどだった。

「お顔が輝いていらっしゃいます。紅おしろいは必要ありませんね」

鏡越しに佳杏の微笑《ほほえ》みを見て、碧蘭は気まずくなった。

彼女も八年前までは愛する夫と幸せな朝を迎えることがあったはずだ。碧蘭が浮かれているせいで、喪失の痛みを思い出させてしまったかもしれない。

「そうかしら。おしろい無しじゃ肌がくすんで見えるわ。妓楼勤めのせいね。妓女が厚化《あつげ》粧《しょう》なのは肌が荒れやすいからなのよ。あちこちの宴席に呼ばれて出歩いているから、毎日のように夜更かししているでしょう？　客に付き合って深酒することも多いし、不摂生《ふせっせい》が顔に出るのよ。あなたのようにきれいな肌がうらやましいわ」

「わたくしなんて……褒めていただくほどではありません。夫のほうがきれいでした」

「まあ、ご夫君が？」

「かねてより美しい宦官《かんがん》だと評判になっていましたが、はじめて間近で見たとき、肌が陶《とう》器《き》のようで見惚《みと》れてしまいました」

佳杏はいつになくやわらいだ表情で語った。

「それほど見目麗《みめうるわ》しい宦官なら、さぞや引く手あまただったでしょうね？」

「女官たちはあの人の気をひこうと躍起《やっき》になっていましたわ」

「いったいどうやって大勢の恋敵《こいがたき》に打ち勝ったの？」

「打ち勝ったなんて、とんでもない。あの人が物好きだっただけですわ。わたくしは陰気な女で……書庫勤めでしたのでひねもす書物に埋もれており、髪型や化粧の流行にうとくて。あの人のような見目麗しい宦官の視界に入るような女ではありませんでした」

ふたりが親しくなったのは、本の趣味が合ったからだという。

「恥ずかしながらわたくしは恋愛小説が好きでたくさん蒐集《しゅうしゅう》していたのですが、あの人もおなじで。小説の話をしていたらあっという間に時間が過ぎました」

ふたりは惹《ひ》かれ合い、夫婦になり、仲睦《なかむつ》まじく暮らし――幽明境《ゆうめいさかい》を異《こと》にした。

「夫が殉葬《じゅんそう》されたあと……あの人が集めていた小説を処分しようと何度も思ったのですが、いまだに一冊も手放せずにいます。小説だけでなく、衣服や筆墨《ひつぼく》も生前のままにしているんです。……われながら未練がましいことですわ。そんなものをそばに置いていても、もう二度と、あの人が使うことはないのに……」

今上《きんじょう》が汪《おう》皇后を悼《いた》むように、佳杏は亡き夫を悼んでいる。いつになったら今上は自覚するのだろうか。彼の際限のない悲嘆《ひたん》があらたな悲嘆を生み出していることを。

「ご夫君の姿絵は持っているの？」

「いいえ、そのようなものは……」

「わたくしが描いてあげましょうか。人物画は得意なの。顔立ちを教えてくれれば、本人そっくりに描けるのよ」

せっかくのご厚意ですが、と佳杏は申し訳なさそうに断った。

「夫の容貌《ようぼう》はわたくしの記憶のなかだけにとどめておきたいのです」

「賢明ね。絵にしたら一目惚れする者がいるかもしれないわ」

碧蘭が笑うと、佳杏も鏡越しに笑った。その切なげな微笑が物語っていた。彼女はいまも亡き夫を恋うているのだと。


十月一日、焼衣節《しょういせつ》。九泉《きゅうせん》にいる肉親に冬着を送り届けるため、冥衣《めいい》（紙製の衣）を焼く節日を迎え、成端王府《せいたんおうふ》の内院《なかにわ》には祭壇《さいだん》がもうけられた。

祀《まつ》られている神位《しんい》（位牌《いはい》）は才堅の生母である唐貴人《とうきじん》のものだけだが、用意された冥衣には文耀《ぶんよう》、文耀の母である柏賢妃《はくけんひ》、そして蕭幽朋《しょうゆうほう》の名が書かれていた。

碧蘭と才堅は黙々と冥衣を焼いた。互いに表立って供養《くよう》することができない人がいる。いまは人目をしのんで追福《ついふく》するのが精いっぱいだが、いつの日かそれぞれの神位を祭壇に祀り、だれに憚《はばか》ることなく冥衣を焼くことができればいいと思う。

「雪だわ」

たちのぼる煙を見るともなしに見ていると、視界に雪花がちらつきはじめた。

「九泉にも雪が降るかしら」

「降るだろうな。九泉はこの世の写しだそうだから」

「でも、寒くはないわよね。こんなにたくさん冬着を送ったんだもの」

そうだな、とつぶやいて、才堅は銀盤に紙銭《しせん》をくべる。

「来年も一緒に冥衣を焼いてね？　再来年も、その先も……どちらかが死ぬまで」

にわかに胸に生じた愁情《しゅうじょう》が碧蘭に弱々しい台詞《せりふ》を吐かせた。

「あたりまえだ。夫婦はおなじ人を悼むものだからな」

才堅は力強くうなずいたが、心を覆《おお》った暗雲は消えない。

――きっと長続きしないわ。

いつまで彼のとなりにいられるのだろう。幸せな夜の残り香に満身を包まれているのに、そんなことを考えてしまう。

才堅は碧蘭を愛してくれている。いまは。けれど、彼の愛が終生変わらない保証はどこにもない。嫖客たちの甘いささやきがどれほど空疎《くうそ》なものか、妓楼《ぎろう》でいやというほど学んだ。嫖客が妓女に夢中になるのは色香に溺《おぼ》れているからだ。彼女が若く美しいから情欲を掻《か》き立てられているのだ。……逆に言えば、それだけだ。

才堅が碧蘭に愛情を注いでくれるのも同様の理由ではないか。すくなくとも碧蘭の容色が彼の心をとらえているのはまちがいあるまい。男の愛の源泉は色だ。色香があれば愛される。碧蘭のように忌《い》まわしい過去を持つ女でも。さりながら容色は年々衰える。碧蘭はもう二十歳《はたち》だ。来年には二十一に、再来年には二十二になる。どれほど装《よそお》いを凝《こ》らしても、十五、六の少女が持つ瑞々《みずみず》しい麗《うるわ》しさには敵《かな》わない。

色が衰えれば男は目移りする。蜜を求める蜂がしおれた花を見限って飛び去るように。

「世間では『女の命は十年』と言われているが」

水揚《みずあ》げの旦那である内閣大学士《ないかくだいがくし》三輔《さんほ》・遠孔国《えんこうこく》が酒席で新進士《しんしんし》に講釈していた。

「私に言わせれば四年だ。女は十四から十八が美しさのさかりで、それを過ぎればやれ、いやれはすのにおいが鼻について抱く気が起きない」

その信条どおり、孔国は碧蘭が十九になるとぱったりと登楼《とうろう》しなくなった。いまはよその楼《みせ》で十五歳の妓女を敵娼《あいかた》にしているという。

孔国に限らず、嫖客《かぎょう》が好むのは若い女だ。なればこそ、妓女は十四で水揚げを行い、二十四で泥水稼業から足を洗う。もっとも、十年勤めあげて生きたまま苦界を出られるのは、一握りの幸運に恵まれた妓女だけだ。

遊里《ゆうり》には二十五を過ぎた妓女もいて、彼女たちは老妓《ろうぎ》と呼ばれている。老妓のなかには天下に妓名をとどろかせた元名妓もすくなくない。色が衰える前に身請けされなかったせいで老妓に身を落とし、犬肉と同等か、それ以下の値段で一晩に十数人の嫖客を迎えるのだ。落籍《らくせき》されたものの嫁《とつ》ぎ先から追い出され、遊里に舞いもどってくる者も多い。一度娼門《しょうもん》に入った女は春をひさがなくなっても蔑《さげす》まれる。まともな職につけないので世をわたるすべがなく、養ってくれる相手がいなければ肌身を売って口を糊《のり》するしかない。

老妓はふだん曲酔《きょくすい》の外で商売をしているので、花盛りの妓女の視界に彼女たちの姿が映ることはない。ただし毎年、焼衣節には老妓が連れ立って曲酔につめかける。

遊里では死者を祀る行事を避ける。紅灯《こうとう》の巷《ちまた》はあくまで遊びの場で、生活の場ではないからだ。したがって楼で冥衣を焼くことはないが、代わりに楼いちばんの売れっ妓《こ》が宴《うたげ》をひらいて妓楼の女衆男衆に酒食《しゅしょく》をふるまうことになっている。焼衣節は客足が途絶えがちなので、にぎにぎしい饗宴《きょうえん》は夕刻から夜半までつづく。その際、おこぼれにあずかろうとして方々からやってくる老妓の群れはもはや風物詩となっていた。

水揚げをすませて二年が過ぎたころのことだ。碧蘭がひらいた宴に押しかけてきた老妓たちが笑い話のようにかく語った。

「あたしたちの客はしみったればかりさ。ほんとは香英楼《こうえいろう》みたいな大店《おおだな》の売れっ妓を抱きたいくせに、名妓の玉代《ぎょくだい》なんか逆立ちしても払えない能無しだからあたしらを使うんだよ。あたしの身体《からだ》にむしゃぶりつきながら意中の名妓を必死になって呼んでさ、あの情けない声ときたら噴き出さずにはいられないよ！」

老妓たちはどっと笑い、そのうちのひとりが碧蘭をじろりと睨《にら》んだ。

「あんたの名を呼びながらあたしを抱いた客は一人や二人じゃないよ。感謝してほしいもんだね。あんたの代わりに汚らしい連中の相手をしてやってるんだから」

老妓たちが騒ぎ立てるので用心棒が追い払おうとした。碧蘭はそれをとめ、彼女たちにも気前よく酒食をふるまった。老妓たちはたちまち上機嫌になり、「あんたはきっとお大尽《だいじん》に身請けされるよ」とお追従《ついしょう》を言った。

あとで仮母《おかみ》に聞いたが、碧蘭を睨みつけた老妓はかつて香英楼の名妓だったという。

「あんたがうちに来たのと入れ替わりに追い出したんだよ。なぜって？　よせばいいのに賭博《とばく》好きの情夫《いろ》に入れこんじまってねえ、情夫のために借金をしたのさ。返済に追われて荒っぽい仕事をしてたもんだから、心労がたたってあちこちがたが来ちまってね、目も当てられないほど値崩れしたんだ。うちには置いておけないから格下の妓楼に移したんだよ。その後もずいぶん鞍替《くらが》えしたみたいだけどね、いまじゃあのありさまさ」

かの老妓はまだ三十の坂を越えていないと聞いて碧蘭は戦慄した。白髪まじりの髻《もとどり》に壊れた簪《かんざし》をさし、枯れ木のように痩《や》せ細った身体に継ぎのあたった衣をまとい、干《ひ》からびた肌に安物のおしろいを塗りたくった姿はとうに四十を過ぎているように見えた。

「あんたみたいな若い妓女《ぎじょ》は肌身に値札をつけられることを嘆《なげ》くが、自分のあさはかさに気づいていないのさ」

老妓は歯が数本欠けた口から酒臭《さけくさ》い息を吐き、碧蘭を小突いた。

「若いうちはいいんだよ。高値で買ってもらえるんだから。客をとるのだって一晩で一人や二人ですむだろ。でも、あたしらみたいに年を食っちまうと値打ちが下がって客の質が落ちちまう。貧乏人を相手に商売しなきゃいけなくなるんだ。しかもあいつら、はした金しか払ってないくせに、お大尽気取りであれしろこれしろとうるさく指図しやがる。気に入らないと殴《なぐ》ったり蹴《け》ったりするのさ。見てごらんよ、これも客にやられたんだ」

老妓は袖《そで》をまくって腕の青あざを見せた。わざわざ袖をたくしあげなくても、彼女が暴力をふるわれていることは見てとれた。老妓の顔は痛々しく腫《は》れ上がっていたので。

「あんたが立ってる場所はね、地獄の門前にすぎないんだよ。ほんとの地獄はまだ面《つら》を見せちゃいない。あたしらのところまで落ちてきたら、なつかしく思い出すようになるだろうさ。名妓の生活がどれほど恵まれていたかってことをね」

老妓の忠告は碧蘭を震えあがらせた。二十四までに苦界から脱出しなければならない。身請けされなければならない。売れ残って遊里の最下層に落ちてしまう前に。

――でも、身請けされても結局はおなじことだわ。

若さが減るごとに愛情も目減りする。紅顔《こうがん》がすっかり色あせたら、才堅はいまのような目で碧蘭を見てくれなくなるだろう。才堅が二十五になったとき、碧蘭もおなじ齢だ。そのころになってもまだ抱いてくれるだろうか？　昨晩そうしてくれたように。滾《たぎ》るような情熱は消え失せ、碧蘭の閨から足が遠のくのではあるまいか。彼は十九、二十歳の女を抱きたくなるのではないか。さんざん味わい尽くした年増女《としまおんな》ではなく。

そんな日が来たら、どうやって才堅を引き止めればいいのだろうか。若さを取り戻すことなんて不可能なのに。

「……教えてね。そのときが来たら」

「そのとき？」

紙銭を焚《た》く手をとめて、才堅がこちらを向いた。

「わたくしを抱きたいと思えなくなったら……そう言って。あいまいにされるのはかえって傷つくわ。変な期待をしないように、引導《いんどう》をわたしてくれたほうがいい」

「なんの話だ？」

「わたくしが年をとったときの話よ。容色が衰えれば抱きたい気持ちが起こらなくなるでしょ。そうなったらはっきり教えてほしいの。ごまかしたり、避けたりしないで。遊里に身を置いてきたんだもの、男が女に魅力を感じなくなったらどれだけ冷淡になるか、いやというほど知ってるわ。花のさかりを過ぎた女を抱く気が起こらないのは理解できる。そうなっても怨《うら》みはしないわ。でも、抱きたくないからって遠ざけないで。閨《ねや》に来てくれなくてもいいから、たまに会ってね。年に一度でもいいわ。焼衣節に冥衣を焼くときだけでもいい。あなたの顔を見られたら、それだけで十分よ」

嘘だ。十分であるはずがない。ほんとうは焼衣節以外でもそばにいたい。夜は抱いていてほしいし、朝はふたりで食卓につきたい。一緒に出掛けたり、絵を描いたりしたい。まるでこの世に存在するたったひとりの女のように大事にしてほしいし、碧蘭を見るたびに彼の胸に満ちる感情を永遠に失わないでほしい。

なんて贅沢《ぜいたく》な願いであろうか。たまゆらの幸せでさえ身に余るものだというのに。才堅は碧蘭が歩んできた道ごと愛してくれているのだから。

「年をとるのはおまえだけじゃないぞ。俺が老いたとき、おまえは俺にふれられるのをいやがるんじゃないか？　老けこんだ男はきらいだと言って」

「馬鹿ね、あなたが老けこんでるならわたくしはおばあさんだわ。同い年なんだから」

「だったらお互いさまだろう。おまえが年をかさねるように、俺も年をかさねていく」

才堅は碧蘭の手をとって立ちあがらせ、雪空に吸いこまれていく一筋の煙を見やった。

「若さも老いも、ともに分かち合おう。いいときも悪いときも一緒にいよう」

「気安く約束なんかしないで。反故《ほご》にされたらあなたを怨むわ」

「罰則をつけようか。もし約束を守れなければ高才堅《こうさいけん》は早世するだろう」

「だめよ、そんな口約束はしないで。あなたには志《こころざし》があるはずよ。大業《たいぎょう》をなすには時間がかかるわ。長生きしなきゃいけないのに不吉なことを言わないで」

碧蘭は彼の手を握って首を横にふった。得体のしれない恐怖が肌に粟《あわ》を生じさせる。才堅と死に別れる未来が頭をかすめた。それは彼に飽きられて捨てられることよりも耐えがたいものだ。いつの日か幽明境《ゆうめいさかい》を異《こと》にするとしても、先に黄泉路《よみじ》をわたるのは碧蘭であってほしい。碧蘭が鬼籍《きせき》に入っても、才堅には生きていてほしい。今上《きんじょう》が蹂躙《じゅうりん》した人びとを苦しみの淵から救い出してほしい。虐政《ぎゃくせい》に踏みにじられてきた万民に恩徳をほどこし、反骨者の史家でさえ称《たた》えずにはいられなくなるほどの仁政を行ってほしい。

才堅には美名を残してほしいのだ。千年後までとどろく悪名ではなく。

「俺だって志を果たしたいと思っている。そのためにはおまえの協力が不可欠だ」

「皇后さまの御容《ぎょよう》のことなら――」

ちがう、と才堅は碧蘭の手を握りかえす。

「俺に約束を守らせてくれと頼んでいるんだ。人生のいかなる場面でも俺のそばにいてくれ。若いころだけでなく老いてからも、好天のときも荒天のときも、こうしてとなりにいてほしい。おまえがかたわらにいてくれたら、俺はかならずや大業をなすことができる。俺が長命になるように、おまえも長生きしてくれ」

「……長生きしたら老婆《ろうば》になるわよ。色香なんてこれっぽっちもなくなって、顔じゅう皺《しわ》だらけになって、髪は真っ白になって、おしろいを塗った妖鬼みたいになっても、わたくしを女としてあつかえる？　若く美しい娘たちに目もくれずに」

尋ねるだけ無駄だ。どんな答えを聞いても安心はできない。気休めにしかならないと知りながら、碧蘭は貪《むさぼ》るように才堅の顔を見つめた。

「おしろいを塗った妖鬼だって？　それはいいな」

才堅は肩を揺らして笑う。

「笑い事じゃないのよ。女にとって若さを失うことがどれほど恐ろしいことか、男のあなたにはわからないでしょうけど、年をとるにつれて……」

「老婆には老爺《ろうや》が付き物だ」

才堅は碧蘭の髻《もとどり》についた雪片《せっぺん》を払い落とした。

「おしろいを塗った妖鬼のかたわらには、白鬚の妖鬼がいるだろう。ふたりは微笑《ほほえ》み合い、肩を寄せ合っているだろう」

一瞬、その光景が目に浮かんだ。

「白鬚の妖鬼はこう言うんだ。『今日のおまえは昨日よりもきれいだな』と」

「おしろいを塗った妖鬼はこう言うわ。『白髪頭のおじいさんに口説《くど》かれたってうれしくないわよ』って」

ふたりそろって頤《おとがい》をとく。

「でもそれは照れ隠しよ。そっけない言葉とは裏腹に本心ではこう思っているの。『今日のあなたは昨日より凜々《りり》しくて素敵よ』って」

青春のさかりにいる黒髪の才堅が、人生の黄昏《たそがれ》に在る白髪の老爺とかさなって見えた。彼の老いた姿はいまよりもずっと魅力的にちがいない。欲望を処理する道具として消費されてきた婀娜《あだ》な容姿を失い、華やかなりし名妓の面影《おもかげ》を完全になくしてしまっても、碧蘭は生まれてはじめて恋を知った少女のように胸をときめかせるだろう。

もし、そのときにも才堅のそばにいられたなら。

「楽しみだな」

ひたいにやさしい口づけが落ちた。

「どんな情勢でもふたりで生き抜いて、いつかおなじ墓に入ろう。手を取り合って黄泉路《よみじ》を下るんだ。まるで野遊びにでも出かけるかのような足どりで」

「獄卒《ごくそつ》に叱られるわよ。物見遊山《ものみゆさん》で地獄に来たのかって」

ふたりぶんの笑い声が内院《なかにわ》に満ちる。長生きしたいなんて考えたこともなかった。とくに楽籍《がくせき》に落ちてからは。復讐心《ふくしゅうしん》だけが碧蘭を生かしていた。だが、いまはちがう。できるだけ長く生きたい。未来へつづく道を、才堅とともに歩んでいくために。

「王妃さま！」

どたどたと地鳴りのような足音を響かせて力熊《りょくゆう》が回廊《かいろう》を駆けてきた。

「たいへんです！　とんでもないことが起こりました！　まさかこんなことになるとは！」

回廊からおりてきた力熊は揖礼《ゆうれい》もそこそこに肩で息をしながら言う。

「落ちついて。なにがあったの？」

「あのかたが、あのかたがお見えになりました！」

「あのかた？　だれのこと？」

怪訝《けげん》そうに訊きかえす碧蘭に、力熊は目を白黒させながら答えた。

「失太監《しったいかん》です」

皇帝付き首席宦官《かんがん》・失邪蒙《じゃもう》。東宮《とうぐう》時代から今上に仕えている腹心がわざわざ訪ねてきたのなら、よほどの用件にちがいない。

「すぐに参内《さんだい》なさるようにと。主上《しゅじょう》がお召しだそうで」

「主上が殿下を？」

「いいえ、殿下ではなく、王妃さまおひとりで参内なさるようにと仰《おお》せだそうです」

今上が碧蘭を召し出す理由はひとつしかない。このときを待ち望んでいたはずなのに、いざ直面すると身体《からだ》がすくんでしまう。

「お急ぎください。失太監が軒車《くるま》を待たせているとおっしゃっています」

力熊に急《せ》かされて回廊に向かおうとした瞬間、才堅にぐいと手をひかれた。

「忘れるな、碧蘭。俺はいつでもおまえのそばにいる」

あたたかい腕のなかで、碧蘭はその言葉を嚙《か》みしめた。

ひょっとしたら二度と戻れないかもしれない。今上は汪皇后の御容制作を碧蘭に命じるだろうが、王府に帰してくれるとは限らない。御容の出来次第では厳罰に処されることもありうる。だからこれは、彼のぬくもりを味わう最後の機会になるかもしれない。

それでも行かなければならない。ふたりの復讐を果たすために。

皇城《こうじょう》の城壁は二重構造になっている。内城《ないじょう》に面しているほうを外皇城《がいこうじょう》、宮城《きゅうじょう》に面しているほうを内皇城《ないこうじょう》といい、外皇城の東門は東安門《とうあんもん》、内皇城の東門は東斉門《とうせいもん》と呼ばれる。東斉門をくぐると、龍影河《りゅうえいが》という堀がある。龍影河には六花石《りっかせき》製の石橋がかかっており、皇帝と皇太子以外は石橋の手前で車馬からおりなければならない。三監《さんかん》のなかには車馬で宮城の東門たる東華門《とうかもん》に乗りつける者もいるが、皇帝付き首席宦官・失邪蒙《しつじゃもう》は石橋のたもとで軒車を止め、碧蘭をおろした。

東華門は三つの門から成る。中央の中門は御成《おな》り道《みち》だが、内閣大学士《ないかくだいがくし》と一部の三監の通行も許されている。右側の東門は文武官と宦官が、左側の西門は皇族が通る。時刻は午《うま》の下刻。すべての門が開かれているが、門前は閑散《かんさん》としている。

東門の前にはだれかの忘れ物のようにぽつんと人影があった。

呉須《ごす》色の補服《ほふく》姿の官僚だ。彼は五品武官であることをあらわす熊羆《ゆうひ》の補子《ほし》をつけた背中を石橋に向け、早くも雪が積もりはじめた地面にひざまずいていた。

承華殿待詔《しょうかでんたいしょう》にして錦衣衛千戸《きんいえいせんこ》の来常逸《らいじょういつ》。碧蘭にとっては不倶戴天《ふぐたいてん》の仇《かたき》にもひとしいその男は、しゃがれた声を張りあげて何事かを叫んでいた。

「主上！　醜業婦《しゅうぎょうふ》に皇后さまの御容《ぎょよう》を描かせるべきではありません！」

佳杏に傘をさしかけてもらいつつ石橋を渡った碧蘭の耳に、罵言《ばげん》が飛びこんできた。

「来待詔はあんなところでなにをなさっているのですか」

「主上に諫言《かんげん》なさっているんです。あなたに皇后さまの御容を描かせてはならないと」

西門へと先導する失太監がふりかえりもせずに答えた。

「数日前、廷杖《ていじょう》に処されて重傷を負っているので、自邸で療養するべきなのですが、東華門まで出てきてあのように訴えています」

常逸はなおも喉《のど》が張り裂けんばかりに叫んでいる。

「淫売《いんばい》の用筆は皇后さまの名節をそこないます！」

血を吐くような叫声《きょうせい》が碧蘭の胸に突き刺さった。

——なんて下劣な人なの。お父さまを見捨てただけでは飽き足らず、わたくしを公然と貶《おとし》めるなんて。

怒りが喉元までこみあげてくる。好き好んで妓女《ぎじょ》に身を落としたわけではないのに、まるで碧蘭が望んで春をひさいでいたかのように悪《あ》しざまに言われるのは心外だ。

だれが描こうと絵は絵ではないか。貴人が描くから名画になるのではない。身分賤《いや》しい者にも美しいものを描き出す力はある。

だれよりも汪皇后の御容を完璧《かんぺき》に描くことができると碧蘭は自負している。記憶のなかの奥ゆかしくも凜《りん》とした汪皇后をあざやかに写し出してみせると。

常逸の悲鳴じみた諫言を聞き流しながら東華門をくぐると、轎子《きょうし》と呼ばれる親王妃用の輿《こし》と、その担ぎ手である宦官たちが待ちかまえていた。失太監に促され、碧蘭は佳杏に手を支えられて轎子に乗る。

碧蘭を乗せた轎子は外朝《がいちょう》と中朝《ちゅうちょう》をへだてる垂裳門《すいしょうもん》まで進む。八十一の鋲《びょう》が打たれた門扉《もんぴ》は開かれており、失太監は門衛たちの揖礼《ゆうれい》を受けて先を急いだ。

てっきり暁和殿《ぎょうわでん》に連れていかれるものと思っていたが、失太監は暁和門を素通りして銀《ぎん》凰門《おうもん》のほうへ歩を進める。中朝の北門にあたる銀凰門をくぐれば、その先は三千の美姫《びき》が咲き競う天子の箱庭——後宮だ。

左右の牆壁《しょうへき》にふかれた黄琉璃瓦《こうるりがわら》がうっすらと雪化粧《ゆきげしょう》している。方塼《れんが》が敷きつめられた地面も薄絹をまとったように白く染まっていた。

寒々しい孟冬《もうとう》の空の下、おごそかな葬列のように進む一行は恒春門《こうしゅんもん》の前で止まった。

「こちらへどうぞ。主上がお待ちです」

轎子からおりて恒春門の扁額《へんがく》を見上げていた碧蘭は失太監の声にびくりとした。

深呼吸し、主なき恒春宮《こうしゅんきゅう》の門をくぐる。外院《まえにわ》、垂花門《すいかもん》、内院《なかにわ》。どこもすみずみまで手入れが行き届いており、いまにも汪皇后のほがらかな笑い声が聞こえてきそうな風情《ふぜい》がある。しかし内院を貫く回廊がことごとく燃え朽《く》ちているのを見ると、万民に慕《した》われた心やさしき国母《こくも》の不在が耳障りな軋《きし》り音《ね》を立てて胸にしみこんできた。

汪皇后はいない。だからこそ、この国はくるっている。

「主上、成端王妃《せいたんおうひ》をお連れしました」

瓦礫《がれき》の前に立つ男に向かって、失太監がからくり細工のように揖礼した。

男——今上《きんじょう》はこちらに背を向けて立っている。失太監の声が聞こえないかのように、黒《くろ》貂《てん》の外套《がいとう》に覆われた背中は微動だにしない。

ここにはかつて霓裳殿《げいしょうでん》という戯台《ぎだい》があった。きらびやかな旋子彩画《せんしさいが》で飾られた舞台で汪皇后はよく芝居をした。華麗《かれい》な衣装をまとって流蘇《ふさかざり》がついた鳳冠《ほうかん》をかぶり、紅牡丹《べにぼたん》が描かれた金扇子《きんせんす》をひらめかせながら舞う汪皇后は下界に降臨した天女《てんにょ》のように美しく、少女時代の碧蘭は時を忘れて見惚《みと》れた。

汪皇后の麗姿《れいし》を描くために筆をとったことがある。夢中で描画していたら、「雲の上のかたがたを許可なく描いてはいけない」と父に叱られた。碧蘭がべそをかいてそのことを話すと、汪皇后は慈愛《じあい》に満ちた笑みを浮かべて「じゃあ許可を出しましょう」と言った。碧蘭が一生懸命に描いたつたない絵を汪皇后は喜んで受け取ってくれた。渾身《こんしん》の作が汪皇后の書房《しょさい》に飾られているのを見たとき、誇らしさで天にものぼる心地になった。

――あんなにすばらしいかたがなぜあれほど無残な死を迎えなければならなかったの。

汪皇后は死ぬべきではなかった。凶徒に殺されるべきではなかった。もっと長く生きて、白髪頭の老婆《ろうば》になってから、子孫に見守られながら息を引き取るべきだった。

――天は非情すぎるわ。

いままで今上の残酷《ざんこく》さばかりを怨《うら》んできたが、仁君《じんくん》であった今上を残忍な暴君に変貌《へんぼう》させたのは、善人を殺し悪人をのさばらせる理不尽なさだめにほかならない。

「主上に拝謁《はいえつ》いたします」

碧蘭は万福礼《ばんぷくれい》の姿勢のままで綸言《りんげん》を待った。許可なく拝礼のかたちをとくことはできない。永遠のような沈黙に呼吸を殺して耐える。

「おもてをあげよ」

久方ぶりに聞く今上の声はふしぎなことに八年前とさほど変わらなかった。

碧蘭は万福礼の姿勢のまま、注意深く視線をあげた。ただし、玉帯《ぎょくたい》のあたりで止める。おもてをあげるよう命じられても、見ることが許されるのは帯までだ。とくべつな待遇を受けているわけでもない親王妃が龍顔《りゅうがん》を直視することは宗室の作法に反する。

「頭をあげてこちらを見よ。おまえの怨敵《おんてき》の顔を」

われ知らず肩がふるえた。今上はかすかに冷笑をもらす。

「余《よ》がおまえのたくらみを知らぬと思っていたのか、愚か者め。おまえがいかなる目的で才堅に近づいたのか、とうに調べはついている。宗室に入りこみ、余を弑《しい》す機会をうかがおうと考えていたのだろう。あきれた話だ。妓女風情が天子弑逆《しいぎゃく》をもくろむとは」

怨望《えんぼう》を隠すため細心の注意を払ってきた。妓楼《ぎろう》で親しくなった者には感づかれていないと断言できる。だが、才堅には怨心《おんしん》を嗅《か》ぎつけられていた。

一親王にすぎない才堅でさえ可能だったのだ、東廠《とうしょう》を従える今上ならもっと容易に尻尾《しっぽ》をつかむことができただろう。どうしてその可能性に思い至らなかったのかと臍《ほぞ》を噬《か》む。強すぎる怨毒《えんどく》が正常な思考をにぶらせていたのかもしれない。

「余はおまえの父、蕭幽朋《しょうゆうほう》を三千三百五十七回、切り刻むよう命じた。蕭家は謀反人《むほんにん》一族となり、おまえは楽籍《がくせき》に入り、淫売に身を落とした。さぞや余を怨《うら》んでいるだろう」

今上はそばにひかえている錦衣衛《きんいえい》の武官に歩み寄った。武官が腰に帯びている腰刀《ようとう》を鞘《さや》から引き抜き、碧蘭の足もとに投げる。

「仇《う》を討ちたいならそれを使え。か弱い女の身でも腰刀で怨敵の心の臓を刺し貫くことくらいはできるはずだ」

主上、と色を失った失太監に今上は「手を出すな」と命じた。

「この女には余を怨《うら》む理由がある。怨みを晴らしたいというなら望みを果たさせてやれ。だれも手を出すな。余の命にそむいてこの女を取り押さえた者は厳罰に処す」

地面に転がった抜き身の腰刀が鈍重なきらめきを放って碧蘭を混乱させた。千載一遇《せんざいいちぐう》の好機だ。不倶戴天《ふぐたいてん》の仇は目の前にいる。今上が言うように、腰刀で左胸を突き刺すこともできる距離に。

もしここで碧蘭が今上を弑したら才堅も同罪になる。いや、事の成否は関係ない。弑逆が未然に防がれても結果はおなじだ。碧蘭が腰刀を握って今上に殺意を向けた瞬間、才堅が立太子される未来は跡形もなく消え失せる。彼は親王の身位を剝奪《はくだつ》され、庶人《しょじん》に落とされるだろう。それ以上のことも起こりうる。才堅は死を賜《たまわ》るかもしれない。四皇子・文耀《ぶんよう》の亡骸《なきがら》とおなじように、熱狂する群衆の面前で凌遅《りょうち》に処されるかもしれない。

否《いな》、「かもしれない」ではない。かならずそうなる。今上は親子の情など重んじない。廉徳王《れんとくおう》・承世《しょうせい》に次いで寵愛《ちょうあい》されていた文耀でさえ、弁明の機会すら与えられないまま、処刑を言いわたされた。才堅は文耀ほど父帝の愛情を得ていない。情けなどかけてもらえない。命乞《いのちご》いをする暇もなく刑場に引っ立てられるだろう。

碧蘭のささいな言動が才堅の明暗を分ける。

けっして誤ってはならない。才堅は生きなければならないのだ。今上の暴政が万民に与えた絶望を新時代への希望に変えるために。

彼を生かすにはどう行動すべきか。碧蘭にはわかっていた。

「わたくしは主上《しゅじょう》を怨んでおりません」

碧蘭はくずおれるように平伏した。

「どうして恩人を怨むことができるでしょうか」

「恩人だと？　余がおまえにいかなる恩をほどこしたというのか」

「主上は賤《いや》しい身分であるわたくしを成端王府に嫁《とつ》がせてくださいました。かしこくも聖恩《せいおん》を賜ったからこそ、わたくしはお慕いしている殿下の妻になることができたのです。殿下にお仕えすることができるのは、ひとえに主上のおかげ。これほどの大恩を受けていながら主上に怨みを抱けば、忘恩《ぼうおん》の徒《と》とそしられるばかりか、天罰が下ります」

けたたましい哄笑《こうしょう》が寒空にこだました。

「なにが〝お慕いしている殿下〟だ。曲酔《きょくすい》を出て皇宮にもぐりこみ、余に近づくため才堅を利用した。それだけのことだろう」

「いいえ、わたくしは心から殿下を――才堅さまをお慕いしています」

「淫売《いんばい》の手練手管《てれんてくだ》が余に通用すると思うか？　女の舌がどれほどたやすく嘘を吐くか、後宮で生まれ育った余が知らぬとも？」

「本心から申しあげています。一天万乗《いってんばんじょう》の君を謀《たばか》ることなど、わたくしのような賤しい女にできるはずもありません。信じていただけないなら――」

碧蘭は腰刀をつかんだ。間髪《かんはつ》をいれず、むき出しの刀身を己の喉笛《のどぶえ》にあてがう。

「なんの真似《まね》だ」

「わたくしが才堅さまのためなら命をなげうつことさえできると証明します」

「自刃すると？　父の仇《かたき》も討たずに？」

「わたくしに仇はおりません。愛《いと》しい夫がいるだけです」

面白いと嘲笑《あざわら》い、今上は碧蘭に歩み寄った。龍袍《りゅうほう》の裾《すそ》を払って地面に片膝をつく。

「そこまで言うならいますぐやってみせよ。余の眼前で己が首を掻《か》き切ってみせよ。なにをためらっている。さあ、おもてをあげろ。余の目を見るのだ。おまえの喉笛から噴き出す血飛沫《ちしぶき》が視界を真っ赤に染めあげる前に」

さあ、と強く促されて碧蘭は顔をあげる。今上の顔を真正面から見てしまい、頭から冷水を浴びたように背筋が粟立《あわだ》った。龍顔は左側が無残に焼け爛《ただ》れていた。それでいてふたつのまなこは炯々《けいけい》と剣呑《けんのん》な光を帯びており、その異様なまなざしは見る者を震えあがらせる呪詛《じゅそ》じみた毒気を放っていた。

かつて今上は、芝居のなかから抜け出してきたような美丈夫《びじょうふ》であった。汪皇后とならんだ姿は、才子佳人《さいしかじん》劇《げき》の一幕にしか見えなかった。

碧蘭が記憶しているのは嘉明《かめい》十七年の今上だ。あれから八年。御年四十五の今上は青年時代の輝かしい残影を存分にとどめているが、そのせいでかえって五年前の祝融《しゅくゆう》の災《わざわ》いがもたらしたやけど痕が生々しく際立っていた。それは彼の腸《はらわた》を焼く怨憎《おんぞう》が皮膚《ひふ》を突き破って出現したような、禍々《まがまが》しい呪いの刻印だった。

「どうした？　怖気《おじけ》づいたのか？　才堅のためなら命をなげうつこともいとわぬのだろう？　あれは嘘だったのか？　本心ならば行動で示せ。ぐずぐずするな。余が手伝ってやろうか？　おまえの骸《むくろ》を見たら才堅は余を怨むだろうな？　反逆心を抱いてよからぬことを考えるかもしれぬ。あいつが事を起こす前に始末しておくべきだな？　三千三百五十七回切り刻ませようか。文耀は死骸《しがい》だったが、才堅は生きたままで――」

「才堅さまのためならいつでも死ぬ覚悟があります。なれど、わたくしがいまここで命を絶てば主上はお困りになるのでは？」

「淫売が一人死んだくらいで、なぜ余が困るというのだ」

「わたくしは汚らわしい生業《なりわい》で糊口《ここう》をしのいでおりましたが、蕭幽朋の娘であることに変わりはありません。なればこそ、主上はわたくしをお召しになったのでしょう？　わたくしに皇后さまの御容を描かせるために」

今上の双眸《そうぼう》にはいささかの変化もなかった。

「ここで死ねば、皇后さまの御容を描くことは永遠にできません。それでもかまわないとおっしゃるなら、わたくしは才堅さまへの愛をこの命で証明します」

力強く睨《にら》みかえす。一歩も引かない。ほんのわずかでも怖気づいたら負けだ。

「描けるか、おまえに。蕭幽朋のような用筆で」

「描けるか否かなど、無用の問いです。父の用筆を継ぐ者は、この蕭貞霓《ていげい》をおいてほかにはおりません」

「女だてらにたいした自信だ」

まったく視線を動かさずに、今上は外套の裾を払って立ちあがった。

「よかろう。皇后の姿絵を描け。必要なものがあれば邪蒙に申しつけよ。ただし、長くは待たぬぞ。二月後、かならず献上するように。出来がよければ褒美《ほうび》をやる。欲しいものがあれば申せ。銀子か、綺羅《きら》か、宝玉か。そうだ、才堅を東宮《とうぐう》の主に据えてやろうか？　あいつの即位後、おまえが立后《りっこう》されるよう手を回してやってもよいぞ」

「わたくしの望みはただひとつ――」

碧蘭は腰刀を地面に置き、今上をふりあおいだ。

「末永く才堅さまのおそばにお仕えすることです」

「仕えるだけなら王妃でなくともよかろう。婢女《はしため》として仕えることもできるが？　あるいは家妓《かぎ》としてでもよいのではないか？」

「かたちは問いません。どのような身分であれ、才堅さまのおそばに侍《はべ》ることができれば、わたくしの心は満たされます」

今上は碧蘭の真意を探るように睨んでいたが、ふっと冷酷《れいこく》そうに口をゆがめた。

「余が気に入る仕上がりなら、おまえの望みどおりにしてやろう。その代わり、下手《へた》なものを寄越したら命はないと思え」

ご聖恩に感謝いたします、と碧蘭は稽首《けいしゅ》した。恐れはない。迷いも後悔《こうかい》もない。最善を尽くすだけだ。父の名を汚さず、才堅の信頼にこたえるために。


昼間の小雪は申《さる》の刻から冷たい雨に変わった。

「ここは冷えますよ。なかでお待ちになっては？」

「いや、ここで待つ。じきに戻るだろうから」

愚猿《ぐえん》が手あぶりをさしだす。才堅はそれを受け取り、冷え切った指をあたためた。

王府の大門の軒下《のきした》に立って半時辰ほど過ぎただろうか。石敷きの地面をかむ車輪の音はまばらに聞こえるが、どれも碧蘭を皇宮に連れ去った軒車《くるま》のものではない。

十中八九、彼女は無事だ。父帝は汪皇后の御容《ぎょよう》を描けと命じるために碧蘭を召したはず。碧蘭のたくらみを暴いて罰するためではない。

されど、懸案が一つあった。碧蘭が王府に戻ってくるかどうか、自信がなかった。父帝は碧蘭を皇宮内の一室にとどめて汪皇后の御容制作に打ちこむよう命じるかもしれない。そうなれば、才堅との面会は制限されるだろう。一度も会わせてもらえない恐れさえある。父帝としては一刻も早く汪皇后の御容を手に入れたいのだから、碧蘭の作業を急がせることはしても、彼女が御容制作以外の事柄に時間を割《さ》くことは許さないはずだ。

才堅は手あぶりを愚猿に持たせ、懐《ふところ》から扇子《せんす》を出した。開くと、墨《すみ》一色で描かれた菊花があざやかににおい立つ。昨今の扇面画《せんめんが》に好んで用いられる麗々《れいれい》しい金箋《きんせん》ではなく、潤いのあるまろやかな甜白《てんぱく》の熟紙《じゅくし》に描き出された墨菊は、余計な色彩を排除しているだけにいっそう端正で美しく、隠逸《いんいつ》の花と呼ぶにふさわしい気高さをただよわせている。

いつでも四皇子・文耀《ぶんよう》をしのぶことができるようにと、碧蘭が描いてくれたものだ。清らかに咲く高潔な白菊は敬愛する亡き兄に似つかわしいのに、この絵を見るたびに才堅が思い起こすのは、真剣な面持《おもも》ちで画筆を操る碧蘭の横顔だ。

――もし戻らなかったら……。

不穏な考えが去来するだけで、手あぶりであたたまったはずの指が凍りつく。碧蘭の顔を見て声を聴くことがどれほど慰めになっているか痛感させられる。彼女のそばにいると、われにもなく未来を思い描く。ふたりで苦楽をともにしながら年をかさねていくさまを夢想してしまうのだ。碧蘭を愛する前はそんなことはしなかったのに。

東宮の主になり、玉座にのぼって、文耀の名誉を回復する。父帝が遺《のこ》した虐政《ぎゃくせい》の残滓《ざんし》を一掃《いっそう》し、万民をいたわり、天下を安寧《あんねい》に導く。

その未来図に天子としての懊悩《おうのう》や憂愁《ゆうしゅう》はあっても、ひとりの男としての喜びや安らぎは存在しなかった。国事に専念するため、私的な幸福は不要なものと思われた。汪皇后を愛するあまり、己の責務を放棄した父帝の醜態《しゅうたい》が眼裏《まなうら》に焼き付いているから。

――碧蘭を失ったら……俺も父皇《ちちうえ》のように怨《うら》みに囚われるのだろうか。

ありえないと断言できない。ほんの数刻離れているだけでこんなにも心がささくれ立つのだ。万一、彼女との仲を引き裂かれたなら、どれほど狼狽《ろうばい》し、憤激《ふんげき》し、憎悪するだろうか。疑懼《ぎく》の念が瘴気《しょうき》のようにまとわりついて邪悪な情動の淵に引きずりこもうとする。不吉な物思いをふりはらおうとして、才堅は扇面の墨菊にふれた。そうすれば画筆を握っていた碧蘭の指のぬくもりを感じとることができるような気がして。

「殿下、軒車が――」

愚猿がそう言ったときには、才堅は弾かれたように頭をあげていた。ほの暗い小雨の垂れ幕をかきわけながら一台の軒車が近づいてくる。やがて門前でとまった。才堅は傘をさして石段を駆けおり、軒車から出てきた白貂《しろてん》の外套《がいとう》姿の女人《にょにん》を迎える。

「よかった。父皇はおまえを皇宮に閉じこめなかったんだな」

傘の下で抱きしめると、碧蘭は「なにが『よかった』よ」と不平を鳴らした。

「わたくしは皇后さまの御容を描きあげるまで王府に戻れないことを覚悟していたのよ。なのに、あっさり帰されたわ。それはつまり、主上はわたくしの画才にさほど期待なさっていないということでしょ？　わたくしが女だから侮《あなど》っていらっしゃるんだわ」

碧蘭の画才に本心から期待しているなら、父帝は彼女を王府に帰さなかっただろう。夫である才堅との面会すら禁じて、彼女を絵画制作に没頭させたはずだ。

しかし、父帝は彼女を才堅のもとに帰した。碧蘭の画才を認めながらどこか半信半疑なのだ。それは彼女が蕭幽朋《しょうゆうほう》の息子ではなく娘であることと無関係ではないだろう。

「娘には父親の仕事を受け継ぐことができないと考えていらっしゃるのね。見くびられたものだわ。こうなったら遠慮《えんりょ》はしないわよ。画院《がいん》の面目をつぶすほどの作品を描いて、わたくしこそが画状元《がじょうげん》の後継者だと主上に認めていただくわ」

「おまえならかならずやり遂《と》げる」

憤然と宣言する碧蘭をなだめつつ、そろって石段をのぼる。ふたりで大門をくぐって外院《まえにわ》に入ったところで、碧蘭が「そういえば」と声を落とした。

「王府に帰る道すがら、錦衣衛《きんいえい》の武官たちを見かけたわ。いつも以上に物々しい様子だったけど、なにか起こったのかしら」

「いよいよはじまるんだろう」

九陽城《きゆうようじよう》でなにかが起こる。この国の行く末を決める出来事が。


焼衣節《しようじせつ》の夜はおごそかに更けていく。暁和殿《ぎようわでん》の内院《なかにわ》からは一筋の煙がたちのぼっていた。父帝が汪皇后のために冥衣《めいい》を焚《た》いているのだ。昼間も寒空の下で一心に燃やしていたのに、まだ足りないとでもいうのだろうか。火点《ひとも》し頃《ごろ》にふりはじめた小雨がやむのを待たず、まるでなにかに追い立てられたように内院に出て冥衣を火にくべている。

——とうとうこの日が来たんだ！

月洞門《くりぬきもん》のそばで父帝の様子をうかがいながら、安遼王《あんりようおう》・元覇《げんは》はたけり立つ感情をおさえようと試みていた。もっともその試みは完全なる失敗に終わっていたが。

無理もない。悍馬《かんば》のように全身を駆けめぐる血を、いったいどうやって落ちつかせるというのだ。まさにこれから宿願を果たそうというときに。

元覇は意を決して火影《ほかげ》が躍る夜闇に踏み出した。足音をしのばせて父帝に近づく。黒い長靴《ちようか》が小枝を踏んだせいか、父帝はちらとふりかえり、怪訝《けげん》そうに眉《まゆ》をはねあげた。

「なぜおまえがここにいる。とうに皇宮を出ている時間だぞ」

夕刻以降、皇帝と皇太子、冠礼《かんれい》前の皇子以外の男が九陽城《きゆうようじよう》にとどまることは許されない。

親王も例外ではなく、閉門前に禁城《きんじょう》を出ることになっている。

「今日はお願いがあってまいりました、父皇《ちちうえ》」

父帝を見おろす姿勢のまま、元覇は揖礼《ゆうれい》もせずに言った。

「譲位《じょうい》の詔《みことのり》をしたためていただきたい」

「なんだと？」

「父皇は万民に憎まれています。これ以上、歴史に汚名を残さぬよう、一刻も早く譲位していただかねばなりません」

だれに皇位を譲《ゆず》れというのか、と父帝はわかりきったことを尋ねた。

「この高元覇にですよ、父皇。俺は幾度となく戦地に赴《おもむ》き蛮族《ばんぞく》どもを征伐《せいばつ》しました。兵事は国の要《かなめ》。軍部に支持されている者こそ、新帝にふさわしい」

「新帝にふさわしいだと？　おまえが？　思いあがりもはなはだしい。なるほど兵事は国の要だが、それだけで国が成り立つわけではない。おまえのように戎衣《じゅうい》を好み、血気にはやる者は守文《しゅぶん》の道を歩むことができぬ。愚にもつかぬ野心を捨て、一皇族として国に仕えよ。さすればおまえの名は歴戦の猛将として青史《せいし》に残るだろう」

ふだんの元覇ならかっと頭に血がのぼるところだが、今夜はちがった。

「あいにく、父皇に選択の余地はありません。暁和殿は安逵軍が包囲しています」

「たわごとを。皇宮のいたるところに褐騎《かっき》がひそんでいることを知らぬわけではあるまい。

東廠《とうしょう》が異変を嗅《か》ぎつければ、ただちに錦衣衛《きんいえい》が駆けつける」

「そのときまで父皇の命があるとお思いで？」

元覇は父帝の足もとに小さな絹の包みを投げた。

「ごらんください。俺がたわごとを申しているわけではないという証拠の品です」

億劫《おっくう》そうに包みを開き、父帝は息をのんだ。

「なぜこれをおまえが……」

途中で言葉を打ち切ったのは、問うまでもないことを瞬時に悟ったからだろう。暴君と呼ばれていても、父帝はけっして暗愚《あんぐ》ではないのだ。

いや、たとえ度しがたい愚物でも察しはつくだろう。汪皇后の棺《ひつぎ》に入っているはずの副葬品――並蒂花《へいていか》の簪《かんざし》が目の前にほうり投げられたのなら。

「献策しましょう」

ある者が助言してくれた。父帝に譲位の詔を書かせるため、汪皇后の遺体を盗めと。

「だれもが知るように、父皇は皇后さまを大切に想っていらっしゃる。玉座よりも万民よりも己が命よりもね。父皇を殺すと脅しても譲位には同意なさらないでしょう。玉座など、父皇にとってはただのきらびやかな椅子《いす》だ。天下に騒擾《そうじょう》を起こすと脅してもおなじことです。万民の血が大河を真っ赤に染めようとも、父皇の御心はいっかな痛まない。しかし、皇后さまの亡骸《なきがら》を燃やすと脅せばどうでしょうか。一も二もなく同意なさるのでは？　愛妻の骸《むくろ》が跡形もなく燃やし尽くされることをお望みになるはずはありませんから」

　父帝に譲位の詔を書かせるにはどうするべきか悩んでいた元覇は思わず膝を打った。

　飢餓《きが》感にさいなまれるほど皇位を垂涎《すいぜん》しているが、親殺しに手を染める気はない。弑《しい》逆《ぎゃく》はあまりにも罪が重すぎる。史書に父殺しの皇帝と記されるのも癪《しゃく》だ。乱世ならば血みどろの皇位継承もありうるが、当代は乱世ではない。旧弊《きゅうへい》な士大夫《したいふ》どもは悪逆を犯した新帝を天子とは認めず、極悪非道な簒奪者《さんだつしゃ》と声高に罵《ののし》るだろう。

　連中を黙らせるには譲位の詔が不可欠。それさえ手に入れば、父帝に用はない。

　先帝が起臥《きが》した白朝《びゃくちょう》の錦河宮《きんがきゅう》に居を移させ、高官や三監《さんかん》との行き来を断ち、孤立させる。食事に緩慢《かんまん》な効き目の毒を盛れば、数年のうちに崩御《ほうぎょ》するだろう。

　棺に身を横たえた父帝はもはや脅威ではない。元覇は壮麗《そうれい》な大喪《たいそう》をとりしきって父帝を黄泉路《よみじ》へ送り出し、孝子として史書に名を刻むのだ。さすれば、金光燦然《こんこうさんぜん》たる龍椅《りゅうい》と千年後までつづく名声をふたつながら手に入れることができる。

　だから汪皇后の棺を盗ませた。父帝を脅す道具として、副葬品である並蒂花の簪を持ち出させることも忘れなかった。それは父帝が汪皇后に贈った装身具のひとつだ。生前、汪皇后は好んでこの簪を髻にさしていた。凶弾に斃《たお》れた、まさにその瞬間にも。

「不孝者め……！」

　父帝が怒号を放つと、顔半分に刻まれたやけどの痕が醜《みにく》くわなないた。

「皇后はおまえの嫡母《ちゃくぼ》なのだぞ！　母の亡骸を人質に父を脅すとは……恥を知れ！」

「あんな女、はじめからいなければよかったんだ」

なんだと、と父帝は血走った目で元覇を睨《にら》みあげた。

「すべては汪氏に起因しているんですよ、父皇。あの女が死んだせいで父皇は暴君と化した。汪氏がいなければこんなことにはならなかった。父皇は怨《うら》みに囚われて政道を乱すこともなく、官民はいまも父皇を尊崇《そんすう》し、われらが明主と誇らしげに呼んでいたはずだ。汪氏さえいなければ、父皇の名は仁宗《じんそう》皇帝に次ぐ仁君《じんくん》として史書に記されたはずなんだ」

ふつふつと湧きあがる憤《いきどお》りが腸《はらわた》を焼き切ろうとしている。なにもかも汪氏のせいだ。あの女が寵愛《ちょうあい》を独占したから、父帝は道を誤ってしまった。汪氏は父帝に嫁《とつ》ぐべきではなかった。父帝に愛されるべきではなかった。天子の徳をそこなう悪女なのだから。

「父皇が狂虐《きょうぎゃく》の天子という汚名を着せられているのも、元はと言えば汪氏のせいです。天子を惑わした毒婦の骸など、燃やしてしまうほうがいい」

「禽獣《きんじゅう》め！　皇后の亡骸をほんのわずかでも傷つけたらおまえを凌遅《りょうち》にしてやる！」

「死人が勅命《ちょくめい》を下すことはできませんよ、父皇」

頭をふり乱して怒鳴る父帝を、元覇は冷然と見おろしていた。

「譲位の詔をしたためてくださらないなら、父皇にはここで死んでいただきます。汪氏を思うあまり錯乱《さくらん》して自刃なさったとふれまわれば、みな納得するでしょう。汪氏の亡霊にとりつかれて正気を失ったすえの暴挙だとね。いつの時代も暴君の末路は悲惨《ひさん》だ。どれほど唐突《とうとつ》で不可解な死であろうと、安堵《あんど》する者はいても、疑いを持つ者はいません」

ゆるりと抜刀《ばっとう》し、青白く光る腰刀《ようとう》の切っ先を父帝にさしむける。

「さあ、ご決断を。譲位の詔を書くか、ここで死ぬか、二つに一つだ」

父帝はあとずさりした。父帝は己の生命にまったく執着していないが、燃灯《ねんとう》の変《へん》の首謀者《しゅぼうしゃ》である破思英《はしえい》を捕らえるまでは生きながらえるつもりのようだ。汪皇后の仇《かたき》を討《う》つまでは死ぬわけにはいかないと思っているのだろう。

「父皇は算盤《そろばん》を弾くでしょう。皇后さまの遺体を奪いかえし、破思英が捕縛《ほばく》されるまで生きのびるにはどう立ち回るべきかと。その老獪《ろうかい》さを利用すればいいんです。どのような状況で書かれたものであれ、詔は詔。二兄に譲位すると記されていればそれで十分だ」

ある者――元覇を支持する者が予言したとおり、父帝はうろたえながらも詔を書くことに同意した。三監に扮した元覇の手下が祭壇《さいだん》に黄紙《おうし》をひろげ、墨《すみ》をする。

――やっとここまで来た！　今晩から俺が天下の主だ！

父帝が筆をとって穂先を黄紙にすべらせるのを見おろしていると、四爪《しそう》の龍が縫《ぬ》い取られた大袖袍《おおそでほう》の内側で血という血が高ぶるのを感じた。

運悪く皇二子として生まれたせいで、運悪く皇后ではなく貴妃の腹から生まれたせいで、元覇は皇太子と目されなかった。皇后所生《しょせい》の皇長子たる承世《しょうせい》が世継ぎとなることが理《り》の当然だと思われていた。潮目が変わったのは燃灯の変からだ。承世は銃撃されて十全の肉体ではなくなり、儲君《もうけのきみ》たる資格をなくした。長幼の序からいえば、二皇子である元覇が立太子されるはずだった。元覇だけでなく、だれもがそうなるだろうと予測した。

さりながら、父帝は元覇を新太子に指名しなかったばかりか、「今年じゅうに世継ぎを決める」と百官の前で宣言した。

父帝みずからが長幼の序を無視する意向を表明したせいで三皇子である黎昌王《れいしょうおう》・利風《りふう》が野心を抱き、内閣大学士三輔《さんほ》・遠孔国《えんこうこく》を筆頭とした腹黒い文官どもが利風を後押しするようになったのだ。おかげで水面下での鍔迫《つばぜ》り合《あ》いを演じる羽目になったが、その泥仕合《どろじあい》も今日で終わる。譲位されて龍椅にのぼったら、利風が二度と帝位に近づけないようにしてやる。怨天教徒の疑いをかけて東廠に連行させれば罪人に仕立てあげることなど造作《ぞうさ》もない。利風を支持していた文官連中も根こそぎ排除してやる。もし元覇の即位に反対する者がいれば、そいつらも同様に処罰する。邪魔者を一人残らず排除して、元覇は天下に君臨するのだ。群臣と億万の民が足もとにひれ伏すさまを、玉座から見おろすのだ。

遠からず実現する未来図が得も言われぬ狂熱をもたらした。それは戦場で敵将の首級《しゅきゅう》をあげるときに味わう流血の興奮をはるかにしのぐ。炎のような情動をおさえきれずにいると、父帝が筆を置いた。元覇は黄紙を手にとり、文面を読みあげて絶句する。

「……なんですか、これは」

「おまえの処刑を命じる詔《みことのり》だ」

青筋を立てて怒鳴り散らしていたのが嘘のように、父帝は平然と言った。詔には元覇が天子弑逆をくわだてたことを咎《とが》めて凌遅に処すと記されていた。

「たわごとをおっしゃらないでください。無駄な問答をしている暇はありません。すみやかに譲位の詔を書いてくださらないなら――」

「余《よ》を弑すと？　どうやって？　見てみろ、おまえの周りにだれがいるのか」

元覇がはっとして左右を見ると、武官たちが父帝をとりかこんでいた。みな、元覇の手の者だ。錦衣衛《きんいえい》の官服である飛魚服《ひぎょふく》を着せてひそかに暁和殿にもぐりこませた……。

――いや、ちがう！　こいつらは……。

飛魚服の武官たちがいつの間にか本物とすり替わっていたことに、元覇はいまごろになって気づいた。先ほど祭壇に黄紙をひろげた三監でさえ、別人になっていた。

「とんだ茶番だったな、元覇。暁和殿に入ってきた時点で、おまえは孤立していたのだ。たった一人で余を弑して玉座を簒奪しようとは恐れ入る。愚かしいことだな。手もとにありもしない皇后の遺体を使って余を脅すとは」

「馬鹿な！　汪氏の棺はたしかに――」

「おまえの手下が皇后の棺を盗んだのは事実だ。ただし、連中が盗み出したのは偽の棺。むろん遺体も偽物だ。本物は副葬品だけだったのだ」

石ころでも捨てるように、父帝は並蒂花の簪《かんざし》を地面に投げ捨てた。

「おまえが皇后の遺体を盗もうと画策していることには感づいていた。驚愕《きょうがく》するようなことか？　痴《し》れ者《もの》め、なんのために東廠があると思っている。おまえの野心など、とうに見抜いていた。ゆえに用意しておいたのだ。本物の副葬品を入れた偽の棺を」

父帝は試したのだ。元覇が謀計を実行に移すかどうか。

「踏みとどまる機会はいくらでもあった。おまえはそれらをふいにした。そしてここにいる。報いを受ける覚悟は出来ているな？」

武官たちが元覇を取り押さえようとする。元覇は彼らの手をふりはらい、父帝のほうへ大きく踏み出した。まだ終わっていない。父帝を人質にとれば錦衣衛の動きを封じられる。彼らは攻撃をためらうはずだ。天子を傷つけるわけにはいかないのだから。

あと一歩で龍袍の袖に手が届くというとき、背後から斬りつけられた。思いがけない斬撃をまともに受けて祭壇に倒れこむ。体勢を立て直そうとしたときには、父帝はうしろに下がっていた。両者のあいだには飛魚服の群れが立ちふさがっている。

「錦衣衛は親王を斬りつけないと侮《あなど》っていたようだな。これで目が覚めただろう。錦衣衛が守るのは皇上《みかど》であって、親王ではない。もう終わりだ、元覇。おとなしく縛《ばく》につけ。ひざまずいて謝罪するなら減刑して斬首にしてやってもよい」

全身が火に包まれたようにかっと熱くなったのは、背中に負った刀傷のせいではない。

――この俺にひざまずけというのか⁉　斬首されるために！

激しい怒りが四肢《しし》をわななかせる。錦衣衛に斬りつけられるだけでも屈辱《くつじょく》のきわみなのに、連中の面前でひれ伏して謝罪する？　ありえない。そんなことは起こりえない。元覇は戦場の英雄なのだ。寒風吹きすさぶ胡地で蛮兵《ばんぺい》と刃を交えた経験もない、禁城《きんじょう》を守るしか能のない近衛兵《このえへい》どもの眼前で膝を屈してなるものか。

元覇は起きあがって腰刀を持ちなおし、武官たちに斬りかかった。何人か斬ったが、いかんせん相手が多すぎる。四方八方から襲い来る白刃に、腕を、足を、背を斬りつけられる。間断なく斬撃を食らい、元覇は満身創痍《まんしんそうい》になった。それでも切っ先は父帝に届かない。明黄色《にちりんいろ》の龍袍の前には朱殷《しゅあん》の曳撒《えいさん》がいくえにも立ちふさがっている。

血まみれの肩で息をしつつも、元覇はかみつくような目で父帝を睨んだ。

――あなたはいつもそうだ、父皇。

物心ついたときから父帝に軽んじられていると感じていた。父帝にとって重要な息子は承世のみ。元覇が初陣《ういじん》で敵将の首級をあげても、父帝は規定どおりの褒賞《ほうしょう》を与えただけで、元覇を承世より重視することはなかった。元覇が皇后所生の皇子ではないからだ。父帝が寵遇《ちょうぐう》するのは汪皇后の血を継ぐ承世のみで、それ以外の皇子は添え物《はな》だった。

では、なぜ元覇は生まれてきたのか？　承世がいるなら、元覇は端から不要だったではないか。政情が変わって承世が東宮を去り、世継ぎの座が空いても、父帝はあいかわらず元覇を必要としなかった。元覇がどれほど武功をあげようとも見向きもしなかった。まるでそれが無益なことであるかのように無視していた。

献俘式《けんぷしき》後の宴《うたげ》で早々に空になる玉座を見るたびに元覇は腹の虫がおさまらなくなった。待ち焦がれていたのだ。百官の前で父帝に武勇を称《たた》えられることを。

「おまえは余の自慢の息子だ」

その一言を聞くために元覇は幾たびも戦場へ向かったのに。

――俺が死んでも、このかたは涙ひとつ流すまい。

自分の亡骸《なきがら》に駆け寄る父帝を想像できない。父帝は事切れた元覇に一瞥《いちべつ》を投げて立ち去るだろう。いや、一瞥さえ投げないかもしれない。見る必要があるだろうか？　生きているときでさえ、寸毫《すんごう》も価値を見出《みいだ》さなかった不肖《ふしょう》の息子を。

元覇は渾身《こんしん》の力をふり絞って立ちあがり、父帝目掛けて攻撃を仕掛けようとした。途中で目障りな飛魚服《ひぎょふく》どもに阻《はば》まれ、左右から斬りつけられる。

地面に倒れ込み、なすすべもなく突っ伏す。もはや頭をあげる余力さえない。

――なぜ俺は汪氏の子として生まれなかったんだ。

汪皇后が元覇の生母だったなら、元覇は承世のようにあつかってもらえたはずだ。父帝に認めてもらえたはずだ。燃灯の変後、父帝は迷わず元覇を立太子したはずだ。

元覇に過ちがあるとすれば、汪皇后の腹から生まれなかったこと――それだけだ。

昨夜から降りつづいた雪が中朝《ちゅうちょう》の内院《なかにわ》を真っ白に染めている。その無垢《むく》な色彩を見るともなしに見ながら、尚宮局《しょうきゅうきょく》尚宮・爪香琴《そうこうきん》は回廊《かいろう》のなかほどに立っていた。

数歩前では東廠督主《とうしょうとくしゅ》・同淫芥《どういんかい》と右掌騎《うしょうき》・忘蛇影《ぼうだえい》が密談している。蛇影がなにかを報告しているらしい。安遼王《あんりょうおう》・元覇《げんは》の奸計《かんけい》についてではないだろう。一昨日の晩、元覇は今上《きんじょう》に譲位を迫って誅殺《ちゅうさつ》されたので、この件は片付いている。

会話の内容に香琴は興味がない。どうせ聞くに堪えない話だ。

東廠の宦官《かんがん》は血に餓えた獣のようだと思う。彼らはつねに獲物を探している。殺戮《さつりく》の興奮がさめるのを恐れるかのように、次の犠牲者を求めて目をぎらつかせずにはいられない。彼らをこうも駆り立てるものはなんだろうか。他者を威圧する強権の魔力か、飽くなき富貴への渇望《かつぼう》か、情念よりも激しい嗜虐心《しぎゃくしん》か。

なんにせよ、香琴の敵であることは疑いようがない。それは香琴が愛してやまない男を――世人が侮蔑《ぶべつ》をこめて〝騾馬《らば》〟と呼ぼうとも、香琴にとって淫芥は男以外のなにものでもない――どこか遠い場所へ連れ去ってしまったのだから。

「とうとう尻尾《しっぽ》をつかんだぞ」

野犬を追い払うように蛇影を下がらせ、淫芥がいつになく昂《たかぶ》った口ぶりで言った。

「王孫《おうそん》の？　だれだったの？」

「そんな三下じゃない。やつに首輪をつけた女だ」

燃灯の変の首謀者《しゅぼうしゃ》とされる怨天教団《えんてんきょうだん》の女教主、破思英《はしえい》。邪教徒たちを率《ひき》いて王朝に弓を引いた鬼女のゆくえを、東廠は――淫芥は血眼《ちまなこ》になって捜していた。

「ずいぶんうれしそうね。まるで昔の恋人と再会したみたいじゃない」

「破思英は主上《しゅじょう》の怨敵《おんてき》で、俺の仇敵《きゅうてき》だ。やつには報いを受けさせなければならない。逃がしはしねえよ。かならず生かしたまま刑場に引っ立ててやる」

「その先はどうするの？」

「その先？」

「破思英を捕らえれば、主上はあなたを顕彰《けんしょう》なさるでしょう。朝敵を引きずり出したんだもの。たっぷり褒賞をくださるわ。司礼監掌印太監《しれいかんしょういんたいかん》に任命してくださるかも」

現司礼監掌印太監・葬刑哭《そうけいこく》は淫芥の上官だが、同時に政敵でもある。

刑哭は督主としての淫芥のやりかたが強引すぎると何度か苦言を呈している。これは今上の耳にも入ったが、今上は「破思英を取り逃がしたのはだれだったか忘れたか」と言って刑哭を黙らせた。十八年前、破思英が鬼獄《きごく》から脱獄したとき、督主をつとめていたのが刑哭だったので、今上は刑哭を疎《うと》んじている。刑哭が故意に破思英を逃がしたのではないかと疑ったことさえある。疑いを晴らしたのはほかならぬ淫芥だが、親切心からではなく、刑哭を司礼監の長《おさ》にしておくのが彼にとって好都合なのでそうしたのだ。

刑哭は病的といってもいいほどの事なかれ主義で、他人と対立することを好まない。淫芥を苦々しく思っても、督主の座から追い落とそうと積極的な行動を起こすことはない。独善的な手腕で廠衛《しょうえい》を率いる淫芥には敵が多い。破思英のゆくえを追うことに全力を注ぐためには、宦官世界の権力闘争にわずらわされている暇はない。なればこそ、何事にも消極的で争いを避けたがる刑哭は司礼監の長として適任なのだ。

けれどもそれは破思英を捕らえるまでの策。破思英さえ捕まえれば、淫芥は燃灯の変からつづく諸問題に区切りをつけられる。いつまでも東廠の首《おびと》でいるべきではない。東廠は官民の怨憎《おんぞう》の的《まと》なのだ。督主の座に長くとどまればとどまるほど、人びとの怨《うら》みを買ってしまう。かるがゆえに、一定の成果をあげたら汚れ仕事から足を洗って司礼監の頂《いただき》にのぼるのが、歴代督主の身の処しかただった。

「潮時だわ。これ以上、東廠にとどまるのは悪手よ。市井《しせい》ではあなたを暗に呪う童謡が流行《はや》っているわ。三つや四つの童子が口ずさむほどにね。あなたはやり過ぎたのよ。怨天教徒を憎むあまり、他人の怨みを買いすぎてしまった。一刻も早く手を引かなければ取り返しのつかないことになるわよ」

つい先日、淫芥の軒車《くるま》が暴徒に襲われそうになった。

淫芥は常時、大勢の護衛を引きつれているので、暴徒はただちに捕らえられて鬼獄に連行されたが、同様のことがまた起こらないとはいえない。今度は暴徒をおさえこむことができず、彼らに宿怨《しゅくえん》を晴らす機会を与えてしまうかもしれない。

「まだ手を引くわけにはいかねえよ」

淫芥が烏黒《うこく》の蟒服《ぼうふく》の裾《すそ》をひるがえして歩き出すので、香琴もあとにつづいた。

「破思英の処刑で手打ちにするつもりはない。俺が望んでいるのは怨天教団の壊滅だ」

「そんなことは不可能だとわかっているでしょう。怨みの種をまけばまくほど、怨天教団は勢いづくのよ。あなたがやっていることは〝火を以《もっ》て火を救う〟そのものだわ。怨天教徒と目された人を連行すればするほど、処刑すればするほど、あらたな怨天教徒を生んでしまうのよ。あなたは結局、買わなくてもいい怨みを買って、主上を攻撃したくてもできない連中の標的にされているだけ。燃灯の変はたしかに惨事《さんじ》だった。怨天教は憎いわ。けれど、主上に代わって天下の憎悪を一身に引き受けるなんて割に合わないわよ」

「怖気《おじけ》づいたのか」

冷ややかな視線が香琴を射貫《いぬ》いた。

「おまえは言ったはずだぞ。俺と一緒に修羅《しゅら》の道を行く、地獄まで道連れにしてくれと。あれは空言《そらごと》だったのか」

忘れもしない。淫芥が督主を拝命したときのことだ。彼は邸をさっさと引き払おうとした。なぜなら居候《いそうろう》だったからだ。すくなくとも名義上はそうなっている。ふたりが暮らす邸の持ち主は香琴で、淫芥は寄寓《きぐう》しているにすぎなかった。

手早く荷造りをすませて出て行こうとした彼を引きとめたのは香琴だ。淫芥がなぜ出て行こうとしたのか瞬時に悟った。東廠の長として権勢をふるえば官民の怨みを買う。怨憎は督主本人だけでなく、彼のそばにいる者にも向けられる。督主時代の葬刑哭が菜戸《つれあい》を亡くしたのは、まさにそのせいだった。彼の菜戸は外出した際に連れ去られ、凌辱《りょうじょく》されて木に吊るされた。下手人《げしゅにん》たちは処刑されたが、彼らを称賛する声はそこかしこで響いていた。官民は東廠を恐れる以上に憎んでいる。失うものがあるうちは怯《おび》えて縮こまっているが、なにもかもを失って絶望の淵に沈めば、みずから退路を断ってなりふりかまわず怨毒を吐き散らす。督主の座にのぼる者には怨嗟《えんさ》の的となる覚悟が求められるのだ。

香琴の身を守るため、淫芥は二十年来の関係を断とうとした。彼の厚情に感じ入りながら、香琴は追いすがって引きとめた。若いころは別れ話を切り出されても涙ひとつ見せず嘲《あざけ》ってみせたのに、このときは涙ながらに旧情を訴え、彼無しでは生きられないと本音を吐露した。四十路《よそじ》女の未練がましさに哀れをもよおしたか、淫芥は家移りをやめた。

「怖気づいたのなら、ここから先は俺ひとりで行く。おまえは安全な場所で高みの見物をしていろ。九泉《きゅうせん》にいる弟もそれを願っているだろう」

香琴の弟は五年前に病死した。弟は最期の瞬間まで香琴が淫芥と夫婦同然の暮らしをしていることをよく思っていなかった。

「閹鬼《えんき》と夫婦の真似事《まねごと》をするなど、正気の沙汰《さた》ではない。世間の人は姉さんが寝物語にだれそれを密告したと決めつけて怨憎を滾《たぎ》らせている。督主の菜戸とはそういうものなんだ。閹鬼が買った怨みはそっくりそのまま姉さんのものにもなるんだ。あいつのそばにいれば、姉さんは早晩、辱《はずかし》められて八つ裂きにされ、骸《むくろ》を木に吊るされるんだぞ」

弟に難詰され、香琴は返答に窮《きゅう》した。「菜戸じゃないわ」と答えるのが精いっぱいだった。事実、香琴は淫芥の菜戸ではないのだ。婚儀をあげたわけでもないし、淫芥は香琴を菜戸だと他人に紹介しない。香琴は彼の義妹《こいびと》にすぎず、それ以上の存在ではない。

ただし、それはふたりのあいだのことで、他人からは菜戸だと思われている。ひとつ屋根の下で暮らしているのだから、夫婦と見なされるのは自然なことだ。

されど、他人からどう見られているかなど香琴には関係ない。淫芥自身が香琴を菜戸と呼んでくれないなら、だれにそう呼ばれても意味がない。

「姉さんのような人を肉親に持って俺は恥ずかしい」

それが、弟の末期の言葉だった。

——弟に恥だと言われても、私はこの人から離れられない。

人はこれを妄執《もうしゅう》と呼ぶだろう。事実そうなのかもしれない。香琴自身にも判然としないのだ。どうしてすべてを犠牲にしてまで淫芥のそばにいるのか。

「待って。私は……」

歩調を速めた淫芥との距離が見る見るうちにひらいてしまい、香琴は小走りになった。

彼の袖《そで》をつかもうと手をのばした瞬間、淫芥が突然立ちどまる。

目線をあげると、回廊《かいろう》の向こうから烏黒の蟒服を着た宦官《かんがん》が歩いてくるところだった。司礼監秉筆《へいひつ》太監・独囚蠅《どくしゅうよう》だ。若盛りには女のような繊細《せんさい》な容姿で知られていた彼もいまや四十六。過ぎ去った歳月の爪痕が色濃く刻みつけられた面貌《めんぼう》は苦悩の影を多分にふくみ、絶えず怒濤《どとう》にさらされてきた断崖《だんがい》のように峻厳《しゅんげん》なものになり果てている。

囚蠅は立ちどまって淫芥に揖礼《ゆうれい》した。囚蠅と淫芥はどちらも秉筆太監だが、督主の任を帯びている淫芥のほうが囚蠅より高位なので、こうするのが礼儀にかなっている。

「いつになったら忘蛇影を処分なさるおつもりで？」

しかつめらしい揖礼のあとで、囚蠅は洞《うろ》のような暗い両眼を淫芥に向けた。

「〝そのうち〟とおっしゃってもう七年です。そろそろ罪を贖《あがな》わせる時期なのでは」

「蛇影は俺の手駒《てごま》だ。いつ始末するかは俺が決める。おまえに指図されるいわれはない」

淫芥は剣呑《けんのん》な目つきで囚蠅を睨《にら》みかえす。殺伐《さつばつ》としたこのふたりが以前は実の兄弟のように仲睦《なかむつ》まじい兄弟弟子だったとは、だれが想像できよう。

――燃灯の変さえ起こらなければ。

燃灯の変の翌年、玉梅観《ぎょくまいかん》の道姑《どうこ》・宰曼鈴《さいまんれい》が怨天教に入信した嫌疑をかけられ、鬼獄に連行された。そして彼女は獄死《ごくし》したのだ。酸鼻《さんび》をきわめた拷問《ごうもん》の果てに。

曼鈴の尋問を行ったのは蛇影で、彼は淫芥の子飼いの部下だった。もっとも曼鈴の鞫訊《とりしらべ》自体が彼の指示だったわけではない。そのかみ、淫芥は破思英の足跡を追って煌京《こうけい》を離れていた。彼が東廠に戻ったときには、曼鈴は事切れていた。

功名心が強すぎる蛇影は建国以来の名門である宰家が怨天教団にかかわっている証拠を見つけようとして、今上《きんじょう》の姪《めい》にあたる曼鈴にきびしい拷問をくわえた。これはけっして淫芥が意図したことではなかった。もし、このとき東廠にいたなら、彼はかならず蛇影の暴走を止めたはずだ。なぜなら曼鈴は、囚蠅の元義妹だから。

ふたりは仲違《なかたが》いして別れたのではない。互いの立場がふたりの仲を引き裂いたのだ。曼鈴の父親である宰家の当主は再三にわたって娘を譴責《けんせき》した。宰氏一門は皇家にもつらなる権門《けんもん》なのだ、由緒《ゆいしょ》ある血族から騾馬《らば》の慰み物を出しては先祖代々の家名を汚すことになる、父に恥をかかせるつもりか、独囚蠅とは金輪際《こんりんざい》かかわりを持つなと。

孝心と恋情に身を引き裂かれた曼鈴は香琴に相談を持ちかけた。奴婢《ぬひ》として生まれ、紆余曲折《うよきょくせつ》を経て女官にのぼりつめた香琴には守るべき家名などなかったが、宦官と慇懃《いんぎん》を通じているという点では、曼鈴と似通った境遇にいた。

「ほんとうに恋しい相手なら、なにがあっても別れるべきじゃないわ」

香琴はそう助言したが、曼鈴は囚蠅と関係を断った。離別を切り出したのは囚蠅だった。彼は自分のせいで曼鈴が親族から排斥《はいせき》されることも世間から蔑視《べっし》されることも望まなかった。生木を裂くような別れは、ほどなくして永訣《えいけつ》となってしまった。

囚蠅は曼鈴の亡骸《なきがら》を見て激憤《げきふん》した。彼女の肉体は文字どおり破壊されていた。曼鈴が連行された日、囚蠅が公務のため九陽城《きゅうようじょう》を離れていたことも災《わざわ》いした。

囚蠅は蛇影の処罰を強く求めた。曼鈴が囚蠅にとってどれほど大切な存在か知っている淫芥ならば、当然そうすると思ったのだろう。しかるに淫芥は蛇影を咎《とが》めず、腹心として重用しつづけた。横暴で慎重さに欠けるという短所はあるものの、蛇影は数々の功績をあげている。王孫《おうそん》が皇宮内に潜伏していることを嗅《か》ぎつけたのも蛇影だった。

破思英を捕らえるまでは、淫芥は蛇影をそばに置くつもりなのだろう。だからいまは処分できない。時が来れば報いを受けさせると囚蠅には言っているようだが、愛する女をむごたらしく殺された囚蠅がそんな一時しのぎの弁明で納得するはずはない。

「あなたはお変わりになった、同督主」

囚蠅は底冷えのする声音《こわね》を放った。曼鈴の死がふたりを仲違いさせる前、囚蠅は淫芥を親しげに先輩と呼んでいた。しかし現在の彼にとって、淫芥は憎むべき同督主である。

「あなたと一度は交誼《こうぎ》を結んだことを心から恥じていますよ」

囚蠅はふたたび揖礼して立ち去る。その足音が遠ざかる前に淫芥は歩き出した。囚蠅とは正反対の、彼が進むしかない道を急き立てられるように行く。

何者も寄せつけない烏黒の背中を、香琴は駆け足で追いかけた。

——私だって破思英が憎いわ。

あの女はなにもかもを壊したのだ。たった一発の銃弾で。

粉雪が降りしきる晩、暁和殿《ぎょうわでん》はひっそりと静まりかえっていた。明かりは格子窓《こうしまど》からもれてくるのに、屋内に一歩入れば墓場のような静寂に迎えられる。書房《しょさい》から漏《も》れ聞こえてくるはずの墨《すみ》をする音や穂先が紙面をすべる音、奏状《そうじょう》がひらかれる音や蓋碗《がいわん》を置く音はまったく聞こえてこない。これは異様なことだ。平生、父帝は夕餉《ゆうげ》のあとも奏状を決裁する。政務は子《ね》の刻までつづけられ、その後、暁和殿の明かりが消される。

いまは亥《い》の正刻。父帝はまだ奏状を読んでいる時刻なのに、物音は途絶えている。黎昌王《れいしょうおう》・利風《りふう》は書房に入り、灯燭《とうしょく》に照らされる室内を見まわした。ここにたどりつくまでだれにも見咎められなかったのは、暁和殿を守る錦衣衛《きんいえい》の武官と宦官を買収しておいたからだ。事は計画どおりに運んでいる。火鉢《ひばち》であたためられた書房には四人の人間しかいなかった。二人は童宦《どうかん》、一人は皇帝付き首席宦官・失邪蒙《しつじゃもう》。もう一人は父帝だ。

童宦たちはしおれた花のように床に倒れこみ、邪蒙は書棚にもたれかかってぐったりとした様子で床にすわりこんでいる。父帝は案上《あんじょう》にひろげた奏状に突っ伏していた。

みな、死んでいるわけではない。眠り薬を混ぜた香《こう》の作用で深い眠りに落ちているのだ。

利風はあらかじめ薬を飲んでいるので睡魔に襲われることはないが、通常はこの香をかぐとものの寸刻で強烈な眠気を感じはじめ、ゆうに一時辰《いちじしん》は眠りこけてしまう。

ここにいるだれにも聞こえるはずはないのに、利風は足音をしのばせ父帝に近づいた。

──もう耐えられない。

父殺しに手を染めなければならないという考えが胸に生じたのは、街角で父帝を揶揄《やゆ》する童謡を聞いたときだ。わずか三つ、四つの童子が口ずさんでいた。暴君は自分の愛妻を殺され、他人の愛妻を殺すと。市井《しせい》で流行する歌には東廠督主《とうしょうとくしゅ》たる同淫芥《どういんかい》を呪うものが多かったが、それはあくまで皇帝より宦官のほうが攻撃しやすいからであって、父帝より同督主のほうが怨《うら》まれているからではない。万民がほんとうに憎んでいるのは廠衛《しょうえい》を率《ひき》いて冤罪《えんざい》を生み出す同督主ではなく、酷吏《こくり》を用いて虐政《ぎゃくせい》をしく父帝だ。

──燃灯の変さえ起こらなければ、父皇はいまも仁君《じんくん》でいらっしゃっただろうに。

物心がつくころから利風は父帝を尊崇《そんすう》していた。父帝は英邁《えいまい》な君主であり、勤勉で朝な夕な公務に励《はげ》み、民情に耳をかたむけ、贅沢《ぜいたく》を退け節倹につとめ、治国安民《ちこくあんみん》のために肺肝《はいかん》を砕いた。父帝が持つあまたの美点のなかでなによりも利風を敬服させたのは寛大さだ。嘉明《かめい》年間前期、言官《げんかん》たちは舌鋒《ぜっぽう》鋭く朝政を批判したが、廷杖《ていじょう》に処された者は片手で数えられるほどしかいなかった。回数は多くても二十回程度で、錦衣衛が手加減したので──そうするように父帝が命じたのだ──廷杖で死んだ者は一人もいなかった。

司礼監《しれいかん》や東廠の権勢は制御され、官僚は思うさま議論を上下し、まだ世に出ない書生でさえ忌憚《きたん》なく天下国家を論じることができた。歯に衣着せぬ諫言《かんげん》が重んじられ、賢人は出《しゅっ》自《じ》にかかわらず敬《うやま》われ、媚《こ》びへつらいの言葉を吐く佞人《ねいじん》は軽んじられた。

寛大さは朝廷に仇《あだ》なす淫祀邪教《いんしじゃきょう》にまでおよんだ。父帝は巷《ちまた》を騒がせる怨天教徒に憐《あわ》れみをほどこし、宣祐《せんゆう》年間に暴威をふるった苛烈《かれつ》な禁圧をゆるめた。さまざまな事情から絶望にさいなまれ、邪神に心を寄せるほかなかった人びとに惻隠《そくいん》の情をもよおしたのだ。それは経籍《けいせき》が尊《とうと》ぶ聖天子の姿そのもので、利風は景仰《けいぎょう》せずにはいられなかった。邪教徒たちも父帝の慈心《じしん》に感じ入って行いをあらためるにちがいないと確信するほどに。

凱《がい》には名君として知られる皇上《みかど》がいる。三賢帝《さんけんてい》と総称される聖宗《せいそう》皇帝、仁宗《じんそう》皇帝、睿宗《えいそう》皇帝がそうだ。外征で国土を拡大した世宗《せいそう》皇帝、治水と水運に注力した高宗《こうそう》皇帝、華麗《かれい》な文化を花開かせた文宗《ぶんそう》皇帝も、その名簿にくわえられるだろう。

美名を残した君王はすくなくないが、利風は父帝こそ凱王朝一の英主だと決めこんでいた。父帝の名は沈みゆく王朝をたてなおした聖君として千年後も語り継がれるだろう。後世の帝王はみな父帝を手本とするだろう。社稷《しゃしょく》の臣たちは父帝の徳行を引き合いに出して彼らの主を諫《いさ》めるだろう。千秋万歳《せんしゅうばんざい》のあとも父帝は遺徳によって一天四海《いってんしかい》を照らし、万民に安寧《あんねい》をもたらすのだ。

けっしてわが目で見ることのない遠い未来に想いを馳《は》せると、利風は父帝の血をひいていることを誇らずにはいられなくなった。世継ぎになりたいわけではない。一親王として安穏と暮らすことができれば十分だ。千年後の人は利風の名を知らなくても父帝を知っている。そう思うだけで、この濁世《じょくせ》に生まれてきた意義を感じる。自分はたぐいまれな名君の息子なのだという自覚が生きる喜びを呼び覚ますのだ。

満身にみなぎる得も言われぬ陶酔《とうすい》は燃灯の変に打ち砕かれた。あの日以来、父帝は人が変わってしまった。汪皇后の仇《かたき》を討《う》つため、綸言《りんげん》をひるがえして怨天教団を暴圧した。東廠は勅命《ちょくめい》を奉じて怨天教徒と目された人びとを鬼獄《きごく》に引きずりこみ、いたるところに骸《むくろ》の山を築いた。弾圧のすさまじさは宣祐年間の比ではなかった。怨天教団が関与している可能性がわずかでもあれば、内乱の鎮圧には万迅雷《ばんじんらい》が投入された。これにより怨天教徒以外の民や兵卒にも多数の犠牲者が出たが、父帝はまったく意に介さなかった。万迅雷の毒質が戦地の水土を汚染し、いちじるしい凶作がつづいても、父帝が官僚たちに尋ねるのは餓《う》えた民の数ではなく、殺した怨天教徒の数なのだった。

いつしか父帝は暴君と呼ばれていた。だれもが父帝を恐れ、憎み、呪った。剛直な言官は死をも恐れず強諫《きょうかん》し、無残な肉片になるまで午門《ごもん》前で打ち据えられた。うかつにも父帝に批判的な発言をした官僚や書生は怨天教徒の疑いをかけられて連行され、生きて戻ることはなかった。賢人たちは無道なる世を嘆《なげ》いて身を隠し、佞人たちは他人を讒訴《ざんそ》してほくそ笑んだ。東廠が暗躍すればするほど、流血が土砂降りの雨のごとく地面にふりそそげばふりそそぐほど、巷間《こうかん》には怨嗟《えんさ》の声がとどろいた。

父帝が天下万民の怨敵《おんてき》となるのは、利風にとってわが身を生きながら焼かれることにひとしい。父帝には寛大で慈悲深い名君として歴史に名を残してほしかった。憎まれるのではなく、呪われるのでもなく、心から尊崇される存在でいてほしかった。

父帝をとめなければ。これ以上、官民の怨毒を買う前に。

どうすればよいのだろう？　利風が諫言したところで父帝は聞き捨てるにちがいない。父帝は皇長子である廉徳王《れんとくおう》・承世《しょうせい》の言葉にしか耳をかたむけない。汪皇后の血をひかない者がなにを言っても雑音になるだけだ。

言葉でとめられないのなら、行動で制止するしかない。そうだ、弑《しい》すしかないのだ。欽《きん》慕《ぼ》してやまない父帝を手にかけるよりほかに道がないのだ。今日まで逡巡《しゅんじゅん》したが、これが唯一無二の方法だと肚《はら》をくくった。父帝を救うため、父殺しに手を染めようと。

利風は息を殺して父帝に近づき、手にしていた包みから毒針を出した。南蛮《なんばん》渡りの毒物を塗りつけた針を首の付け根に刺せば、ほどなく毒が全身にまわり、父帝は息絶える。苦しむ間もなく死ぬ毒だと聞いて、これを使うことにした。父帝を苦しめたくなかった。たとえ万民に憎まれる暴君だとしても、利風にとっては欽仰《きんぎょう》する父親だ。八年ものあいだ怨《おん》憎《ぞう》に血肉を焼かれてきた父帝にさらなる苦痛を与えたくない。

利風は慎重に身をかがめた。無防備な首もとに毒針を近づけ、先端を突き刺そうとしてためらう。覚悟を決めて暁和殿の敷居をまたいだはずなのに、ここに来て決心が揺らいでしまう。ほんとうにこうするしかないのだろうか。父帝を弑さずに救うことはできないのだろうか。迷いが生じ、利風は五爪《ごそう》の龍が躍る肩をつかんだ。

せめて最後に龍顔《りゅうがん》を拝そう。暴君に変貌《へんぼう》した父帝の顔を見れば、諦めもつくだろう。左半分が焼け爛《ただ》れた、二目と見られぬ醜怪《しゅうかい》な尊顔を眼裏《まなうら》に焼きつければ――。

「おまえも父殺しに手を染めようというのか、利風」

慕《した》わしい声が利風の耳朶《じだ》を打った。前方からではない。後方からだ。弾かれたようにふりかえり、利風は愕然《がくぜん》とした。そこに立っていたのは紫紺《しこん》の蟒服《ぼうふく》姿の父帝だった。もう一度玉案《つくえ》に突っ伏していた〝父帝〟を見て息をのむ。こちらは龍袍を着た失太監だ。

背恰好《せかっこう》が似ているので見間違えたのだろうか。極度の緊張で目がくもっていたのだろうか。いずれにせよ、父帝と失太監は君臣の衣装を取り替えて待ちかまえていたということになる。利風を罠《わな》にかけるために。

「余《よ》を弑し、その罪を才堅に着せる。なかなかの妙策だ。才堅には余を憎む理由があるからな。文耀《ぶんよう》の仇を討《う》ったといえば、不自然には聞こえない」

それは利風がこの簒奪劇《さんだつげき》のために用意した筋書きだった。あえて痕跡を残し、すべての証拠が成端王《せいたんおう》・才堅をさし示すように仕向け、弑逆者《しいぎゃくしゃ》に仕立てあげる。才堅に個人的な怨《うら》みはないが、事件には下手人《げしゅにん》が要る。才堅はその役にだれよりもふさわしかった。

「……ご存じだったんですか、父皇」

なだれこんできた錦衣衛の武官たちが呆然《ぼうぜん》と立ち尽くす利風を取り押さえた。

「なにもかもご存じだったのに……私を捕らえなかったんですか？　今日まで」

「教えてやるべきだったというのか？　弑逆は大罪だと」

龍眼《りゅうがん》から放たれる冷徹なまなざしに射貫《いぬ》かれ、利風はふいに笑い出した。

「そうですね。教えてくださるはずがない。父皇は天子であらせられるのだから」

母である遠麗妃《えんれいひ》は利風が内閣大学士三輔《ないかくだいがくしさんほ》・遠孔国《えんこうこく》と結んで簒奪をもくろんでいたことなど知らない。母妃は父帝が利風を立太子してくれることを望んでいた。なればこそ利風の不行状《ふぎょうじょう》に苦言を呈した。放蕩癖《ほうとうへき》をあらため、徳操《とくそう》を養うようにと。

母妃は知らないのだ。父帝は利風を皇太子に選ばないということを。利風は知っていた。だから媚びを売らなかったのだ。徒爾《とじ》だとわかっていたから。

――なにもかもご存じのうえで、静観なさっていたんだ。

父帝は利風がどう動くか観察していた。利風を試していたのだ。天が人に試練を与え、人がもがき苦しむさまを見物するように。父親の目で見てくれていたわけではないとあらためて痛感する。父帝にとって利風は息子ではなく、世継ぎ候補のうちの一人だった。かるがゆえに易々と試すことができたのだ。なんの情けも感じていないから。

――いや、父皇がご存じなのは私の行動だけだ。

本心までは見抜かれていまい。利風がなぜ弑逆をもくろんだか、父帝は知るまい。千里を見通す天子の龍眼も息子の胸底までは見通せない。なぜならあまりに近すぎるからだ。

夜空で輝く月はさやかに見えるけれど、足もとの石ころは視界の端にも映らない。

また、恥をしのんで真情を吐露したところで父帝の胸に響くとも思えない。父帝を慕うがゆえの行動だと言えば、下手《へた》な口舌だと嗤笑《ししょう》されるだろう。

「おまえは妃嬪《ひひん》を孕《はら》ませた。不義密通が暴かれる前に事を起こした。余を弑し、その罪を才堅に着せ、自分が玉座にのぼるつもりだった。そうだな？」

妃嬪を孕ませたのは事実だ。弑逆が不首尾《ふしゅび》に終わり、父帝に捕らえられた場合にそなえ、先帝・宣祐帝《せんゆうてい》の廃皇子がひそかに情を交わした侍妾《じしょう》との仲を引き裂かれたことを怨んで宣祐帝を弑そうとした事件と似た動機を用意した。ほんとうの動機を隠すために。

「さもなければ父皇は私を処分なさるでしょう。侍妾ならともかく、相手は妃嬪だ。見逃してくださるはずがない」

――玉座など欲しいと思ったことはない。

二十四旒《りゅう》の冕冠《べんかん》を頭上にいただく身でなければ、父帝はこれほどの強権をふるうことができず、人びとを蹂躙《じゅうりん》することもなく、暴君と呼ばれることもなかったはずだ。

一親王であれば、どれほど怨天教団を憎んでも東廠を従えられないのだから復讐《ふくしゅう》の手段は限られている。しかし不幸にして父帝は至尊《しそん》の位に在った。あらゆる権力を握っており、言葉ひとつで大勢の人間を殺すことができた。燃灯の変が起こる前に太上皇《たいじょうこう》が崩御《ほうぎょ》していたことも災《わざわ》いした。父帝の暴虐《ぼうぎゃく》を阻止できる者がいないまま、父帝は怨憎に身を任せ、天下蒼生《そうせい》を救うために行使すべき皇権を誤った目的のために乱用したのだ。

「嘆《なげ》かわしい。たかが女一人のために弑逆をくわだてるとは」

連行されていく利風に、父帝が辛辣《しんらつ》な言葉を吐いた。怒りはおぼえない。苛立《いらだ》ちさえ感じない。完膚《かんぷ》なきまで打ちひしがれていた。父帝はどうして気づかないのだろうか。自分が女一人のために国を滅ぼそうとしていることに。

――だれでもいい、父皇を弑してくれ。

利風には果たせなかった。これ以上、父帝が怨まれないように、さらなる悪行を史書に記されないように、一日も早く父帝の息の根をとめなければならなかったのに。

弑逆以外の方法で、怨毒に蝕《むしば》まれた暴君を救うことはできないのに。


真冬の夕闇がひたひたと迫りくる時刻。凍《い》てつく風に蟒服《ぼうふく》の裾《すそ》を乱されつつ、皇帝付き次席宦官《かんがん》・罪喪狗《ざいそうく》は雪化粧《ゆきげしょう》された紅墻《こうしょう》の路《みち》を小走りで進んでいた。

――いったいなんの用件だろう。

行き先は後宮、秋恩宮《しゅうおんきゅう》。しかし喪狗を呼び出したのは尹太后《いんたいこう》ではなく、宝福公主《ほうふくこうしゅ》・丹雪《たんせつ》だ。朝方、宝福公主付き次席宦官・氷鼠肝《ひょうそかん》が丹雪の文を届けに来た。文には今日、時間があるときに自分の部屋に来てほしいと記されていた。

安遼王《あんりょうおう》・元覇《げんは》の事件につづき、今度は黎昌王《れいしょうおう》・利風《りふう》の事件だ。政情を揺るがす出来事が立てつづいており、廟堂《びょうどう》の周辺にいる者は事後処理に追われている。実を言えば後宮に出かけている暇はないのだが、無視するわけにもいかないので、上役の失太監《しったいかん》に断って中朝《ちゅうちょう》から内朝《ないちょう》へ向かっている。

銀凰門《ぎんおうもん》をくぐって後宮に入り、雪に染め抜かれた紅牆の路を急《せ》かされるように歩いていると、すれちがう宦官や女官の由《よし》ありげな目つきに気づいた。またかと内心、舌打ちする。最近よくあることだ。後宮だけでなく、行く先々で他人が喪狗を物言いたげに見つめてくる。そのくせ、目が合うと逃げるように顔をそむけるので理由がわからない。

蟒服にからまりつく奇妙な視線をふりはらいながら先を急ぐ。秋恩門をくぐると、鼠肝が出迎えた。彼に先導されて外院《まえにわ》と回廊《かいろう》を通りぬけ、西廂房《にししょうぼう》へ向かう。丹雪の書房《しょさい》に入ると、榻《ながいす》に腰かけていた丹雪がおもてをあげた。小卓には水緑《すいりょく》の帳面がひろげられ、筆墨《ひつぼく》が用意されている。どちらも彼女の声の代わりになるものだ。

丹雪が目まぜして鼠肝を下がらせた。室内には喪狗と丹雪だけが残される。これはとてもめずらしいことで、喪狗は面食らった。丹雪は鼠肝を気に入っており、四六時中そばに置いている。ふだんならけっして下がらせないが。

戸惑う喪狗の前で、丹雪は筆をとって紙面に穂先をすべらせた。書きあげた文章をかみしめるように眺め、意を決したふうにこちらに見せる。

「後宮に噂《うわさ》が流れているわ。あなたは嘉明《かめい》元年に亡くなった整斗王世子《せいとおうせいし》、高翼護《よくご》だと」

返答に窮《きゅう》する喪狗の前で、丹雪はつづきを書く。

「噂は真実なの？　あなたはわたくしの従兄《いとこ》？」

舌を引き抜かれたかのように喪狗は黙していた。なぜならそれは――事実だったから。


小卓に突っ伏して嗚咽《おえつ》する主を、宝福公主《ほうふくこうしゅ》付き次席宦官・氷鼠肝《ひょうそかん》は痛ましげに見ていた。

「宝福公主・丹雪《たんせつ》が恋慕《れんぼ》しているのは単なる宦官ではなく、宦官になった従兄である」

後宮でまことしやかにささやかれるその風説が正しいことを証明したのは、ほかならぬ彼女の想い人、皇帝付き次席宦官・罪喪狗《ざいそうく》の行動だった。

彼は丹雪の問いに答えもせず、無言で逃げ出した。真実から逃れるには、そうするしかないとでも言うように。

喪狗が整斗王《せいとおう》・秋霆《しゅうてい》の亡子――二十四年前に死んだはずの整斗王世子《せいし》・翼護《よくご》であるならば、丹雪は彼の従妹《いとこ》になる。つまり、ふたりは同姓の従兄妹なのだ。

礼教の国たる凱では同姓の男女が婚姻することは禁忌《きんき》である。母方の従兄妹ならばともかく、父方の従兄妹はおなじ姓を名乗っており、兄妹に準じたあつかいになるから、彼らが結ばれればそれは十悪《じゅうあく》のひとつ、内乱《ないらん》（近親相姦）として処罰の対象になる。

喪狗が宦官ではなかったとしても、丹雪は彼の妻にはなれないのだ。

――おかわいそうに。

丹雪の苦しみをだれよりも理解しているのに、なにもできないわが身が恨めしい。もし神仙の力を持っているなら、丹雪の恋をかなえてやりたい。さりながら鼠肝は非力だ。自分の運命すら変えられないのに、他人の運命を変えることができるはずもない。

無力な己に失望しながらも、丹雪を慰めようと言葉を探す。そのとき、部屋の外が騒がしくなった。女官や宦官が悲鳴じみた声をあげて逃げ惑っている。次の瞬間、扉を蹴破《けやぶ》るようにして朱殷《しゅあん》の曳撒《えいさん》を着こんだ男たちがなだれこんできた。後宮は男子禁制である。皇太后の居所たる秋恩宮《しゅうおんきゅう》の一室に夜討《ようち》のごとく踏み入ることができるはずもないが、親軍《しんぐん》二十六衛の首《おびと》にして東廠《とうしょう》の指揮をあおぐ錦衣衛《きんいえい》はその限りではない。

「氷鼠肝だな」

大柄な錦衣衛の武官が配下に命じて鼠肝の身体《からだ》に縄を打たせる。鼠肝は抵抗しなかった。こうなることは、ずいぶん前から——禁門《きんもん》をくぐった日からわかっていた。

「待ってください。せめて最後に公主さまに暇乞《いとまご》いを」

鼠肝を連行するよう命じた武官は意外にも応じてくれた。鼠肝は後ろ手に縛られたままひざまずき、愕然《がくぜん》としている丹雪に向かって首《こうべ》を垂れた。

「公主さま、どれほどおつらくとも悲運に囚われてはなりません。あなたには良き未来がありま す。遠からずその道筋が見えるようになります。ですからどうか、前を向いてください。あなたが進むべき道をしかと見据えられるよう」

鼠肝にもよき未来というものがあったのだろうか。いや、そんなものははじめから存在しなかった。用意されていなかったのだ。鼠肝の末路は決まっていた。怨天教団教主《きようしゆ》・破思英《はしえい》の孫としてこの世に生を享《う》けた、その瞬間から。

ああうるさい、と霜斉王《そうせいおう》・寿雷《じゆらい》は口のなかでつぶやいた。窓の向こうで雪風がうなっている。呪わしげな冬の咆哮《ほうこう》は耳障りで仕方ないが、寿雷がうるさく感じているのは風の音ではなく、痙攣《けいれん》するように動くなかば腐った肺腑《はいふ》の軋《きし》り音《ね》だった。どうやら自分はまだ生きているらしい。その事実に喜びや安堵《あんど》はなく、際限のない失望があるだけだ。

「九弟、しっかりしろ」

聞き慣れた声が降ってきたが、寿雷はそちらを見なかった。洪列王《こうれつおう》・忠徹《ちゆうてつ》が診察に来たのだろう。頼まれもしないのにご苦労なことだ。

「なぜこんなことをしたんだ」

寿雷の脈を診《み》ながら、忠徹は罵倒《ばとう》じみた口調で問うた。

〝こんなこと〟には二つの意味がこめられていた。一つは錦衣衛《きんいえい》に連行されそうになった寿雷が彼らの面前で服毒したこと。もう一つは安遼王《あんりようおう》・元覇《げんは》と黎昌王《れいしようおう》・利風《りふう》をそれぞれひそかに支援して、二人とも破滅させたことだ。

前者はむろん死ぬためである。四皇子・文耀《ぶんよう》のように鬼獄《きごく》の床の上で息絶えるのはごめんだった。望みどおりにならない生涯を送ったのだから、死期くらいは己の意思で決めたかった。折悪《おりあ》しくいつもの往診に来た忠徹が現場に居合わせてしまった。忠徹は寿雷に毒物を吐かせ、衣服を吐瀉物《としゃぶつ》まみれにしながら応急処置をした。同督主《どうとくしゅ》の命を受け、寿雷を捕縛《ほばく》するために霜斉王府に乗りこんできた錦衣衛の武官たちは、四爪《しそう》の龍をまとわぬ親王の剣幕に気おされ、指図されるまま寿雷を臥室《しんしつ》に運んだ。あれからどれほど時間が過ぎたのか、寿雷にはわからない。何度か眠り、何度か目覚め、どす黒い血を吐いた。

「……無駄ですよ、五兄」

薬湯を飲ませようとする忠徹の手をふりはらう気力もなく、寿雷は渾身《こんしん》の力をふりしぼって顔をそむける。死ぬために毒をあおったのに、治療などされては迷惑だ。

「ほうっておいてください。どうせじきに死ぬんですから」

「なぜこんなことをしたんだ」

憤怒《ふんぬ》で声を震わせながら、忠徹はおなじ問いをくりかえした。

「なぜって……こんな身体だからですよ」

呼吸するたびに胸が切り刻まれるように痛む。だがこれは毒の作用とはいえない。毒はもともとあった痛みを増長させただけだ。

「五兄だってご存じのはずでしょう。私は二十歳《はたち》まで生きられないと」

胸の病を抱えて生まれてきたせいで、寿雷は幼いころから薬湯ばかり飲まされていた。

苦いので飲みたくないと駄々をこねると、母である孟敬妃《もうけいひ》は悲しげに表情をくもらせた。

「これはあなたに必要なものなのよ。お願いだから飲んでちょうだい」

母妃が泣きそうな顔をするので、寿雷は苦みをこらえて薬湯をのみくだした。そうすれば母妃は「えらいわね」と褒めてくれた。ひどく申し訳なさそうに。

「おいたわしいことだが……九皇子は二十歳までには亡くなるだろう」

太医《たいい》がそう言っているのを幼い寿雷は聞いてしまった。母妃にほんとうなのかと尋ねると、母妃はそんなことはない、かならずよくなると言った。太医に尋ねてもおなじ答えがかえってきた。兄たちに尋ねても同様のことを言われた。

——みんな嘘つきだ。

病状は快方に向かわないばかりか、年を追うごとに悪くなっていく。太医の見立ては正しかった。寿雷の肉体は長くもたない。赤ん坊のころから巣くう病がじわじわと血肉を腐らせて、二十歳になる前に寿命《じゅみょう》が尽きてしまうのだ。

命の期限に想いを馳《は》せると、心にはいつもおなじ疑問が浮かんだ。

自分が死んだら父帝や兄弟たちはどうするだろう。彼らは身も世もなく嘆《なげ》くだろうか。悲しみの淵に沈むだろうか。全員ではないとしても、幾人かはそうしてくれるだろう。数日、数月、長ければ数年は。だが、それ以降はどうだろうか。だれしも自分の生活がある。いつまでも喪失感にひたってはいられない。父帝のように八年ものあいだ愛妻を喪《うしな》った失意と憤怒に身を焼かれているのは、世にもまれなことなのだ。

父帝にとって寿雷は汪皇后のような欠くべからざる存在ではない。兄弟たちにしてみても彼らがもっとも大事にしているものと寿雷を天秤にかければ、前者にかたむくだろう。いずれにせよ、喉《のど》がかれるまで慟哭《どうこく》しなければならないほどの死にはなりえない。彼らはすぐに寿雷を忘れ、自分の日常に戻っていくだろう。寿雷ができなかった人並みのことをして人生を謳歌《おうか》するだろう。一方で寿雷は記憶のなかにうずもれていく。寿雷という人間が生きていたことさえ、忘却《ぼうきゃく》のかなたに追いやられてしまうのだ。

――なぜ、私なのだろう。

ほかのだれかでもよかったではないか。廉徳王《れんとくおう》・承世《しょうせい》でも、元覇や利風でも。なぜ寿雷がかくも脆弱《ぜいじゃく》な肉体を背負わされているのだろうか。なぜ兄弟たちにできることができないのだろうか。なぜ寿雷ばかりがこんなにも死に近いのだろうか。

――死にたくない。

高熱にうなされるたびに切望した。けっして生への渇望《かつぼう》ではなかった。死への恐怖なのだった。寿命が尽きかけている人間のもとにあらわれ、死者の魂を冥府《めいふ》へ誘うという走無常《そうむじょう》がそばに来ているのではないかと震えあがった。なんとかして死をまぬかれることはできないのか。二十年以上生きることはできないのか。寿雷はまだなにも成し遂《と》げていない。生まれてきた意味も感じられないまま死ぬなんて理不尽ではないか。

焦燥《しょうそう》に駆られて太医に治療法を探させたが、彼らは気休めの言葉を吐いて症状をごまかす薬を処方するだけ。危険を承知で夷狄《いてき》の薬を試したが、効果はなかった。

絶望が怨望《えんぼう》に変わるまでさして時間はかからなかった。寿雷が床《とこ》に臥《ふ》しているとき、兄弟たちは妻《めと》を娶り、子をなしていた。大軍を率い、華々しい武功をあげていた。妓女を侍らせて遊興にふけっていた。寿雷には到底できないことが、彼らにはあまりにもたやすいことなのだった。寿雷が渇しても得られなかったものは彼らの掌中《しょうちゅう》にあった。

赦《ゆる》せない。赦してはならない。兄弟たちが当然のように貪《むさぼ》る幸福は本来、寿雷にも与えられるはずだったものだ。わずかに運命がずれただけで寿雷は人並みの一生を送ることもできず、病床でみじめに生きて、無様に死ぬのだ。

――ならば道連れにしてやる。

恵まれた人生を歩んでいる兄弟たちを死出《しで》の旅に連れていこう。安らかな末期であってはならない。完膚なきまで打ちのめし、絶望の味をたっぷり堪能《たんのう》させてから黄泉路《よみじ》に引きずりこむのだ。なんの苦労もせず福運を手に入れた連中を罰してやる。そうしてこそ、玻《は》璃《り》細工よりも脆弱なこの命に意義を見出《みいだ》すことができるというものだ。

手始めに元覇に近づき、あなたが立太子されるべきだと力説した。私は病身なので東宮《とうぐう》への野心を持たないが、世継ぎになるべき人を後援したいと思っている、あなたを儲君《もうけのきみ》にするために微力を尽くしたいと。甘言の雨に自尊心をくすぐられた元覇はすっかり寿雷を信用した。そこで宝福公主《ほうふくこうしゅ》・丹雪《たんせつ》を使って父帝の歓心を得るよう献策した。元覇に丹雪を救わせ、のちに自作自演の事件だったという証拠を東廠につかませて陥《おとしい》れるつもりだったが、成端王《せいたんおう》・才堅《さいけん》が関与してきたせいで予定がくるった。ゆえに計画に変更をくわえ、簒《さん》奪《だつ》を薦《すす》めた。父帝に譲位《じょうい》の詔《みことのり》を書かせるため、汪皇后の棺《ひつぎ》を盗むように指示したのも寿雷だ。その消息を東廠にもらしたのも。

おなじように利風にも近づき、あなたこそが東宮の主になるべきだとささやいた。利風は儲《ちょ》位《い》にさほど興味がなさそうだったが、父帝の悪評には不快感を示していたので、そちらをあおることにした。父帝をとめるには弑逆《しいぎゃく》するしかない、父帝の名誉を守るために父殺しの汚名を着ることができる者はあなただけだと焚《た》きつけた。

暁和殿《ぎょうわでん》に侵入するまでの手はずをととのえたのは内閣大学士《ないかくだいがくし》三輔《さんほ》・遠孔国《えんこうこく》と利風自身だが、弑逆に使う毒物をわたしたのは寿雷だ。針に塗って突き刺すだけで十分な効果をもたらす猛毒は自分の身体《からだ》で夷狄の薬をいろいろ試しているうちに見つけた。元覇の場合と同様に、利風の奸計《かんけい》を東廠に嗅《か》ぎつけさせるのを忘れなかった。

筋書きどおりに事は運んだ。これでめぼしい皇太子候補はいなくなった。

「本気で父皇《ちちうえ》を弑《しい》すつもりだったのか？」

動揺をおさえながら問う忠徹に、寿雷は咳《しわぶき》まじりの笑みをかえした。

「誤解しないでください。私の目的は殺すことじゃない。絶望の淵に引きずりこむことですよ。私が沈んでいく淵にね。二兄の場合は謀反人《むほんにん》としての死だった。三兄は景仰《けいぎょう》する父皇をとめられないまま終わることだ。父皇はこのまま生きていくことこそが絶望そのものですよ。汪皇后亡き世界で、息子たちに叛《そむ》かれた暴君として汚名を残しながら」

元覇と利風以外の兄弟たちも道連れにする計画を立てていた。

「巴享王府《はきょうおうふ》を炎上させて六兄の蒐集品《しゅうしゅうひん》を燃やす予定でした。あのかたは書画骨董《しょがこっとう》をわが命のように大事にしていますからね。心血を注いで蒐集した数々の美術品が目の前で灰になったら、さぞかし打ちのめされるでしょうね。七兄には媚薬《びやく》を盛る予定でしたよ。あのかたが心の底で犯すかもしれないと恐れている罪を現実のものにするために。八兄の場合は溺愛《できあい》している沈妃を狙うのが上策だと思いました。それも目の前で殺すべきだとね。汪皇后がそうだったように。十弟にも用意していましたよ。とっておきの策を……」

「俺にも用意していたのか。絶望の淵に引きずりこむ策を」

もちろん、と寿雷は弱々しく笑う。

「抜かりはありませんよ、五兄。私は用意周到なんです。過不足なく計画して……」

胸からせり上がってきた血が口腔《こうこう》にあふれ、舌を溺《おぼ》れさせた。

「これが五兄のために用意した策ですよ。私はあなたの眼前で死ぬ。さぞや無念でしょうね？　岐黄《ぎこう》の道にたずさわりながら、自分の弟さえ救うことができないとは……」

激しい胸痛が寿雷から人語を奪った。あとはただ獣のようにうめくことしかできない。

——生まれてこなければよかった。

なにゆえ寿雷は母の腹に宿り、この世に産み落とされてしまったのだろうか。

王朝を呪った皇子として史書に汚名を残すことしかできないのに。


無数の小宮門《しょうきゅうもん》でつながれた紅牆《こうしょう》の路《みち》は一面の銀世界と化していた。

「いったいなにがどうなっているんでしょうか……」

手ずから傘をさしてとぼとぼと歩きながら、穣土王《じょうどおう》・不器《ふき》は白い息をもらした。

「二兄が謀反を起こしたり、三兄が弑逆《しいぎゃく》を試みたり、それらに九兄が関与していたという話も……なにがなんだかわかりません」

白朝《びゃくちょう》、灯影宮《とうえいきゅう》に行ってきた帰りだ。安遼王《あんりょうおう》・元覇《げんは》、黎昌王《れいしょうおう》・利風《りふう》の事件を受け、皇長子たる廉徳王《れんとくおう》・承世《しょうせい》が弟たちを呼びよせたのである。

「ここ数日、皇宮では騒動が立てつづいている。流言が飛び交い、みなが周章狼狽《しゅうしょうろうばい》しているが、こんなときこそ親王たるおまえたちは平常心を保たなければならない。軽挙妄動《けいきょもうどう》をつつしみ、急を要しない外出はひかえよ」

承世は弟たちに事態を静観しろと命じ、皇宮の変事について嗅ぎまわることを禁じた。

「大兄は気が立っていらっしゃるようでしたね。六兄もご機嫌ななめでしたが……」

巴享王府《はきょうおうふ》で起こったぼや騒ぎのせいで、巴享王・博宇《はくう》は虫の居所が悪かった。いち早く出火に気づいたので死傷者はいなかったようだが、複数の書画がだめになったそうだ。

「なんだか怖いです。こんなにも凶事がつづくなんて……」

「そういうときもあるよ」

となりを歩く呂守王《ろしゅおう》・令朗《れいろう》は立領《たちえり》の長襖《ちょうおう》に花蝶文《かちょう》が刺繡《ししゅう》された女物の披風《ひふう》を合わせ、白貂《しろてん》で縁どられた外套《がいとう》を羽織《はお》っている。この非常時にも女装して出てくるとは恥知らずめと承世に小言《こごと》をちょうだいしていたが、ふだんどおり笑顔で受け流していた。

「悪いことがつづくこともある。長雨のようなものだよ。連日、雨ばかりで気が滅入《めい》るけれど、それは永遠じゃない。雨はいつかやむ。そのときを待つしかないよ」

悲観主義の令朗らしくない楽観的な台詞《せりふ》はかえって不器の不安をあおった。これはなにかの予兆ではないだろうか。……とびきり悪いことの。

穣土王府《じょうどおうふ》に帰ってすぐに不器《ふき》は異変に気づいた。いつものように自室の鳥籠《とりかご》をのぞいたら、晛睆《けんかん》の姿がなかった。

「晛睆をどこにやったんだい？　勝手に鳥籠から出すなと言いつけていたのに」

不器が血相を変えて詰め寄ると、側仕《そばづか》えの宦官《かんがん》は気まずそうにおもてをふせた。

「実は、危芳儀《きほうぎ》さまが……」

「母妃《ははうえ》がどうしたんだ？　早く答えなさい！」

怒鳴りつけると、宦官は倒れこむようにして平伏した。その不調法《ぶちょうほう》な口から事の次第を聞いて愕然《がくぜん》とする。不器は自室を飛び出して母妃の部屋に駆けこんだ。母妃は鏡台前の繡墩《こしかけ》に贅肉《ぜいにく》がたっぷりとついた醜《みにく》い尻をあずけ、女官に化粧《けしょう》をなおさせていた。

「あら、帰ったの？　今日こそは縁談をもらってきたんでしょうね？」

母妃は鏡越しに不器を見やった。まるでじかに見る価値もないと言うように。

「今日は大兄に呼び出されたんですよ。父皇《ちちうえ》に謁見《えっけん》するために参内《さんだい》したわけじゃ……」

「せっかく参内したのに主上《しゅじょう》に謁見しなかったの？　まったく、あなたってほんとうに知恵が回らないわね。どうしてそんなことも思いつかないのかしら」

耳にこびりつくほど聞かされた侮言《ぶげん》が古い鐘のようににぶく反響する。

「……それより母妃、晛皖を……私の白い小鳥を食べたんですか？」

焼けつくように喉《のど》が痛む。食べるという単語と晛皖が結びつかない。

「白い小鳥？　ああ、あれね。食べたわよ」

ざあっと音を立てて血が逆流した。

「顔に吹き出物ができて困っていたのよ。いろんな薬を試しても治らないから西域《さいいき》の医者を招いて尋ねてみたの。その医者が言うには『白い羽毛と赤い目を持つ小鳥を煮て食べれば治る』ですって。効いてくれるといいんだけど」

母妃は注意深く鏡面をのぞきこみ、頰《ほお》のおしろいがくずれていると女官を叱った。

「睍睆は……睍睆は家畜じゃないんです！　私が大事にしていて――」

「うるさいわね、大声を出さないで」

「母妃、あなたはなんて……なんて残忍な人だ！　睍睆は私の友だったのに！」

「友ですって？　小鳥が？」

母妃はけらけらと耳障りな笑い声を放ち、嘲《あざけ》りが濃くにじむ目で不器を睨《にら》んだ。

「恥ずかしい子ね。冠礼《かんれい》をすませた一人前の男が言う台詞じゃないわ。あなたはもう十八なのよ。世間ではね、十八の青年は妻妾を迎えて子をなしているわ。いい年をして小鳥を可愛《かわい》がるしか能がないなんて情けない。お願いだから母に恥をかかせないでちょうだい。小鳥だなんだと、くだらないことにこだわっている暇があったら、早く縁談を賜《たまわ》るよう努力なさい。五つや六つの童子じゃないんだから、母の顔に泥を塗らないよう――」

聞きたくない。もううんざりだ。

そう思ったときには母妃につかみかかっていた。繡墩から引きずりおろし、怠惰《たいだ》な肉に覆《おお》われた首を両手で絞《し》めあげる。女官が悲鳴をあげ、騒ぎを聞いて駆けつけた宦官が止めに入ったが、不器はかまわず母妃にのしかかった。

――この女のせいだ！

不器が十八になっても婚姻の許可を賜ることができないのは、母妃が失言して父帝の不興を買ったことが原因だ。不器のせいではない。恥をかかせたのは不器ではなく母妃だ。

母妃はいつだってそうだった。自分の面子《めんつ》ばかり気にしている。ほんとうは汪皇后のように寵愛《ちょうあい》されたかったのだ。しかし寵愛は受けられなかった。だから不器を皇太子にしようともくろんだのだ。不器が世継ぎになれば母親として顔が立つからだ。

結婚を急かす《せ》のも不器のためではない。自分の体面のためだ。十八にもなって王妃も迎えられない親王の母であることが恥ずかしくてたまらないのだ。不器が独り身であることを案じているのではない。自分が皇家の笑い者になるのが我慢ならないのだ。

――なんて醜い女だろう。まるで豚じゃないか。

おしろいまみれの醜悪《しゅうあく》な顔が豚のようにあえいでいる。どうしてこんなに汚らしい獣を今日まで生かしておいたのだろう。もっと早く始末すればよかった。睍睆がいなくなる前に。けれど、もう大丈夫だ。この女が死ねば睍睆は戻ってくる。そうすればなにもかも元どおりだ。睍睆とふたり、平穏に暮らそう。邪魔者がいない世界で。

「殿下、書房《しょさい》にお入りになっては」

成端王《せいたんおう》付き首席宦官・胡愚猿《こぐえん》が声をかけると、成端王・才堅《さいけん》は気ぜわしげに月洞窓《まるまど》を見やりながら首を横にふった。

「ここでいい。仕事の邪魔をしたくない」

かたく閉ざされた扉の向こうは成端王妃・碧蘭《へきらん》の書房である。

碧蘭は寝食を忘れて汪《おう》皇后の御容《ぎよう》制作に打ちこんでおり、湯浴みと更衣《こうい》以外では書房から出てこない。今上《きんじよう》が言いわたした期日が二日後に迫っているので根をつめているのだろう。じきに子《ね》の刻になるというのに、月洞窓からは煌々《こうこう》と明かりがもれている。

「密偵から連絡がありました。東廠《とうしよう》が破思英《はしえい》を九陽城《きゆうようじよう》に連行したそうです」

周囲を憚《はばか》りつつ報告すると、才堅は心ここにあらずといったふうに生返事をした。碧蘭が御容制作をはじめてからずっとこの調子で、終日気もそぞろである。

「これから主上が直々に尋問なさるとか」

「父皇《ちちうえ》なら当然、ご自分で尋問なさるだろう。燃灯《ねんとう》の変《へん》の首謀者《しゆぼうしや》たる破思英をだれよりも憎んでいらっしゃるから」

嘉明《かめい》十七年、一月十五日。今上は最愛の汪皇后を連れて九陽城の門を出た。灯籠《とうろう》見物のため、城下におりたのだ。皇帝が上元節《じようげんせつ》に灯籠見物に出かけることは紹景《しようけい》年間後期より絶えて久しかったが、当時は怨天教徒《えんてんきようと》による破壊活動がなりをひそめていたため、今上は汪皇后と皇太子・承世《しようせい》、公主たちを連れて出かけた。

楽しい一家団欒《だんらん》のひとときになるはずだった。何事もなければ。

天を覆わんばかりに灯火がひしめき、銀漢《あまのがわ》のごとくきらめきわたるあでやかな夜陰を、三つの銃声が引き裂いた。ほぼ同時に放たれた三発の銃弾のうち、一発は絵灯籠を貫き、もう一発は承世の脚に命中し——最後の一発は汪皇后の胸部を撃ち抜いた。

たまたまその場から離れていた今上は銃声を耳にして現場に急行した。光の雨がしたたる惨劇《さんげき》の舞台で、承世はうずくまってうめき声をあげ、汪皇后は地面に倒れこんだまま動かなかった。今上はすぐさま汪皇后に駆け寄り、抱き起こした。あふれ出る鮮血を止めようとしてか、必死で彼女の左胸をおさえ、太医《たいい》を呼べと叫んだ。

だれもが微動だにしなかった。汪皇后が事切れているのは、それほどに明白だった。

今上の慟哭《どうこく》がとどろきわたった。この世の人でなくなった愛妻を呼ぶ声が。

錦衣衛《きんいえい》は現場付近で下手人《げしゅにん》を捕らえた。その男は怨天教徒だった。きびしい鞫訊《とりしらべ》により、男は怨天教団の教主《きょうしゅ》・彭羅生《ほうらせい》が現在は破思英であること、彼女の指示で銃撃したこと、標的は承世であったことを白状した。東廠は「なぜ承世を狙ったのか」「破思英には皇宮内に協力者がいるのか」「賞月《しょうげつ》の変のように皇族と結託したのか」と問いただしたが、男が拷問《ごうもん》の最中に死んでしまったので、それ以上の供述は得られなかった。

承世が死ねば、ほかの皇子があらたに立太子されることになる。皇子たちのだれかが破思英と共謀していたのではないかと疑われた。

これは突拍子もない憶測ではなかった。宣祐《せんゆう》年間に起こった賞月の変では、当時皇太子であった今上を帝位につけるため、今上の姉であった高月娘《げつじょう》が怨天教団と手を結び、宣祐帝の弑逆《しいぎゃく》をくわだてた。皇族が邪教徒と共謀して弑逆をもくろむことには前例があったのだ。今上は激昂《げっこう》した。苛烈《かれつ》な震怒《しんど》は承世が重傷を負ったことではなく、承世を狙っていた銃弾が狙いを外して汪皇后を弑《しい》したことに向かっていた。

汪皇后はわが子に向けられた殺意をその身に受け、命を落としたのだ。

今上は東廠に命じて破思英の行方《ゆくえ》を追わせた。実行犯は三人。錦衣衛が捕らえた実行犯の一人は破思英の義子《ぎし》で、彼の供述によれば逃亡した二人は破思英の息子だという。だれが撃った銃弾が汪皇后の命を奪ったのかは不明だ。今上は破思英の息子たちを捕らえるよう命じた。母親ともども。

かならず生け捕りにせよとの勅命《ちよくめい》が下った。ただし、五体満足である必要はない。

――報いを受けさせるおつもりだろう。

怨天教団は怨《うら》みを忘れるなと信徒に教えているが、その教義をだれよりも実践《じつせん》しているのはほかならぬ今上だ。

「破思英が処刑されるまで、燃灯の変は終わらない」

才堅が低くつぶやいたときだった。書房の扉が内側から開かれ、夜着姿の碧蘭が出てきた。身じまいをするのが面倒だからと、最近は夜着ばかりまとっている。男のように髪を簡素に結いあげ、鉢巻《はちまき》状の網巾《もうきん》をつけているのはほつれ髪が視界に入るとうっとうしいからだそうだ。化粧《けしよう》はしておらず、臙脂《べに》さえさしていない。老舗《しにせ》妓楼《ぎろう》の元名妓とは思えぬ色気のない装《よそお》いだが、気取らない姿をさらすのは才堅への信頼の証《あかし》だろう。

「どうした？　具合が悪いのか？」

碧蘭がふらつくので、才堅はすかさず支え、白いひたいに手をあてた。

「熱があるんじゃや……熱はないな。疲れているんだろう。すこし休んだほうがいい。根をつめすぎては身体《からだ》に毒だ。ゆっくり食事をして、しばらく眠ってから再開しても――」

「その必要はないわ」

碧蘭は思いのほか明朗な声で言った。

「もう手を入れるところはないから」

今上がなによりも欲しがっている汪皇后の御容《ぎょよう》が、とうとう完成したのだ。

臘月《ろうげつ》を明日にひかえたこの日も九陽城《きゅうようじょう》には不香《ふきょう》の花が降りそそいでいた。碧蘭は汪皇后の御容を届けるため、才堅にともなわれて宮門をくぐった。

「……大丈夫かしら」

暁和門《ぎょうわもん》へとつづく紅牆《こうしょう》の路《みち》を歩きながら、碧蘭はぽつりとつぶやいた。昨晩は達成感からか、気に入ってもらえる出来だという自信があったが、朝になると自信は見る見るしぼみ、不安のほうが勝るようになってしまった。

「安心しろ。かならず父皇《ちちうえ》の御意《ぎょい》に入《い》る」

傘をこちらにさしかけ、才堅が微笑《ほほえ》みかけてくれる。たったそれだけで胸の奥がじんわりと熱くなった。彼のとなりは怖いくらいに安心できる場所だ。ここから片時たりとも離れたくない。それが分不相応な望みだとは承知しているけれど。

才堅が立太子されれば、碧蘭はこの場所にはいられなくなる。彼は碧蘭を太子妃にすると約束しているが、そんなことは実現するべきではない。母方の親族がいないのだから、権門《けんもん》の令嬢を嫡室《ちゃくしつ》に迎えて後ろ盾を得るべきだ。碧蘭を太子妃にしても彼の政治的な立場が強固になるわけではなく、妓女《ぎじょ》を嫡妻《ちゃくさい》にした世継ぎと物笑いの種になるだけ。才堅の汚点になりたくない。だから嫡妻として彼のとなりに立つことができるのは、才堅が立太子されるまでだ。東宮に入ったら、妾室としてそばにいられればいいと思う。

小宮門をくぐると、ちょうど暁和門から猩紅《しょうこう》の補服《ほふく》を着た官僚が出てくるのが見えた。内閣大学士首輔《ないかくだいがくししゅほ》・李子業《りしぎょう》と、内閣大学士次輔《じほ》・尹卓詠《いんたくえい》だ。二人とも烏紗帽《うさぼう》から真っ赤な液体をしたたらせていたのでぎょっとしたが、よく見ればそれは朱墨《しゅずみ》らしかった。

「いまは暁和殿に近づかないほうがよいですよ、殿下」

李首輔《しゅじょう》はねんごろなあいさつをしてから忠告した。

「主上はご乱心召されています。謁見《えっけん》をお許しにはならないでしょう」

なにがあったのかと才堅が尋ねたが、二人は答えずに立ち去る。碧蘭と才堅は顔を見合わせ、ふたたび歩き出した。そろって暁和門をくぐり、外院《まえにわ》と垂花門《すいかもん》を足早に通って内院《なかにわ》に入る。秋恩宮《しゅうおんきゅう》などの後宮の殿舎《でんしゃ》とちがい、暁和殿の内院は目を楽しませてくれる花木がとぼしく、方塼《れんが》敷きの地面がむき出しになっているばかりで殺風景だ。

雪色に染まった寒々しい内院にけたたましい陶器の悲鳴がとどろいた。ついで怒号が響きわたり、再度なにかが破壊される音が寒空に反響する。

騒ぎの出どころはむろん正殿だ。天子の書房《しょさい》がある正殿内で暴れることができるのは、今上をおいてほかにいない。

「主上、お怒りをおしずめください！」

皇帝付き首席宦官《かんがん》・失邪蒙《しつじゃもう》がしきりに今上をなだめているのがもれ聞こえてくる。

「父皇はどうして激昂なさっているんだ？」

室内からあわただしく出てきた皇帝付き次席宦官・罪喪狗《ざいそうく》に才堅が尋ねる。喪狗は憔悴《しょうすい》した様子でため息をつき、「破思英《はしえい》のせいです」と答えた。

「破思英が主上を怒らせるようなことを言ったみたいね……」

碧蘭は背後で炸裂《さくれつ》した今上の罵声《ばせい》に肩を震わせ、才堅に身体を寄せた。汪皇后の御容を喪狗にあずけ、今上には謁見せずに暁和門を出る。

「破思英をごらんになってお怒りが再燃したのかもしれない。十八年前まで、あの女は皇后さま付きの女官だったから」

破思英は汪皇后に寵遇《ちょうぐう》されていた。邪謀《じゃぼう》のために近づいたとはいえ、大恩ある主の息子を殺《あや》めようとするとは、胸が痛まなかったのだろうか。しかも結果的には汪皇后の命を奪ってしまったのだ。人の心を持つ者なら罪悪感にさいなまれるはずだが。

前方から墨染の道服《どうふく》をまとった中年の婦人が歩いてくることに、碧蘭はさして注意を払わなかった。玉梅観《ぎょくまいかん》の道姑《どうこ》だろうと思ったのだ。

すでに中朝《ちゅうちょう》と外朝《がいちょう》をへだてる垂裳門《すいしょうもん》を出ていた。東華門《とうかもん》を目指して歩く道すがら、内朝《ないちょう》へ向かう道姑に出くわすのは、彼女たちがほとんど後宮の外に出ないことを考えればめずらしいことではあるけれども、奇異に感じるほどの出来事ではなかった。このまま何事もなくすれちがっていれば、道姑を見かけたことすら忘れていただろう。

だがしかし、この呪わしい邂逅《かいこう》は碧蘭に強烈な印象を残した。揖礼《ゆうれい》して碧蘭たちを見送ろうとした道姑が突如、抜き身の短刀を手に襲いかかってきたからだ。

「皇族に刃物を向けるとは、貴様も邪教徒か」

いち早く異変に気づいた成端王《せいたんおう》付き首席宦官・胡愚猿《こぐえん》がすかさず道姑を取り押さえ、短刀を奪い取った。

「皇族じゃないわ！　私が殺したいのはその淫売《いんばい》よ！」

愚猿に腕をねじりあげられながらも、道姑は目をむいて碧蘭を睨《にら》んでいた。

「汚らしい女狐《めぎつね》！　おまえは私から夫を奪った！　憎い憎い憎い！　憎んでも憎み足りない！　殺してやりたい！　八つ裂きにしてやりたい！　ああ悔《くや》しい、ここで殺せないなら呪い殺してやる！　怨んで怨んで怨んで、地獄まで道連れにしてやる！」

道姑は歯をむき出しにして罵言を吐き、憎々しげに唾《つば》を吐く。全身から黒い炎のような怨念《おんねん》が立ちのぼり、醜《みにく》くゆがめられた面貌《めんぼう》には憎悪以外の感情がない。

碧蘭は才堅の腕にすがり、身体を強張《こわば》らせた。恐怖が満身を駆けめぐっていた。刃物で害されそうになったからではない。道姑の顔に見覚えがあったからだ。

それは父の刑死を知った日に水鏡で見た自分の——蕭貞霓《しょうていげい》の顔と瓜二《うりふた》つだった。


格子窓《こうしまど》に切り刻まれた夕照が血飛沫《ちしぶき》のごとく床に散らばっている。その不吉なきらめきを見るともなしに見ながら、東廠督主《とうしょうとくしゅ》・同淫芥《どういんかい》は招かれざる客を迎えていた。

「いったいなにがあった？」

招かれざる客——司礼監掌印太監《しれいかんしょういんたいかん》・葬刑哭《そうけいこく》は、淫芥が立ちあがって揖礼しようとしたのを押しとどめ、急《せ》かされたかのように短く問うた。

「主上は目も当てられないほど錯乱《さくらん》なさっている。なだめようとした失邪蒙《しつじゃもう》はしたたか蹴《け》りつけられて怪我《けが》をした。ほかにも幾人もの側仕《そばづか》えが打擲《ちょうちゃく》された。左右の者にお命じになるのではなく、手ずから杖《じょう》をふるわれるのだ。……あれほど逆上なさったお姿を見たのは燃灯《ねんとう》の変《へん》以来だ。破思英《はしえい》の尋問でなにかあったのだろう」

尋問は秘密裏《ひみつり》に行われた。立ち会ったのは今上《きんじょう》、邪蒙ら皇帝付きの宦官、廉徳王《れんとくおう》・承世《しょうせい》、淫芥を筆頭とした東廠幹部、錦衣衛《きんいえい》の上層部のみ。司礼監の顔ぶれは締め出されていたので、破思英がなにを話したのか刑哭は知らない。

「東廠《こちら》で片づけた案件について司礼監《そちら》に報告する義務はありませんよ」

淫芥は煙管《きせる》をくわえたまま答えた。苛立《いらだ》ちとともに紫煙《しえん》を吐く。

「われわれは天子の走狗《いぬ》でしてね。司礼監の走狗じゃないんですよ」

「縄張り争いをしに来たわけではない。主上のご乱心ぶりは尋常ではないぞ。打擲された宦官のうち三名はその場で息絶えた。これではまるで八年前の再現ではないか」

「宦官は天子の私物です。どうなさろうと主上の勝手ですよ。替わりはいくらでもいる。壊れて使い物にならなくなったなら、敬事房《けいじぼう》があたらしいのを送ってくるでしょう」

いい加減にしろ、と刑哭は両手で玉案《つくえ》を叩いた。

「おまえもどうかしているぞ！　破思英を捕らえて怨天教団《えんてんきょうだん》を壊滅させると息巻いていたが、その結果がこれか！　主上だけではなく、廉徳王も惑乱なさっている。ご自身の右足を切り落とそうとなさったんだぞ！　薬を飲ませて眠らせなければ、とっくに片足を失っていらっしゃっただろう。こんなことなら破思英など捕らえなければよかったではないか。いや、見つけ次第、始末すればよかったのだ。生かしたまま連行したばかりに――」

「あの女を殺していれば、燃灯の変の真相はわからずじまいでしたよ。事によると、そのほうがよかったかもしれませんがね」

「燃灯の変の真相だと……？　そんなことはもうわかっているだろう。破思英は大凱《だいがい》を憎んでおり、世継ぎであった廉徳王を亡き者にしようとして――」

「それはあの女が用意した表向きの筋書きだったんですよ、葬太監」

椅子《いす》の背にもたれ、淫芥は鉛《なまり》のように重いまぶたをおろした。

「燃灯の変は廉徳王を狙った事件じゃなかったんです。破思英の狙いは最初から皇后さまでした。あの女は……皇后さまを弑《しい》すために三人の狙撃手を用意したんですよ」

三つの銃口は汪皇后を狙っていた、と破思英は今上の御前で語った。

「皇長子など、端《はな》から眼中にはなかった。私の狙いは汪皇后ただひとり。おまえが愛してやまない汪梨艶《りえん》だけだった」

汪皇后が怨天教徒に銃撃されれば、今上は怨天教団に心火を燃やし、激しい弾圧をくわえる。朝廷と教団が真っ向からぶつかり、天下に骸《むくろ》の山が築かれ、怨《うら》みが怨みを生み、教団はさらに勢力を増し、朝廷はそれをおさえようとして手当たり次第に邪教徒を殺し、両者の熾烈《しれつ》な争いは王朝を疲弊《ひへい》させていく。破思英はかく目算を立てた。

「おまえに怨みがあるのか、だと？　そんなものはない。あるはずもなかろう。汪皇后付きの女官だった私をおまえは厚遇していたのだから」

怨みを抱くほど不利益をこうむったことなどない、と破思英は断言した。

「私が怨んでいるのは大凱と怨天教団だ。この二つを滅ぼすために汪皇后を殺した。汪皇后にはなんの怨みもないが、汪皇后を殺せばおまえは怨天教団を滅ぼすために全力を尽くすだろう？　嘉明《かめい》年間に入ってから怨天教団への弾圧がゆるんでしまった。火に油を注ぐ必要があったのだ。おまえが寵愛《ちょうあい》していたから汪皇后を狙った。もし寵愛を得ていたのが妃嬪《ひひん》だったら、その女を狙っただろう。だれでもよかったのだ。おまえがなによりも愛《いと》しみ、わが命よりも大切にしている存在であれば、だれでも」

破思英は朝廷と教団を戦わせたかったのだ。凱を滅亡へ導くために。

「あの鬼女は主上を怨憎《おんぞう》の淵に引きずりこむ手段として皇后さまを利用したんです」

「流れ弾にあたったのは皇后さまではなく、廉徳王だったのか……」

刑哭が愕然《がくぜん》としているのが視界を放棄していてもわかる。彼が感じている衝撃は、昨日まで淫芥のものだった。

承世が銃弾を受けて大怪我をしたので、下手人《げしゅにん》たちの狙いは承世だと考えられた。現場にいた人間でもっとも皇位に近かったのは承世だからだ。これは玉座をめぐる謀略だとだれもが思った。かるがゆえに四皇子・文耀《ぶんよう》が密告され、東廠に連行されたのだ。

さりながら、破思英の狙いがはじめから汪皇后だったのならば、文耀にかけられた疑惑自体が意味をなさないものになってしまう。前提がまちがっていたのだ。これは玉座をめぐる謀略《ぼうりゃく》などではなかった。忌《い》まわしい事実に打ちのめされて色を失っていた淫芥の眼前で、破思英は老いた喉《のど》からしゃがれた冷笑を放った。

「狙いがはずれて皇太子にも銃弾が当たったので、標的は皇太子だったと証言させた。おまえたち錦衣衛が捕らえた私の義子《ぎし》にな」

　破思英は端から実行犯の一人を捕らえさせる予定だった。汪皇后を狙った犯行だと証言させて今上の震怒《しんど》をあおる腹積もりだったが、承世が流れ弾で負傷したので急きょ計画を変更して虚偽の証言をさせたという。

「なぜそんなことをしたかわかるか？　そうとも、おまえたちに勘違いさせるためだ。これは至尊《しそん》の位をめぐる陰謀だと」

　後ろ手に縛られ、ひざまずかされた恰好のまま、破思英は今上をふりあおいだ。

「私の狙いどおり、おまえは猜疑心《さいぎしん》にそそのかされて四皇子を投獄《とうごく》した。四皇子は獄中で自裁したが、おまえの怒りはおさまらなかった。そしてどうしたか、忘れたわけではあるまい？　そうだ、おまえは四皇子の亡骸《なきがら》を凌遅《りようち》に処したのだ。儲位《ちよい》を手に入れるため、長兄を弑逆《しいぎやく》しようとたくらんだ大罪人として。なんと憐《あわ》れなことか！　四皇子はいわれなき罪により獄《ごく》につながれ、まったくの無辜《むこ》でありながら獄死し、亡骸を三千三百五十七回にわたって切り刻まれたのだ！　尊崇《そんすう》する父帝のまなこが私憤《しふん》でくもっていたせいで」

　朝敵となった女のけたたましい哄笑《こうしよう》が室内に響きわたった。

「現場に皇太子――承世がいたのは好都合だった。承世は汪皇后が産んだ唯一の男子。おまえがいちばん可愛《かわい》がっていた息子だ。汪皇后を亡くしても承世を世継ぎとして遇することができたなら、おまえの傷心は幾分か慰められただろう。だが承世は負傷し、儲君《もうけのきみ》たる資格を喪失した。おまえは汪皇后を喪《うしな》っただけでなく、汪皇后が生きた証《あかし》を後世に遺《のこ》す手段までも失くしたのだ。私でさえ意図しなかった、不運な偶然によって」

今上は瞋恚《しんい》の炎がほとばしったかのように血を吐いた。

明黄色《にちりんいろ》の龍袍《りゅうほう》はまたたく間に朱に染まり、赫怒《かくど》にわななく玉体は背後から斬撃を受けたかのごとく均衡をくずして床に倒れこんだ。

側仕《そばづか》えたちがうろたえながら今上を抱き起こすかたわらで、淫芥はかろうじて己の職務に立ちかえり、破思英の身柄を鬼獄《きごく》に戻すよう配下に命じた。

「高奕佑《えきゆう》！　おまえの寵愛が汪皇后を殺したのだ！　おまえに愛されなければ汪皇后は死なずにすんだのだ！　汪皇后の仇《かたき》はおまえ自身なのだ！」

恐れ多くも今上の実名を叫ぶ破思英に、錦衣衛の武官が猿轡《さるぐつわ》をかませた。声を封じられてもなお、かの鬼女は何事かを叫びつづけていた。雪をまぶしたような白髪頭をふり乱し、贅肉《ぜいにく》をたっぷりたくわえた五体を躍るように揺らしながら。

「葬太監のおっしゃるとおりですよ。あの女を生かしたまま連行するべきではなかった。見つけ次第、殺せばよかったんだ。……あんな真相を暴露させるくらいなら」

血が沸騰《ふっとう》し、骨が焼け爛れるほど満身を蝕《むしば》んでいた破思英への怨毒《えんどく》が、いつの間にか跡形もなくなっている。積年の恨みを晴らしたから消えてなくなったのではない。なにかべつのものに変容してしまったのだ。おそらくは、とめどないむなしさに。

目を閉じたまま紫煙《しえん》をくゆらせていると、だれかが入室してきた。生来の傲岸《ごうがん》さを隠しきれない足音で右掌騎《うしょうき》・忘蛇影《ぼうだえい》だとわかる。蛇影はこちらに揖礼《ゆうれい》し、刑哭を気にするそぶりを見せた。東廠の機密を司礼監掌印太監の耳に入れるべきではないと思ったのだろう。平生の淫芥なら刑哭を閉め出してから話を聞くところだが、今日は疲れていた。疲弊しているといってもいい。十ほど余計に年をとったような気分だ。

「動機を吐いたか？」

破思英はいまも鬼獄で鞫訊《とりしらべ》を受けている。凱《がい》を滅ぼそうとした動機を聞き出すため、拷《ごう》問官《もんかん》たちが手を尽くしていた。

「いえ、それが……督主にしか話さないとかたくなに言い張っています」

「ならば俺が尋問する」

動機を聞き出してなんになるというのだろう。今上に寵愛されたことが汪皇后の横死《おうし》の原因なら、燃灯の変が起こらなかったとしても、いつかどこかで彼女は殺されたということになる。破思英は抜かりのない女だ。宮中の事情に通じている。九陽城《きゅうようじょう》の外に連れ出さなければ殺せなかったわけではない。皇宮内で殺すことも十分可能だったのだ。

――俺も……あの女の共犯者だ。

汪皇后の仇は今上自身だと破思英は言ったが、その理屈が通るなら淫芥も罪をまぬかれまい。汪皇后がまだ太子妃候補のひとり――汪梨艶《りえん》だったころ、淫芥は梨艶が皇太子時代の今上と打ち解け、心を通わせるのを無責任に喜んだ。紆余曲折《うよきょくせつ》を経て仲睦《なかむつ》まじい夫婦になったふたりを微笑《ほほえ》ましく眺めていた。梨艶が幸せそうに笑うたび胸にひろがった感慨《かんがい》を主従の情だと言えば嘘になる。淫芥はわずか九つで死んだ妹の面影《おもかげ》を梨艶のなかに見出《みいだ》していた。梨艶が夫に愛され、平穏に暮らしているのを間近で見るのは、亡き妹が生きるはずだった未来を見ているようで快かった。

夢にも思わなかったのだ。今上のひたむきな愛情が梨艶の命を奪うことになるとは。

——どうすればよかったんだ……。

どこで選択を誤ったのだろうか。いったいどうすれば悲劇を回避できたのだろうか。梨艶は死なずにすんだのだろうか。幸福なまま天寿をまっとうできたのだろうか。

それとも……これが天の配剤だというのか。梨艶は悲劇の女主人公になるために入宮したというのか。殺されるために愛されたというのか。

胸底に渦巻《うずま》く不穏な情動が淫芥を陰鬱《いんうつ》にする。それは憤怒《ふんぬ》や悲哀ではなく、底なしの失意だった。梨艶が今上と邂逅《かいこう》した時点でこうなることが決まっていたのなら、淫芥は彼女が悲惨《ひさん》な死に突き進んでいくのを間近で見ていたことになる。なすすべもなく。

「前言を撤回する。おまえは正しいことをした、淫芥」

官房《しつむしつ》を出て行こうとする淫芥の背中に、抑揚《よくよう》にとぼしい硬質な声がかけられた。

「真実は暴かれなければならない。たとえその鋭利な刃で喉笛を切り裂かれる者がいても」

返事をする気力もない。真実の刃は淫芥の喉をこそ引き裂いていた。

――後世の人間は汪梨艶を毒婦と呼ぶだろう。

なぜなら梨艶は自分に向けられた鳥銃《ちょうじゅう》で息子の前途を断ったことになるから。承世が流れ弾で負傷しなければ、文耀は兄殺しの疑いをかけられて獄死せずにすんだ。安遼王《あんりょうおう》・元覇《げんは》や黎昌王《れいしょうおう》・利風《りふう》が野心を抱くこともなかった。梨艶が死ななければ、今上が怨天教団を怨《うら》むこともなく、暴君に変貌《へんぼう》することもなかった。彼女が愛され過ぎなければ、破思英は梨艶を狙わなかった。天下にこれほど多くの血が流れることもなかった。

すべては梨艶からはじまっているのだ。彼女が天寵《てんちょう》を独占したことから。天子の愛を受けすぎることが罪だというなら、梨艶は罪人にちがいない。犯した罪の報いとして彼女は後人にそしられる。嘉明帝を暴虐《ぼうぎゃく》の道にひきずりこんだ悪女だと。

尚宮局尚宮《しょうきゅうきょくしょうきゅう》・爪香琴《そうこうきん》は衣橱《たんす》の下から二番目の抽斗《ひきだし》を開けた。雪明かりがさしこむ薄暗い視界にとろりとした真紅の生地があらわれる。数年前、自分用にあつらえた婚礼衣装だ。大袖袍《おおそでほう》、馬面裙《ばめんくん》、霞帔《かひ》、紅蓋頭《こうがいとう》、繍鞋《くつ》。鳳冠《ほうかん》以外は全部そろっている。

一段上の抽斗にも婚礼衣装の一揃いが入っているが、こちらは男物である。

――どうせ、あの人は今日も帰らないわ。

東廠督主・同淫芥。ひとつ屋根の下で夫婦同然に暮らしながら香琴の夫になってくれない不実な宦官《かんがん》は、このところ帰宅せず東廠で寝泊まりしている。破思英《はしえい》の件で廟堂《びょうどう》が混乱しているので、寸暇《すんか》を惜しんで事後処理に奔走《ほんそう》しているのだ。

香琴は心に決めている。こうして婚礼衣装を眺めている最中に淫芥が帰ってきたら計画を実行に移すと。残念ながらそのときはやってこないだろう。督主になってから淫芥は以前にも増して多忙になり、邸で食事をとることもめったになくなった。夫婦同然に暮らしているといってもすれちがいばかりで、皇宮では彼のほうから香琴に会いに来ることはないから、香琴が会いに行かなければ顔を見る機会すらもない。

淫芥にとって香琴はその程度の存在なのだろう。わざわざ会いに来るほどの値打ちはない女なのだろう。そんなことはわかっている。彼にとっては督主としてのつとめがいちばん大事で、香琴は取るに足りない存在なのだと。

ひょっとしたら淫芥はもう、ここには帰ってこないのかもしれない。彼を東廠から遠ざけたい香琴を疎《うと》んじ、こちらから出向いても会ってくれなくなるのかもしれない。

淫芥に拒絶されることを想像するだけで切り刻まれるように胸がうずく。彼に見限られたらおしまいだ。生きる目的を失い、死ぬことしか考えられなくなるだろう。天涯孤独の身である香琴が老いさらばえても命を燃やしているのは、ひとえに淫芥のそばにいるためだから。彼に会うことができないなら、この世にとどまる意味はない。

どんな方法で死のうかと考えて、自嘲《じちょう》の笑みをもらす。死にたくなったとしても実際に死ぬはずはない。この世にとどまっていれば淫芥の姿を見ることができる。彼に会ってもらえなくても声を聞くことはできる。たとえそれが自分に向けられたものでなくてもかまわない。淫芥が生きている限り、香琴も生きつづける。どれほどみじめな日々を過ごすことになってもいい。彼の存在を――その一端でも感じることができるなら。

「なにしてるんだ。明かりもつけねえで」

唐突《とうとつ》に慕《した》わしい声が背後で響いて、香琴はゆるりとふりかえった。屛風《ついたて》の陰から淫芥が怪訝《けげん》そうな顔をのぞかせている。

「……淫芥なの？」

尋ねずにはいられなかった。幻を見ているのではないかと疑われたので。

「ほかにだれがいるんだよ。ここは俺の家だぞ」

淫芥はうっとうしそうに三山帽《さんざんぼう》をとり、網巾《もうきん》をつけた髻《もとどり》を暗がりにさらす。薄闇に浮かびあがる老いた美貌《びぼう》にひとしきり見惚《みと》れ、香琴は抽斗を閉めて立ちあがった。

「全然姿を見せないから帰り道を忘れたのかと思ったわ」

「帰る暇もなかったんだよ。主上《しゅじょう》と廉徳王《れんとくおう》がそろって錯乱《さくらん》なさっているうえ、官僚どもが浮足立って妙な動きをしていやがるんでな」

そう、と相づちを打ちながら、香琴は淫芥の外套《がいとう》を脱がせて衣桁《いこう》にかけた。

「破思英は動機を語ったの？」

会話を長引かせたくて問う。破思英の事情など、これっぽっちも興味がないのに。

「ああ、洗いざらいな。その代わり約束させられちまった」

「約束？」

「処刑に立ち会ってほしいんだと」

まだ結審していないが、破思英が極刑――凌遅《りょうち》に処されることは議論の余地がない。処刑は来春の凶日になる見込みだという。

「どうして立ち会うの？　罪人の処刑を監督するのは督主の仕事じゃないでしょ？」

破思英は彭羅生《ほうらせい》だぞ、と淫芥はため息まじりに答えた。

「彭羅生の処刑には怨天教徒《えんてんきょうと》どもが群がってくる。連中を一網打尽《いちもうだじん》にする好機だ」

「だからってあなたまで刑場に出向かなくても……」

座灯《ざとう》に火をつけながら、彼の意図に気づく。淫芥は自分自身を囮《おとり》にして怨天教徒たちをおびきよせ、いっせいに捕らえる腹積もりなのだ。危険だわ、と諫《いさ》めようとしてやめる。香琴の忠告など、淫芥の耳には届かない。これは彼の職分なのだ。天分といったほうがいいかもしれない。どの道、香琴が口出しできることではない。

「おまえは来るなよ。人質にされたりしたら面倒なことになるからな」

「行かないわよ。処刑なんか見たくもない」

怨天教徒が香琴を人質にしたら、淫芥は狼狽《ろうばい》するだろうか。その様子を思い浮かべることができなくて、香琴は苦笑した。彼が顔色ひとつ変えずに怨天教徒ともども香琴を葬《ほうむ》り去る光景なら、見てきたように思い描くことができるのだが。

「香琴」

着替えを小卓に置いて部屋を出て行こうとしたとき、呼びとめられた。

「手伝ってくれ」

「なにを？」

「着替えに決まってるだろ。ほかになにがあるんだよ」

囲屏《びょうぶ》の向こうから聞こえる不機嫌そうな声音《こわね》に目を見開く。

「手伝いが必要なら童宦《どうかん》を呼びましょうか？」

宦官は同類以外に素肌を見せたがらない。騾《ら》馬《ば》になり果てた肉体を恥じるあまり、宦官ではない者の視線を極度に恐れているからだ。菜戸《つれあい》や義妹《こいびと》を持つ宦官でもその傾向が強く、身じまいには老宦官や弟子を好んで使う。まれに女人《にょにん》の手を借りて身支度《みじたく》をする者もいるが、彼らは決まって愛妻家である。菜戸に全幅の信頼を寄せていればこそ、己自身がなによりも恥じているいびつな肉体を彼女の視界にさらすことができるのだ。

「疲れてるんだ。早く着替えて寝床に入りたいんだよ」

でも、と口ごもり、香琴はおそるおそる囲屏のうしろに行く。淫芥は憔悴《しょうすい》しきった面持《おもも》ちでたたずみ、香琴が玉帯《ぎょくたい》をはずして蟒服《ぼうふく》を脱がせても黙っている。搭護《とうご》、貼里《ちょうり》、襯袍《しんほう》の順に脱衣させ、中衣中褌《ちゅういちゅうこ》姿にする。そのまま中衣の領《えり》をくつろげようとして躊躇《ちゅうちょ》した。彼の身体《からだ》と香琴をへだてるものは、もはや中衣と中褌しかない。この先に進んでもいいのか、確信が持てない。途中で彼のおもてに不快感が浮かばないだろうか？　手をふりはらわれないだろうか？　これ以上ふれるなと怒鳴られないだろうか？

ためらいがちに淫芥の顔色をうかがおうとしたとき、抱きすくめられた。色香のない抱《ほう》擁《よう》だった。蹴躓《けつまず》いた拍子に前方のものにしがみつくように、淫芥は香琴を抱いていた。

「……おまえの言うとおりだ、香琴。この八年……俺が身命《しんめい》を賭《と》してやってきたことは、全部、徒爾《とじ》だった」

かすれたささやきに耳朶《じだ》を撫《な》でられ、香琴は胸を震わせた。それはまごうことなき喜悦だった。女が想い人の信頼を勝ち得たときに感じる甘い情動にほかならなかった。

――この人は帰ってきた。私のもとに。

荒れくるう嵐に見舞われ、満身創痍《まんしんそうい》になった淫芥が向かったのは香琴の邸だった。香琴は彼が帰るべき場所なのだ。彼の家なのだ。傷ついた身体を横たえる安息の地なのだ。

「徒爾なんかじゃないわ」

香琴は真心をこめて嘘をついた。

「あなたは皇后さまの仇《かたき》を討《う》った。立派につとめを果たしたのよ。九泉《きゅうせん》にいらっしゃる皇后さまも安堵《あんど》なさっているわ。破思英の処刑がすめば、主上は正道にお戻りになる。皇后さまがご健在だったころの主上に立ちかえって善政をしかれるわ」

疲弊《ひへい》しきった背中を撫でると、中衣越しに瘦《や》せた長軀《ちょうく》が感じられる。もともと贅肉《ぜいにく》とは縁遠い身体だったが、絶え間なく襲ってくる苦患《くげん》のせいで以前よりも骨張っていた。

世人は呪詛《じゅそ》をこめて言う、同淫芥は血も涙もない豺狼《さいろう》だと。それは彼の素顔を知らない者たちによる独善的な非難にすぎない。香琴は知っている。淫芥は殺戮《さつりく》を楽しんでいたのではなく、自身を蝕《むしば》む怨望《えんぼう》の捨て場所を探していたのだと。香琴だけが知っている。彼の憂悶《ゆうもん》も愁嘆《しゅうたん》も、飢渇《きかつ》のように骨肉を責めさいなむ悔悟《かいご》の念も。

「骨身を惜しまず働いたんだもの、そろそろ休んでもいい頃合いじゃない？　そうだわ、破思英の一件が片づいたら主上に暇乞《いとまご》いをしなさいよ。ふたりで京師《みやこ》を離れましょう。どこか静かな場所に小さな邸を持って、ひっそりと余生を過ごすのはどう？」

絵空事だ。八年にわたって東廠に蹂躙《じゅうりん》されてきた官民が淫芥を――ふたりを見逃してくれるはずがない。淫芥が蟒服を返上すれば、虐政《ぎゃくせい》の陰で瞋恚《しんい》の炎を燃やしつづけてきた人びとがわれもわれもと牙をむき、ふたりの肉を食いちぎり、骨をかみ砕くだろう。

「静かな場所か……。そんなもの、どこにあるんだ」

「きっとあるわよ。探せば見つかるわ」

押し黙る淫芥の胸に顔をうずめ、香琴は愛《いと》おしいぬくもりを心ゆくまで貪《むさぼ》った。

——この男《ひと》は私のものよ。だれにも奪わせはしない。怨毒に侵された者たちが淫芥に殺意を向けるというなら、連中の手の届かないところへ彼を連れ去るまでだ。

翰林院《かんりんいん》、外文書房《がいぶんしょぼう》。つねならば外擬《がいぎ》作成のために黙々と筆を動かしているはずの翰林官たちが手を休め、噂話《うわさばなし》に興じていた。

「いったいなにがどうなっているんだろうな。八年前から暁和殿《ぎょうわでん》で起《お》き臥《ふ》しなさっていた主上が後宮に引きこもって中朝《ちゅうちょう》にお出ましにならないなんて」

「後宮のどこにいらっしゃるんだ？　妃嬪《ひひん》の殿舎じゃないだろう？」

「紅采園《こうさいえん》の迎喜斎《げいきさい》だ。妃嬪侍妾《じしょう》は紅采園への立ち入りを禁じられている」

「では、奏状《そうじょう》は迎喜斎に持ちこまれているのか？」

「いいや、主上は受けとらないそうだ。妃嬪侍妾だけでなく葬太監《そうたいかん》も門前払いされるので、司礼監《しれいかん》は途方に暮れていると聞いた」

「決裁してくださらないどころか、奏状を手にとることさえなさらないのだから、閣老《かくろう》たちも当惑していらっしゃるよ」

「かれこれ二十日だぞ。芙州《ふしゅう》の乱もまだ片付いていないのに」

「勾州《こうしゅう》で発生した疫病《えきびょう》にも早急に対応せねばならない。奏状が決裁されなければ太医《たいい》を遣わすこともできず、被害がひろがるばかり。匂州と目と鼻の先の煌京も危なくなるぞ」

「主上は迎喜斎でなにをなさっているんだ？　まさか臥せっていらっしゃるのでは……」

臥せっていらっしゃるどころか、と小太りの青年が声をひそめる。

「遊興にふけっていらっしゃるのだ。迎喜斎には尚食局《しょうしょくきょく》から宴席料理がひっきりなしに運びこまれ、教坊司《きょうぼうし》から代わる代わる宮妓《きゅうぎ》が召し出され、宴《うたげ》さながらの喧騒《けんそう》がもれ聞こえてくるとか。昨日は月輪班《げつりんはん》が参内《さんだい》して御前で『春園記《しゅんえんき》』を演じたらしい。主上はいたくご機嫌で、銀一万両を下賜《かし》なさったそうだ」

「銀一万両⁉　親王の一年分の王禄《おうろく》ほどもあるじゃないか！　それを一劇班《げきだん》に⁉」

「劇班じゃない。男役と女役にそれぞれお与えになったんだよ。敵役から脇役まで、役者たち全員がたっぷり金花銀《きんかぎん》を賜《たまわ》ったって話だ」

金花銀は天子所有の上質な銀子で、おもに官員の俸禄《ほうろく》や賞賜《しょうし》に用いられる。いまをときめく人気劇班とはいえ、賤《いや》しい役者風情《ふぜい》には分不相応というものだ。

「主上はどうして突然、遊興にふけっていらっしゃるんだ？　皇后さまの崩御《ほうぎょ》後、宮中に宴は不要とおっしゃってほとんど廃止なさったじゃないか。皇太后さまでさえ主上を憚《はばか》って宴をひかえていらっしゃるんだぞ」

御容《ぎょよう》のせいだ、とぼそりとつぶやく者がいた。

「後宮勤めの女官から聞いた話だが、主上は朝から晩まで皇后さまの御容をかたわらに置いていらっしゃるらしい。たびたび御容にお言葉をおかけになるご様子は皇后さまがご健在だったころによく見られた夫婦団欒《だんらん》そのもので、あたかも皇后さまがご存命であるかのようにふるまわれているとか。葬太監に泣きつかれて主上を諫《いさ》めるために迎喜斎をお訪ねになった皇太后さまも啞然《あぜん》とされていたそうだ」

「皇后さまの御容？　あれは五年前に焼失したんじゃないのか？」

「成端王妃《せいたんおうひ》があたらしい御容を献上したんだよ。蕭幽朋《しょうゆうほう》が描いた御容に勝るとも劣らぬ、すばらしい出来栄えらしいぞ。皇后さまが黄泉路《よみじ》からお戻りになったかと疑われるほどで、主上は一目ごらんになるなり、成端王府に褒美《ほうび》を届けるようお命じになったとか」

「皮肉なものだな。天下に画名をとどろかせてきた宮廷画師たちはことごとく午門《ごもん》前で打ち据えられ、妓女《ぎじょ》上がりの親王妃は易々と恩賞にあずかるとは」

「楽籍《がくせき》に身を落としたとはいえ、画状元《がじょうげん》の娘だからな。香英楼《こうえいろう》の名妓・柳《りゅう》碧蘭と名乗っていたころから父親譲《ゆず》りの画才は音に聞こえていた」

「柳碧蘭が描いた花鳥画を見たことがあるぞ。蕭幽朋の筆遣いがよみがえったと、柳碧蘭を敵娼《あいかた》にしていた守民《しゅみん》が絶賛していて――」

ひょろりとした細身の青年が隣席の同輩に腕を小突かれて口をつぐむ。

由《よし》ありげな視線が自分に集まるのを感じたが、翰林院編修《へんしゅう》・汪守民は気づかないふりをして紙面に穂先をすべらせていた。

「近ごろは妙なことばかり起こるな……。親王の事件も相次いでいるし、翰林院では杜侍《とじ》講《こう》が錦《きん》衣《い》衛《えい》に捕《ほ》縛《ばく》されるし……」

「そういえば、杜侍講の件はどうなった？　あのかたはほんとうに怨天教徒《えんてんきょうと》なのか？」

「怨天教団が皇宮に送りこんだ密偵の一人だったらしいな。王孫《おうそん》の指示で政情を嗅《か》ぎまわり、機密を教団側にもらしていたようだ」

「王孫というと破《は》思《し》英《えい》の孫か。いったいだれだったんだ？」

「宦《かん》官《がん》だと聞いたぞ。名は氷鼠肝《ひょうそかん》だったたか」

「氷鼠肝だって？　宝福公主《ほうふくこうしゅ》付きの次席宦官じゃないか。そんなところに王孫が……」

守民が席を立つと、青年たちは示し合わせたように口をつぐむ。守民は先日、東廠《とうしょう》に連行された翰林院侍講・杜善舟と親しかったので同輩たちに警戒されている。守民とかかわると怨天教団への関与を疑われるのではないかと彼らは恐れているのだ。

同輩たちがひそひそとささやき合う声を背中で聞き流し、守民は外文書房を出た。奏状に記されていた数字に疑義があるので、確認のため戸《こ》部《ぶ》に行かなければならない。平生なら人を遣わすが、外文書房にいると息が詰まるので自分で出向くことにする。

――まったく、とんだ災難だ。

善舟と友誼を結んでいたばかりに不当な嫌疑をかけられている。

昨晩は夜襲のように押しかけてきた錦衣衛に自邸を調べられた。怨天教団とかかわった証拠でも出ていたら、いまごろは守民も鬼獄《きごく》の住人になっていただろう。幸い、家探《やさが》しされただけで連行はされなかったが、まだ安心はできない。

錦衣衛が守民を連行しなかったのは疑いが晴れたからではなく、泳がせて様子を見るためだ。連中は守民がぼろを出すのを舌なめずりしながら待っている。

むろん守民が怨天教団にかかわった事実はないが、東廠が暴威をふるうこの天下では事実ほど非力なものはない。怨天教徒を殺せば殺すほど手柄を立てられるのだから、冤罪《えんざい》を生むなというほうが無理な話だ。油断すれば足をすくわれる。やつらにつけこまれる隙《すき》を作らぬよう、嵐が過ぎ去るまで息をひそめてやり過ごすしかない。

外套《がいとう》の襟《えり》をかきあわせながら紅牆《こうしょう》の路《みち》を歩いていると、前方から騒がしい声が聞こえてきた。見れば、四人の親王と二人の高官が言い争っている。親王は今上《きんじょう》の異母兄たちで、松月王《しょうげつおう》・高仁徽《じんき》、整斗王《せいとおう》・高秋霆《しゅうてい》、登原王《とうげんおう》・高鋒士《ほうし》、充献王《じゅうけんおう》・高正望《せいぼう》だ。高官は内閣大学士首輔《しゅほ》・李子業《りしぎょう》、内閣大学士次輔《じほ》・尹卓詠《いんたくえい》である。

内城《ないじょう》の東一長街《ちょうがい》には六部《りくぶ》の府寺《やくしょ》が軒《のき》を連ねており、吏部《りぶ》のとなりには宗人府《そうじんふ》がある。宗室の諸事をつかさどる宗人府では皇族が要職をつとめ、月に数回、王議《おうぎ》と呼ばれる会合がひらかれる。王議でとりあげられる議題はさまざまだが、十二月に入ってからはもっぱら穣土王《じょうどおう》・不器《ふき》の処罰について話し合われている。不器が生母である危芳儀《きほうぎ》を殺《あや》めたからだ。親殺しは大罪。当然、凌遅《りょうち》に処されるべきだが、穏健な仁徽や秋霆が首肯《しゅこう》しないらしい。

本日の王議で宗人府の結論が出たのかどうかは不明だが、李首輔と尹閣老がしきりに親王たちを引き止めようとしている理由は、その件ではなさそうだった。

「お待ちください、松月王殿下！」

声を荒らげたのは李首輔だった。

「ぶしつけなお願いとは重々承知のうえですが、いまはまさしく危急存亡《ききゅうそんぼう》の秋《とき》です。昨年まで東宮《とうぐう》の主でいらっしゃった廉徳王《れんとくおう》は目も当てられぬほど惑乱なさっており、ご高齢であらせられる皇太后さまはご心痛のあまり病臥《びょうが》なさっています。長幼の序にのっとり、荷皇貴妃の御子であらせられる洪列王《こうれつおう》をお訪ねしましたが、すでに勾州へ発《た》たれたあとでした。巴享王《はきょうおう》と呂守王《ろしゅおう》はそろって急病を口実に王府の門を閉ざしていらっしゃいます。かくなるうえは皇兄であり、先帝の皇長子であらせられる松月王殿下に――」

「貴卿らの苦衷《くちゅう》は察するが、われわれは親王として分をわきまえている。主上《しゅじょう》に監国《かんこく》を命じられたのならばいざ知らず、勅命《ちょくめい》を奉じたわけでもいないのに君権を侵すわけにはいかない。保身のために重責から逃げたと非難されても致しかたないが、われわれにも守らなければならないものがあることを理解してくれ」

親王たちは外套の裾《すそ》をひるがえし、そそくさとその場を立ち去る。寒々しい石敷きの通路に残された二人の閣老は打ち捨てられたように立ち尽くしていた。

「いったい何事ですか、義父上《ちちうえ》」

守民が駆け寄ると、李首輔は苦渋《くじゅう》に満ちた面持《おもも》ちで天をふりあおいだ。

「嘆《なげ》かわしいことだ。大凱《だいがい》は天に見放されている。社稷《しゃしょく》が存亡の危機に瀕《ひん》しているというのに、皇族がたはそろいもそろって目をそむけ、耳をふさいでいらっしゃる。玉牒《ぎょくちょう》に名をつらね、王禄《おうろく》を賜っていらっしゃるかたがたが富貴にともなう責任を放棄なさり、わが身可愛《かわい》さゆえに万民をお見捨てになるなら……この国の命運は遠からず尽きよう」

これほど口惜しいことはあるまい、と尹閣老は義憤《ぎふん》をこめて高らかに嘆く。

「政《まつりごと》の中枢《ちゅうすう》を担《にな》う内閣に身を置きながら、われらはなんと非力なことか。身命《しんめい》を賭《と》して国に報いたくとも玉璽《ぎょくじ》なくしては何事もなせぬ。蛮夷《ばんい》が王土を蹂躙《じゅうりん》するなか、天災と戦禍《せんか》が万民を脅かすさまを拱手傍観《きょうしゅぼうかん》し、遺臣《いしん》として醜骸《しゅうがい》をさらすよりほかないのか……」

閣老たちが悲憤慷慨《ひふんこうがい》する理由はあらかた察しがついた。

――廟堂《びょうどう》はいまや死んだも同然だ。

処理されなければならない奏状はすくなく見積もっても一日あたり三百通はある。しかしこの二十日間、今上は中朝《ちゅうちょう》に姿を見せず、奏状にも目を通していない。奏状の大半は外《がい》廷《てい》の首《おびと》たる内閣と内廷《ないてい》の首たる司礼監が精査するので天子一人が処理するわけではないが、多額の公金が動く救恤《きゅうじゅつ》や派兵などの重大事は玉璽なくして進められない。

天子が政務を放擲《ほうてき》しているせいで国事がとどこおり、喫緊《きっきん》の問題が棚《たな》ざらしになっているのだ。差し迫った事態に対処するため閣老たちが今上に無断で玉璽を使えば、李家と尹家は詔勅《しょうちょく》を偽造した罪で九族《きゅうぞく》を誅《ちゅう》されてしまう。

皇上《みかど》が急病などで政柄《せいへい》をとることができない場合、国母《こくも》たる皇太后がその責を負うこともあるが、尹太后はたびかさなる心労で体調をくずしており、政《まつりごと》の采配《さいはい》をふる余力はない。ゆえに閣老たちは、まず今上の庶皇子《しょおうじ》たちに、次に今上の異母兄たちに、天子に代わって奏状を決裁してほしいと請謁《せいえつ》したのだ。

これだけでも謀反《むほん》と見なされかねない危険な行為だ。簒奪《さんだつ》をそそのかしたと糾弾《きゅうだん》されれば罪をまぬかれない。なればこそ、巴享王・博宇《はくう》と呂守王・令朗《れいろう》は閣老たちを王府に立ち入らせなかったのだ。簒奪者として断罪されるよりも、宗室の懦夫《だふ》とそしられるほうがはるかにましである。今上の逆鱗《げきりん》にふれれば皇族でさえ凌遅に処されかねないのだから、できる限り廟堂から距離を置き、事態を静観するのは理にかなっている。

「李首輔、尹閣老」

永安左門《えいあんさもん》のほうから烏黒《うこく》の蟒服《ぼうふく》を着た二人の三監《さんかん》が配下を引きつれて急ぎ足でやってきた。白髪頭に三山帽《さんざんぼう》をかぶっているのは司礼監掌印《しょういん》太監・葬刑哭《けいこく》、冷厳な面《おも》立《だ》ちをした四十代半ばの宦官は司礼監秉筆《へいひつ》太監・独囚蝿《どくしゅうよう》である。

「宗人府はいかがでしたか」

李首輔は首を横にふり、「皇貴太妃《こうきたいひ》さまは？」と急《せ》くように尋ねた。

「秋恩宮《しゅうおんきゅう》にて御目通りはかないましたが、『皇太后さまのお世話で忙しく、奏状を見る暇などない』と仰《おお》せに……。私にご下命くだされば司礼監と内閣で処理するので御手をわずらわせずにすみますと申しあげたのですが、皇貴太妃さまは激昂《げっこう》なさり――」

皇太后さまをさしおいて天子の庶母《しょぼ》にすぎぬ私に国母の真似事《まねごと》をせよと申すか、国難に乗じて大権を侵した悪女と後世のそしりを受ければ先帝のご遺徳《いとく》を汚すことになる、先帝に大恩を賜《たまわ》った身で皇貴太妃の分を越えて忘恩《ぼうおん》の徒《と》になりさがるわけにはいかない、と李皇貴太妃は柳眉《りゅうび》を逆立てて言い放ち、葬太監を追いはらったという。

「皇貴太妃さまはご聡明で気丈夫なご婦人ゆえ、天下蒼生《そうせい》を救うためならば果断な対応をなさるのではないかと愚考いたしましたが……」

李皇貴太妃は先帝・宣祐帝《せんゆうてい》の寵愛《ちょうあい》をもっとも多く受けた婦人だ。八年にわたって政道を誤ってきた今上が皇兄である恵兆王《けいちょうおう》・慶全《けいぜん》の容喙《ようかい》に憤激しながら、慶全を奪爵《だつしゃく》し、庶人《しょじん》に落とさなかったのは、慶全の生母たる李皇貴太妃に配慮《はいりょ》してのことだ。

先帝の遺詔《いしょう》には、李皇貴太妃を終生厚遇し、天寿をまっとうさせたあとで自分とおなじ墓に葬《ほうむ》るようにとの文言がある。

慶全がうかつにも震怒《しんど》をこうむった際、李皇貴太妃は死装束《しにしょうぞく》に身を包んで今上に謁見《えっけん》し、息子に重罰を科すなら母である自分に死を命じてほしいと訴えた。遺詔を重んじる今上には不可能なことだと見越したうえでの哀訴《あいそ》だ。どれほど腹に据えかねようとも、今上は李皇貴太妃を横死《おうし》させられない。遺詔を軽んじることは皇祖皇宗《こうそこうそう》を蔑《ないがし》ろにする愚挙であり、暴君でさえ犯すことをためらう大罪なのだ。

さりながら、遺詔という強固な後ろ盾を持つ李皇貴太妃ですらも、今上に代わって執政《しっせい》することには逃げ腰になった。

彼女が皇太后の位に在れば話はちがっていただろうが、李皇貴太妃はあくまで先帝の妾室であり、今上の生母でもなく、国母たる資格を有しない。執政する根拠がないばかりか、わが子は今上に疎《うと》んじられ、蟄居《ちつきょ》する身である。

使命感に駆られ、万民を救いたいと願ったとしても、英断の報いとして今上からいかなる罰がくだされるのかを考えれば、より安全な選択をするのは理の当然であろう。

「成端王府《せいたんおうふ》でも門前払いされたのですか？」

守民が尋ねると、李首輔と尹閣老は顔を見合わせて眉間《みけん》にしわを刻んだ。

「成端王は妓女《ぎじょ》を嫡室《ちゃくしつ》になさるようなかただ。王妃と戯《たわむ》れることには熱心だが、社稷を憂《うれ》う心などお持ちではない。請謁したところで無駄足になるだけだ」

「そもそも主上がご乱心召されているのは成端王妃のせいだ。皇后さまの御容《ぎょよう》を……それも精巧な御容を献上するからご宸襟《しんきん》を悩ませたのだ。成端王も成端王だ。いくら主上のご下命とはいえ、春をひさいできた女に皇后さまの御容を制作させるなど正気の沙汰《さた》ではない。成端王は成端王妃の画才が主上の目にとまらぬよう気を配るべきで――」

「成端王は今上の御子であり、皇家の一端を担《にな》う親王です」

尹閣老のくどくどしい講釈をさえぎり、守民は内閣と司礼監のお歴々を見やった。

「宗室の男子には国を守る義務があります。禁を破って妓女を嫡室に迎え、不届きな御容を献じて天心を乱したとしても、皇族として責を負うべきことに変わりはありません。洪列王、巴享王、呂守王に請謁なさったのなら、成端王にもなさるべきです」

これは成端王・才堅が立てた筋書きではないかという疑念が守民の胸に生じていた。画状元《じょうげん》の娘たる碧蘭を娶《めと》ったのも、その画才が今上の目にとまるよう仕向けたのも、彼女に汪皇后の御容を描かせたのも、それを献上したのも、すべて謀《はかりごと》だったのではないか。

画《が》中の汪皇后にわれを忘れた今上が政務を放擲すれば、積みあげられた奏状の山が瓦解《がかい》し、国事が立ち行かなくなる。困り果てた内閣大学士や司礼監太監は執政の代行者を探しまわる。しかし、みなわが身大事で、危ない橋を渡りたがらない。

そんなとき進んで泥をかぶる者がいたら、まさしく救国の英雄だ。民望は彼に集まり、群臣は彼を東宮に推挙《すいきょ》するだろう。そうして彼は世継ぎの椅子《いす》に押し上げられるのだ。自分自身は儲位《ちょい》への野心などみじんも持ち合わせていないかのように見せかけながら。

「もし成端王も門前払いをなさったなら、皇家が大凱を見捨てたということです。そのときはやむを得ません、私――汪守民が簒奪者《さんだつしゃ》の汚名を着ましょう」

「なっ、なんと大それたことを申すのだ！　立場をわきまえよ、汪編修。主上のおぼえめでたい定国公《ていこくこう》のご令息とはいえ、簒奪などと恐ろしい言葉を口走るべきでは……」

「わが父は国舅《こっきゅう》。亡き母、顧茜雪《こせんせつ》はかつて女官として皇后さまに仕えていました。私の両親はともに皇后さまゆかりの者なのです。私が翰林官の分を越えて玉璽を持ち出せば簒奪と糾弾されるでしょうが、その罪によって汪家が族滅《ぞくめつ》されることはないでしょう。そんなことを九泉《きゅうせん》にいらっしゃる皇后さまがお望みになるはずはありませんし、皇后さまを悲しませることを主上がなさるはずはない。厳罰が下るとしても、処刑されるのは私一人ですむでしょう」

しかし、と二人の閣老たちはうろたえて言いよどむ。葬太監と独太監は老いた騾馬《らば》らしい老獪《ろうかい》な目つきで守民の真意を探るようにこちらを見ていた。

「この命で億万の民を救うことができるなら安いものです」

勇ましく言い放ったが、簒奪者になるつもりなど秋毫《しゅうごう》もなかった。縁もゆかりもない億万の民とやらのために命を犠牲にするつもりもない。守民の望みは今生で位人臣をきわめることであって、死後に忠臣と称《たた》えられることではないのだ。

――いまこそ〝竜鱗《りゅうりん》に攀《よ》じ、鳳翼《ほうよく》に附《ふ》す〟ときだ。

地中深く身を隠していた潜龍《せんりゅう》が時を得て地上に姿をあらわす。その後押しをした守民に、いずれ玉座にのぼる青き龍はどのような褒美《ほうび》を与えてくれるだろうか？

「欒《らん》が広朔《こうさく》に侵攻を？」

蓋碗《がいわん》にのばしかけた手をとめ、才堅は尋ねかえした。

成端王府《せいたんおうふ》の客庁《きやくま》。冷え冷えとした日暮れ時の空気が沈殿する室内には、廟堂《びょうどう》の重鎮たちが勢ぞろいしていた。

「侵攻とはいささか大げさでは。轡ならば海賊でしょう」

東方の蛮族が支配する小国、轡は玆海《げんかい》に浮かぶ島国だ。ほかの東夷《とうい》諸国同様、凱に朝貢《ちょうこう》しているが、大陸の沿岸部を荒らしまわる海賊の根城でもある。賛武《さんぶ》年間からつづく轡賊《らんぞく》の寇掠《こうりゃく》には歴代皇帝も手を焼いており、さまざまな対策が講じられたが、一時的に勢力が衰えることはあっても、轡賊による略奪や殺戮《さつりく》が絶えてなくなったことはない。

「いいえ、海賊の規模ではありません」

椅子から身を乗り出すようにして答えたのは、内閣大学士首輔《ないかくだいがくししゅほ》・李子業《りしぎょう》だった。

「広朔鎮《ちん》からの報告によると敵勢はおよそ十六万……これはれっきとした入寇《にゅうこう》です」

先月末、七百隻《せき》余りの軍船が広朔半島南端の沖合に襲来した。敵軍は大陸への入り口である麓昌《ろくしょう》に上陸し、官軍を蹴散《けち》らしながら破竹の勢いで北上しているという。

「二十以上の城堡《じょうほ》がまたたく間に占拠されました。官軍の将兵に多数の死傷者が出ており、糧道《りょうどう》の一部を断たれたため糧秣《りょうまつ》が不足し……戦況は逼迫《ひっぱく》しております」

「轡軍はいまにも広朔鎮を攻め落とそうとしているのです。広朔鎮が陥落すれば北直隷《ほくちょくれい》も安全ではなくなります。轡のさらなる進軍を押しとどめるため早急に派兵しなければ」

広朔の軍政と民政をつかさどる広朔総督《そうとく》が窮状《きゅうじょう》を訴え、援軍を要請している。内閣大学士次輔《じほ》・尹卓詠《いんたくえい》は口早にかく語った。

「折悪《おりあ》しく彫州《ちょうしゅう》と琥州《こしゅう》で大規模な洪水が発生したとの報も入りました。州内の常平倉《じょうへいそう》の大半が濁流《だくりゅう》に押し流されたため、救米《きゅうまい》が底をついております。近隣の州県は凶作つづきで米価が高騰《こうとう》しており、各地で搶米《そうまい》（米騒動）が起こる始末で……救米の買い付けもままならず、州内外に飢民《きみん》があふれています。こちらも救済を急ぐ必要があります」

「焦眉《しょうび》の急《きゅう》を告げる奏状が山のように積み上がっているのに、主上《しゅじょう》は政務をおとりにならず、経綸《けいりん》の策はとどこおる一方です。奏状を決裁していただかなければ、戦地に援軍を出すことも被災地に賑銀《しんぎん》（救済金）を送ることもできません。現地の文武官が夷賊《いぞく》を退けるため果敢《かかん》に戦い、災民を救おうと東奔西走《とうほんせいそう》しているのに……高禄《こうろく》を食《は》むわれわれは主上をお諫《いさ》めすることもかなわず、無為徒食《むいとしょく》の輩《やから》に成り下がっているのです」

　父帝に代わって奏状を決裁してくれる者を探したが見つからず、万策尽きて才堅を訪ねてきたのだと李首輔は険しい面持《おもも》ちで語る。

「だから私に執政を代行しろと？　親王が監国《かんこく》の真似事《まねごと》をするなど前代未聞ですよ。父皇《ちちうえ》は病床に臥《ふ》していらっしゃるわけではなく、大権を委譲《いじょう》するとおっしゃったわけでもない。世継ぎ候補に名が挙がったこともない庶皇子《しょおうじ》が政《まつりごと》を行う道理はありません」

　蓋碗を引き寄せようとしていた手を引っこめ、才堅は閣老たちを見かえした。

「自覚はおありか？　あなたがたは簒奪を勧めているも同然です。ただでさえ父皇に疎《うと》まれている私に大罪人の汚名を着せようというのですか」

「お怒りはごもっともですが……われらはなんの覚悟もなく御前にはせ参じたのではございません。すでに肚《はら》をくくりました」

李首輔はとなりに座す尹閣老に目まぜし、向かい側の席にいる司礼監掌印太監《しれいかんしょういんたいかん》・葬刑哭《そうけいこく》、司礼監秉筆太監《へいひつ》・独囚蠅《どくしゅうよう》にも視線を送った。

「われらは殿下に〝簒奪〟をお勧めするために参上したのです」

「李首輔……。あなたはなんたることを……気はたしかか？」

「これが万死に値する大罪であることは重々承知しております。なれど、内閣の首《おびと》として天下が荒廃していくさまを座視することはできません。殿下、天下には億万の民がおります。彼らはおのがじしひたいに汗して働き、家庭を営《いとな》み、国に仕えております。一人一人の働きは小さなものです。金高にすれば、殿下がお飲みになる茶の一杯分にも満たないでしょう。貴人のなかには民を虫けらや土くれのように見下すかたもいらっしゃいます。彼らの氏素性《うじすじょう》が賤《いや》しく、身にまとっている衣がみすぼらしいからです。しかれども、ゆめゆめお忘れなきよう。一人一人は取るに足りない非力な民こそが国という船を運ぶ水であることを。水が無ければ船は浮かぶことができず、その場から寸毫《すんごう》も動くことができません。そして水がひとたび荒れくるえば、いかに堅牢《けんろう》な大船であろうともひとたまりもなく転覆《てんぷく》し、暗い水底へ沈んでいくのです」

〝君は舟なり、庶人《しょじん》は水なり。水は則《すなわ》ち舟を載せ、水は則ち舟を覆《くつがえ》す〟政《まつりごと》は民を慈《いつく》しむために行うべきだという古聖の金言は、才堅も胸に刻んでいる。

「外敵に襲われ、災異に見舞われる民は『じきに朝廷が助けてくださる』と一縷《いちる》の希望にすがり、つらく苦しいときを耐え忍んでいることでしょう。主上が執政を放擲《ほうてき》なさっていることを知りながら皇家のかたがたが目をそらし耳をふさいでいれば、民心は朝廷から離れ、民の深い絶望はやがて怨憎《おんぞう》に変わります。〝桀紂《けっちゅう》の天下を失うや、其の民を失えばなり〟と申します。民心を失えば国は滅ぶのです。国が滅びれば皇家はどうなります。民もなく国もなく、どこに王府をかまえるのですか？　だれが御身を『殿下』と呼ぶのですか？　海内《かいだい》が戦火にのまれ、大凱に仇《あだ》なす叛軍《はんぐん》が煌京《こうけい》になだれこんだら、あなたがお召しになっている龍袍《りゅうほう》は千々《ちぢ》に引き裂かれ、燃やされるのではありませんか？」

言葉が過ぎる、と尹閣老がたしなめたが、李首輔は注意深く言葉を選んでいる。凱が滅亡すれば、一親王にすぎない才堅も反乱軍に惨殺《ざんさつ》されるとほのめかしたのだ。

「熟慮《じゆくりよ》なさっている暇はございません。殿下、この場でご決断を」

端然と席を立ち、李首輔は薄闇を弾く猩紅《しょうこう》の裾《すそ》を払って床にひざまずく。尹閣老、葬太監、独太監がそれにならった。

「もはや殿下のご恩情におすがりするよりほかに手立てがありません。伏してお願い申し上げます。なにとぞ天下を――大凱の民をお救いください」

大官たちがひれ伏すと、肌を刺すような静寂が室内に充満した。

「私の手もとには親王印しかありません。親王印では奏状を決裁できないはずです」

「太子印をお使いください。尚宝監《しょうほうかん》には話を通してあります」

葬太監が額《ぬか》づいたまま言う。皇太子の宝印は東宮《とうぐう》で管理されるものだが、東宮が空位の場合は宦官《かんがん》二十四衙門《がもん》の一つ、尚宝監が管理する。

――もうあとには引けない。

天子の許可なく太子印を持ち出して監国の真似事をする。これを簒奪《さんだつ》と呼ばない者はいない。なればこそ、皇家の人びとは示し合わせたように李首輔らを遠ざけたのだ。自分たちに火の粉《こ》が降りかかることを恐れ、天下の惨状《さんじょう》から顔をそむけたのだ。彼らを無責任だと非難するつもりはない。なぜならこれは、才堅が用意した筋書きのとおりだから。

「わかりました。祖法を守って国を失ったのでは本末転倒です。すみやかに参内《さんだい》し、東宮にて奏状を決裁しましょう。ただし、本件は私に強《し》いられたことにしてください」

「殿下に？　強いられたとは……」

李首輔がいぶかしげに顔をあげる。才堅は彼の前に膝をつき、目線の高さを合わせた。

「『成端王は主上が政務をおとりにならず、廉徳王《れんとくおう》が臥せっていらっしゃるのに乗じて大権を侵そうともくろみ、内閣大学士と司礼監太監を脅迫した』と、のちほど父皇に奏上してください。むろん私のような青二才に重臣を脅迫することなどできませんが、そういうことにしておかなければ父皇の怒りはあなたがたにも向かいます。私が簒奪者として死を賜《たまわ》っても大凱にとってはさしたる痛手になりませんが、あなたがたのような国を憂《うれ》える忠臣が廟堂を追われることになれば、大凱にとって大きな損失です」

　李首輔は物言いたげに目を見開き、ふたたび拝礼した。

「民になりかわりまして衷心《ちゅうしん》より感謝いたします。危急存亡《ききゅうそんぼう》の秋《とき》にあって、殿下のような仁者が宗室にいらっしゃることは国の幸いです」

　李首輔の面貌《めんぼう》に浮かんだのは「感極まった」とは言いがたい苦みの強い表情だった。長年官界を遊泳《ゆうえい》してきた経験から、才堅と視線がかち合った瞬間に〝落ちこぼれの八皇子〟の正体を見破ったのだろう。それでも何事もなかったかのように忠臣らしい台詞《せりふ》を吐いたのは、李首輔がまことの社稷《しゃしょく》の臣だからだ。人倫だの徳行だのと経籍の講釈をしている場合ではない。山積している問題を片づけるのが先決だ。

　危地を脱し、政情が小安を得たならば、李首輔は才堅を東宮に推すだろう。才堅が仁者などではないことをだれよりもよく知りながら。

　儲君《もうけのきみ》に欠くべからざる素質は善心ではない。どれほど善良でも万民を救う力がなければ世継ぎとしては不適格だ。民の願いはただひとつ――虐政《ぎゃくせい》からの解放。そのためには暴君を廟堂から締め出す必要がある。〝小善を為さず、故に大名《たいめい》あり〟大義のために非道をなすことができる者でなければ、儲位《ちょい》の重さには耐えられない。

牡丹雪《ぼたゆき》が降りしきる午後、碧蘭は雪空を貫くようにそびえたつ黒塗りの大門の前に立っていた。ここは外皇城《がいこうじょう》の東門、東安門《とうあんもん》外の北に位置する東廠《とうしょう》の門前である。

「……どうしてもなかにお入りになるのですか？」

傘をさしかけてくれている佳杏《かきょう》が不安そうに問うた。

「なにも王妃さまが御自らこのような場所にお入りにならずとも、石太監《せきたいかん》を遣わしてはいかがでしょう」

「えっ、わ、私ですか？」

外套《がいとう》を着こんでいるせいでますます巨大に見える力熊《りょくゆう》が目を白黒させた。

「東廠の宦官は皇族のかたがたにも居丈高《いたけだか》な態度をとりますが、石太監ほどの巨漢ならそこにいるだけで相手を威圧しますから侮《あなど》られないでしょう。適任ですわ」

「……買いかぶりですよ、念老太《ねんろうたい》。私など、見掛け倒しです」

ははは、と力熊が力なく笑う。

「謙遜《けんそん》なさらないでください、石公公《こうこう》。あなたを見れば東廠の宦官も震えあがって――」

「いいえ、わたくしひとりで行くわ」

碧蘭は佳杏の声をさえぎった。

「わたくしでなければ片づけられない用事なの。あなたたちはここで待っていて」

先ごろのことだ。東宮で執務している才堅を訪ねる道すがら、東廠右掌騎《うしようき》・忘蛇影《ぼうだえい》に出くわした。妓女《ぎじよ》時代には馴染《なじ》み客として丁重に迎えていたが、いまでは立場がちがう。蛇影が通路の脇に避けて揖礼《ゆうれい》したので、目礼して立ち去ろうとしたところ、呼びとめられた。

落とし物ですよ、と蛇影は進み出て手巾をさしだし、碧蘭に耳打ちした。

「おまえの父親を密告したやつがだれなのか知りたいだろう?」

碧蘭が蛇影を馴染み客にしたのは、亡き父にかけられた疑惑の真相を探るためだった。あの手この手で聞き出そうとしたが、蛇影は東廠の幹部らしい狡猾《こうかつ》さでたくみに話をはぐらかしたので、たいした消息はつかめないままだった。

妓女時代には父を密告した相手を教えてくれなかった蛇影が今日になって急に密告者を教える気になった理由はわからない。

「そいつはいま鬼獄《きごく》にいる。おまえが来たら、そいつの獄房に通すよう配下に命じておいてやるから、東廠を訪ねてみろ」

なにかの罠《わな》かもしれない。警戒したが、それ以上に知りたいという気持ちが勝ってしまい、才堅を訪ねたあとで東廠に立ち寄った。

この時刻なので、闇を塗りたくったような漆黒《しっこく》の門扉《もんぴ》は開かれている。碧蘭は佳杏と力態を残して東廠の門をくぐった。

文書を抱えて出て行こうとしていた宦官に事情を話し、取り次いでもらう。すると、蛇影の配下と名乗る細身の宦官があらわれて碧蘭を鬼獄に案内した。件《くだん》の罪人は地下牢《ちかろう》にいるらしく、石壁にかけられた松明《たいまつ》が照らす薄暗い階段をおりていかなければならない。

——お父さまはここで拷問《ごうもん》されたんだわ。

重罪人は最下階にあたる地下二階の牢に収監される。皇太子弑逆《しいぎゃく》未遂の嫌疑をかけられた父がおなじ場所に囚われていたことは言《げん》をまたない。

底冷えのする空気が喉《のど》を焼く。無実を訴える父の叫び声がいまにも耳をつんざきそうで、全身の骨がわななくのをとめられない。

長い階段をおりると、今度は気が遠くなるほど長い通路が陰鬱《いんうつ》な視界に出現する。嘔気《おうき》をもよおすような臭気が鼻をついた。血と汗と糞尿《ふんにょう》と吐瀉物《としゃぶつ》と腐った肉のにおいだ。怨敵《おんてき》の顔を一目見たいという強固な意志がなければ卒倒しかねないほどの耐えがたい悪臭に襲われ、何度もふらつきながらも先を急ぐ。

ずいぶん歩いたあと、蛇影の配下はとある獄房の前で立ちどまった。彼が横柄《おうへい》そうに顎《あご》をしゃくると、赤々と燃える篝火台《かがりびだい》のそばに立っていた大柄な獄吏《ごくり》が一礼して獄房の鍵を開ける。蛇影の配下に目線で促され、碧蘭は意を決して獄房に足を踏み入れた。

房内は通路よりも臭気が強く、碧蘭は思わず口と鼻を手で覆《おお》った。篝火台の炎が放つ朱赤の光がでたらめに飛び散り、あたかも鮮血がしぶいたかのようだ。否《いな》、いくつかは本物の血痕なのだろう。化生《けしょう》の者のように蠢《うごめ》く火影《ほかげ》に背筋が粟立《あわだ》つのを感じながら、碧蘭は藁《わら》敷きの房内に視線をめぐらせる。壁に寄りかかる人影を見つけるのにさほど時間はかからない。すさまじい拷問を受けたらしく、獄衣は赤黒く染まっている。

「あなたなの……？　わたくしの父、蕭幽朋を密告したのは」

碧蘭がおそるおそる声をかけると、その人物はのっそりと頭をあげた。

薄汚れてやつれた面貌が乱舞する火影に照らされる。その造作が目に飛びこんでくるなり、碧蘭は息をのんだ。つい最近まで内閣の一員だった遠孔国《えんこうこく》が、そこにいた。

青朝《せいちょう》は東宮《とうぐう》にて、才堅は朝から晩まで政務に追われていた。天子に放擲《ほうてき》された奏状《そうじょう》の数が想像していたよりも多いので、寝床に入る暇もないほど玉案《つくえ》にかじりついている。おかげで肉体は疲労の極致に達しようとしていたが、心は鞠《まり》のように弾んでいた。

――ようやく宗室の一員として責務を果たすことができる。

親王と呼ばれながらも国のためになんの働きもできず、王禄《おうろく》を貪《むさぼ》り暖衣飽食《だんいほうしょく》するだけの無価値な存在だった。官の腐敗や民の困窮《こんきゅう》を憂《うれ》えても、政《まつりごと》に干渉する権限を持たないせいで見て見ぬふりするしかなかった。己の非力が骨身にこたえ、皇族の端《はし》くれとして生きることを心底恥じたものだ。しかし八年ものあいだ恥をしのんで雌伏《しふく》してきたからこそ、ごく自然な〝簒奪《さんだつ》〟への道筋をととのえることができたのだから、これまでの無為徒食《むいとしょく》の毎日にも意味があったということだろう。

「碧蘭の様子がおかしい？」

東宮に入って七日目の夕刻、才堅は愚猿に耳打ちされて朱筆を持つ手をとめた。

「石公公《せきこうこう》によれば、王妃さまは終日ふさぎこんでいらっしゃるそうです。かれこれ三日前からお食事をなさらず、身じまいもなさらず、居室にこもっていらっしゃるとか」

佳杏と力熊が碧蘭の身を案じ、才堅に指示をあおいできたという。

「なにがあったんだ？　三日前、東宮を訪ねてきたときは平生どおりだったぞ」

「はあ、どうやら東宮にお見えになった帰りに東廠にお立ち寄りになったそうで。ああ、連行されたわけじゃありません。王妃さまがご自身で出向かれたんです。なんでも鬼獄《きごく》に収監されている罪人に面会するためだったらしいですよ」

その罪人がだれなのか、佳杏と力熊は知らないようだ。

「王妃さまがかたくなに口を閉ざしていらっしゃるのでわからずじまいだそうで。ただ、東廠をあとになさってからほとんどお言葉も発せられないので、鬼獄で何事かあったのではないかと石公公と念老太《ねんろうたい》がたいそう案じています」

怪我《けが》や病ではなさそうだと聞いて安堵《あんど》したが、このまま食事をとらなければ体調をくずす。様子を見るため、いったん成端王府に帰ることにした。

きりのいいところまで政務を片づけてあわただしく皇宮を出る。舗装《ほそう》の悪い道を通るので何度も舌をかみそうになりつつも、御者に速度を落とすよう命じることはない。できるだけ急《せ》かして王府までたどりつき、飛び出すようにして軒車《くるま》からおりた。外院《まえにわ》を素通りして足早に垂花門《すいかもん》をくぐり、内院《なかにわ》の回廊《かいろう》に入る。時刻は申《さる》の下刻。しだいに濃くなっていく夜の色と相対する雪の色がまぶしく思われ、才堅は目を細めた。

「……碧蘭！」

なにげなく投げた視線が雪景色のなかに立ちつくす碧蘭をとらえた。夜着姿で黒髪を背中に垂らし、外套《がいとう》も羽織《はお》っていない。才堅はすぐさま回廊からおり、彼女に駆け寄った。自分の外套を脱いで、凍えた細い肩をすっぽりと包む。

「なぜこんなところにいるんだ？　すっかり身体《からだ》が冷えているじゃないか。さあ、部屋に入ろう。あたたかい飲み物を――」

「わたくし、まちがえていたわ。主上《しゅじょう》はわたくしの仇《かたき》じゃなかった」

感情が欠落したような声で、碧蘭は語り出した。

「ほんとうの仇は遠孔国《えんこうこく》だったのよ。あの男が父を密告したの」

「なんだって？　遠閣老《かくろう》……遠孔国が？　どうしてそんなことを……」

「わたくしを手に入れるためよ。あの男は若い娘――十四から十八までの女がことさら好きなんだけど、若ければなんでもいいわけじゃないらしいわ。条件があるんですって。容色だけでなく才質にも恵まれ、声が高く澄んでいて、身のこなしに気品があって、言葉つきがやわらかくて、表情がゆたかで……そういう娘をいつも探しているそうよ。できるだけ幼いころに見つけだして、買えるなら買っておくんですって」

十年前、遠孔国は当時十歳だった碧蘭を見初《みそ》めた。

「皇宮の園林《ていえん》で偶然見かけたと言っていたわ。わたくしは父に連れられてよく参内《さんだい》していたから、そのときに見られたのね。だけど、当時のわたくしは三品武官の令嬢。売り買いできる奴婢《ぬひ》じゃないわ。はじめは妾室に迎えようと考えたらしいけれど、嫉妬《しっと》深い嫡妻《ちゃくさい》が邪魔立てしてくるだろうから断念したそうよ」

遠孔国が碧蘭をわがものにする策を思案しているときに、燃灯の変が起こった。

「渡りに船だと思って、父を怨天教団の間諜《かんちょう》だと密告したんですって。東廠は怨天教徒と疑われる者は片っ端から捕縛《ほばく》したから、確たる証拠なんて必要なかった。『蕭幽朋《しょうゆうほう》は自作の絵画の贋物《がんぶつ》を使って怨天教団と連絡を取り合っている』というでたらめな作り話を忘蛇《ぼうだ》影《えい》の耳に吹きこむだけで十分だったのよ」

蕭幽朋の作品は巷間《こうかん》にも多く出回っていたが、その大半が贋作だった。著名な画師が複製を作られるのはもはや避けられないことで、名声の代償といってもいい。贋物が流通するのはめずらしくもないが、蕭幽朋の贋作には本人の署名が入っていることが多かった。なぜなら偽物の作者が厚顔にも蕭幽朋に署名を求め、蕭幽朋が快《こころよ》く応じたからだ。

「たかが絵の一幅や二幅でだれかの生活を助けられるなら惜しむことはありませんよ」

なぜ贋作に署名するのかと問われ、蕭幽朋はそう答えたという。贋作づくりにたずさわるのは、自身の画才だけでは暮らしを立てられない貧しい画工である。彼らが贋作を売って日々の糧《かて》を得られるように、蕭幽朋は似ても似つかない偽物にさえ署名したのだ。栄達《えいたつ》しても驕《おご》らぬ情け深い人柄は徳望を集めていたが、そのせいで遠孔国につけ入られる隙《すき》を作ってしまった。「蕭幽朋は贋作になんらかの仕掛けをほどこし、怨天教団に宮中の消息をもらしている」という虚偽の密告は、実際に蕭幽朋が手ずから贋作に署名していることから、いかにももっともらしく聞こえた。

「遠孔国の思惑どおり、父は鬼獄に引きずりこまれ、忘蛇影に拷問されて嘘の自白をさせられた。そしてわたくしは楽籍《がくせき》に入れられ、妓女《ぎじょ》になった」

罪人の娘は楽籍に落とされる。それこそが遠孔国の狙いだった。

「妓女になったわたくしを買うつもりだったのよ。念願かなってわたくしの水揚《みずあ》げの旦那《だんな》になり、とても満足したと話していたわ」

愕然《がくぜん》とする才堅の前で、碧蘭はころころと笑った。

「これほどの笑い話がある？　わたくしはほかならぬ父の仇に貞操《ていそう》を買われたのよ。あの男に肌身を捧げたばかりか寝床で媚《こ》びを売りさえした。あの男に抱かれながら今上《きんじょう》を父の仇だと思いこんで一心に怨《うら》んでいた。馬鹿よね！　怨敵は目の前にいたのに。いつでも仇を討《う》つことができたのに。そうよ、刃物ひとつで殺すこともできた。毒を飲ませることもたやすかった。知っていたら迷わずそうしたわ。あの男が不倶戴天《ふぐたいてん》の敵だと……」

　知らなかったのよ、と碧蘭は底抜けにあかるい笑顔でつづける。

「わたくしはなにも知らなかったから、あの男を楽しませようとして必死で芝居をした。愛撫《あいぶ》されて喜んでいるふりをしたわ。嬌声《きょうせい》をあげてみだらな言葉を吐いたわ。だって、そうしなければならないと姐《ねえ》さんたちに教えられたから。床《とこ》あしらいの技を磨かなければ上客はつかない。上客を馴染《なじ》みにしなければ妓楼《ぎろう》では粗略にあつかわれる。稼《かせ》ぎが悪い妓女は香英楼《こうえいろう》から追い出され、下級妓楼に売りはらわれる。下級妓楼のつとめは香英楼よりもずっとつらいから、そこで働く妓女は客に殴《なぐ》り殺されるか、病で身を持ちくずすか、飢《う》え死《じ》にするか……どの道、楽な死にかたはできない。父の仇を討つまでは死ねないと思っていたわたくしは、恥をしのんで生きる道を選んだ。世間の人に淫売《いんばい》と蔑《さげす》まれても生きなければ。死ねば復讐《ふくしゅう》できない。生きていてこそ仇敵《きゅうてき》を討つことができる。だから貞操を失っても命は捨てなかった。父の仇を討つまではと自分を叱咤《しった》して……」

　父の仇に身体をもてあそばれながらね、と碧蘭はひび割れた唇をゆがめる。

「ねえ、あなたに嘘をついたわ。わたくしが一度身ごもった話はしたでしょう。『だれの胤《たね》かもわからない』と言ったけど、ほんとうは知っていたの。流連《りゅうれん》明けから間もなく懐妊《かいにん》したことがわかった。孕《はら》んだのは流連の最中ということ。医者にもたしかめたからまちがいないわ。……あれは、遠孔国の子だったのよ」

流連のあいだ、妓女は水揚げの旦那以外の嫖客《ひょうかく》を迎えてはいけない。

「わたくしは父の仇に貞操を奪われ、孕まされ……その結果、石女《うまずめ》になったということ」

碧蘭は堰《せき》を切ったように笑い出した。

「遠孔国！　あの男はわたくしから父を奪い、名を奪った。十四のわたくしを抱くために。そんなことのために父を――お父さまを殺したのよ！　蕭氏一門に謀反人《むほんにん》一族の汚名を着せたのよ！　あの男も馬鹿よね！　密告なんかしなくても、わたくしの貞操が欲しいならくれてやったのに！　この身体を貪《むさぼ》りたいなら好きにさせてやったのに！　惜しくもないわよ。貞操がなによ、名節がなんだというの。お父さまが殺されずにすむなら、お父さまが謀反人の汚名を着せられずにすむなら、なんだってしたわ。お父さまの絵が焼かれずにすむなら、お父さまの画名を千年後まで伝えられるなら、どんなことだって喜んでしたわ。お父さまのためなら、どんな汚らわしい行為にも耐えられるんだから……」

喉《のど》を切り裂くような笑い声はいつしか慟哭《どうこく》に変わっていた。

「……どうすればいいの？　どうすれば、お父さまはわたくしを赦《ゆる》してくださるかしら？　わたくしはお父さまを陥《おとしい》れた男に貞操を買われた。お父さまを殺した男の子を孕んだ。お父さまに濡れ衣《ぎぬ》を着せた男に媚びを売り、求められるままに嘔気《おうき》をもよおすような行為をした。あの男のせいで石女《うまずめ》になったことを心ひそかに喜んだ。もう二度と孕まずにすむ、楽に仕事ができるから好都合だと。……お父さまはどう思うかしら？　自分の娘が憎い仇に孕まされて石女になったことを喜んでいたと知ったら……。これ以上の親不孝はないわよね？　……どうしてわたくし、生きてきたのかしら。水揚げの前に死ぬべきだったんだわ。名節を失った時点で命なんか捨ててしまうべきだったんだわ。いまの姿をお父さまに見せられない。きっと悲しませてしまう。いいえ、蔑まれるわ。もう娘とは呼んでくれないかもしれない。わたくしのことを蕭家の恥だと言うかも……」

才堅は無言のまま彼女を抱きしめていた。

「お父さまのためにしたことなのよ。お父さまの仇を討つため、それだけのために生きてきたのよ。醜業婦《しゅうぎょうふ》に身を落とし、この身体をどれだけ汚されても、お父さまのためだと思えば耐えることができたのよ。……だけど、全部、無意味だった。わたくしがしたことは、お父さまのためになるどころか、かえってお父さまに恥をかかせるだけだった。早く死んでお父さまに会いたいと思ってきたけど……その願いは叶いそうにないわ。どんな顔をして黄泉路《よみじ》を渡り、お父さまに会えばいいの？　絶対に赦してもらえないわ。お父さまはわたくしのことを恥ずかしいと思っているわ。賤《いや》しい女になりさがったと軽蔑《けいべつ》なさるわ。わたくしはもう、死ぬこともできないのよ。お父さまに合わせる顔がないから……」

どうすればいいの、と碧蘭はしゃくりあげながらくりかえす。

「どうすればお父さまの娘に戻ることができるの？　わたくしは沈碧蘭なんかじゃない。柳碧蘭でもない。蕭幽朋の嫡女《ちゃくじょ》、蕭貞霓《ていげい》なのよ。妓女になるはずじゃなかったのよ。年ごろになったら官族の青年に嫁《とつ》いで嫡妻になるはずだった。夫の子を身ごもり、母親になるはずだった。貞潔な妻として暮らしていくはずだったのよ。お父さまの自慢の娘として生きていくはずだったのよ。お父さまに恥をかかせる人生を歩むつもりじゃなかったのよ。こんなはずじゃなかったわ。こんな……汚らわしい女になるはずではなかったわ。なにもかもおかしいのよ。わたくしは、どこで道をまちがえたの……」

「おまえはなにもまちがえていない。理不尽なさだめに翻弄《ほんろう》されても命を捨てず、懸命に抗《あらが》いつづけた結果、ここにいる」

才堅が強く抱きしめると、碧蘭はもうなにも言わなくなった。

「蕭幽朋がおまえをどう思うのかはわからない。俺に言えるのは、遠孔国が禽獣《きんじゅう》以下の陋《ろう》劣《れつ》な男であろうと、おまえにはいささかも関わりがないということだ。水揚げ前に死ななくてよかった。妓女になっても生きていてよかった。碧蘭――そう呼ばれるのをおまえは嫌うかもしれないが、俺にとっておまえは碧蘭以外のなにものでもないんだ。それはさまざまな悲運に立ち向かってきた尊《とうと》い女の名だ。三千世界のだれがおまえを蔑んでも、俺はおまえを誇りに思う。碧蘭という女を娶《めと》ったことを一生の自慢にする」

得体のしれない恐怖に駆られ、才堅は碧蘭を無我夢中で抱きすくめた。そうしなければ、引き裂かれた彼女の心がこの冷え切った肢体《したい》から飛び立ってしまいそうで。

「胸に刻め、碧蘭。俺は――高才堅はおまえの生涯ただひとりの夫で、おまえが生きていることでだれよりも幸せになる男だ」

こんな言葉ではだめだ。碧蘭が渇《かつ》しているのは蕭幽朋の赦免《しゃめん》なのだ。しかし才堅は、彼女の父親にはなれない。

――どうすればいい、いったいどうすれば碧蘭を現世につなぎとめられる？

人形のようにされるままになっている無気力な身体《からだ》が痛ましく思われ、才堅は雪景色を視界から締め出して白い首筋に顔をうずめた。

夜明け前、碧蘭は心地よいぬくもりのなかで眠りから覚めた。となりに目を向けると才堅の寝顔が見える。昨夜、才堅は泣き疲れた碧蘭を牀榻《しんだい》に運び、一緒に寝てくれた。連日、政務に忙殺されているせいで疲れているのだろう。まだ目覚めない。

――物好きな人。

碧蘭を尊い女だと言う男は、才堅以外にいない。碧蘭自身は自分を尊いものだと認識することに抵抗があるけれど、才堅が碧蘭を蔑まないなら、碧蘭もわが身を蔑んではいけないのだろう。彼が重んじるものを貶《おとし》めるわけにはいかないから。

いまは無理でも、将来は己を誇ることができるようになるかもしれない。彼のそばにいれば、歩んできた道を恥じずに首をあげられる日が来るのかもしれない。それを待ち遠しいと思うと同時にどこか居心地の悪さを感じる。自分はここにいてはいけないという気がするのだ。才堅のやさしさに甘えて、安住してはいけないと。

──もし、蕭貞霓《しょうていげい》のままでこの人に嫁いでいたら……。

夫のひたむきな愛情を無邪気に喜んで、幸せに溺《おぼ》れていられただろう。過去のある女と後ろ指をさされることも、才堅の世評を傷つけることもなかったはずだから。

詮無《せんな》い物思いにいやけがさして、碧蘭はそっと半身を起こした。

「どこへ行く？」

「起きていたの」

おまえが出て行こうとするからだ、と才堅は起きあがって碧蘭を抱きしめた。

「まだ起き出すには早い。もうすこし眠ってもいいだろう」

「そろそろ皇宮の門が開くわよ。あなた、東宮に戻るんでしょ。朝の支度《したく》をしなくちゃ」

「今日はおまえと過ごしたい」

だめよ、と碧蘭は才堅の腕のなかから抜け出した。

「さっさと身支度をして参内《さんだい》なさい。昨夜は働いてないんだから今日は忙しくなるわよ」

「おまえのことが心配で政務どころではなかったんだ」

「わかってるわよ。だから今日はしっかり働きなさいと言ってるの。東宮に奏状が山積みになってるんでしょ。あなたが参内しないと李首輔や葬太監が途方に暮れるわよ」

套間《つぎのま》にひかえている佳杏を呼び、急いで朝の支度をするよう命じる。

「もうすこし寝かせてくれてもよかったんじゃないか？」

「甘えないで。一親王の分際で監国《かんこく》の真似事《まねごと》をしてるのよ。あとでどんな処罰を受けるにせよ、責務はしっかり果たさなければならないわ。万民の生死や禍福《かふく》はあなたの裁量しだいなんだから、のんきに朝寝している暇はないのよ」

「今朝はやけに手厳しいな」

「あたりまえでしょ。あなたを甘やかしたら非難されるもの。わたくしを尊い女だと思うなら、わたくしが夫を閨《ねや》に閉じこめる悪女だとそしられないようにして」

才堅は寝ぼけまなこで笑い、涙の痕が残る碧蘭の目じりを指先でなぞった。

「わが心眼には寸分もくるいはないな。おまえほどの女を見出《みいだ》したのだから」


才堅を乗せた軒車《くるま》が走り去るのを見届け、碧蘭は王府の門の内側に戻った。

——あの人がいつまでも親王のままでいてくれたらいいのに。

彼は立太子されることを望んでいるのに、碧蘭はおなじものを望みたくない。

皇太子になったら、才堅は権門《けんもん》の令嬢を太子妃に迎えるだろう。碧蘭は妾室の位を与えられるだろうが、いまのように唯一の女ではなくなる。ふたりで過ごす時間が減るにつれて愛情が目減りしたら後悔《こうかい》するだろう。才堅に心を捧げるべきではなかったと。

せめて彼の子を授かることができたら……と思わずにはいられない。子がいれば、彼の愛情を失っても傷心を慰められるはず。身ごもりたいと願っているのに、無子《むし》の治療には気乗りがしない。才堅は薦《すす》めてくれるが、治療が徒労に終わるかもしれないと思うと、その一歩を踏み出せない。期待したくないのだ。失意は身を切るようにつらいから。

——わたくしにはなにも残らなくても……それでもあの人が政道を正すことを望むわ。

凱《がい》にはよき世継ぎが必要だ。自分たちを塗炭《とたん》の苦しみから救い出してくれる仁君《じんくん》の即位を、天下にひしめく億万の民は鶴首《かくしゅ》して待っている。

紅采園《こうさいえん》は春の花を集めた園林《ていえん》である。

春たけなわには百花が咲き競ってさながら天上の箱庭のようだが、雪に閉ざされた臘月《ろうげつ》には百年前に打ち捨てられた廃園の風景を呈している。その落ちぶれた銀世界は例年ならばひっそりと息を殺して百花仙子《ひゃっかせんし》のお出ましを待つのだが、今年は迎喜斎《げいきさい》の前殿《ぜんでん》からもれ聞こえる華やかな歌声のせいか不自然に浮き立っている。

まるで棺《ひつぎ》のまわりで歌い踊るという夷狄《いてき》の葬儀を見ているようだと、皇帝付き次席宦《かん》官《がん》・罪喪狗《ざいそうく》は不快に思った。

「定国公《ていこくこう》をお連れしました」

前殿の最奥にしつらえられた玉座に歩み寄り、揖礼《ゆうれい》する。今上《きんじょう》は銀の酒杯を手にしたまま こちらを向いて、喪狗が案内してきた人物に親しげな笑顔を見せた。

「ひさしいな、義兄上《あにうえ》」

「……恐れ多ございますので、その呼びかたはご容赦《ようしゃ》を」

定国公・汪成達《おうせいたつ》は公爵に与えられる円領《まるえり》の斗牛服《とぎゅうふく》を着こんだ長軀《ちょうく》をかがめ、いたたまれないと言いたげにおもてをふせた。

「水臭《みずくさ》いことを申すな。皇后の兄は余《よ》の兄。義兄上と呼ぶのが礼儀であろう」

今上は勢いよく酒杯を干し、成達に座るよう促す。成達は異様な状況に戸惑っている様子だったが、命じられるまま金漆《きんしつ》がけの椅子《いす》に腰をおろした。

玉座と向かい合うかたちでしつらえられた小戯台《しょうぎだい》では、巷間《こうかん》から召し出された劇班《げきだん》が芝居を披露していた。演目は『煙花記《えんかき》』。これは汪皇后が得意としていた演目のひとつで、女主人公が自刃する場面がもっとも名高い。悲劇なので宮廷の宴《うたげ》にふさわしい演目ではないが、今上はしばしば汪皇后とならんで舞台に立ち、女主人公を一途に愛するも志《こころざし》なかばで討《う》ち死《じ》にする武将役を演じていた。

芝居はちょうど山場にさしかかろうとしていた。

馬蹄《ばてい》のうなりが響きわたり、武将の陣営は敵軍に包囲される。来るはずの援軍は来ず、もはや退路はない。女主人公は愛する男の足手まといになることを恐れ、死ぬ覚悟を決める。この世の名残《なごり》に美しい姿を見せたいとあでやかに着飾り、剣舞を披露する。

水袖《すいしゅう》をひるがえして舞う女主人公を眺めやりつつ、今上は成達に酒を勧めた。

贅《ぜい》を尽くした宮廷料理のうち、今上が箸《はし》をつけたものだけが成達の宴卓にならべられていく。これはとりわけ天寵《てんちょう》が厚い者に与えられる恩典で、皇上《みかど》の口に入る料理を食べることが許されたという意味だ。過去に同様の恩典を賜《たまわ》っていたのは汪皇后のみであり、汪皇后亡きあとは成達がその役を引き継いだ。汪家に注がれる君恩はかくも厚いが、汪氏一門の家長たる成達はそれを喜ぶそぶりすら見せず、針の筵《むしろ》にでも座っているかのように硬い表情でうつむき、申し訳程度に鮑《あわび》の羹《あつもの》や鵞鳥《がちょう》の焼き物に箸をつけるのだった。

「主上《しゅじょう》。本日はお願いしたい儀がございまして、御前にまかり越しました」

「なんでも言ってくれ。義兄上の願いならどんなことでもかなえよう」

今上が満面の笑みを浮かべて尋ねると、成達は静かに席を立った。今上の宴卓の前に進み出、斗牛服の裾《すそ》を払ってひざまずく。

「私は老いました。五十の坂を越えてからというもの寄る年波には勝てず、軍務が骨身にこたえます。かような老軀では辺防の要たる三辺総督《さんへんそうとく》の任はつとまりません。耄碌《もうろく》して主上のご信頼にそむき、晩節を汚す前に、官職を返上し、郷貫《きょうかん》に帰りたく存じます」

「老いただと？　なにを言う。義兄上はまだ六十の坂を越えていないではないか」

「戦場で得た無数の怪我《けが》と病に蝕《むしば》まれ、この身体は百孔千瘡《ひゃっこうせんそう》です。六十を越えた老人のものと相違なく、辺務《へんむ》には耐えられません。老骨に鞭打《むちう》って奮闘したところで若い将兵の足手まといになるだけです。なにとぞ、故郷で余生を過ごすことをお許しください」

成達が稽首《けいしゅ》しようとすると、今上はいそいそと離席して彼に歩み寄った。

「他人行儀《たにんぎょうぎ》なふるまいはやめてくれ、義兄上。われわれは身内ではないか。義兄上がそれほど致仕《ちし》したいというのに許可しないはずがない。義兄上は長年、国のため骨惜しみせず尽くしてくれた。そろそろ現役を退いて楽隠居《らくいんきょ》するのもよかろう」

成達の肩を叩いて顔をあげさせ、いっそう笑みを深くする。

「ただし郷貫には帰さぬぞ。妻子とともに京師《みやこ》で暮らすがよい。汪府《おうふ》は古くなっているだろうな。孫が増えて手狭になっているだろうから、あたらしく普請《ふしん》してやろう。義兄上が城下にいれば皇后ともいつでも会える。皇后も喜ぶぞ」

今上は宴卓の向こうを見やった。夢のなかをさまよっているような恍惚《こうこつ》としたまなざしの先には、屏風《ついたて》にかけられた汪皇后の御容《ぎょよう》がある。屏風は玉座のとなりに置かれており、今上が腰かけているとあたかも皇帝と皇后がならんでいるように見えた。

「主上、あちらは……」

成達は当惑したふうに視線を泳がせた。

「よそよそしい物言いはよせ。血をわけた兄妹ではないか。余に遠慮《えんりょ》せず、打ち解けて話すがよい。さあ、いつまでそんなところにひざまずいているのだ。椅子に腰かけよ。今日は久方ぶりの兄妹の再会だ。存分に語らい、酒を酌《く》み交わそう」

今上は成達を立ちあがらせようとするが、成達は烏紗帽《うさぼう》をかぶった頭の重みに耐えかねるというようにうなだれ、かすれた言葉を吐く。

「皇后さまは八年前に崩御《ほうぎょ》なさいました」

「なにを言い出すかと思えば縁起《えんぎ》でもない。皇后ならここにいるではないか」

「それは御容です。皇后さまご自身ではありません」

今上の笑顔に目には見えない亀裂が走った。

「時が経っても皇后さまを——妹を忘れずに情けをかけてくださる、主上のあたたかい御心を兄としてありがたく思いますが……いまのお姿を妹が見れば胸を痛めます」

成達は斉紫《せいし》の大袖をひろげて稽首した。

「鬼籍《きせき》に入った者は二度と現世には戻りません。黄泉路《よみじ》の果てにいる妹ではなく、水火の苦しみを強《し》いられている民をごらんになってください。彼らは主上におすがりするよりほかになすすべがないのです。生前、妹は主上が正しく君道《くんどう》を歩まれることを望んでおりました。どうか妹の願いをむげになさらぬよう」

天子と国舅《こっきゅう》の沈黙をよそに、小戯台では悲劇の女主人公が武将への愛を高らかに歌いあげる。最後の一音が響き終わると同時に、彼女は己の首に剣をあてがって自刃した。

定国公《ていこくこう》・汪成達《おうせいたつ》を東華門《とうかもん》まで送り、皇帝付き次席宦官・罪喪狗《ざいそうく》は来た道をひきかえしていた。雪まじりの風が吹く紅牆《こうしょう》の路《みち》を歩いていると、前方から烏黒《うこく》の蟒服《ぼうふく》をまとった数名の宦官がやってくるのに気づいた。先頭を歩くのは東廠督主《とうしょうとくしゅ》・同淫芥《どういんかい》である。

「師父《しふ》」

喪狗は通路の脇によけて揖礼《ゆうれい》した。世間の人は恐怖と憎悪をこめて淫芥を閹鬼《えんき》と呼んでいるが、喪狗は彼に対して悪感情を持たない。こうして慇懃《いんぎん》にあいさつするのも騾馬《らば》として身にしみている習慣や義務というより、淫芥を敬慕《けいぼ》するがゆえの自然な行動だ。

「主上のご様子は？」

「気分が悪いとおっしゃって金烏殿《きんうでん》に向かわれました」

金烏殿は皇帝の寝殿のひとつ。後宮内にありながら女人《にょにん》禁制であり、皇帝が独り寝したいときに逃げ込む場所でもあった。もっとも今上が金烏殿を使ったことは片手で数えられるほどしかない。八年前までは汪皇后が暮らしていた恒春宮《こうしゅんきゅう》が今上の寝殿も同然だったし、汪皇后亡きあとは暁和殿《ぎょうわでん》が今上の生活の場だった。

「主上も心身ともに憔悴《しょうすい》していらっしゃる。しばらく休息なさるほうがいいだろう」

淫芥は傘を持ちあげ、陰鬱《いんうつ》な雪空を見上げた。

「で、どうするつもりだ。決めたのか？」

なにを、と問うまでもない。淫芥は今後、喪狗がどう生きるのか尋ねているのだ。

喪狗の正体は死んだはずの整斗王世子《せいとおうせいし》・翼護《よくご》であるという話が後宮の内外にひろまってしまった。噂《うわさ》の出どころは喪狗付きの童宦《どうかん》で、喪狗が処分しそびれていた整斗王・秋霆《しゅうてい》の文を見たことがきっかけだった。童宦は悪気があったわけではなく、うっかり同輩にしゃべってしまったせいで、物見高い宦官や女官に話題を提供してしまったのだ。

喪狗の出自《しゅつじ》が判明したのは十年前のことだ。李皇貴太妃《りこうきたいひ》付きの老女官が喪狗の顔立ちを見て少年時代の秋霆に似すぎていると言い出したことが端緒となった。最終的に滴血《てきけつ》の法《ほう》を用いて秋霆と喪狗の血縁が証明され、秋霆は喪狗が皇家に復帰して整斗王府に戻ることを切望した。その願いが叶わなかったのは喪狗が拒《こば》んだからだ。

物心ついたころから弑逆者《しいぎゃくしゃ》の子と言われてきた。ほかならぬ翼護を殺した女の息子として育てられたのだ。女は翼護の乳母だった。乳母という立場を利用して秋霆の信頼を得、まだ一歳になったばかりだった翼護とわが子をすりかえ、わが子を惨殺《ざんさつ》して翼護を殺したように見せかけた。

女は刑死し、女の息子と思われていた喪狗は奴婢《ぬひ》夫婦に引き取られて養育され、六つのときに宮刑《きゅうけい》を受けた。十四年間、弑逆者の子と蔑《さげす》まれ、騾馬として生きてきたのに、ある日突然「おまえは皇族だ」と言われて混乱しないはずがない。

宗室に戻ってほしいと秋霆に懇願《こんがん》されても首を横にふるしかなかった。出自が皇家だとしても、喪狗の肉体は騾馬のもの。とうに男ではなくなった身体《からだ》で、どんな顔をして整斗王府の門をくぐれというのか。いままでは皇族にかしずく立場だったのに、これからは宦官にかしずかれる立場になるというのか。皇家の人びとはどのような目で自分を見るだろうか。親族としてあつかってくれるだろうか。子をなすことができない身なのに？

もろ手をあげて歓迎されるはずがない。

秋霆が父親の情から息子として寵遇《ちょうぐう》してくれたとしても、継室である整斗王妃・孫月娥《そんげつが》や喪狗の同腹弟にあたる現王世子は快《こころよ》く思わないだろう。とりわけ現王世子は喪狗に位を譲《ゆず》るため、嫡子《ちゃくし》の座をおりなければならないのだから面白くないはずだ。喪狗の存在が整斗王府に不和を生じさせることは必定。憎まれ役になるとわかっているのに、駙馬の身で玉牒《ぎょくちょう》に名を刻みたいとは思わない。

だから秋霆を――父を拒絶してきた。父はたびたび文を寄越して親子で会う機会をもうけたいと持ちかけてきたが、喪狗は一度も色よい返事をしたことがない。

「やはり宗室に戻るのは難しいかと。こんな身体では……」

いまや喪狗の立場は微妙なものになり、あからさまに好奇の目を向けられたり、過度にかしこまった態度を取られたりしている。事実があかるみに出たからには宗室に復帰したほうがいいと淫芥に助言されていたが、喪狗は決めかねていた。

「どんな身体でもおまえの出自は皇家だ。おまえがまとうべき衣は龍袍《りゅうほう》であって蟒服じゃない。身分に合わない衣は心をそこなうぞ」

「心をそこなう、ですか……。感傷的なことをおっしゃいますね。師父らしくもなく」

年のせいだ、と淫芥は笑う。

「おまえの人生だ。どの道を選ぶにせよ、おまえ自身で決めろ。ただ、こちらに残るなら東廠に入れ。元皇族の宦官《かんがん》をいつまでも一側仕《そばづか》えにしておくわけにはいかない。東廠で経験を積み、司礼監《しれいかん》に進め。司礼監太監になれば、すこしは面目を保てる」

父子判定の現場に立ち会ったのは内輪の人間のみであり、事の次第は徹底的に秘匿《ひとく》された。秘密を知る者のなかには師父である淫芥もいたが、淫芥が喪狗との接しかたを変えることはなかった。出自があきらかになる前とおなじように弟子としてあつかってくれた。それがどれほどありがたいことだったか、いまになって身にしみる。

「感傷ついでに言っておくが――」

ふたたび歩き出そうとして、淫芥は立ちどまった。

「帰る場所があるなら帰ったほうがいいぞ。帰り道がわからなくなる前に」

金烏殿《きんうでん》の臥室《しんしつ》に、皇后・汪梨艶《おうりえん》の姿絵は飾られていた。

画中の梨艶は金糸で龍と雲が織り出された大袖衫《おおそでさん》と龍文が刺繍《ししゅう》された霞帔《かひ》をまとい、金《きん》龍珠翠鳳冠《りゅうしゅすいほうかん》をかぶって宝座に腰かけている。大袖衫の明黄色《にちりんいろ》と霞帔の宝藍《ほうらん》があざやかさを競い合い、鳳冠にちりばめられた真珠《しんじゅ》と点翠《てんすい》は陽光を受けたように輝き、垂れ飾りをくわえた黄金の鳳凰は羽毛の一本一本までこまやかにあらわされている。

絢爛《けんらん》たる国母《こくも》の盛装は目がくらむほどに美しいが、今上《きんじょう》――嘉明帝《かめいてい》・礼駿《れいしゅん》の視線を釘づけにするのは華麗《かれい》な衣冠ではなく、優美な線でかたちづくられた花のかんばせだ。

やわらかい弧を描く眉《まゆ》、ぬくもりのある双眸《そうぼう》、儚《はかな》げな細い鼻梁《びりょう》、小ぶりでたおやかな唇。娘時代よりもふっくらとした輪郭《りんかく》におさめられた造形美はまぎれもなく生前の、嘉明十七年の梨艶のものだった。女らしい頬《ほお》ににじんだあえかな微笑さえ彼女のそれだ。濡《ぬ》れ衣《ぎぬ》を着せられて刑死した画状元《がじょうげん》の一人娘は、凶弾に斃《たお》れる前日の梨艶を父譲りの精妙な運筆で描き出したのだ。

献上された姿絵を一目見るなり、礼駿はわれを忘れた。大勢の宮廷画師たちが寄越した姿絵とはまるで異なっていた。画中にあるのは単なる梨艶の姿かたちではなかった。彼女の慎《つつし》み深く清浄な心根がありありと写し出されていた。これぞまさしく伝神《でんしん》。当代随一《ずいいち》の画聖、蕭幽朋《しょうゆうほう》が得意とした人物画の真髄《しんずい》が脈動していた。

梨艶が生きかえった。九泉《きゅうせん》から舞いもどってきた。夫である礼駿のもとに、彼女がいるべき場所に帰ってきたのだ。梨艶がそばにいるのに国事などにかかずらっていられようか。美辞麗句《びじれいく》をならべたてた愚にもつかない奏状《そうじょう》に目を通していられようか。朋党《ほうとう》を結んで相争う官僚どもの繰り言を聞いている暇があるだろうか。

礼駿は連日〝梨艶〟と宴《うたげ》に興じた。明け暮れ芝居を楽しみ、美食に舌鼓《したつづみ》を打ちながら梨艶を眺めていると、なにもかもが元どおりになったかのようだった。

夢を見ていたのだ。むなしく、みじめな夢を。

梨艶は生きかえっていない。元どおりになどなっていない。その証拠に画中の彼女にふれてもあのしとやかなぬくもりは感じられない。梨艶は死んだ。八年も前に。おびただしい血を流して、なぜ自分が殺意を向けられたのかさえ知らないまま。

「なにから詫びればいいのだろうか……」

壁にかけられた姿絵の前に立ち尽くし、礼駿はひとりごちた。行き過ぎた寵愛が梨艶の末路を決定づけたのなら、礼駿のせいだ。彼女に三千の寵愛を注ぐべきではなかった。彼女を愛するべきではなかった。彼女を娶《めと》るべきではなかった。彼女に目をとめるべきではなかった。彼女と出会うべきではなかった。もし、過去に立ちかえってはじめからやりなおすことができるなら、今度はけっして過たぬように——。

愚かしい思念に自嘲《じちょう》の笑みがもれる。

——幾度やりなおしてもおなじことだ。

過去に戻って生きなおしたところで結果は変わらないだろう。やはり梨艶を愛し、際限のない愛ゆえに彼女を殺すだろう。梨艶を愛さない人生など生きるに値しないから。

「……主上《しゅじょう》」

皇帝付き首席宦官・失邪蒙《しつじゃもう》がおずおずと声をかけてきた。右腕を布で包んで肩から吊っているのは、破思英《はしえい》の暴露により乱心した礼駿が蹴《け》りつけて怪我《けが》をさせたからだ。

「成端王《せいたんおう》が謁見《えっけん》を願い出ております。お引き取りいただくようにと再三お願いしたのですが、主上にお目にかかるまで門前から動かないとおっしゃって……」

「通せ」

「よろしいのですか？」

礼駿が無言で返事をすると、邪蒙は一礼して寝間を出ていった。年の瀬の夕間暮れがもたらす静寂のせいか、回廊《かいろう》に響くせわしい足音が耳をつんざくようだ。

ややあって、足音は二人分になって戻ってくる。

「──父皇《ちちうえ》」

才堅は套間《つぎのま》を駆け抜けるようにして寝間に入ってきた。姿絵を凝視したままの礼駿の視界の端で龍袍の裾《すそ》を払ってひざまずき、荒っぽい衣擦《きぬず》れの音を立てて稽首《けいしゅ》する。

「恐れながら直言をお許しください。父皇が中朝《ちゅうちょう》にお出ましにならなくなってから早一月が経とうとしています。海内《かいだい》で立てつづけに変事が起こり、群臣は挙措《きょそ》を失い、政情は混迷をきわめております。これ以上、父皇のご不在が長引けば天下の屋台骨が揺らぎましょう。伏してお願い申しあげます。どうか廟堂《びょうどう》にお戻りください」

「いまさら孝子の芝居か？　しらじらしい。譲位《じょうい》を迫るならさっさとそう言え。廟堂に出向くまでもない。ここで詔《みことのり》をしたためてやる」

「譲位など、滅相《めっそう》もないことです」

「猿芝居はやめよ。おまえが無断で太子印を持ち出して監国《かんこく》の真似事《まねごと》をしていることを、余《よ》が知らぬとでも思っているのか？」

「その件についてはいずれ処罰を受けるつもりです」

「いずれといわずここで処罰してやろうか。おまえがやったことはまごうことなき簒奪《さんだつ》だ。余が一言命じさえすれば、東廠はおまえを鬼獄《きごく》に引きずりこむぞ」

「簒奪者として裁かれることは覚悟のうえで、あえて則を犯しました。弁明はしません。命乞《いのちご》いもいたしません。もとより、わが命は父皇に賜《たまわ》ったもの。父皇がかえせとおっしゃるなら、つつしんで仰《おお》せに従います」

「殊勝《しゅしょう》なことを申すのだな。父の手から大権をむしり取ろうとしているくせに」

はじめから仕組まれていたように思われてならない。礼駿が蕭幽朋《しょうゆうほう》の娘の画才に目をつけたのも、彼女に梨艶の姿絵を描かせたのも、仕上がった姿絵に耽溺《たんでき》して政《まつりごと》から遠ざかったのも、あらかじめ用意されていた筋書きのとおりではなかったか。

思いかえせば、青籙斎《せいろくさい》の最中に才堅が炎上する殿舎から宝福《ほうふく》公主・丹雪《たんせつ》を救い出した事件も作為に満ちていた。

丹雪の誘拐《ゆうかい》は才堅の自作自演だったという密告があり、才堅は鬼獄に連行されたがほどなく釈放された。安遼王《あんりょうおう》・元覇《げんは》、黎昌王《れいしょうおう》・利風《りふう》、巴享王《はきょうおう》・博宇《はくう》にも同様の嫌疑がかかったので、全員を泳がせるため、礼駿が才堅を解放するよう命じたからだ。

あの事件は四皇子・文耀《ぶんよう》を獄死させ、亡骸《なきがら》を凌遅《りょうち》にした礼駿の古傷をえぐり、昔日の過ちを意識させた。それは緩慢《かんまん》な毒のように礼駿をじわじわと蝕《むしば》み、とうとう邪悪な牙をむいて襲いかかってきた。

破思英がなにを語るのか、才堅が承知していたとは思えない。破思英が燃灯《ねんとう》の変《へん》の真相を暴露した瞬間に。息を一親王がつかめるはずはない。才堅が怨天教団と私通していれば話はべつだが、東廠がつかめなかった消て危険を冒す必要はないだろう。破思英の暴露の内容など、さしたる問題ではない。破思英はかならず礼駿の前に引っ立てられる。あの忌《い》まわしい女とふたたび相対すれば、礼駿は感情をかき乱される。満身にうずまくものが天を貫かんばかりの激憤《げきふん》であれ際限のない虚無感であれ、心身の疲弊《ひへい》は避けられない。

そうして憔悴《しょうすい》しきった礼駿の鼻面《はなづら》に、才堅は梨艶の姿絵を突きつけたのだ。おまえが喉《のど》から手が出るほど欲しがっていたのはこれだろうと言わんばかりに。

才堅にとって重要だったのは、破思英がいつ東廠に連行されるかという点だけだった。それは梨艶の姿絵が完成する前でなければならなかった。水面下で探りを入れていたのだろう。なかば賭《か》けだったのかもしれない。

なんにせよ、事態は才堅を利した。才堅は礼駿が後宮に引きこもっているあいだに太子印を手に入れた。大官たちに泣きつかれて。

「大権が御手を離れることがあるとすれば、父皇が御自ら手放されるときだけです」

謀《はかりごと》をめぐらせたことなどおくびにも出さず、才堅はおもてをふせたまま言った。

「大権を掌握《しょうあく》なさっているご自覚がおありなら、朝賀《ちょうが》にはお出ましになってください。天子が姿を見せなければ、百官は新年を寿《ことほ》ぐことができません。皇帝なき朝廷は官民に鬼胎《きたい》を抱かせ、災《わざわ》いを招きます。明日は外朝《がいちょう》にて百官の拝賀《はいが》をお受けください」

礼駿が口を閉ざしていると、才堅は弾かれたように立ちあがった。許可なく拝礼のかたちをといたことを咎《とが》める間もなく、憤然と壁に駆け寄り梨艶の姿絵をはぎとる。

「この絵が父皇を惑わしているのならば焼き捨てます」

「そんなことをすれば余はおまえを生かしてはおかぬぞ」

「〝父に争子《そうし》あれば、則《すなわ》ち身は不義に陥《おちい》らず〟と申します。父皇が正気に戻ってくださるなら、この身が三千三百五十七回切り刻まれようとも悔《く》いはありません」

才堅は臆することなく礼駿を見かえす。その力強く真率《しんそつ》なまなざしには見覚えがある。

――余もかつてはこんな目をしていた。

皇太子時代、怨天教への弾圧はきびしすぎると先帝・宣祐帝《せんゆうてい》を諫《いさ》めたことがある。礼駿は邪教に心を寄せるしかなかった者たちに惻隠《そくいん》の情を感じていたので、どうか彼らの慟哭《どうこく》に耳をかたむけてほしいと先帝に懇願《こんがん》した。

先帝は慈悲《じひ》深い笑みをたたえて答えた。「おまえが即位したら禁圧の手をゆるめてやれ。さすれば彼らはおまえの仁徳に感じ入るだろう」と。礼駿が仁君《じんくん》として喝采《かっさい》を浴びるように、先帝は舞台を用意してくれていたのだ。

歩むべき道はしかれていた。しかしいまや、礼駿を仁君と称《たた》える者はいない。もう遅い。正道に戻るには遅すぎる。なにもかも手遅れだ。いまさらどうしようもない。礼駿が暴君になり果てたせいで梨艶までもが後人にそしられる。嘉明帝に道を誤らせた毒婦と呼ばれることになるのだ。彼女自身にはなんの罪もないままに。

礼駿は朝賀の支度《したく》をせよと邪蒙に命じた。おそらくその必要はないが。才堅が万事ぬかりなくととのえているはずだ。礼駿の仕事は朝賀に出席する意思を表明することくらいだろう。錆《さ》びついた肉体を引きずるようにして榻《ながいす》に腰かけ、礼駿は才堅を「翼誡《よくかい》」と名で呼んだ。遠からず才堅をそう呼ぶ者はいなくなる。尹太后と李皇貴太妃が天寿をまっとうし、父たる礼駿が世を去ったら、才堅はだれからも実名を呼ばれなくなるのだ。

天子の実名を口にすることは、けっして破ってはならぬ禁忌《きんき》だから。

「太子印はいったん返上せよ。後日、あらためて詔勅《しょうちょく》を下す」

皇子時代の礼駿は玉座とは縁遠い皇八子だった。にもかかわらず亡き母の仇《かたき》を討《う》つため儲位《ちょい》を志《こころざ》し、策をろうして立太子にまでこぎつけた。

若き日に抱いた、あの滾《たぎ》るような野心こそが間違いのはじまりだったのだろうか。礼駿は一親王として生きるべきだったのだろうか。

東宮《とうぐう》の主にならなければ梨艶と出会うこともなく、彼女を愛することもなく、彼女を喪《うしな》うこともなかった。知らずにすんだはずだ。骨身を蝕《むしば》む喪失の痛みを。

数え切れぬほどの過ちを犯して得たものは、いったいなんだったのだろうか。

「父皇――」

才堅が拝跪《はいき》しようとしたので、礼駿は軽く手をあげて制した。

「ゆめゆめ前車の轍《てつ》を踏むな。歴史に汚名を残すのは余ひとりで十分だ」


皇二子・元覇《げんは》は錦衣衛《きんいえい》に討たれ、皇三子・利風《りふう》は死を賜り、皇九子・寿雷《じゅらい》は自死した。生き残った皇子のなかから嘉明帝《かめいてい》は皇八子・才堅を世継ぎに選び、内閣《ないかく》と司礼監《しれいかん》は嘉明帝の決断を支持した。かくて潜龍争鹿《せんりゅうそうろく》は幕を下ろした。

嘉明三十年末、父帝の崩御《ほうぎょ》を受けて才堅は即位する。翌年、炎熙《えんき》と改元した。火徳の王朝たる凱《がい》のさらなる繁栄《はんえい》を願った元号であった。

炎熙帝は嘉明年間がもたらした混迷をおさめようと奮闘した。そのたゆまぬ努力は一定の成果をあげ、万民は束の間の――凱王朝最後の安寧《あんねい》を享受した。

東廠督主《とうしょうとくしゅ》・同淫芥邸《どういんかい》から火の手があがっているとの一報がもたらされたのは、昨晩、嘉明二十五年除夕《じょせき》（大晦日《おおみそか》）のことだ。

禁中で爆竹が響きわたるころ、鎮火された同淫芥邸から二人分の遺体が見つかった。邸が全焼したにもかかわらず亡骸の状態は思いのほか良好で、片方は宦官《かんがん》、もう片方は女だとわかった。倒れてきた柱の下敷きになったことで頭部が損傷し、人相を判別するのが困難になっていたものの、宦官は家主である——書面上は寄寓《きぐう》する身となっていたが——同督主、女は同督主の情婦だった尚宮局尚宮《しょうきゅうきょくしょうきゅう》・爪香琴《そうこうきん》と思われた。

「毒死ですね」

死因を尋ねた右掌騎《うしょうき》・忘蛇影《ぼうだえい》に、遺体を調べた検屍官《けんしかん》はあっさりと答えた。

「頭がだいぶ壊れちゃってるんですが、口はかろうじて残っていたんですよ。で、口腔《こうこう》をようく見てみたところ煤煙《ばいえん》はありませんでした。そして全身が青黒い。喉に銀の簪《かんざし》をさしこむと変色しました。焼かれたときにはすでに中毒死していたということです」

「毒殺され、火を放たれた？」

「うーん、毒殺されたというべきですかね？　案外、合意のうえかもしれませんよ」

好物の串焼き肉をかじりつつ、検屍官は亡骸がまとう焼け焦げた衣服を指さした。

「どちらも婚礼衣装を着てるでしょ。ずいぶん手の込んだ刺繍《ししゅう》がほどこされたものだ。女には紅蓋頭《こうがいとう》までかぶせられていたんですよ。おまけにふたりそろって棺《ひつぎ》に入っていた。身を寄せ合うようにしてね。それにこの荷包《きんちゃく》」

遺体のそばで見つかったという荷包をつまみあげる。

「一度とけて再度固まってるので形状は残っていませんが、においから察すると中身は薄《はっ》荷飴《かあめ》ですね。ちょっとこそぎ落として調べてみたら、こいつに断腸草《だんちょうそう》がふくまれていました。つまり、同督主と爪尚宮は毒入りの薄荷飴を食べて死んだわけです」

「……心中だと言いたいのか？」

「情死といってもいいですよ。主導したのは爪尚宮でしょうね。老嬢とはいえ女ですから。女じゃなきゃ婚礼衣装を着て死出《しで》の旅路につこうなんて考えませんよ。同督主は破思英《はしえい》の処刑に立ち会うと公言なさっていたし、まだ死ぬ気はなかったんじゃないかな。爪尚宮が同督主を騙《だま》すなり説得するなりして毒入り飴を食べさせたんだと思います。私としては後者の説を推しますがね。騙されたのなら毒だと気づいた時点で外に出ようともがくはずだ。そうした痕跡が棺の内側にないんですよ。喉を搔《か》きむしった痕はあるのにね」

「棺に入れられたときには死んでいたんじゃないのか？」

「それなら花婿衣装は吐瀉物《としゃぶつ》まみれになっていませんよ。私が爪尚宮で、同督主を殺してから棺に入れるとすれば、着替えさせる前に毒殺しますね。毒死の骸《むくろ》は汚いので、きれいに洗ってから身じまいさせます。愛《いと》しい花婿のために用意した衣装を汚したくないですからね。でも実際には同督主の衣服は汚れている。かなり激しく嘔吐《おうと》したことがうかがえます。婚礼衣装を着て棺に入ったときにはまだ生きていたという証拠ですよ」

検屍官は自信たっぷりに断言したが、にわかには信じがたい。

そもそも宦官の遺体は同督主のものなのだろうか。謀略《ぼうりゃく》のために自身の死を偽装したのではないか。奇計を好む同督主ならやりかねないことだ。

これが計略だとしたら下手《へた》に動くのは失点になる。蛇影は急いで東廠に戻り、同督主の官房《しつむしつ》に駆けこんだ。なんらかの指示が残されていないか調べるため、同督主が密書をたびたび隠していた場所を探る。

「そこでなにをしているんだ、忘掌騎」

作業に没頭していたせいで、何者かが入室してきたのに気づくのが遅れた。ふりかえると、屏風《ついたて》のそばに司礼監秉筆太監《しれいかんへいひつたいかん》・独囚蠅《どくしゅうよう》が立っていた。その癇癖《かんぺき》の強いまなざしに射貫《いぬ》かれたとたん、蛇影は身がまえた。囚蠅の義妹《こいびと》だった玉梅観《ぎょくまいかん》の道姑《どうこ》・宰曼鈴《さいまんれい》を獄死《ごくし》させたせいで怨《うら》まれている。これまでに何度も囚蠅は蛇影の処罰を同督主に強く要求していた。

天敵ではあるが、上位の宦官だ。狼狽《ろうばい》を隠して丁重に揖礼《ゆうれい》する。

「独太監、あいにく督主は不在でして――」

「督主ならここにいらっしゃるではないか」

独太監付きの掌家《しょうか》（秘書官）が肩をそびやかして答えた。当惑する蛇影をよそに、独太監はつかつかと督主の玉案《つくえ》に歩み寄り、椅子《いす》に腰かける。

「まだ知らせが届いていないのか？　ならば教えてやろう。同淫芥の横死《おうし》を受け、主上《しゅじょう》があたらしい督主をお選びになった」

督主は八、九名の秉筆太監のなかから皇帝が選ぶ。蛇影が青ざめたのを見逃さなかったのか、独太監は若き日の残影をとどめる顔貌《がんぼう》に酷薄《こくはく》な笑みを刻んだ。

「よく聞け、忘蛇影。本日この時より、おまえの飼い主は私だ」


嘉明二十六年、二月。ふたたびめぐってきた春がさかりを迎えようとする時節、才堅は兄たちとともに煌京《こうけい》の名刹《めいさつ》である鏤氷観《ろうひょうかん》を詣《もう》でていた。

亡き兄弟たち――皇二子・元覇《げんは》、皇三子・利風《りふう》、皇九子・寿雷《じゅらい》を供養《くよう》するためだ。むろん彼らは弑逆《しいぎゃく》をくわだてた大罪人なので表立って弔《とむら》うことはできず、供養は身寄りのない死者の冥福《めいふく》を祈る普度《ふど》の形式で行われた。

普度を終えたあと、洪列王《こうれつおう》・忠徹《ちゅうてつ》が内院《なかにわ》でやすもうとみなに持ちかけた。

「兄弟が一堂に会することはしばらくないだろうから、別杯代わりに茶でも飲もう」

忠徹は明後日、南方――晟稜《せいりょう》に赴《おもむ》くため煌京を発《た》つことになっている。前々から北直隷を離れたいと父帝に申し出ていたが、先月になってやっと許可が出たそうだ。

「晟稜では泰西《たいせい》の医術がさかんに研究されていると聞く。俺も先達《せんだつ》に教えを乞《こ》うて研鑽《けんさん》を積み、あたらしい医薬や治療法を身につけたい」

晟稜地方には泰西から渡ってきた医者が多く、古くから伝わる岐黄《ぎこう》の術とは異なる方法で病人を治療している。いかがわしい妖術と決めつけて毛嫌いする者もすくなくないが、忠徹は病を治す術があるならどんなものでも学んでみたいという。

「五兄も物好きですね。異人の医術を学びに晟稜まで出かけていくなんて」

巴享王《はきょうおう》・博宇《はくう》はあきれたふうに言って、蓋碗《がいわん》をかたむけた。

「しかしまあ、悪いことではありませんよ。五兄が泰西の医術を修得すれば、大兄の治療にも役立つかもしれませんから」

廉徳王《れんとくおう》・承世《しょうせい》は療養中である。破思英《はしえい》の暴露により錯乱《さくらん》していたが、王妃の献身的な看護が功を奏したのか、すこしずつ回復している。

「大兄だけでなく、十弟のためにも望ましいことです。存分に励《はげ》んでください、五兄。医聖になってご帰京なさる日を待っていますよ」

にこやかに激励《げきれい》の言葉をかけたのは、呂守王《ろしゅおう》・令朗《れいろう》だ。例によって襦裙《じゅくん》姿だが、ここに承世はいないので、その奇抜な身なりへの苦言は聞かれなかった。

宗人府《そうじんふ》の嘆願《たんがん》により、穣土王《じょうどおう》・不器《ふき》の事件は内々に片づけられることになった。危芳儀《きほうぎ》は急病で逝去《せいきょ》したことになり、不器は死罪をまぬかれた。親殺しの罪人は凌遅《りょうち》に処されるのが定法だが、犯行後に不器が心を病んでしまったことが斟酌《しんしゃく》されたのだ。今後は穣土王府に幽閉される。親族に限り面会が許されたのは恩情ある措置といえよう。

「医聖になるまで戻ってくるなって？　それじゃ向こうに定住することになりそうだな」

忠徹はからからと笑い、亭《あずまや》のそばに咲く碧桃《へきとう》を見やった。

「帰るころには丹雪《たんせつ》も人妻だな。いい相手が見つかるといいんだが」

大丈夫ですよ、と才堅は笑顔で応じた。

「皇太后さまと皇貴太妃さまが張り切って駙馬《ふば》選びをなさっています。おふたりとも目が肥《こ》えていらっしゃいますから、丹雪に似合いの駙馬を見つけてくださるでしょう」

どういう心境の変化があったのか、丹雪は降嫁《こうか》したいと父帝に申し出た。父帝が許可を出したので、さっそく駙馬選びが行われている。

「それなら丹雪のことは心配いらねえな。となると、おまえだ、八弟」

忠徹は才堅の肩を叩いた。

「俺が治療するのは病人の身体《からだ》だが、これからおまえが治療するのは大凱《だいがい》を蝕《むしば》む宿痾《しゅくあ》だ。一朝一夕《いっちょういっせき》にはいくまいが、粉骨砕身《ふんこつさいしん》して万民を救ってくれ」

「経世済民《けいせいさいみん》も大事だが、書画骨董《しょがこっとう》の保護にも力を入れなければならないぞ。勅命《ちょくめい》によって蕭幽朋《しょうゆうほう》の作品が燃やされたせいで貴重な名画が多数失われてしまった。文化の喪失は国の不幸であり、忌《い》むべきことだ。大凱が生み出した美を千年後にも伝えるため、美術品をみだりに処分しないよう禁令をさだめなければ」

おまえは書画骨董のことしか考えていないな、と忠徹が博宇を小突く。

「長らく棚上《たなあ》げになっていたけれど、とうとう父皇《ちちうえ》が皇后さまに諡号《しごう》を下賜《かし》なさった。これでようやく燃灯の変は終わったね」

薄《うす》ら日《び》のような微笑を浮かべ、令朗はおしろいを刷《は》いた細面《ほそおもて》を仲陽《ちゅうよう》の光にさらした。

「いろんなことが変わっていくだろう。……より良い未来が待っていると思いたいよ。それが天下蒼生《そうせい》の切なる願いであろうから」

碧桃の枝で鶯《うぐいす》が鳴いている。春を吟《ぎん》ずる美声が蒼穹《そうきゅう》のかなたに消えていくのを、才堅は黙して聞いていた。この四人がそろうのはこれが最後かもしれない。春愁《しゅんしゅう》にそそのかされたせいか、そんな予感がした。


「お待たせしてごめんなさい」

碧蘭が客庁《きゃくま》に入ると、壁に飾られている花鳥画を眺めていた人物がふりかえった。紅緋《べにひ》の蟒服《ぼうふく》を着こんだ静謐《せいひつ》な立ち姿は皇帝付き次席宦官《かんがん》・罪喪狗《ざいそうく》のものだ。

「華やいだ用筆ですね」

型どおりのあいさつをしてから、喪狗は花鳥画に視線を戻した。あでやかに咲き誇る月季花《きか》は永遠につづく幸福、二羽の白頭翁《はくとうおう》は共白髪の象徴だ。才堅と過ごすおだやかな日々が可能な限り長続きするようにとの願いをこめて筆をとった。

「浮かれた筆遣いで恥ずかしいわ。あまりごらんにならないで。人様に見せられる出来ではないから客庁には飾らないでと言ったのに、殿下がどうしてもここに飾りたいと」

「私は殿下と同意見ですよ。この絵を見れば客人の心まで華やぎます」

いつになくやわらかい笑みを浮かべる喪狗に、碧蘭は椅子を勧めた。佳杏《かきょう》が茶菓を運んでくる。喪狗は蓋碗をかたむけ、いささか言いにくそうに口を切った。

「来待詔《らいたいしょう》をお訪ねになっていたとうかがいましたが」

「ええ、どうしてもお礼を申しあげたくて」

「お礼？　しかし、あのかたは……」

喪狗が怪訝《けげん》そうな顔をするのも無理はない。碧蘭は長年、承華殿《しょうかでん》待詔・来常逸《じょういつ》を憎んできた。父を讒訴《ざんそ》したのは常逸ではないかと疑うほどに。

「父――蕭幽朋《しょうゆうほう》が捕らえられたとき、来待詔は父の無実を訴えてくださらなかった。わたくしにはそうすると約束したのに」

自分の口から出る言葉に恨みがましい調子がないことに、碧蘭は驚いていた。

「来待詔はあの件をずっと気に病んでいらっしゃったそうです。父の死後、わたくしが楽《がく》籍《せき》に入ったと聞いて慙愧《ざんき》の念に駆られ、すこしでも罪滅ぼしをしようとして、画材店でわたくしの分の支払いをすませていたと話してくださいました」

いったいだれが画材の料金を支払っていたのか気になり、画材店の主を強引に問いただして常逸の名を聞き出したのは一昨日のこと。いたく迷ったが、才堅に相談して来常逸邸を訪ねることにした。突然の訪いに常逸は驚いていたが、客庁に招き入れてくれ、気まずそうに肩をすぼめながらも碧蘭の問いに答えてくれた。

「あなたが妓楼《ぎろう》で辛酸《しんさん》をなめていると耳にして良心がとがめ、なんとかして請け出せないか方策を考えましたが……実行には移せませんでした。妻子を、親族を守るので手いっぱいだったのです。蕭待詔――ご尊父《そんぷ》にはあれほどよくしていただいたのに、娘御であるあなたが災難に見舞われているのを知りながら、私は傍観《ぼうかん》することしかできなかった」

常逸がひざまずいて謝罪しようとしたので、碧蘭はあわててとめた。

「謝罪なんてやめてください。あなたはわたくしを助けようとしてくださったのに」

碧蘭が今上に召し出された日――常逸が東華門《とうかもん》の前で「淫売《いんばい》に汪皇后の御容《ぎょよう》を描かせてはならない」と強諫《きょうかん》していたのは、碧蘭を守るためだ。

今上《きんじょう》の気に入る御容を描かなければ命はない。今度こそ確実に殺される。最悪の事態を避けるため、常逸は碧蘭が汪皇后の姿絵を描かずにすむように必死で声を張りあげていたのだ。廷杖《ていじょう》を受けて傷ついた身体を凍《い》てつく雪風にさらしながら。

それ以外に常逸が逆鱗《げきりん》にふれることを承知で今上を諫《いさ》める理由はない。彼にはなんの利もないのだから。その事実に思い至るまでだいぶ時間がかかってしまった。

「当時わたくしは物を知らない子どもでしたから、父を見捨てたあなたを怨《うら》みました。けれど、いまならわかります。あなたにはどうすることもできなかったのだと」

「……しかし、私はあなたに約束を――」

「たとえ約束どおり父の無実を訴えてくださったとしても、父はやはり処刑されたでしょう。あなたにも嫌疑がかかり、来氏一門は蕭氏一門とおなじ末路をたどったはずです」

だれもみな無力だった。復讐《ふくしゅう》の鬼と化した天子の前では。

「あなたが来家を守ってくださってよかったと心から思います。もし来家が蕭家の道連れになっていたら、父は悔《く》やんでも悔やみきれなかったでしょうから」

常逸は九死に一生を得た人のようにすすり泣いた。

「王妃さまのお言葉で来待詔は救われたでしょう」

喪狗は感慨《かんがい》深げにつぶやいた。救われたのは碧蘭のほうかもしれない。昔もいまも常逸は父の知音《ちいん》だ。そう思うだけで、胸があたたかくなる。

「……こんなことを言えばあなたを困惑させるだけだとわかっているのですが、この気持ちに切りをつけるため、打ち明けることにします」

一呼吸置き、喪狗は花鳥画を見つめたままつづける。

「あなたを――柳碧蘭を身請けするつもりでした。菜戸《つれあい》として迎えたかったんです。身請け金の工面に手間取っているうちに、成端王に先を越されてしまった。当初は成端王を妬《ねた》み、恥知らずにもあなたを怨みさえしましたが、いまとなってはこれも天の計らいだったのだろうと考えています。あなたは成端王と結ばれるさだめだったのでしょうね」

罪公公《こうこう》、と口にして戸惑う。宦官の敬称で呼んでいいのだろうか。殿下と呼ぶべきだろうか。喪狗が整斗王《せいとおう》・秋霆《しゅうてい》の亡き嫡男《ちゃくなん》・翼護《よくご》であることは公然の秘密だ。皇族として接するべきか、宦官として接するべきかわからなくなり、視線が泳いでしまう。

「いつか『公公』と呼ばれていたことをなつかしく思い出すようになるでしょうね」

碧蘭の困惑を知ってか知らずか、喪狗は苦笑した。

「実はこれが皇帝付き次席宦官としての最後のお役目なんです」

「栄転なさるのですか？」

「在るべき場所へ帰ることにしました。それが私のさだめのように思われるので」

今上より皇家に復帰する許可を賜《たまわ》ったと語る喪狗がいつになく晴れやかな表情をしていたので、碧蘭は目を見張った。妓女《ぎじょ》時代の碧蘭が知る彼はつねに重苦しい影を引きずっており、景物にたとえるなら雨もよいの空に取り残された片割れ月だった。宗室に生まれながら欠けた者として生きなければならない苛酷《かこく》な運命がそうさせていたのだろう。

だが、いま喪狗の横顔ににじむのは憂《うれ》わしげな半月の残光ではない。嵐のあとで目に飛びこんでくる、すがすがしい雨上がりの木漏《こも》れ日《び》だ。

「次回からは親族としてお会いすることになるのですね」

「きっと妙な感じがするでしょうね。下手《へた》な芝居でもしているような」

「そのうち慣れますわ。わたくしのような出自《しゅつじ》の女でさえ、こうして王妃のふりが板についてきたのですもの。時が経てば、芝居も芝居ではなくなりますわ」

そうですね、と喪狗が微笑したとき、才堅が客庁に入ってきた。喪狗は揖礼《ゆうれい》し、持っていた巻子《かんす》をひらく。明黄色《にちりんいろ》の絹地に五爪《ごそう》の龍が刺繍《ししゅう》されたそれは、天子の詔《みことのり》だ。聖旨《せいし》が読みあげられる際はひざまずくのが習わし。碧蘭は才堅とともに膝をついた。

喪狗が読みあげた聖旨は碧蘭に下されたもので、才堅の立太子後、太子妃として東宮《とうぐう》に入れという内容だった。

枝垂《しだ》れ緋桃《ひとう》が咲きにおう内院《なかにわ》を歩きながら、碧蘭はとなりを歩く才堅を見上げた。

「ほんとうにいいの？　わたくしが太子妃《たいしひ》になっても」

「わたくしは元妓女の石女《うまずめ》なのよ。そんな女を太子妃にするなんて……。待って、ひょっとしてこれは罰なの？　主上《しゅじょう》の逆鱗にふれたから、あなたはわたくしを太子妃に立てさせられることになったの？　もしそうなら、わたくしは辞退するわ。……辞退なんてできないわよね、勅命《ちょくめい》なんだから……。だったら、わたくしを太子妃に立てられない事情ができればいいのよ。そうね、わたくしが罪を犯すというのは？　あんまり大事じゃいけないわ。あなたの立太子にまで影響してはいけないもの。あなたの評判を落とさずにわたくしの太子妃冊立《さくりつ》を避ける方法は――」

「俺から申し出たんだ。おまえを太子妃に立てたいと」

才堅は燃えるような花をつけた一朶を手折り、碧蘭の髻《もとどり》にさした。

「だからこれは罰ではなく褒賞《ほうしょう》だ」

「褒賞？　わたくしを太子妃にすることが？　あなた、どうかしてるわよ」

「まだ公表されていないが、東廠の調べで蕭幽朋《しょうゆうほう》の事件は冤罪《えんざい》であることがはっきりしている。遠孔国《えんこうこく》が洗いざらい白状したからな。この件は近日中に公表され、蕭幽朋は謀反人《むほんにん》ではなくなる。蕭氏一門の名誉は回復され、楽籍《がくせき》に入れられた者は元の身分に戻る。おまえは蕭姓に戻り、蕭幽朋の嫡女《ちゃくじょ》として東宮に輿入《こしい》れするんだ」

罪臣の娘ではなく画状元《がじょうげん》の娘として太子妃になるんだ、と才堅は熱くささやいた。

「婚礼の前に岳父《がくふ》どのの弔《とむら》いをしよう。すでに父皇の許可はいただいた。香木《こうぼく》で亡骸《なきがら》を作り、よき場所に埋葬する。これからは毎年、ふたりで追福《ついふく》しよう」

「……四皇子とおなじように？」

才堅はうなずく。四皇子・文耀《ぶんよう》も名誉を回復され、親王の礼で埋葬されるという。

「もう人目をしのぶ必要はない。だれに憚《はばか》ることなく悼《いた》むことができるんだ」

父が錦衣衛指揮使《きんいえいしきし》として葬《ほうむ》られると聞くと、涙がこみあげてきた。

「太子妃冊立を避けたいなんて言わないでくれ。おまえのおかげでここまでたどりつくことができた。この先もおまえと歩んでいきたい。俺のとなりにいてくれ、碧蘭」

うなずこうとしてためらう。なにかが喉《のど》につかえていた。

「わたくしは身ぎれいじゃないわ。失っているのは貞操《ていそう》だけじゃない。この心は長いあいだ怨《うら》みに染まっていた。それに人から怨まれている。妓女時代には他人の夫や恋人を奪った。あの道姑《どうこ》のような人はほかにもいるわ」

　碧蘭に短刀で襲いかかった道姑は怨天教徒の疑いをかけられ、東廠で鞫訊《とりしらべ》を受けて獄死《ごくし》した。結局のところ怨天教徒だったのかどうかは不明だが、怨天教団に入信する動機があったことはたしかだ。そしてその原因が碧蘭であることも。

「手放しに喜べる立場じゃない。太子妃に立てられることがうれしいなんて口が裂けても言えないわ。人が人を憎むのはどんなときなのか、いやというほど知っているもの。だれかに怨まれている女が儲君《もうけのきみ》のとなりに立つべきじゃないのよ。わたくしはあなたにふさわしくない。蕭姓に戻っても、柳碧蘭として生きてきた過去が消えてなくなるわけじゃない。あなたは妓女を嫡室《ちゃくしつ》にした皇太子だと人にそしられるわ。わたくしに注がれる蔑視《べっし》があなたの名声を傷つけるのよ。あなたには十全の世継ぎでいてほしい。わたくしのせいであなたまで蔑《さげす》まれるのは耐えられない。だからどうか、名門の令嬢を太子妃に迎えて。わたくしは妾室の末席に置いてくれればいいから」

　蕭貞霓のままで成端王府に嫁《とつ》いでいたら、太子妃にしたいと言われて素直に胸をときめかせただろう。喜びにひたることができない自分が恨めしいけれど、過去は変えられない。現実と向き合うしかないのだ。碧蘭を尊《とうと》んでくれる才堅に不当な非難が向かないよう、彼のとなりから退かなければ。

「結論を出すのはこれを読んでからにしてくれ」

うなだれた視界に文がさしだされ、碧蘭は顔をあげた。いぶかしみつつ受けとり、あざやかな墨痕《ぼっこん》に目を走らせる。差出人が東廠督主《とうしょうとくしゅ》・独囚蠅《どくしゅうよう》だと知るや否《いな》や、同封されていた文書を急《せ》かされるように読んだ。

「当初は燃灯の変への関与を真っ向から否認していた蕭幽朋が一転して〝犯行を自白〟したのはなぜなのか、独督主に調べてもらった。調書に記されているとおり、鞫訊を担当した忘蛇影《ぼうだえい》が『自供しなければ娘を拷問《ごうもん》する』と蕭幽朋を脅迫したそうだ」

自白しても処刑されるのは成年に達した蕭家の男子のみ。婦女子は楽籍に落とされるが、命は助かる。自白を拒《こば》めば娘は——碧蘭は鬼獄に連行され、尋問される。

「娘に生きる道を残したくないのか？　楽籍に落ちても活路はある。恩赦《おんしゃ》を賜って身分を回復できるかもしれないし、よい主人に買われて幸福になるかもしれない。娘の未来のため、甘んじて汚名を着ようとは思わないか？　あくまで意地を貫いて自白を拒み、娘が拷問されることを望むのか？　十二歳の娘が嬲《なぶ》り殺しにされるのを見たいのか？」

蛇影は童女用の拷問具を父の眼前にならべ、使いかたをつぶさに説明した。

「蕭幽朋が——義父上《ちちうえ》が犯してもいない罪を自白したのは、おまえを生かすためだ。どんなかたちでもいいからおまえには生きていてほしいと願ったんだ」

ぽたぽたと滴《したた》り落ちる涙が調書の文面をにじませた。

「義父上はおまえを恥じてなどいない。おまえが生きていることをだれよりも喜んでいる。

義父上の最期の願いを知ってもなお、自分は太子妃にふさわしくないと言うのか？　俺がおまえを必要としているのに、おまえは俺のとなりに立つことを拒むのか？」

　濡れた頰《ほお》を大きな手のひらが包んでくれる。

「つらい過去を乗り越えてきたからこそ、おまえは他人の怨みを理解することができる。姿かたちが美しいだけの人形はいらない。苦労を知らず、他人の苦しみに無頓着《むとんちゃく》な令嬢はいらない。人の痛みがわかる女こそ、俺が望む伴侶《はんりょ》だ。俺に足りないものをおまえが補ってくれ。そうすれば俺はおまえが言う十全の世継ぎでいられる」

　つむごうとする言葉はたちまち嗚咽《おえつ》になってしまう。

「高才堅が万民に望まれる皇太子でいられるよう助けてくれないか。俺のとなりで」

　あたたかい腕のなかで碧蘭は震えていた。怖かったのだ。幸せすぎて。

　これが永遠につづくものでないことはわかっている。禍福《かふく》は流転《るてん》するものだ。果報《かほう》は受けすぎると災《わざわ》いの呼び水になる。汪皇后がそうであったように。

　突き放すべきなのかもしれない。いずれやってくる厄難《やくなん》を避けるためには。この腕のなかから逃げなければと思うのに、気づけば碧蘭は才堅の胸に顔をうずめていた。

「あなたのそばにいたいわ。一日でも一刻でも長く」

　刹那《せつな》の幸福に溺《おぼ》れるのは愚かなことだとわかっているけれど、いまはここに——愛《いと》しい人の腕のなかにいたい。いつの日か非情な天がふたりの縁を断ち切ってしまうまで。

あとがき

本作はコバルト文庫およびオレンジ文庫で刊行されている後宮史華伝シリーズの第二部第四巻です。物語の舞台である凱《がい》王朝は明《みん》王朝をモデルにしています。宗室高《こう》家を軸に後宮という場所を描いていく読み切りシリーズなので、どこから読んでいただいてもかまいません。毎回ヒロインの特技をテーマにしており、今回は絵でした。

碧蘭《へきらん》は炎熙帝《えんきてい》の即位後に自害したことにして（彼女自身の希望で）皇宮を去り、市井《しせい》で暮らします。その後も才堅《さいけん》との関係はつづき、息子を産みます。碧蘭の最終的な身分は皇后ですが、これは追贈《ついぞう》された位で、生前に彼女が皇后と呼ばれたことはありません。

才堅と白菊を眺める場面で碧蘭が結っていた三綹頭《さんりゅうとう》は明代女性の髪型の一種です。優雅で美しい髪型なので、ぜひ検索してみてください。

碧蘭の身請け金および水揚《みずあ》げ代は明代後期の資料を参考にして数字を出しました。資料に出てくる金額よりやや高めの設定にしています。

嘉明帝《かめいてい》の所業のなかでもっとも悪名が高いのは、大勢の官僚を廷杖《ていじょう》に処したことや、怨《えん》天教徒《てんきょうと》の取り締まりを強化し、その結果として冤罪《えんざい》を多く生んだことではなく、万迅雷《ばんじんらい》を戦場でたびたび使用したことです。これにより各地で飢饉《ききん》が発生し、民に甚大《じんだい》な被害が出ています。万迅雷はもともと外敵を退ける目的で開発された火器でしたが、嘉明年間には侵略者ではなく多数の自国民を殺《あや》めました。なお彩華伝終了後に起こった工廠《こうしょう》爆破事件により、万迅雷の製法は失われてしまい、後世には伝わっていません。

病気で臥《ふ》せっていた妓女時代の碧蘭につとめを強いた嫖客《ひょうかく》と、碧蘭を娶《めと》ると口約束をしたくせに約束を破った嫖客はどちらも汪守民《おうしゅみん》です。汪守民は凱末の大奸臣《だいかんしん》として歴史に名を残します。のちに汪家は族滅《ぞくめつ》されますが、おもに汪守民のせいです。

嘉明帝の肖像画は二枚残っており、一枚目は嘉明年間前期に蕭幽朋《しょうゆうほう》が描いたもの、二枚目は嘉明年間後期に碧蘭が描いたもので、前者は仁君《じんくん》と呼ばれていたころの嘉明帝、後者は暴君と呼ばれていたころの嘉明帝です。本作のあとで嘉明帝は後代への戒《いまし》めのため変わり果てた自分の姿を肖像画として描くよう碧蘭に命じます。

今回も華麗《かれい》なカバーイラストを描いてくださった泉《いずみ》リリカ先生、細かいところまで的確なアドバイスをしてくださった担当さまに深く感謝します。ありがとうございました。

最後になりましたが、本作をお手に取ってくださった読者のみなさまに心から感謝します。あとすこしつづきますので、完結まで見届けていただければうれしいです。

はるおかりの

※この作品はフィクションです。実在の人物・団体・事件などにはいっさい関係ありません。

集英社オレンジ文庫をお買い上げいただき、ありがとうございます。
ご意見・ご感想をお待ちしております。

● あて先
〒101-8050　東京都千代田区一ツ橋2-5-10
集英社オレンジ文庫編集部 気付
はるおかりの先生

後宮彩華伝

復讐の寵姫と皇子たちの謀略戦

集英社
オレンジ文庫

2025年4月22日　第1刷発行

著　者　はるおかりの
発行者　今井孝昭
発行所　株式会社集英社
〒101-8050東京都千代田区一ツ橋2-5-10
電話【編集部】03-3230-6352
【読者係】03-3230-6080
【販売部】03-3230-6393（書店専用）
印刷所　株式会社美松堂／中央精版印刷株式会社

ISBN 978-4-08-680615-2 C0193